NÚRIA PRADAS

DIE KLEIDERMACHERIN

Roman

Aus dem Spanischen
von Sonja Hagemann

PENGUIN VERLAG

Die katalanische Originalausgabe erschien 2016 unter dem Titel »Somnis a mida« bei Columna Edicions, Barcelona.

MIX
Papier aus verantwortungsvollen Quellen
FSC® C014496

Verlagsgruppe Random House FSC® N001967

PENGUIN VERLAG

2. Auflage 2016

Umschlaggestaltung: Sabine Kwauka
Coverfoto: Richard Jenkins und ullstein bild – Süddeutsche Zeitung Photo/Scherl pondkungz; Sergey Titov; Muzhik (2); PhilipYb Studio/shutterstock
Redaktion: Angela Kuepper
Satz: Uhl + Massopust, Aalen
Druck und Bindung: GGP Media GmbH, Pößneck
Printed in Germany
ISBN 978-3-328-10077-5
www.penguin-verlag.de

Dieses Buch ist auch als E-Book erhältlich.

TEIL 1

VERSTAND UND LEIDENSCHAFT

1

CAMPRODON, FRÜHLING 1926

Es war ein sonniger Nachmittag, an dem nicht ein einziger Windhauch wehte. Die Luft duftete nach Frühling. Das Automobil, ein nagelneuer gelber Boattail, fuhr eine von Ulmen gesäumte Straße entlang. Sie hatten eben Sant Pau de Segúries hinter sich gelassen und näherten sich nun Camprodon. Ferran saß am Steuer und blickte konzentriert auf die Straße, während Roser, seine Frau, die vorbeisausenden Bäume vom Beifahrersitz aus betrachtete. Ihre riesigen Augen waren unter dem eng anliegenden Glockenhut kaum zu sehen.

Plötzlich funkelte ein Sonnenstrahl zwischen den Bäumen, und ein völlig neues Licht erhellte den Blick der jungen Frau. Sie sah hinüber zu ihrem Mann und lächelte, während sie die Hand auf seiner Schulter ruhen ließ. Ferran spürte ihren Blick, strich ihr zärtlich über die behandschuhten Finger und schenkte ihr sein schönstes Lächeln, ohne dabei die kurvenreiche Straße aus den Augen zu lassen. Der Augenblick währte nur ein paar Sekunden, aber in diesen vergaßen Ferran und Roser all die finsteren Gedanken, die sie zuvor so bedrückt hatten.

Das Ehepaar Ferran Clos und Roser Molins stand in enger Verbindung zu einem der renommiertesten Modehäuser in Barcelona: Santa Eulalia. Roser war die Tochter von Antoni Molins Gil, der das Geschäft bis zu seinem Tod im Jahr 1917 geführt hatte, und die Schwester des gegenwärtigen Besitzers, Andreu Molins Ros. Ferran Clos hatte 1918 unter etwas ungewöhnlichen Umständen bei Santa Eulalia zu arbeiten begonnen. Zunächst war er ein einfacher Angestellter in der Abteilung für Herrenbekleidung gewesen, aber bald hatte der junge Direktor Andreu Molins sein Talent fürs Zeichnen, sein Gespür für Farben und sein Auge für Texturen entdeckt. Ferran Clos hatte sich perfekt als neues Rädchen in das Getriebe von Santa Eulalia eingefügt, und Andreu Molins war froh, auf sein Potenzial zurückgreifen zu können, das so wunderbar zu seinen Expansionsplänen passte. So war ein unzertrennliches Duo entstanden, welches das Modegeschäft in sein goldenes Zeitalter geführt hatte. Dank des klaren Verstandes von Andreu Molins, einem weitsichtigen und effizienten Unternehmer, und der sprühenden Kreativität von Ferran Clos hatte sich das einst so bescheidene Bekleidungsgeschäft bald einen Namen in der Modewelt von Barcelona gemacht.

Abgesehen von seiner anspruchsvollen Arbeit, der all seine Leidenschaft galt, hielt Santa Eulalia für Ferran ein unerwartetes Geschenk bereit, nämlich Roser. Als er sie kennenlernte, war sie achtzehn Jahre alt, ein groß gewachsenes blondes Mädchen. Roser hatte einen schneeweißen Teint, eine edle Nase, feine Lippen, die sich nur selten zu einem Lachen verzogen, und riesige dunkle Augen. Auf den ersten Blick wirkte ihr ernstes Gesicht ein wenig melancholisch. Wer sie besser kannte, wusste jedoch, dass ihre Augen sprühen und ihre Lippen in verführerischer Unschuld lachen konnten. Außerdem hatte sie eine hervorragende Bildung genossen und war zu einer jungen Dame mit bemerkenswerter Ausstrahlung herangewachsen. Sie konnte nahezu jeder Unterhaltung folgen und auch etwas dazu beitragen, schließlich hatte sie nicht umsonst eine der besten kirchlichen Schulen für junge Fräulein in der Stadt besucht. Hinzu kam eine angeborene Eleganz, die Roser zu eigen war, und so richteten sich alle Blicke auf sie, wenn sie im Opernhaus Liceu am Arm ihres Vaters oder Bruders die große Freitreppe hinunterschritt. Ferran verliebte sich in sie, wie er sich in alle schönen Mädchen verliebte, die ihm über den Weg liefen. Aber bei Roser schwang noch etwas anderes mit. Er wusste, sie würde ihm Halt geben und seinem teils recht stürmischen, zu Exzessen neigenden Leben Beständigkeit verleihen. Sie heirateten am 18. Mai 1921 in Sant Pau del Camp; er war damals fünfundzwanzig und sie einundzwanzig Jahre alt. Niemand würde bestreiten, dass sich Ferran seine Position bei Santa Eulalia durch Talent und Schweiß hart erarbeitet hatte. Durch seine Ehe mit Roser ging er jedoch auch eine ersehnte Verbindung mit einer der bekanntesten Familien der Stadt ein. Nun gehörte er voll und ganz zur Firma dazu, und es lag ohne jeden Zweifel eine vielversprechende Zukunft vor ihm. Somit erreichte er eines der Ziele, die er sich insgeheim gesetzt hatte, als er im Winter 1918 mit nicht mehr als einem Empfehlungsschreiben von seinem Vater, Dr. Clos, in Barcelona und Santa Eulalia eingetroffen war.

Bevor allerdings an jenem wunderschönen Morgen im Mai die Hochzeit gefeiert werden konnte, warteten auf sie Verrat, Geheimnisse und Lügen.

Und Schmerz.

Unendlicher Schmerz.

Wieder betrachtete Roser die Bäume. Wie rasch sie vor ihren Augen vorbeihuschten! Ihr wurde beinahe schwindelig von dem Anblick, der ihr in Erinnerung rief, in welchem Tempo die fünf Jahre ihrer Ehe mit Ferran vorbeigeflogen waren. Leider auf ganz andere Art und Weise, als sie es sich erhofft hatte. Jedermann hatte ihnen eine glänzende Zukunft vorhergesagt, und es stimmte schon, dass sie sich über das Leben an der Seite ihres Mannes kaum beklagen konnte. Ob Reisen oder Feste – ihr wurde alles zu Füßen gelegt, bevor sie auch nur darum bitten musste. Dies war das Leben, von dem sie immer geträumt hatte, für das man sie erzogen hatte. Dennoch war sie nicht glücklich.

Für Roser war es Liebe auf den ersten Blick gewesen, als sie Ferran damals im Modehaus ihrer Eltern über den Weg gelaufen war. Der junge Mann hatte vor Gefälligkeit, Selbstsicherheit und Vitalität nur so gesprüht. Er war nicht sehr groß, aber stattlich und trug das hellbraune Haar mit Pomade zurückgekämmt. Auf seinen Lippen lag fast immer ein Lächeln, so verschmitzt wie der

Blick aus seinen kleinen, lebhaften Augen, die sie an Murmeln erinnerten, durchsichtig mit einem Farbtupfer in der Mitte. Er kleidete sich äußerst sorgfältig und achtete generell auf sein Äußeres. Roser mochte es, wie sein zurechtgestutzter Schnurrbart sie kitzelte, wenn er sie küsste. Und wie er sie damals geküsst hatte! Aber diese Tage schienen so lange zurückzuliegen, jene Zeit des Werbens, als er ihr die schönsten Worte zugeflüstert hatte, die man je zu ihr gesagt hatte. Damals hatte er ihr Woche für Woche sehnsuchtsvolle Briefe geschickt, voller Worte, die man nicht aussprechen, sondern nur aufschreiben durfte.

Das war für Roser die glücklichste Zeit ihres Lebens gewesen. Oh ja, damals war jeder Tag einem Freudentag gleichgekommen.

Es waren lichterfüllte Tage voller Hoffnung gewesen, bevor eine Zeit voller Einsamkeit und Flucht vor all den Verdächtigungen anbrach.

So vielen Verdächtigungen!

Schon vor ihrer Hochzeit waren Wolken aufgezogen, aber damals wagte Roser wenigstens noch zu hoffen. Vielleicht war sie auch einfach naiver. Sie dachte nämlich, nach der Trauung könnte sie die unbeständige Bestie bändigen, die Ferran in sich zu tragen schien. Aber da lag sie falsch, das Biest war unbezähmbar. Hinter Ferrans gewinnender und charmanter Fassade verbarg sich ein Frauenheld – ein wahrer Egoist, dessen Verantwortungslosigkeit keine Grenzen kannte, auch wenn er sich stets bezaubernd und unwiderstehlich gab. Nach und nach wurden die Verdächtigungen zu Gewissheiten, und das Glück bekam erste Risse. Ferran beteuerte zwar immer wieder, dass er sie liebte, und so war es auch wirklich. Aber sein Herz gehörte eben nicht ihr allein!

Roser hoffte, dass bald Kinder die zerbrechliche Bindung zwischen ihnen stärken würden, aber der ersehnte Nachwuchs blieb aus. Seine Abwesenheit legte sich auf ihre Brust wie ein dunkler Schatten und nahm ihr die Luft zum Atmen.

Am Anfang war ihre Kinderlosigkeit nur ein weiterer Rückschlag. Roser war dazu erzogen worden, repräsentative Pflichten in der Gesellschaft wahrzunehmen. Und so zeigte sie ihre Enttäuschung nicht in der Öffentlichkeit, sondern schützte eine Ruhe und Charakterstärke vor, über die sie in Wirklichkeit nicht verfügte. Sie ging auf Feiern, lachte, tanzte und tröstete sich mit dem Gedanken, dass ihr Mann und sie ja noch jung waren, dass sie alle Zeit der Welt hatten, um Eltern zu werden.

Trotzdem wuchs mit jedem Monat die Traurigkeit in ihr, und schon bald wusste sie sich nicht mehr zu trösten. Mehr noch, die dumpfe Wut, die ihre Seele erfüllte, drohte all ihre Träume zu zerstören.

Im Laufe der Zeit verwandelte sich die Enttäuschung in Besessenheit. Der Schmerz war so groß und hatte sich so dauerhaft in ihr eingenistet, dass sie ihn nicht länger verstecken konnte. Deshalb hielt sie es für nötig, mit Ferran darüber zu sprechen.

»Wir werden mit Sicherheit Eltern, wenn der richtige Zeitpunkt gekommen ist, meine Liebe. Daran zweifle ich nicht einen Moment. Du musst eben Vertrauen haben, gräm dich nicht länger.«

Aber Ferrans Worte erreichten Roser nicht, und sie versank weiter in ihrem Schmerz. Die Sehnsucht nach alten Zeiten und die Enttäuschung über ihr Leben wuchsen gleichermaßen.

Ferran hingegen vergaß die Sorge seiner jungen Frau augenblicklich wieder. Er wollte zwar durchaus Vater werden, aber dieser Wunsch war in seinem Leben nur zweitrangig. Schließlich gab es so viel anderes, was ihn gefangen nahm – Geheimnisse, Liebe, Arbeit, Projekte …

Ja, Projekte! Andreus und Ferrans gemeinsame Projekte! Die beiden verwandelten Santa Eulalia, das traditionsreiche Bekleidungsgeschäft an der Pla de la Boqueria, in ein modernes Unternehmen. Inspiriert von den allerneuesten Trends aus Paris, würden sie bald die Haute Couture in Barcelona einführen. Besonders wichtig war Ferran dabei sein neuestes Vorhaben. Roser würde niemals sein Gesicht vergessen, als er ihr davon erzählt hatte.

»Wir möchten zum ersten Mal unsere eigene Kollektion entwerfen. Sie wird ganz allein unser Werk sein und die unverwechselbare Handschrift unseres Hauses tragen.«

Roser kämmte sich gerade im Schlafzimmer vor dem Frisierspiegel die Haare. Sie trug hautfarbene Nachtwäsche, ein Hemdchen und eine kurze Hose mit Borten aus erdbeerfarbenem Crêpe de Chine, der letzte Schrei. Im Spiegel betrachtete sie ihren Mann, der aufgeregt hin und her lief und dabei begeistert erzählte.

»Erinnerst du dich noch an die Boutique von Vionnet auf der Fifth Avenue?«

»Natürlich, du fandest sie so beeindruckend, dass du eine Woche lang von nichts anderem gesprochen hast«, erwiderte Roser lächelnd.

»Stimmt, und du weißt doch sicher auch noch, warum«, fuhr Ferran enthusiastisch fort. »Weil das nicht einfach nur ein Modegeschäft ist. Oh nein, dort residiert nämlich eine wahre Modeschöpferin, jawohl, eine echte Künstlerin. Zum ersten Mal wurde mir die Bedeutung der Kreativität für die Mode bewusst. Wirklich beeindruckend!«

»Nun ja, ihr Laden ähnelt damit im Prinzip den großen Modehäusern in Paris. Vergiss nicht, dass Vionnet Französin ist. Alles, was in der Mode ›beeindruckend‹ ist, wie du es nennst, kommt normalerweise aus Frankreich«, fügte Roser mit Überzeugung hinzu.

»Nein, meine Liebe, Vionnet ist noch viel mehr, sie beeindruckt auf andere Art und Weise. Ihr ist es gelungen, den Ozean zu überqueren, und weißt du auch, wie? Indem sie ihre Kundinnen, deren Bestellungen und die Modetrends ihrem kreativen Genie unterworfen hat. Ganz zu schweigen von ihrem technischen Können und ihrer Fähigkeit zur Innovation. Sie ist nicht einfach nur Schneiderin, sondern ganz ohne Zweifel eine Künstlerin!« Ferran schloss die Augen, als wolle er hinter seiner Stirn noch einmal die Kleider von Madeleine Vionnet in all ihrer Pracht heraufbeschwören. Als er weitersprach, klang er noch aufgekratzter als zuvor. »Erinnerst du dich noch an ihre Kleider mit Diagonalschnitt? Genau das will ich den Menschen vermitteln: Man muss auch mal etwas Neues ausprobieren! Nähte schräg zum Fadenverlauf, weite Röcke, Blusen ohne strenge Schultern … In einem Wort: Sinnlichkeit! Eine völlig neue Mode, die sich dem Körper der Frauen anpasst. Und über die Materialien haben wir dabei noch gar nicht gesprochen. Diese Stoffe und ihre Verarbeitung! Crêpe de Chine, Chiffon, Satin, Seide …«

Gedankenverloren verstummte Ferran, und Roser drehte sich mit der Bürste in der Hand zu ihm um. Als er erneut das Wort ergriff, war seine Stimme ruhiger: »Bis jetzt haben wir uns bei Santa Eulalia darauf beschränkt, dem Publikum französische Produkte nahezubringen. Das wollten unsere Kundinnen, die neueste Mode aus Paris.«

»Und in diesem Bereich bieten wir ihnen immer noch das Beste, oder?«, fragte Roser und erhob sich. In ihren Augen war die Neugier zu lesen, die diese Unterhaltung in ihr geweckt hatte.

Ferran trat näher an seine Frau heran.

»Aber das reicht nicht, Roser! Wir wollen eine Mode kreieren, mit der sich unsere Kundinnen vom Rest der Welt abheben. Alle werden wissen, wer Santa Eulalia trägt und was unseren besonderen Stil ausmacht. Und den präsentieren wir in einer großen Modenschau.«

Roser lachte auf. »Eine Modenschau? So wie in Paris?«

»Besser, noch viel besser. Das wird ein riesiges Spektakel und …«

»Jetzt mach aber mal halblang!«

»Hältst du das etwa nur für eine Träumerei? Glaubst du, dass ich hier Luftschlösser baue?«, erwiderte Ferran ein wenig gereizt.

»Fragst du mich ernsthaft, ob ich an dir zweifele? Nicht im Geringsten, mein Liebster. Du kannst alles schaffen, was du dir vornimmst, da bin ich mir ganz sicher. Und wenn dir außerdem noch mein Bruder hilft, dieser Dickkopf …« Sie wandte sich wieder dem Frisierspiegel zu und bürstete sich die Haare. Die nächsten Worte ihres Mannes ließen sie jedoch erstarren.

»Jedenfalls sollten wir uns wegen dieses Projekts eine Zeit in die Villa deiner Eltern in Camprodon zurückziehen.«

Roser schwieg einige Herzschläge lang, dann drehte sie sich sichtlich verblüfft zu Ferran um: »Nach Camprodon willst du? Aber … dort war ich seit Jahren nicht mehr! Du kennst ja nicht einmal das Haus. Was willst du denn da?«

»Glaube mir, ich bin auch nicht gerade begeistert, schließlich bin ich ein Stadtmensch. Aber Andreu besteht darauf, er will, dass mich nichts ablenkt. Wir müssen die Kollektion im September präsentieren, deshalb hält er es für unumgänglich, dass ich mich ein, zwei Monate in die Pyrenäen zurückziehe.«

»Natürlich. Andreu steckt also dahinter!«

Rosers Blicke, der verkniffene Mund, ihre ganze Haltung brachten ihre Unzufriedenheit zum Ausdruck. Die Art und Weise, wie ihr Bruder die Dinge regelte, machte sie wahnsinnig. Warum konnte er so etwas nicht erst einmal mit ihr besprechen? Diese Entscheidung betraf schließlich auch sie, und sie erfuhr hier als Letzte davon.

»Es gibt doch so viele Orte, an denen du in Ruhe und ungestört zeichnen kannst«, wandte sie ein. »Die Villa in Camprodon ist nicht gerade besonders … komfortabel. Seit Papas Tod verbringt Mama dort nur im Sommer ein paar Tage, und Andreu fährt mit seiner Familie fast nie dorthin. Ich habe keine Ahnung, wieso er vorgeschlagen hat, dass du ausgerechnet dort die Kollektion vorbereiten sollst!« Während sie sprach, wurde ihr Gesichtsausdruck noch härter. »Das passt mir nun wirklich nicht!«

Sie legte die Bürste auf den Frisiertisch und starrte mit Tränen in den Augen die weißen Lampen in Tulpenform an, die den Spiegel umgaben. Ferran zündete sich eine Zigarette an und trat zur Tür. Er schien in Gedanken weit weg zu sein. Bevor er sich zum Gehen wandte, sagte er dann aber noch: »Wenn du lieber in Barcelona bleiben möchtest, kann ich das verstehen. Schön fände ich es nicht, aber ich werde schließlich den ganzen Tag nur dasitzen und zeichnen. Ich möchte nun wirklich nicht, dass du dich langweilst … Ich kann auch allein fahren.«

»Auf gar keinen Fall!«

Auf gar keinen Fall wollte Roser allein in Barcelona zurückbleiben. Sie würde Ferran begleiten, wohin er auch ging. Und so befanden sie sich an diesem leuchtenden Frühlingsnachmittag auf dem Weg nach Camprodon.

Sie kamen am frühen Abend an, erreichten nach einer letzten Kurve den Ort und durchquerten ihn bis zum Passeig de la Font Nova, der ersten ausgebauten Promenade in Camprodon. Man würde sie für immer mit dem Namen von Dr. Robert in Verbindung bringen, weil er es gewesen war, der Sommeraufenthalte in Campordon unter der Bourgeoisie von Barcelona in Mode gebracht hatte.

Rund um den breiten Weg vom Camí de Dalt bis zum Brunnen hatte man Bäume gepflanzt und steinerne Bänke aufgestellt. Es gab dort sogar elektrische Beleuchtung, und bald waren links und rechts herrschaftliche Villen wie Pilze aus dem Boden geschossen.

»Das ist ja wunderschön!«, rief Ferran, um sich über den Motorenlärm hinweg verständlich zu machen.

»Ja, das ist es«, nickte Roser. »Ich habe gehört, dass ein gewisser Maristany im Ort eine ähnliche Promenade bauen will, die noch beeindruckender werden soll.« Sie deutete auf einen Eisenzaun mit offenem Tor. »Hier müssen wir rein.«

Sie fuhren einen von Bäumen gesäumten Weg entlang, der sie bis zu einem dreistöckigen Gebäude mit quadratischem Grundriss führte. Die Ecken des Hauses waren farblich und vom Material her abgesetzt.

»Fantastisch!«

Ferran war bereits aus dem Auto gesprungen und bewunderte voller Begeisterung die Villa. Als nun auch Roser ausstieg und das Haus betrachtete, in dem sie so viele Sommer verbracht hatte, wiegten sich im Garten die Zweige und säuselten im Wind. Sie hatte den Eindruck, eine leere Bühne zu betrachten, auf der die Zeit stehen geblieben war. Ein Schauder überkam sie, doch nicht vor Kälte. Trotzdem eilte Ferran diensteifrig zum Auto zurück und legte ihr den warmen, weichen Mantel aus braunem Samt um die Schultern. Mit einem Lächeln dankte sie ihm für die liebevolle Geste. Noch bevor die beiden das Haus erreichten, öffnete sich die Tür, und eine rundliche Frau erschien.

»Agustina!«, rief Roser und lief die kurze Treppe hinauf. Wie das kleine Mädchen, das sie einst gewesen war, warf sie sich der Frau in die Arme.

»Herzlich willkommen, Senyoreta, wie schön, Sie endlich mal wieder zu sehen. Ich dachte schon, Sie hätten uns völlig vergessen.«

Agustina war die Haushälterin, die sich zusammen mit ihrem Mann Tomàs das ganze Jahr über um die Villa kümmerte. Ihr stiegen Tränen in die Augen, als sie die Tochter ihrer Dienstherrin fest an sich drückte.

Irgendwann machte sich die junge Frau aus den kräftigen, an harte Arbeit gewöhnten Armen los und betrachtete Agustina eingehend. Roser musste feststellen, dass sie nicht länger die Frau aus ihren Erinnerungen vor sich sah. Inzwischen durchzogen Falten die Stirn der Haushälterin, und sie hatte dunkle Tränensäcke unter den Augen. Auf ihren Lippen lag jedoch immer noch dasselbe Lächeln wie früher.

Nacheinander betraten sie das Haus, und Agustina führte sie in das große Esszimmer mit der getäfelten Decke, das auf einen weitläufigen Garten hinausblickte. Eine Reihe von Buntglasfenstern ließ das Licht so geheimnisvoll funkeln wie Feuerwerk.

Roser nahm den Hut ab und fuhr sich mit der Hand durch das kurze helle Haar, das sie in einem hochmodernen Garçon-Schnitt trug. Sie blickte sich um. In jeder Ecke des Hauses schienen versteckte Erinnerungen zu lauern. Zögerliche, nebelgleiche Erinnerungen, wie stille Schatten am Grund eines Sees. Sie wurde blass.

»Das Fräulein ist ja weiß wie die Wand. Geht es Ihnen gut?«

»Mir ist nach den ganzen Kurven nur ein bisschen schwindelig, Agustina«, beeilte Roser sich zu sagen.

Die Haushälterin lachte und wandte sich nun an Ferran. Er betrachtete die Szene mit einem kleinen Lächeln, das die Grübchen auf seinen Wangen sichtbar machte.

»Der junge Herr muss wissen, dass die Senyoreta schon als kleines Mädchen immer kreidebleich war, wenn sie im Sommer hier ankam. Genau wie jetzt! Dann habe ich ihr einen Tee gebracht, und sie hat sich schnell wieder erholt. Wissen Sie das noch, Senyoreta?«

»Aber natürlich, Agustina.«

»Ich werde Tereseta bitten, Ihnen einen Tee zu kochen, und dann ruhen Sie sich bis zum Abendessen am besten ein bisschen aus.«

»Tereseta?«

»Erinnern Sie sich denn nicht mehr an meine kleine Teresa?«

In diesem Moment erschien im Türrahmen ein kräftiger Mann mit sympathischem Äußeren, der eine Mütze in den Händen hin und her drehte. Neben ihm stand ein Mädchen von nicht mehr als vierzehn Jahren mit tief gebräunter Haut und schwarzen Haaren, die im Nacken zusammengebunden waren. Aus dunklen Augen musterte sie neugierig und schüchtern zugleich die Gäste.

»Tomàs!«, rief Roser und machte einen Schritt auf den Mann zu, um ihn zu begrüßen. Er wischte sich hastig die Hand an seiner Cordhose ab, bevor er sie ihr reichte.

»Senyoreta Roser, herzlich willkommen.«

»Und du … du musst dann wohl Tereseta sein.«

Das Mädchen senkte verlegen den Blick.

»Mein Gott, bist du groß geworden!«

Agustina begann augenblicklich damit, Aufgaben zu verteilen.

»Los, Tereseta, lauf in die Küche und mach für die Senyoreta eine schöne Tasse Tee und für den jungen Herrn etwas zu essen. Nicht zu wenig, er soll bei uns schließlich keinen Hunger leiden.

Zu viel aber auch nicht, sonst kriegt er beim Abendessen keinen Bissen runter. Und du, Tomàs, steh da nicht rum und guck blöd, sondern geh raus zum Auto und hol das Gepäck. Die Herrschaften möchten sich doch bestimmt umziehen ...«

Roser war indessen zu einem der Fenster gegangen und öffnete es. Es kam ihr vor, als würde diese vergessene und ihr doch so vertraute Landschaft auf der Suche nach ihr hereinströmen. Als würden jene sanften Sommertage ihrer Kindheit und Jugend nach ihr verlangen, genau wie die zähen Nächte voller Mondschein.

Doch sie war sich nicht sicher, ob sie jenen Tagen und Nächten noch einmal begegnen wollte, ganz und gar nicht sicher.

2

Als das erste Morgenlicht sich hinter dem Horizont hervorwagte, stand Ferran auf und schloss sich in dem Raum ein, der einst das Büro von Rosers Vater gewesen war und den er sich zum Zeichnen eingerichtet hatte. Nach und nach vertrieb die Sonne den Nebel, der über dem Rasen im Garten hing. In der Küche begann Agustina mit den Vorbereitungen für den Tag, während der Rest des Hauses noch schlief.

Obwohl Ferran die Arbeit an seiner ersten Kollektion liebte und sie ihn voll in Anspruch nahm, vermisste er Barcelona. Tagsüber fehlten ihm die Boulevards der Stadt, ihre belebten und geschäftigen Straßen. Abends, wenn dieses Barcelona schlief, fehlte ihm die andere Seite der Stadt, die erwachte, wenn in Theatern und Varietés die Lichter eingeschaltet wurden, während draußen Nachtwächter ihre Runde drehten. Wie er das Funkeln und den Lärm von Barcelona vermisste, die Lebensfreude, die seine geliebte Stadt wie eine Welle überrollte!

Zum Glück hielten diese Momente der Sehnsucht nie lange an, denn Ferran war von einem fieberhaften Schaffensdrang erfüllt. Er konnte gar nicht anders, er zeichnete, zeichnete, zeichnete. Tag für Tag schloss er sich im Arbeitszimmer ein, wo selbst Roser ihn nur selten zu stören wagte, und füllte dort unzählige Hefte mit Kritzeleien, wahren Hieroglyphen, die nur er korrekt interpretieren konnte und die in seiner Vorstellungskraft zum Leben erwachten. Voller Begeisterung skizzierte er stundenlang, wie ein Kind, das gerade erst entdeckt hatte, welch zauberhafte Welten ihm Stift und Papier eröffnen konnten.

Von Zeit zu Zeit blieb sein Blick an einer seiner Zeichnungen hängen, und plötzlich war es, als hätte ihn der Blitz getroffen. Eine Idee ergriff von ihm Besitz und ließ ihn nicht mehr los. Dann arbeitete er den Entwurf weiter aus, verlieh dem Gedanken Form und entdeckte dabei häufig eine Silhouette, die ihm gefiel und ihm regelrecht zuzuzwinkern schien. Hatte er da womöglich schon ein Modell für seine Kollektion vor sich? Um diese Frage beantworten zu können, musste er unermüdlich weiterarbeiten, bis er nach Stunden an einen Punkt gelangte, an dem ihm die kleine Skizze die Antwort zuflüsterte.

Im Schlafzimmer öffnete Roser erst die Augen, als die Sonnenstrahlen, die durch die Ritzen im Fensterladen hereinfielen, schon einige Meter über den Fußboden zurückgelegt hatten und fast ihr Kopfkissen erreichten. Sie betrachtete die Strahlen, in denen goldener Staub tanzte, erhob sich schließlich mit einem Lächeln auf den Lippen und machte das Fenster weit auf. Der Himmel über Camprodon wirkte im Frühling klar und rein, wie frisch gewaschen. Roser verspürte einen inneren Frieden, wie sie ihn schon lange nicht mehr empfunden hatte. Dieser Rückzug, die erzwungene Zweisamkeit mit Ferran, hatte sie in alte Zeiten zurückversetzt, die glücklicher und unschuldiger gewesen waren. Sie war wieder verliebt in diesen Mann, den sie hier für sich allein hatte. Und wie früher ließ sie sich völlig von ihm mitreißen, verwandelte sich in seinen Schatten, in eine stumme Begleiterscheinung, der alles andere egal war.

Schläfrig zog sie sich an und frisierte sich. Sie machte sich jeden Tag so sorgfältig zurecht, als habe sie große Pläne, obwohl es für diese Inszenierung nur einen einzigen Zuschauer gab. Roser hatte die allerneueste Mode mit nach Camprodon gebracht. Ihre Lieblingsstücke waren zwei Wollkostüme aus Paris, wo Coco Chanel die Kombination aus Rock und Jacke in Mode gebracht hatte. Ihre schlichten Schnitte waren der höchste Ausdruck von Modernität, und Roser fühlte sich sehr wohl in den einfarbigen plissierten Röcken, die knapp bis unters Knie reichten. Während ihres Zwangsurlaubs auf dem Land kombinierte sie sie mit sportlicheren Elementen und war damit sowohl bei Spaziergängen in Camprodon als auch dann gut angezogen, wenn sie zu Hause ihren Lieblingsbeschäftigungen nachging – Nähen und Lesen.

Bevor sie sich zum Frühstück nach unten begab, suchte sie unter all den Accessoires auf ihrem Frisiertisch nach etwas, das die übermäßige Schlichtheit ihres Kostüms ein wenig durchbrechen konnte. Vielleicht eine Perlenkette, eine hübsche Brosche oder einer der extravaganten Armreifen, die sie von einer Reise nach Paris mitgebracht hatte? Nach einem letzten beifälligen Blick in den Spiegel machte sich Roser auf den Weg zum Arbeitszimmer, wo Ferran schon seit Stunden zeichnete. Sie wollte ihm nicht viel von seiner Zeit rauben, nur einen winzig kleinen Moment. So leise wie möglich ging sie zur Tür, öffnete sie und schlich sich in das Heiligtum ihres Mannes. Dann brachte sie ein sanftes »Guten Morgen« hervor, das einen Moment lang unentschieden in der Luft zu schweben schien. Wie zur Antwort fuhr sich Ferran mit der Hand durchs Haar, blickte mit einer Zigarette im Mundwinkel kurz auf und lächelte sie inmitten der Rauchwolke an. Sein Lächeln war für Roser wie eine warme Welle, wie ein Kuss, der alle Zärtlichkeit der Welt enthielt. Wie gern hätte sie diesen kurzen Moment in die Länge gezogen, aber sie wollte Ferran nicht von der Arbeit abhalten. Deshalb stützte sie nur schweigend die Arme auf der Rückenlehne seines Stuhls auf und sah ihrem Mann beim Zeichnen über die Schulter. Sie strich ihm eine Strähne aus der Stirn, kämmte ihm mit den Fingern durchs Haar und legte ihm dann zum Abschied kurz beide Hände auf die Schultern.

Ohne sich zu ihr umzudrehen, sagte Ferran: »Bis später, Liebste.«

»Bis später«, antwortete sie so leise, dass sie ihre eigene Stimme kaum erkannte, und verließ schweren Herzens das Büro.

Beim Frühstück munterte sie die Unterhaltung mit Agustina wieder auf. Die Haushälterin erzählte fröhlich von allerlei Leuten im Ort, von denen Roser noch nie gehört hatte oder die schon vor langer Zeit in den Windungen der Erinnerung verloren gegangen waren. Mit ihrem Klatsch und Tratsch brachte Agustina sie immer zum Lachen, selbst gegen ihren Willen.

»Angeblich soll die Promenade von Senyor Maristany so fantastisch werden, dass die Leute sich gar nicht mehr einkriegen werden. Wer soll denn so was glauben? Wir haben hier in Camprodon schon einen fantastischen Boulevard, was sollen wir mit noch einem?«

»Aber Agustina, das ist doch alles zum Wohle des Ortes.«

»Von wegen, Senyoreta, wo hat man denn so was schon gehört? Eine zweite Promenade! Die werden hier alles auf den Kopf stellen. Na, ich wünsch denen auf jeden Fall viel Glück. Das werden sie wohl brauchen, so wie die Dinge heutzutage laufen.«

Die kleine Teresa eilte derweil immer wieder von der Küche ins Esszimmer und zurück, damit es Senyoreta Roser an nichts fehlte. Gleichzeitig versuchte sie jedoch, möglichst viel von der Unterhaltung der beiden Frauen mitzubekommen.

Das stille Mädchen mit dem lieblichen Gesicht war der eleganten Senyoreta aus Barcelona augenblicklich zugetan gewesen. Mit weit aufgerissenen Augen folgte sie ihrer jungen Herrin und sog begierig jedes Detail auf: Ihre Kleider gingen bis kurz unter die Knie und zeigten sanft gerundete Beine in schimmernden, durchsichtigen Strumpfhosen. Sie trug glänzende Halstücher aus Seide, wunderschöne Handtaschen, Schuhe mit kleinem eckigem Absatz und Bändern um die Knöchel. Jugendliche, frühlingshafte Hüte verdeckten meist das kurz geschnittene Haar. Und dann ihr Duft… Die Senyoreta roch nach Veilchen, und Agustinas Tochter hatte ihr Parfüm den ganzen Tag in der Nase. Für Teresa war es das Aroma eines fremden Universums. Bei ihr zu Hause rochen die Menschen nicht nach Blumen, sondern nach Arbeit und Schweiß. Die Frauen in ihrem Umfeld, ihre Mutter, sie selbst und die wenigen Freundinnen schlüpften morgens hastig und ohne große Umstände in ihre Kleider. Über das Hemd, in dem sie schliefen – im Winter aus Wolle, im Sommer aus Baumwolle –, zogen sie einen Unterrock, darüber dann einen Rock und eine Bluse. Die Unterwäsche wechselte man einmal in der Woche – so war das in ihrer Welt.

In das Zimmer der Herrschaften zu gehen, dort Ordnung zu schaffen und das Bett zu machen, war für Teresa der schönste Moment des Tages. Zunächst hatte sie es nicht gewagt, Rosers Sachen zu berühren, um den Staub abzuwischen. Sie hatte gefürchtet, die Kostbarkeiten mit ihren Händen zu beschmutzen, die so schöne Dinge nicht gewohnt waren. Aber nach und nach besiegte ihre Neugier die Angst. Eines Morgens griff Teresa, während sie den Frisiertisch aufräumte, nach einem der Armreifen, die Roser oft trug. Er war breit und aus glänzendem Elfenbein. Von einem eindrucksvollen roten Stein in der Mitte gingen goldene Strahlen aus, die an den Enden mit kleinen Brillanten verziert waren. Teresa streifte ihn sich probeweise über. Dass es so etwas Schönes geben konnte! Und wie schwer er war! Sie schloss die Augen und ließ sich von den neuen, verrückten Träumen mitreißen, die dieser Gegenstand in ihr weckte.

Mit der Zeit wurde Teresa immer mutiger und erlaubte es sich, den Schrank der Senyoreta zu erforschen, in dem all die wunderbaren Kleider hingen. Zunächst beschränkte sie sich darauf, zärtlich darüberzustreichen. Dann kam der Tag, an dem sie mit zitternden Händen nach einem Seidenschal griff und ihn sich ganz vorsichtig um die Schultern legte. Für ein paar Minuten tauchte sie ein in die Welt von Senyoreta Roser und hüllte sich in ihren Duft, umfing sich mit unbekanntem und sehnsüchtig bewundertem Luxus. Wie herrlich, so in einen Traum einzutauchen, während sie doch zugleich hellwach war.

Dabei gab Teresa stets gut acht, alles wieder sorgfältig zu verstauen. Nicht, weil sie ein schlechtes Gewissen hatte oder fürchtete, entdeckt zu werden. Sie empfand den Sachen von Senyoreta Roser gegenüber einfach großen, ehrfürchtigen Respekt. Allerdings ahnte sie nicht, dass Roser über Teresas kleine Ausflüge in ihre Welt genau im Bilde war.

Zunächst waren es nur Kleinigkeiten gewesen, Kleidungsstücke hingen im Schrank plötzlich nicht mehr an derselben Stelle, eine Halskette schaute aus dem Schmuckkasten hervor oder Kopfbedeckungen hatten in den Hutschachteln den Platz getauscht. Einer weniger akkuraten Person wären diese Details vermutlich nicht einmal aufgefallen. Roser hingegen achtete ganz genau darauf, was da in ihrem Schlafzimmer passierte, wenn vielleicht auch nur aus Langeweile. Sie war gespannt, welches Gespenst dort umging, obwohl sie gleich vermutete, dass Teresa ihr kleiner Geist war. Als Roser ihre Ahnung schließlich bestätigt sah, erfasste sie eine merkwürdige Rührung. Gequält fragte sie sich, ob sie wohl einst selbst eine Tochter haben würde, deren Augen so vor Bewunderung glänzten wie Teresas. Ihre Tochter stellte sie sich blond vor, so wie sie selbst, aber mit dem lebhaften Blick ihres Vaters. Der Name lag ihr bereits auf den Lippen, die Kleine würde Carlota heißen, und zusammen mit Ferran würde sie sie zu einem guten Menschen heranziehen, zu einer tüchtigen und anständigen jungen Frau.

Und so überkreuzten sich die Träume von Roser und Teresa, spielten miteinander Fangen, ohne sich dabei je zu berühren. Während Teresa im Zimmer feine Dame spielte, träumte Roser auf dem Flur von einer Tochter. Vielleicht lag es an diesem unerfüllten Wunsch, dass sie Teresa mit immer liebevollerem Blick betrachtete, und wahrscheinlich kam ihr auch deshalb eine Idee.

Agustina hatte für Roser den Kuchen gebacken, den sie als Kind am liebsten gemocht hatte, und Roser verspeiste ihn mit kleinen, genüsslichen Bissen. Dann tupfte sie sich mit einer Serviette den Mund ab und nahm einen tiefen Schluck Milchkaffee.

»Agustina, mein altes Kinderzimmer sieht noch genauso aus wie früher, nicht wahr?«

»Allerdings, Senyoreta, das benutzt ja niemand. Ihre Neffen

schlafen in dem kleinen Zimmer mit den zwei Betten, wenn sie mit Ihrem Bruder zu Besuch kommen.«

Roser nickte zufrieden. »Also hängen dort auch noch meine alten Kleider im Schrank?«

Mit einem Frühstückstablett in den Händen durchquerte Teresa auf dem Weg zu Ferrans Arbeitszimmer den Raum.

»Aber natürlich!«, antwortete Agustina. »Ihre Frau Mutter hat immer gesagt, dass Sie die Sachen schon in Ordnung bringen würden, wenn Sie mal wieder herkommen.« Die Haushälterin legte eine dramatische Pause ein und seufzte tief. »Aber leider sind Sie nie gekommen... Nun ja, bis jetzt natürlich.«

Roser nahm einen weiteren Schluck vom heißen, süßen Kaffee und sprach mit schelmischem Leuchten in den Augen weiter. »Weißt du was? Der Schrank muss voll von Kleidern sein, die längst nicht mehr in Mode, aber trotzdem schön und von guter Qualität sind. Teresa und ich könnten zusammen ein paar aussuchen, die ich dann für sie anpasse. Du weißt doch, wie gerne ich nähe und...« Sie konnte den Satz nicht zu Ende führen, weil ein ohrenbetäubender Lärm auf dem Flur ihre Worte verschluckte.

»Aber Tereseta, Mädchen, was machst du nur? Bist du verrückt geworden?«, stöhnte Agustina, verdrehte die Augen und setzte einen übertrieben verzweifelten Gesichtsausdruck auf, während Roser ein Lächeln unterdrückte und ihre Tasse bis auf den letzten Tropfen leerte.

»Und dieses hier, gefällt dir das?«

Teresas Augen begannen zu leuchten, als sie das blau-weiß gestreifte Kleid sah, das Roser aus dem Schrank holte. Die beiden lächelten, Teresa ganz verzückt, Roser beinahe entschuldigend.

»Inzwischen ist es natürlich furchtbar altmodisch. Überleg nur, ich muss so alt wie du gewesen sein, als ich es getragen habe. Aber sieh dir den Stoff an, wie herrlich er fällt. Das ist Baumwollkrepp, wirklich schön. Und wie kräftig die Farben immer noch leuchten!«

Teresa streckte die Hand aus, traute sich aber nicht, den zauberhaften Stoff zu berühren.

»Das Umnähen dieser Kleider wird ein schönes Projekt, darauf freue ich mich schon! Weißt du, bei uns im Geschäft habe ich schon Zeit in der Schneiderwerkstatt verbracht, als ich noch kaum laufen konnte. Eines kann ich dir sagen, ich habe die Näherinnen in den Wahnsinn getrieben, weil ich ihnen immer wieder Stofffetzen stibitzt und mit den Schnittmustern gespielt habe. Aber dabei habe ich ganz von selbst gelernt, die einzelnen Materialien voneinander zu unterscheiden: Seidenmusselin, Chantilly …« Roser sah das Mädchen an und brach dann in fröhliches, beinahe kindliches Gelächter aus. »Du hast keine Ahnung, wovon ich rede, oder?«

»Doch, Senyoreta Roser, meine Mutter hat mir erklärt, dass Ihr Geschäft, also …«

»Sieh mal!«, ergriff Roser wieder das Wort und hielt erneut das blau-weiße Kleid hoch. »Ich könnte die Rüsche am Hals wegnehmen und durch einen größeren runden Ausschnitt ersetzen. Den Rock kürze ich, sodass er dir bis knapp unter die Knie geht. Das wird wunderbar aussehen! Dann müssen wir nur noch einen passenden Gürtel finden, und voilà! Ich sehe es schon vor mir, Tereseta, du auch?«

Natürlich konnte sich Teresa das nicht vorstellen, aber sie nickte dennoch.

»Also, das nehmen wir auf jeden Fall. Lass uns noch nach einem Gürtel suchen, hier muss irgendwo einer sein. Reich mir doch mal den runden Karton von ganz oben. Den, der wie eine Hutschachtel aussieht.«

»Diesen hier, Senyoreta?« Teresa streckte sich nach oben.

»Genau, aber sei vorsichtig, nicht, dass du dir noch wehtust.«

Der Karton war viel zu groß, und als Teresa ihn mit beiden Händen zu umfassen versuchte, geriet der Stuhl, auf dem sie stand, ins Wanken. Um sich festzuhalten, ließ sie die Schachtel los, die mit großem Getöse zu Boden fiel.

»Es tut mir so leid«, stammelte Teresa kleinlaut.

»Ist alles in Ordnung?«

»Ja, Senyoreta. Ich …«

Als Roser sich vorbeugte, um den auf dem Fußboden verteilten Inhalt der Schachtel in Augenschein zu nehmen, schlug sie die Hände vor den Mund und unterdrückte einen Aufschrei. »Oh mein Gott, das kann doch nicht sein!«

»Senyoreta, es tut mir so leid, ich … ich dachte, ich würde fallen.«

Aber Roser schien sie gar nicht zu hören. Sie blätterte längst in den vergilbten Seiten eines kleinen Büchleins. Ihre Augen waren ganz feucht geworden.

»Das Tagebuch … mein Tagebuch. Das hatte ich ganz vergessen.« Als sie wieder aufschaute, sah Teresa sie sorgenvoll an. »Lass mich jetzt bitte allein«, bat Roser, sie brauchte einen Moment für sich.

Mit einem Kloß im Hals huschte Teresa davon. Sie befürchtete, die junge Dame mit ihrer Ungeschicktheit verärgert zu haben. Aber so war es gar nicht.

Roser hatte das Tagebuch von ihrer Patin zu ihrem dreizehnten Geburtstag geschenkt bekommen. Sie erinnerte sich noch gut daran. Über Jahre hinweg hatte sie nach und nach die leeren Seiten gefüllt und das Büchlein vor fremden Blicken verborgen wie einen geheimen Schatz. Und dann war das Tagebuch eines Tages einfach verschwunden, sie hatte es verloren und wusste nicht, wo. Jetzt begriff sie, dass sie es hier in Camprodon vergessen hatte, wo es wie immer gut versteckt gewesen war. Eine Zeit lang hatte es ihr wohl gefehlt, aber dann war ihr Vater gestorben, sie war auf einen Schlag erwachsen geworden und hatte das Tagebuch schließlich völlig vergessen. Dabei hatte es hier all die Zeit auf sie gewartet wie ein treuer Freund.

Roser schlug das Buch auf und blätterte wahllos zu einem Eintrag.

4. Juli 1916

Heute hat Mama furchtbar mit mir geschimpft, ich bin die ganze Heulerei wirklich leid.

Alles fing damit an, dass ich mit Maria Camprubí ins Dorf gegangen bin, und als wir dann über den Camí de la Font zurückgekommen sind, haben wir ihren Bruder Víctor und ein paar Freunde getroffen, die mit dem Fahrrad unterwegs waren. Ich kannte nicht alle, aber wir haben geredet und gelacht, sodass die Zeit wie im Flug verging. Irgendwann habe ich dann gemerkt, dass ich längst zum Mittagessen hätte zu Hause sein müssen. Víctor war so nett und hat mir angeboten, mich mit dem Fahrrad heimzubringen. Ich bin hinten aufgestiegen, habe die Füße hochgezogen, und wir sind losgefahren. Mama hatte sich schon aufgeregt, weil ich zu spät war, aber als sie mich dann mit Víctor auf dem Fahrrad gesehen hat, war sie außer sich vor Wut. Sie hat zu zetern angefangen, sobald ich das Haus betrat, und mich ohne Essen auf mein Zimmer geschickt.

Was denkt sich Mama denn nur? Dass ich noch ein kleines Mädchen bin? Wann kann ich endlich kommen und gehen, ohne irgendjemanden um Erlaubnis bitten zu müssen? Ich träume von einem Mann, der mich hier rausholt, denn in dieser Familie denken immer alle schlecht von mir, selbst bei den unschuldigsten Dingen. Wie gern werde ich das alles hinter mir lassen, wenn ich erst den finde, mit dem ich mein Leben verbringen will. Dann werde ich frei und glücklich sein.

Wenigstens hat mir Agustina vorhin noch einen Teller mit Aufschnitt hochgebracht. Heimlich, versteht sich …

Roser ließ sich in einer Ecke nieder und umarmte das Büchlein wie einen wiedergefundenen Freund. Dann lächelte sie traurig. Die flüchtigen Erinnerungen hatten für einen Moment Vergangenheit und Zukunft zusammengeführt. Sie fragte sich, was von jenem unschuldigen und verträumten Mädchen noch übrig war. Was blieb vom ersehnten Glück?

Ein düsteres Gefühl der Beklemmung durchbohrte sie, während sie in die Vergangenheit reiste, wo ihre Erinnerungen gefangen waren.

3

Barcelona, Juni 1917

Lächelnd und kerzengerade ging die junge Frau auf den Spiegel zu, dann trat sie einen Schritt zurück und schob kokett die linke Schulter vor. Sie raffte ihr langes Haar mit beiden Händen, ließ es wieder fallen und schüttelte es, als würde der Wind durchs Fenster wehen. Als sie sich mit gesenkten Lidern in dem großen Spiegel am Schrank betrachtete, riss sie die Augen wieder auf, weil der Effekt sie selbst überraschte. Dann griff sie nach ihrem Rock, hob ihn ein wenig hoch und ließ ihn hin und her schwingen. Laias Augen leuchteten, und ein Lächeln lag auf ihren Lippen. Das neue Kleid, das ihre Mutter für sie genäht hatte, saß wie angegossen. Ihre Freundinnen würden wieder einmal vor Neid platzen.

Mit ihren siebzehn Jahren wusste Laia bereits, wie schön sie war, begriff aber noch nicht, welche Macht über andere damit einherging. Laia war klein und schlank. Von ihrem Vater, an den sie sich kaum noch erinnern konnte, hatte sie eine dicke, gewellte Mähne geerbt, und das braune Haar ließ ihre makellose helle Haut nur noch mehr leuchten. Von ihrer Mutter hatte sie die tief liegenden bernsteinfarbenen Augen, die in ihrem Gesicht mit den perfekt geformten, vollen Lippen fröhlich und lebhaft leuchteten. Ein Blick aus diesen Augen konnte Chaos säen. Woher sie ihre Dreistigkeit und Wildheit hatte, ihre ein wenig leichtsinnige Zwanglosigkeit, wusste allerdings niemand.

»Laieta!«

Laia warf ihrem Spiegelbild eine Kusshand zu, konnte sich aber nur schwer davon losreißen. »Ich komme schon, Mutter!«, rief sie.

Wie ein Wirbelwind fiel sie dann in die kleine Stube ein, wo Carmen neben der Balkontür saß, um das letzte Nachmittagslicht zum Nähen zu nutzen.

»Sehen Sie nur, Mutter, was meinen Sie?«, fragte das junge Mädchen, raffte erneut den Rock und drehte sich wie ein Kreisel. Carmen löste den Blick von ihrer Handarbeit.

»Das ist wirklich hübsch geworden, nicht wahr, Laieta?«

Ungläubig riss Laia die Augen auf und begann zu lachen.

»Hübsch? Das ist das schönste Kleid, das ich je hatte, und Sie sind die beste Schneiderin. Und die beste Mutter!« Noch während sie sprach, warf sie sich ihrer Mutter kichernd um den Hals.

Carmen war Schneiderin im Modehaus Santa Eulalia an der Pla de la Boqueria. Der erste Direktor des Geschäfts, der vor einigen Monaten verstorbene Antoni Molins Gil, hatte 1909 eine Damenabteilung eröffnet, und die kurz zuvor verwitwete Carmen hatte dort nicht nur eine feste Anstellung gefunden. Die Arbeit bei Santa Eulalia hatte ihr auch die Sicherheit zurückgegeben, die sie durch den Tod ihres geliebten Valentí verloren hatte.

Vor ein paar Monaten hatte Laia dann im selben Modehaus als Verkäuferinnenlehrling angefangen, mit dem üblichen Vierjahresvertrag. Viel Geld gab es dafür nicht, und eigentlich war für die jungen Mädchen schon allein der niedrige Lohn eine Prüfung, weshalb auch nur die wenigsten die lange Ausbildung beendeten. Wer sich für die Arbeit eignete und diesen Prozess der natürlichen Auslese überstanden hatte, musste noch einmal zwei Jahre lang Hilfstätigkeiten ausführen, bevor er dann endlich in den Rang der Verkäuferinnen aufstieg und damit den Neid der ganzen Branche auf sich zog. Diese Stellen wurden nämlich sehr ordentlich bezahlt.

Carmen kannte ihre Tochter nur zu gut, die so einige Flausen im Kopf hatte und der die Ernsthaftigkeit, die Bereitschaft zu harter, aufopfernder Arbeit fehlte. Sie wusste ganz genau, dass Laia noch Lichtjahre davon entfernt war, die Ansprüche an das künftige Verkaufspersonal von Santa Eulalia zu erfüllen. Laia hatte diese Stelle nur deshalb bekommen, weil der junge Senyor Molins, der genauso großzügig war wie sein Vater, Carmen damit einen Gefallen hatte tun wollen. Jetzt aber musste Laia sich beweisen, und ihre Ausbildung würde anspruchsvoll sein, daran hatte ihre Mutter keinen Zweifel. Es bedrückte sie, dass sie nicht sicher war, ob ihre Tochter die Lehrzeit erfolgreich beenden würde.

»Na, na, Dummchen, jetzt steh schon auf und lass mich weiternähen. Auf der Straße warten deine Freundinnen seit einer ganzen Weile auf dich.«

»Wenn sie erst dieses Kleid sehen …«

Carmen hatte aus dem Gedächtnis ein gerade im Modehaus eingetroffenes Kleid kopiert. Es handelte sich um einen hochmodernen Entwurf aus Paris: Das taillierte Modell hatte einen runden Ausschnitt und einen Gürtel, der zu einer Schleife gebunden wurde. Der Rock war aus leicht durchscheinendem Musselin und fiel mit drei Volants sanft bis zu den Knöcheln hinunter. Carmen hatte sich für das Kleid ihrer Tochter keinen teuren Stoff leisten können, aber durch all die Liebe, die sie in das Projekt gesteckt hatte, ein wahres Wunder vollbracht. Die Schwielen an ihren Händen zeugten davon, seit wie vielen Jahren sie schon mit Nadel und Faden arbeitete.

Laia drückte ihrer Mutter einen schmatzenden Kuss auf die schon faltige Wange und ging zurück in ihr Zimmer, um sich die Haare zu kämmen. Von dort aus rief sie: »Warum kommen Sie denn nicht mit, Mutter? Das wird bestimmt sehr vergnüglich. Marias Mutter schließt sich uns auch oft an und hat immer viel Spaß. Sie ist ja auch allein, genau wie Sie.«

Carmen hatte längst wieder nach ihrer Nadel gegriffen und nähte am Kragen des Kleidungsstücks auf ihrem Schoß weiter. Sie schüttelte den Kopf. »Du weißt doch, dass ich dieses Kleid für Senyora Natalia fertig machen muss, ihr Sohn heiratet nächste Woche. Heute ist die letzte Anprobe.«

Vor dem Spiegel kniff sich Laia in die Wangen, damit sie ein bisschen Farbe bekamen. »Ich weiß wirklich nicht, warum Sie immer noch so viel zu Hause nähen, Mutter. Sie haben doch eine gute Arbeitsstelle, und ich jetzt auch.«

Darauf erwiderte Carmen nichts. Was sollte sie auch sagen? Ihre Tochter stand einfach nicht mit beiden Beinen fest auf der Erde. Wann würde sie wohl erwachsen werden?

Endlich war Laia fertig und trat aus ihrem Zimmer. »Aber Mutter, heute ist doch Sonntag. Denken Sie doch morgen wieder an die Arbeit. Wollen Sie sich nicht einmal amüsieren?«

Carmen schüttelte den Kopf. »Na, los, jetzt geh schon, Laieta. Und um acht Uhr bist du wieder zu Hause, morgen musst du früh raus!«

Laia lebte in der Carrer de Piquer, im Stadtviertel Poble Sec, das schon immer ihr Zuhause gewesen war. Als sie die Treppe zur Straße hinunterlief und dabei immer zwei Stufen auf einmal nahm, hatte sich über ihre sonst so fröhlichen Augen ein leichter Schatten gelegt. Warum nur ging ihre Mutter kaum aus dem Haus? Sie schien es geradezu darauf anzulegen, früh alt zu werden. Ihre Mutter war immer dunkel angezogen und widmete ihr ganzes Leben der Arbeit und dem Gedenken an ihren vor vielen Jahren verstorbenen Ehemann. Laia hatte noch nie gesehen, dass Carmen irgendetwas zum Spaß machte. Sie selbst war da ganz anders. Ihrer Meinung nach musste man das Leben in vollen Zügen genießen und jede Sekunde voll ausschöpfen. Laia war sich ganz sicher, dass sie nie eine so verbitterte Frau wie ihre Mutter werden würde, was auch geschah. Niemals!

Als sie auf die Straße hinaustrat, warteten dort schon Neus und Maria auf sie. Immer und immer wieder musste sie sich vor ihnen im Kreis drehen, damit die beiden ihr neues Kleid bewundern konnten. Durch die begeisterten Ausrufe ihrer Freundinnen waren die traurigen Gedanken schnell vergessen. Die drei vor Jugend nur so strotzenden Mädchen schlangen einander die Arme um die Taille und liefen von der Carrer de Piquer aus den Camí de l'Esparver de Montjuïc entlang, der sie zur Pla del Gurugú führen würde. Dort verbrachten die Arbeiter der Stadt den Sonntag, ließen sich auf den Bänken nieder, um etwas zu essen oder zu trinken, und für die jungen Leute wurde zum Tanz aufgespielt. Die Kinder liefen unbehelligt herum, und die jungen Mädchen träumten davon, von einem Burschen aufgefordert und herumgewirbelt zu werden, in den sie sich verlieben konnten. Die meisten tanzten dann aber doch mit ihren Freundinnen. Laia nicht, ihr fehlte es nie an männlichen Tanzpartnern, und seit einigen Sonntagen tanzte sie mit einem, der wirklich etwas hermachte. Er sah immer aus wie aus dem Ei gepellt und roch nach Rasierwasser. Ob er heute wohl auch wieder da sein würde?

Als ihre Tochter das Haus verlassen hatte, ließ Carmen ihre Handarbeit sinken und trat auf den Balkon, um ihr unten auf der Straße hinterherzusehen. Jetzt, zum Sommeranfang, schien noch immer der Geruch nach Feuer und Asche von den Johannisfeuern in der Luft zu liegen. Bevor sie wieder hineinging, schnupperte Carmen noch kurz an den Geranien, deren Duft sie an ihre Heimat erinnerte, und zupfte hier und da ein trockenes Blatt ab. Zurück in der Wohnstube nahm sie ihr Hochzeitsfoto von der Kommode und strich mit dem Daumen liebevoll über Valentís Gesicht. Wie elegant er damals ausgesehen hatte! Mit dem Rahmen in der Hand setzte sie sich schließlich hin, um mit ihrem Ehemann zu plaudern. Zum Glück hatte Laia keine Ahnung, dass sie mit dem Bild ihres verstorbenen Mannes sprach, wenn sie allein war. Sie würde sie sonst wohl für verrückt erklären. Aber eigentlich war Carmen das egal, ihr waren diese gemeinsamen Momente einfach wichtig.

»Wie hübsch unser Mädchen ist, Valentí! Es gibt doch nichts Schöneres als die Jugend, und unsere Laia ist einfach unvergleichlich. Allerdings weiß ich wirklich nicht, nach wem die Kleine kommt. So gut ausgesehen haben wir ja beide nicht.«

Ihre von Fältchen umgebenen Augen starrten einen Moment ins Leere und wurden dabei immer sanfter und liebevoller. Dann sah Carmen wieder die Fotografie an, und ihr Lächeln wurde schelmisch. »Nein, Valentí, jetzt sei mal nicht eingeschnappt, du warst wirklich ein schöner Mann. Allerdings weiß ich immer noch nicht, was du eigentlich in mir gesehen hast, der kleinen Schneiderin vom Dorf. Zum Glück kommt unser Mädchen nach dir.«

Carmen stellte den Rahmen auf den Tisch vor sich und nahm erneut ihr Nähzeug zur Hand. Als sie den Kragen festgenäht hatte, strich sie das Kleid glatt, um es im Ganzen zu betrachten. Anschließend zog sie es der alten Schneiderpuppe an.

»Hast du gehört, Valentí? Da fragt sie mich, ob ich mich nicht mal amüsieren will!«, murmelte sie mit einem Mund voller Stecknadeln. »Wie soll man sich denn vergnügen, wenn man Tag und Nacht arbeiten muss, um über die Runden zu kommen?« Carmen senkte den Blick und konzentrierte sich auf das Kleid, an dem sie arbeitete. Dann trat sie ein paar Schritte zurück und betrachtete es mit geübtem Blick. »Und davon ganz abgesehen – den Schmerz kann nichts überdecken, Valentí. Das geht einfach nicht. Das Leben ist eben nicht bunt und fröhlich, wenn man selbst so traurig ist.«

Carmen war nie zur Schule gegangen, kannte die Geschichte ihres Heimatortes Alcaudete jedoch gut. Er lag in der Sierra de Orbes, im Südwesten der Provinz Jaén …

»Der Palast wurde einst von den Mauren aus Granada angegriffen«, hatte ihre Mutter erklärt, während sie ihrem Töchterchen das Nähen beibrachte. Carmen war noch so klein gewesen, dass sie kaum selbst einen Faden einfädeln konnte.

»Ist das lange her, Mutter?«

»Oh, und ob! Das war vor vielen, vielen Jahren. Damals kam der Maurenkönig mit einer riesigen Armee von Soldaten zu Pferd und zu Fuß, mit Kanonen und anderem Kriegsgerät.«

Gebannt sah die kleine Carmen zu ihrer Mutter auf. Das Nähzeug in ihrer Hand war plötzlich vergessen.

»Wo heute das Kreuz steht, hat einst der Maurenherrscher sein

Zelt aufgeschlagen. Seine Mannen griffen die Festung dreimal an und wurden dreimal abgewehrt, dann ließ er einen unterirdischen Gang graben, um den Palast im Herzen zu treffen. Es war ein furchtbarer Kampf, und bald türmten sich so viele tote Angreifer, dass kein Vorankommen mehr war. Die Schlacht dauerte zwei Tage.«

»Aber es haben doch die Christen gewonnen, oder, Mutter?«

»Natürlich. Und die Stelle, an der der Maurenkönig sein Lager hatte, nennt man heute *Humilladero*.«

Carmen schloss die Augen und konnte nach all den Jahren noch immer die Stimme ihrer Mutter mit dem sanften Akzent des Südens hören, den sie selbst inzwischen verloren hatte. Vor ihrem inneren Auge sah sie, wie die Nadel über den Stoff huschte, wenn ihre Mutter rasch Stich um Stich nähte. Und als wäre es gestern gewesen, erinnerte sie sich an die Hochsommerhitze und die unbarmherzig brennende Sonne an jenem Tag, als man ihre Mutter auf dem kleinen Friedhof von Alcaudete begraben hatte.

Carmen war allein zurückgeblieben, ihr Vater war ein paar Jahre zuvor gestorben, und ihre Mutter hatte ihn nicht lange überlebt. Carmen besaß nichts, ihr gehörte nicht einmal das Haus, in dem sie geboren war. Mit zwanzig Jahren hatte sie einzig eine Tante in Barcelona, die sie aber nicht persönlich kannte. Und zu ihr machte Carmen sich dann auf den Weg.

Tante Rosa war Witwe und älter als Carmens Mutter. Der Himmel schien Tante Rosa die dünne, ein wenig zerbrechlich wirkende Nichte geschickt zu haben, denn seit dem Auszug ihres einzigen Sohnes vor vielen Jahren war sie allein. Sie empfing Carmen mit offenen Armen und behandelte sie wie eine Tochter. Und Carmen tat auch in Barcelona das Einzige, was sie konnte: Sie nähte.

Natürlich fehlte ihr eine geregelte Ausbildung, aber sie war zielstrebig und liebte, was sie tat. Schnell sprach sich unter Rosas Nachbarinnen und Freundinnen herum, was für wundervolle Kreationen ihre Nichte zauberte, sodass Carmen sich bald zum

Nähen bei einigen von ihnen einfand und auch Aufträge nach Hause mitnahm.

Tante Rosa war schlau wie ein Fuchs und setzte auf Carmen. Ihr war schnell klar, dass ihre Nichte als Schneiderin großes Talent hatte, dieser Rohdiamant aber noch geschliffen werden musste. Ihr erstes selbstverdientes Geld hatte Carmen brav ihrer Tante übergeben, und die meldete sie damit in der Schule von Carme Martí Missé in der Carrer dels Banys Nous an, wo nach dem bekannten Martí-System gelehrt wurde.

Dort verbesserte Carmen ihre Zuschnitttechnik und lernte viel über die Arbeit mit verschiedenen Stoffarten. Mit dem Unterricht, dem Nähen und den Anproben mit Kundinnen war die junge Frau durchgehend beschäftigt und hatte kaum mehr eine freie Minute. Sie ging nicht wie Gleichaltrige aus, um sich zu vergnügen, und hatte es mit ihrer ruhigen, verschlossenen Art in Barcelona nicht leicht, Freundinnen zu finden.

Die Zeit verging wie im Flug, und Carmen baute sich während der Lehrjahre im Stadtviertel ihrer Tante, Poble Sec, eine treue Klientel auf. Rosa war stolz auf den Fortschritt ihrer Nichte und richtete für sie in ihrer Wohnung in der Carrer Poeta Cabanyes ein Zimmer als Nähstube ein. Dort hatte Carmen alles Nötige: einen großen Tisch zum Zuschneiden und eine gebrauchte Singer-Nähmaschine, die sie später durch eine mühsam abbezahlte neue ersetzen würde, ein Tischchen mit Zeitschriften, eine Schneiderpuppe aus Weidenruten. Von nun an fanden sich die Kundinnen zur Anprobe dort ein, und Carmen stellte in Zeiten mit viel Arbeit sogar eine Gehilfin zur Unterstützung ein.

Sie arbeitete hart, es fehlte ihr nie an Aufträgen, und mit dem Verdienten kam sie gut über die Runden. Den Großteil ihrer Einnahmen übergab sie ihrer Tante und behielt für sich nur das Nötigste. Tante Rosa, die gute Seele, legte es für sie als Aussteuer zurück, aber mit ihren siebenundzwanzig Jahren dachte Carmen noch längst nicht ans Heiraten. Bis sie Valentí begegnete.

Wenn Carmen für die Kleider ihrer Kundinnen Seidenbänder

oder Posamenten kaufen musste, tat sie das meistens in den uralten Straßen des Call-Viertels von Barcelona, in Geschäften wie Fany, Roch oder Dotti. In Letzterem lernte sie an einem leuchtenden Herbstmorgen, als die Dächer der Stadt in der Sonne glänzten, Valentí Calvet kennen. Diesen Tag würde sie niemals vergessen.

Valentí war Anfang dreißig, ein sympathischer junger Mann mit optimistischem Blick, attraktiv, dabei offen und zugänglich. Als Vertreter einer Kurzwarenfirma war er mit seinem Köfferchen voller Muster in ganz Katalonien unterwegs, und aus seinen Augen sprach ungetrübte Lebensfreude.

Als Carmen bei Dotti zur Tür hereinkam, war sie die einzige Kundin. Außer ihr befand sich im Laden nur noch dieser junge Mann, der einen offenen Koffer auf den Tresen gestellt hatte, übertrieben gestikulierte und mit tänzelndem Akzent einen wahren Wortschwall auf den Angestellten niedergehen ließ.

Carmen wartete darauf, dass er fertig wurde, und ließ derweil den Blick über die Regale voller Schachteln wandern, die wahre Schätze bargen: Baumwollgarn zum Häkeln oder Stricken, Nadeln und Knöpfe, Fingerhüte, Seidenbänder und alle möglichen anderen Knäuel, Rollen und Spulen. Vor ihr erstreckte sich eine ganze Welt aus Formen und Farben. Als der Verkäufer die Kundin bemerkte, wimmelte er den Vertreter ab, der daraufhin die Muster in seinem Koffer ordnete und sich dann zu Carmen umdrehte. Ihre Blicke trafen sich, auf den Lippen beider zeigte sich ein Lächeln, und Carmen hatte zum ersten Mal in ihrem Leben Schmetterlinge im Bauch.

Damit war die Sache besiegelt.

Zur großen Freude von Tante Rosa heirateten Carmen und Valentí ein Jahr später – warum noch länger warten, schließlich waren beide nicht mehr die Jüngsten. Wie alle Paare, die ein gemeinsames Leben anfangen, blickten sie voller Träume und Ideen in die Zukunft. Aber das Schicksal meinte es nicht gut mit ihnen. Bereits ein halbes Jahr nach der Hochzeit starb Tante Rosa völlig überraschend nach einem Herzinfarkt, und Carmens Vetter forderte die Wohnung für sich ein.

Deshalb musste sich das Paar etwas Neues suchen. Sie wollten auf jeden Fall im gleichen Viertel bleiben, weil Carmen an der gewohnten Umgebung hing und ihre Kundinnen nicht verlieren wollte. Die einzige bezahlbare Wohnung, die sie fanden, lag in der Carrer de Piquer und hatte eine Stube und ein Schlafzimmer zur Straße hin. Die Küche und ein kleineres Zimmer gingen hinten auf den Lichtschacht hinaus. Das dunkle Zimmer eignete sich nicht für die Arbeit der jungen Schneiderin, und sie brauchten den Raum ohnehin für das Kind, das sie erwarteten. Deshalb brachte Carmen den Zuschneidetisch, die Modezeitschriften und die Schneiderpuppe in der Wohnstube unter. Jetzt würde sie eben dort nähen und zur Anprobe wieder zu ihren Kundinnen nach Hause gehen.

Im Sommer 1900 wurde ihre Tochter geboren, und Valentí wollte sie gern nach seiner Mutter Laia benennen. Am Anfang fand Carmen den Namen ein wenig merkwürdig, sie konnte ihrem heiß geliebten Ehemann den Wunsch jedoch nicht abschlagen.

Zusammen mit Valentí und Laieta verlebte Carmen die beiden glücklichsten Jahre ihres Lebens. Nur zwei Jahre, wie schnell sie verstrichen waren! Sie schien bloß einen kurzen Blick auf das Glück erhascht zu haben, da wurde es ihr schon wieder entrissen. Eines Tages brach Valentí mit seinem Köfferchen nach Sabadell auf und kehrte nicht mehr zurück. Genau wie Tante Rosa verstarb er völlig unvorhergesehen, und auch bei ihm war die Rede von einem Infarkt. Carmen wollte jedoch nie glauben, dass das junge Herz in seiner Brust einfach zu schlagen aufgehört hatte.

Die so plötzliche und für Carmen unerklärliche Abwesenheit ihres Mannes tauchte ihre Welt in Dunkelheit, sie fühlte sich, als hätte sie eine Handvoll Stecknadeln verschluckt. Aber sie hatte eine Tochter und musste irgendwie weitermachen, um jeden Preis. Jahrelang klapperte sie Woche um Woche ihre Kundinnen ab und nahm jeden Auftrag an, auch wenn sie dafür ihre Nachtruhe opfern musste. Laia sollte es an nichts fehlen, und Carmen war schließlich daran gewöhnt, in harten Zeiten nach vorn zu blicken. Im Jahr 1909 erzählte ihr dann eine Kundin bei der Anprobe, dass das Bekleidungsgeschäft Santa Eulalia an der Pla de la Boqueria eine Abteilung für Damenkonfektion eröffnen würde.

»Himmel, hoffentlich verlierst du dadurch keine Aufträge, Carmen«, sagte die Kundin und heuchelte Besorgnis, die sie gar nicht verspürte.

Carmen war versucht, sie mit der Stecknadel zu piken, am Ende tat sie aber etwas Sinnvolleres und bewarb sich bei Santa Eulalia.

Und dort blieb sie dann.

4

Das Sonnenlicht streifte bereits die Geländer der Dachterrassen, und die Schwalben zwitscherten laut, als Carmen und ihre Tochter auf dem Weg zu Santa Eulalia die Rambla überquerten. Zu dieser frühen Stunde war die Luft noch frisch und half der verschlafenen Laia beim Wachwerden. Glänzend rekelte sich die Stadt in der Sonne, Meer und Himmel zeigten sich strahlend blau. Es herrschte viel Verkehr, Kutschen und Straßenbahnen drängten sich auf den Straßen, und auch im Inneren des Modehauses summte es bereits wie in einem Bienenstock, obgleich es von außen noch zu schlafen schien.

Mutter und Tochter betraten das Geschäft und verabschiedeten sich voneinander. Dann ging Carmen in den zweiten Stock hinauf, wo sich die Schneiderwerkstätten befanden, jeder Raum mit einer eigenen Nummer. Sie stand in Saal drei einem kleinen Heer von Lehrmädchen vor. Alle nahmen ihre Plätze ein, und dann führten die Lehrlinge das erste Ritual des Tages aus: Mit präzisen, schon Tausende Male wiederholten Bewegungen entfernten sie die großen Planen, die nachts die Ware schützten. Das Ganze ging mit viel Lärmen und Getöse vor sich, dazwischen immer wieder ein »Vooorsicht!«-Ruf, mit dem die Kollegen gewarnt wurden.

Nun zeigten die Regale die während der Nacht verwahrten Schätze, ganz oben die leichten Seidenstoffe, durchscheinend wie das Meer, die geduldig darauf warteten, von den erfahrenen Händen der Angestellten zum Leben erweckt zu werden. In der Mitte lagen die dickeren Materialien wie Brokat und Damast, außerdem Samt in unzähligen Farben. Auf den unteren Regalbrettern ruhten Wollstoffe wie Tweed, Merino und Cheviot in neutralen Tönen, auf denen weiße Etiketten leuchteten. In diesem Reigen aus Luxus und Sinnlichkeit schienen einem selbst die dicken Wollballen verführerisch zuzuzwinkern.

Nun begannen Lehrjungen und -mädchen, die Ladentische aus Mahagoni zu polieren, bis sie glänzten, während die Verkäufer ihre Posten einnahmen und in der Ferne das Klappern einer schweren Schreibmaschine erklang.

In diesem Moment betrat Senyor Molins mit leichten Schritten das Modehaus, nahm den Hut ab und grüßte. Kurz darauf näherten sich die ersten Kunden und ließen den Blick über die Auslagen wandern. Sie hatten keine Eile und sahen sich ganz in Ruhe in den eleganten Räumen von Santa Eulalia um.

Und so begann ein neuer Arbeitstag.

Gleichzeitig mit Laia hatten bei Santa Eulalia zwei weitere junge Frauen und zwei Lehrjungen angefangen, die das Geschäft fast immer zusammen betraten. Die beiden jungen Männer hätten als Brüder durchgehen können. Für ihre vierzehn Jahre waren sie klein, hatten einen dunklen Teint, schwarzes Haar und einen wachen Blick, in Damiàs Fall aus braunen, in Germáns aus blauen Augen.

Germán Santos hatte den Ausbildungsplatz ohne Empfehlung ergattert, nur durch seine Bereitschaft zu harter Arbeit. Er wollte seine Familie unterstützen, die gerade erst aus seiner Heimat Murcia nach Katalonien gezogen war und nun in einer winzigen, schäbigen Wohnung im Stadtviertel Barceloneta darben musste. Als er gehört hatte, dass im Modehaus Santa Eulalia junge Leute ausgebildet wurden, war er in seinem besten Paar kurzer Hosen vorstellig geworden – dem mit den wenigsten Flicken. Als man ihm empfahl, sich später noch einmal zu bewerben, beherzigte er den Rat und kam jeden Tag wieder, bis man sich schließlich seiner erbarmte. Sein Vater musste ihn begleiten und den Vertrag unterschreiben, der vom Lehrling auch Kenntnisse der katalanischen Sprache oder zumindest die Bereitschaft forderte, sie zu erlernen. Wieder nahm sich Germán die Sache zu Herzen und sagte im Geschäft kaum ein Wort, doch er hörte gut zu, und nach gerade mal einem Monat konnte man sich schon ohne Probleme auf Katalanisch mit ihm unterhalten. Natürlich hatte er in Damià auch einen guten Lehrmeister.

Damià Solsona war ein typischer Vertreter seiner Zunft. Wie viele Lehrjungen im Haus war er ein ehemaliger Schüler der La-Salle-Schule, was für Antoni Molins und später seinen Sohn Andreu fast schon einer Garantie gleichkam. Beide setzten immer wieder auf Absolventen der Salesianer-Schule.

Germán und Damià waren vom ersten Tag an unzertrennlich, und ihre Freundschaft überwand alle Unterschiede in ihrer Herkunft. Ihre freche, kecke Lebensfreude hatte sie zusammengeführt, und schnell waren sie im ganzen Haus dafür bekannt – mehr als für gute Leistungen. Die Firma Santa Eulalia setzte bei der Ausbildung von Lehrlingen auf Belohnungen und Strafen, wie es der Philosophie von Antoni Molins entsprach. Der Firmengründer war, vielleicht nicht ganz zu Unrecht, davon überzeugt, dass es im Leben nichts umsonst gab und man nichts ohne Anstrengung erreichte. Die Regeln des Hauses waren deshalb so klar formuliert wie unantastbar, und die älteren Angestellten bläuten den ihnen unterstellten jungen Leuten immer wieder eine Reihe von einfachen Grundsätzen ein: Sie durften niemals zu spät zur Arbeit kommen. Sie durften ihren Arbeitsplatz nie verlassen. In Anwesenheit von Kunden durfte nicht geschwatzt und erst recht nicht laut gerufen werden. Auf den Gängen und Treppen durfte kein Lärm gemacht werden. Und unter keinen Umständen durfte über die Kundschaft getratscht werden. Wer gegen diese Regeln verstieß, musste zur Strafe stundenlang Stecknadeln und Stofffetzen vom Boden aufsammeln oder verschmutzte Stoffe waschen.

Während der ersten Jahre im Haus dürften Germán und Damià wohl so einige Stecknadeln aufgehoben haben, und sie entfernten auch so manchen Fleck unter dem gestrengen Blick von Senyor Bosch, der für die Ausbildung der Lehrlinge verantwortlich war und sich vielleicht mehr als alle anderen darum bemühte, dass durch neu eingesetzte Teile kein Sand ins Getriebe der perfekten Maschinerie Santa Eulalia kam. Doch der gute Mann hatte so seine Mühe, diese beiden jungen Männer auf den richtigen Weg zu bringen. Die zwei schienen nichts und niemanden zu fürchten. Jahrelang erzählte man sich im Geschäft eine Anekdote über die beiden Freunde: Die alte Witwe Renom war steinreich und außerdem stocktaub. Als Damià und Germán sie mit ihrem Hörrohr hereinkommen sahen, taten sie so, als würden sie mit ihr sprechen, bewegten dabei aber nur lautlos die Lippen. Die arme Frau betrachtete das Rohr und rief: »Was sagst du da, Junge? Komm doch mal her… Nein, näher ran… Mein Gott, wie kann dieses Ding denn schon wieder kaputt sein?«

An einem Nachmittag im November verfärbte sich der Himmel draußen schwarz, als sich Senyor Bosch im Laden wieder einmal mit Germán und Damià herumschlagen musste. Er hatte ihnen aufgetragen, einen Ballen weißen Baumwollstoff in die Schneiderwerkstatt hochzubringen. Sie schleppten den schweren Stoff zu zweit hinauf, ließen ihn auf halber Treppe jedoch zu Boden sinken, um eine Verschnaufpause einzulegen. Vielleicht wussten sie nicht, dass solch eine Respektlosigkeit dem makellosen Weiß des Baumwollstoffs gegenüber ein weit schlimmeres Vergehen war als der Spaß mit Witwe Renoms Hörrohr. Als Bosch den auf der Unterseite völlig verschmutzten Ballen entdeckte, lief er vor Wut rot an. Er reckte den Zeigefinger in die Luft und wollte gerade auf die Lehrlinge losgehen, da öffnete sich die Tür zum Büro, und es erschien ein Mitarbeiter mit kalkweißer Miene. Bald machte der Ruf in ganz Santa Eulalia die Runde und trug die furchtbare Nachricht bis in den letzten Winkel des Geschäfts: »Senyor Molins ist gestorben! Der Besitzer ist tot!«

Antoni Molins hatte sich im Laufe seines Lebens im Textilsektor langsam hochgearbeitet und seit vielen Jahren ein erfolgreiches Geschäft geführt. Vor Kurzem war er, angeblich wegen einer starken Erkältung, zum ersten Mal in seinem Leben nicht zur Arbeit gekommen, hatte sich von dieser Krankheit nicht mehr erholt und war nun im November 1917 mit fünfundsechzig Jahren gestorben. Aurora, seine Frau, war untröstlich, und für seine Kinder Andreu und Roser hatte mit diesem unerwarteten Schicksalsschlag das einfache und bequeme Leben ein Ende. Mit einem Mal hatten sie jegliche Orientierung im Leben verloren.

Andreu, der Erbe, war zu diesem Zeitpunkt erst dreiundzwanzig Jahre alt. Sein Vater hatte ihn immer für einen vernünftigen, intelligenten und fleißigen Mann gehalten, der seine Arbeit einst angemessen weiterführen würde. Wie jeder Vater setzte er all seine Hoffnungen in seinen Sohn, allerdings brauchte Andreu Zeit, um die Fähigkeiten zu zeigen, die sein Vater in ihm vermutet hatte. Andreu hatte eine gute Erziehung genossen und war ein ernsthafter junger Mann, das Leben hatte ihm jedoch gerade übel mitgespielt. Er musste ganz plötzlich lernen, dass sich auch scheinbar Dauerhaftes mit einem Mal unwiderruflich ändern kann.

Um die Trauerfeier und Beerdigung kümmerte sich zum Glück Joan Ros, der Bruder von Andreus Mutter, ein bekannter Bankier aus Terrassa. Der Erbe, die Hoffnung der ganzen Firma, verbrachte derweil schlaflose Nächte. Tagsüber hockte Andreu im Salon des Hauses am Fenster und starrte hinaus in den unbarmherzigen grauen Februarhimmel, der seiner Gemütsstimmung so gut zu entsprechen schien. Sein Onkel, der ihn wie einen Sohn liebte, gab ihm Zeit, respektierte sein beklemmendes Schweigen und tröstete derweil seine Schwester und Nichte. Eines Abends aber ließ er Andreu in das Büro rufen, in dem sein Schwager Antoni gearbeitet hatte.

Joan Ros wartete vor dem Kamin auf seinen Neffen. Er stellte sein Cognacglas auf einem runden Tischchen ab, bat Andreu herein und bot ihm einen Sessel an. Das Gespräch, das keiner von ihnen je vergessen würde, fand vor dem freundlichen, wärmenden Kaminfeuer statt, doch im Herzen war den beiden eiskalt.

»Ich habe ein wenig Zeit verstreichen lassen«, begann Onkel Joan. »Aber das Leben geht weiter, auch wenn uns dein Vater verlassen hat, Andreu. Und jetzt bist du der Familienvorstand.«

Andreu hatte das Kinn in die Hand gestützt und starrte ins Feuer, während er seinem Onkel zuhörte.

»Das Geschäft kann noch ein paar Tage auf dich verzichten, aber du solltest es als gut geölte Maschine sehen, die man nicht einfach so anhalten kann.«

Vor seinem Neffen fühlte sich dieser Mann, der doch eigenhändig ein Bankenimperium aufgebaut hatte, jetzt so nervös wie ein Halbwüchsiger. Die Worte kamen nur stockend, weil er einen Kloß im Hals hatte, und Andreu, der aus dem Augenwinkel zu ihm hinüberschaute, ging es genauso. Er war seinem Onkel für den Beistand in schwerer Stunde wirklich dankbar. Dieses Gespräch hatte er bereits ungeduldig erwartet, aber auch gefürchtet. Er hatte Angst vor den Worten, die seine Lethargie durchbrechen und ihn zwingen würden, wieder aktiv zu werden.

»Du musst ins Geschäft gehen, mein Junge, und die Stelle deines Vaters einnehmen.« Mit einer Berührung am Arm unterbrach ihn sein Neffe, und ihre Blicke trafen sich in der schmerzerfüllten Stille.

»Ich weiß, Onkel«, sagte Andreu schließlich und erhob sich mit einer Schwerfälligkeit, die nicht zu seinen jungen Jahren passte.

»Ich bin für dich da, wenn du mich brauchst, Andreu. Aber dein Vater hat dich gut eingearbeitet, deshalb mache ich mir keine Sorgen. Wenn du seinem Beispiel folgst, wird es wie bisher weitergehen. Er war ein fähiger Geschäftsmann und wurde von seinen Angestellten geliebt, sie werden dir daher eine große Hilfe sein.«

Schweigend nickte Andreu. Er wusste, dass er es nicht länger hinauszögern konnte und jetzt in die Fußstapfen seines Vaters treten musste, doch er hatte noch so viele Fragen.

Joan Ros ergriff wieder das Wort: »Einen Rat möchte ich dir mit auf den Weg geben, mein Junge.«

Mit verlorenem Blick schaute ihn sein Neffe an. »Was denn, Onkel?«

»Du bist noch sehr jung, Andreu. Versuche nicht, denen Befehle zu erteilen, die älter sind als du und mehr Erfahrung haben.«

Als Andreu am nächsten Morgen Santa Eulalia betrat, kam es ihm vor, als umgebe ihn dichter, eiskalter Nebel. Der Anblick des Geschäfts, das doch der ganze Stolz seines Vaters gewesen war, war wie ein Schlag in die Magengrube, und er hatte das Gefühl, das Herz in seiner Brust müsse zerspringen. Allerdings hatte Andreu trotz seiner Jugend seine Gefühle unter Kontrolle und zeigte nach außen nicht, was er empfand.

Als er die Beileidsbekundungen der Angestellten entgegennahm, sah er überall feuchte Augen und echten Schmerz, und dabei löste sich die innere Unruhe nach und nach auf, die er seit dem Tod seines Vaters verspürt hatte. Stattdessen nahm eine neue, warme Gelassenheit von ihm Besitz und flüsterte ihm zu, dass dies hier sein Platz auf Erden sei und nun ein ganz neuer Lebensabschnitt beginne. Hier würde er sich seinem Schicksal stellen.

Voller Zweifel hatte er sich in der vergangenen Nacht hin und her gewälzt, inzwischen war er von seinem Vorhaben jedoch überzeugt und begab sich zuversichtlich in das frühere Büro seines Vaters. Dort ließ er Ramón Martínez Rosell rufen, einen jungen Mann, der vor etwa zwei Jahren im Einkauf des Modehauses angefangen hatte. Andreus Vater hatte immer sehr positiv über den sportlichen Mann gesprochen, der gut aussah und aus intelligenten, tiefsinnigen Augen in die Welt blickte. Ihm zufolge erwartete Ramón Martínez bei gleichbleibender Leistung in der Firma eine große Zukunft, und für solche Dinge hatte Antoni Molins ein Gespür gehabt.

Ramón ließ nicht auf sich warten und klopfte schon bald an. Er hatte keine Ahnung, was der Sohn des Besitzers, oder vielmehr der neue Besitzer, wohl von ihm wollte. Als Molins ihn nach einer höflichen Begrüßung schweigend ansah, hielt er das für kein gutes Zeichen.

»Also, was kann ich für Sie tun, Senyor Molins?«

Andreu deutete auf einen Stuhl aus Mahagoni, bevor er wieder hinter den Schreibtisch ging und sich setzte. Dann lehnte er sich zurück und legte die Hände wie zum Gebet zusammen. Er schloss die Augen und stieß ein Seufzen aus, bevor er schließlich erklärte: »Ich hätte gern eine Liste mit den Namen und dem Alter aller Angestellten.«

Verdutzt sah ihn der junge Mitarbeiter an, weil ihn der Auftrag wunderte und so etwas auch nicht zu seinen Aufgaben gehörte. »Aber … das verstehe ich nicht …«

»Das müssen Sie auch nicht, fertigen Sie einfach nur diese Übersicht für mich an«, erwiderte Andreu kühl.

Als die Liste schließlich auf seinem Schreibtisch lag, führte er die erste und schwierigste Handlung als neuer Inhaber des Bekleidungsgeschäfts durch. Niemand verstand seine Entscheidung, sie legte jedoch den Grundstein für seine weitere Arbeit. Mit Bleistift strich er die Namen all derer auf der Liste durch, die mehr als drei bis vier Jahre älter waren als er selbst, und verschonte dabei lediglich die Schneider mit der meisten Erfahrung. Alle anderen entließ er und stellte dafür junge Leute ein, denen gegenüber er sich in seiner Chefposition sicher fühlte. Damit wurde Santa Eulalia auf einen Schlag verjüngt.

5

Laia war den ganzen Tag auf den Beinen. Sie brachte Stoffe vom Laden in die Werkstätten hoch, trug für die Kundinnen Kleider zur Anprobe hinunter und sammelte in den Umkleidekabinen mit einem Magneten Stecknadeln auf. Sie fegte, brachte den Kollegen Wasser und machte für die Verkaufsleiterin, Senyora Dalmau, hin und wieder Besorgungen außerhalb des Geschäfts, die mit der Arbeit im Modehaus meist wenig zu tun hatten. Aber da Laia jeglicher Ehrgeiz fehlte, störte sie das nicht. Sie wollte bei der Arbeit nicht unbedingt vorankommen. Stattdessen dachte sie immer nur bis zum nächsten Sonntag, an dem sie frei hatte und ohne Aufgaben oder Pflichten auf der Pla del Gurugú tanzen und ihren Verehrer Daniel treffen konnte. Allerdings war sie viel lieber im Lager oder draußen unterwegs, als die blasierten Kundinnen zu bedienen, die in das Geschäft kamen. Die lauten Zeitungsverkäufer an der Pla de la Boqueria oder das Geplapper der Müßiggänger am Kiosk auf der Rambla fand sie viel angenehmer als die Forderungen der oft pampigen feinen Damen. Sie spürte die leichte Brise auf den Wangen, die träge, warme Sommerluft Barcelonas, und genoss es, sich auf der Rambla in der Menschenmenge zu verlieren. Laia wurde der Spaziergänge unter dem leuchtend blauen Himmel niemals müde, einem Himmel, an dem sich manchmal zarte Wolken wie endlose weiße Finger zeigten.

Das junge Mädchen war zufrieden mit dem, was das Leben ihr bot, und tat nichts, um daran etwas zu ändern. Ihrer Meinung nach konnte man sowieso nicht vorhersehen, was das Schicksal für einen bereithielt. Warum sollte man sich dann darüber den

Kopf zerbrechen? Ihre Mutter versuchte ihr bei jeder Gelegenheit einzuflüstern, sie solle mehr Verantwortung übernehmen und sich in der Firma einen Namen machen. Schließlich würde Carmen nicht immer da sein, um sie zu schützen. Diese Mahnungen gingen Laia jedoch zu einem Ohr herein und zum anderen wieder hinaus. Und die ständigen Standpauken von Senyora Dalmau perlten erst recht an ihr ab. Für Laia war die Verkaufsleiterin nichts weiter als eine verbitterte alte Frau, deren einziges Vergnügen darin bestand, andere bei jeder sich bietenden Gelegenheit zurechtzuweisen. Und warum sollte sie ihr das nehmen? Laia versuchte allerdings, die anderen Angestellten und Lehrlinge nicht zu verärgern, schließlich war sie die Jüngste und hatte hier als Letzte angefangen. Aber deshalb fühlten sich auch alle berechtigt, ihr bei der Arbeit auf die Finger zu sehen und ihr ständig Anweisungen zu geben. Laia scherte sich nicht groß darum, sie hatte ein besonderes Talent dafür, ihrer Wege zu gehen und Konflikte zu vermeiden, vor allem bei der Arbeit. Die sah sie ohnehin nur als nebensächlichen Begleitumstand ihres Lebens, wie eine vorübergehende Anekdote, die wenig mit ihrer Zukunft zu tun hatte. Aus diesem Grund verbrachte sie nur Zeit mit den umgänglicheren Kolleginnen und mied diejenigen, die ihr Probleme machen konnten.

Unter denen war Mila die Nummer eins.

Mila Alemany war Verkaufsgehilfin und arbeitete genau wie Laia unter der Aufsicht von Senyora Dalmau. Sie war nur zwei Jahre älter als Laia, wirkte jedoch reifer und hatte schon mit vierzehn im Laden angefangen. Wie die meisten der Lehrmädchen hatte sie die vorgeschriebenen vier Jahre absolviert und war jetzt Gehilfin, obwohl im Geschäft alle davon überzeugt waren, dass man sie bereits vor Ablauf der üblichen zwei Jahre zur Verkäuferin machen würde. Durch ihre Effizienz und Zuverlässigkeit war sie so etwas wie die rechte Hand von Senyora Dalmau geworden, die nie müde wurde, ein Loblied auf sie zu singen. Wer von den restlichen Kollegen bewundernd über die junge Gehilfin sprach, ließ dabei allerdings einen wichtigen Aspekt außer Acht: Mila

Alemanys Boshaftigkeit versprach nämlich die ihrer Mentorin noch in den Schatten zu stellen. Sie war in jeder Hinsicht Senyora Dalmaus würdige Nachfolgerin.

Mila war ein attraktives Mädchen, groß und schlank mit schneeweißer Haut und zauberhaftem rabenschwarzem Haar. Ihre Schönheit wurde jedoch von ihrem harten und unbarmherzigen Blick zerstört, der andere leicht verletzen konnte und in dem eine tiefe, dunkle Wut brodelte. Es lag an diesem Zorn, dass ihr junger Körper nichts Frisches an sich hatte. Er zerstörte ein ansonsten harmonisches Ganzes und zeigte sich in jedem Wort, das Mila sprach, verzerrte ihre Lippen zu einer spöttischen Geste.

Deshalb hatte Laia für ihre Altersgenossin nichts übrig, und der Tag verfinsterte sich für sie, wenn Senyora Dalmau ihr auftrug, Mila zur Hand zu gehen.

Die Stadt lag in mittäglicher Ruhe da, auf den Straßen war wenig los, und die Schaufenster von Santa Eulalia glänzten in der sanften Trägheit dieses Märztages. Senyora Dalmau hatte Laia abkommandiert, Mila mit der Auslage zu helfen. Kunstvoll und geschickt arrangierte die Gehilfin in der Vitrine neben dem Eingang die Spitzenkragen, die Laia ihr reichte, während sie die Leute auf der Straße beobachtete. Irgendwann entfuhr ihr ein Kichern, weil sie den jungen Senyor Molins näher kommen sah, groß und elegant, wie immer mit langen Schritten. Ihn begleitete eine junge Dame, die Trauer trug und versuchte, mit ihm Schritt zu halten. Freundlich grüßte der Besitzer im Vorbeigehen die beiden jungen Angestellten, während die junge Dame ihnen einen matten Blick schenkte.

»Wer ist das?«, fragte Laia neugierig.

»Na, wer schon? Was ist mit dir los, hast du Tomaten auf den Augen?«, entgegnete Mila herablassend. »Der Besitzer, Senyor Molins.«

»Ich meinte die junge Frau, die da bei ihm war.«

»Das ist Senyoreta Roser, seine Schwester.«

Mila wandte ihre Aufmerksamkeit wieder den Kragen zu, und Laia nutzte den Moment, um kurz ins Geschäft zu treten und der jungen Frau hinterherzusehen, deren fließende Bewegungen sie aussehen ließen, als würde sie schweben. Sie trug ein schwarzes Kleid und einen ebenso schwarzen Hut mit breiter Krempe und einer großen Schleife vorn. Wie elegant sie war!

Aus Neugier, oder vielleicht einfach, weil sie sich schnell ablenken ließ, heftete sich Laia an Roser Molins' Fersen. Sie ließ die Schwester des Besitzers nicht mehr aus den Augen und wurde wegen vermeintlicher Träumerei mehrmals von Senyora Dalmau zurechtgewiesen. Als Laia klar wurde, dass Senyoreta Molins zu den Nähwerkstätten wollte, machte auch sie sich unter dem Vorwand, eine große Stoffrolle abgeben zu müssen, auf den Weg dorthin.

Wie einen riesigen Säugling hielt Laia das Bündel im Arm und lief damit die Treppe hinauf. Dann drückte sie sich an der Glastür zu Werkstatt Nummer drei die Nase platt. Hier dirigierte ihre Mutter zwischen Zuschneidetischen, Scheren und Fäden ein kleines Heer aus Schneiderinnen. Sie war die unangefochtene Kaiserin unter all den jungen Mädchen, die zehn Stunden am Tag zuschnitten und nähten, anpassten und abänderten. Für elegante Kleider aus Seide und Musselin, die sie selbst niemals tragen würden, stachen sie sich die Finger blutig und setzten ihr Augenlicht aufs Spiel.

»Hallo«, erklang hinter Laia eine Stimme.

Erschrocken fuhr das junge Mädchen herum und versetzte dabei Senyoreta Roser mit dem Stoffballen einen ordentlichen Stoß. Die Schwester des Besitzers verlor das Gleichgewicht und plumpste mit einem spitzen Schrei auf ihre vier Buchstaben.

So synchron wie bei einer Ballettaufführung flogen nun alle Werkstatttüren gleichzeitig auf. Zahllose neugierige Augen starrten sie an, unter ihnen auch die von Carmen.

»Aber Laia, Kind«, murmelte die Schneiderin und blickte genauso erschrocken wie ihre Tochter zu Senyoreta Molins hinunter.

Laia war weiß wie eine Wand geworden und ließ den Stoffballen fallen, um der Senyoreta hochzuhelfen, doch Roser stand problemlos allein auf. Trotzdem war Laia davon überzeugt, dass jetzt alles zu spät war. Man würde sie hinauswerfen, und dann würde ihre Mutter ihr die Hölle heißmachen.

Die Stille war ohrenbetäubend, gespannt standen alle da, und Roser und Laia sahen einander erwartungsvoll an. Schließlich durchbrach ein lautes, kindliches Lachen das Schweigen. Es stammte von Roser.

»Es… es tut mir so leid«, stammelte Laia.

Mit einer Hand schüttelte Roser den Schneiderkittel aus, den sie sich zum Schutz über das Kleid gezogen hatte, während sie sich mit der anderen das blonde Haar glattstrich, das sie als tiefen Knoten im Nacken trug.

Bewundernd ließ Laia den Blick über ihre helle, zarte Haut und die eleganten Züge wandern, während sie sich instinktiv die widerspenstige Locke aus der Stirn strich, die ihr immer über das rechte Auge fiel.

»Das war doch nur ein kleiner Unfall, sonst nichts.« Auf den Lippen von Roser zeigte sich ein warmes Lächeln. Sie hielt Laia die Hand hin.

»Ich bin Roser Molins. Und du, wie heißt du?«

»Laia. Laia Calvet.«

In freundlichem Tonfall, der aber keinen Widerspruch duldete, erklärte Roser Senyora Dalmau, dass sie ein paar Besorgungen machen musste und Laia mitnehmen würde. In Wirklichkeit hatte sie bloß keine Lust, allein zum Posamentengeschäft Soler an der Plaça del Pi zu gehen, wo sie ein paar Spitzen für ein Kleid kaufen wollte, an dem sie gerade arbeitete.

Die Verkaufsleiterin machte mehrmals den Mund auf und wieder zu wie ein Fisch auf dem Trockenen. Sie runzelte die Stirn und endete mit einer unbestimmten Kopfbewegung, die ebenso Zustimmung wie Missfallen ausdrücken konnte. Aber das war eigentlich auch egal, die beiden jungen Frauen hatten sich längst abgewandt und verließen Santa Eulalia durch den Haupteingang. Als sie auf die Straße traten, sogen sie dankbar die laue Luft dieses schönen Tages ein. Und so wurde Roser Laias erste Freundin bei Santa Eulalia.

Durch den kleinen Unfall entwickelte sich zwischen den beiden eine freundschaftliche Vertrautheit, bei der die Unterschiede durch Herkunft und Erziehung gar keine Rolle spielten. Die beiden plauderten gern miteinander und standen sich nach einer Weile sehr nahe. Ihre Freundschaft war mit so festen Stichen genäht worden, dass niemand ihr etwas anhaben konnte, auch wenn sie auf Santa Eulalia beschränkt war. Dort sahen sie sich in der Werkstatt und in den Verkaufsräumen, manchmal verließen sie das Geschäft aber auch, wie an jenem ersten Tag, für einen kleinen Ausflug. Dann schlenderten sie mit glänzenden Augen die Rambla in Richtung Meer hinunter und ignorierten dabei die schwülen Temperaturen des Sommers. Als Laia Roser im Modehaus kennengelernt hatte, war das junge Fräulein ganz blass gewesen, inzwischen leuchteten ihre Wangen rosig vor Freude. Nichts vermochte ihre gute Laune zu trüben, nicht einmal die Befürchtung, Rosers Bruder Andreu könnte von diesen kleinen Ausflügen erfahren, mit denen Laia einen Teil ihrer Arbeitszeit vertrödelte. Aber da er seiner Schwester ohnehin nichts abschlagen konnte, würde er Roser auch nicht lange böse sein.

»Welch ein wunderschöner Tag, Laieta.«

Laia lächelte. Sie genoss es, mit Roser durch die Straßen Barcelonas zu schlendern. Wie gern sie dabei ihrer perfekten Aussprache und dem seidigen, melodischen Tonfall lauschte.

»Laieta nennen mich nur meine Mutter und Sie, Senyoreta.«

Aber Roser schien Laias Worte gar nicht zu hören, fasziniert von Barcelona saugte sie mit allen fünf Sinnen die Schönheit und Farben in sich auf.

»Eines Tages, Laieta, lerne ich diese Stadt mit all ihren Lichtern und Schatten kennen«, versicherte Roser ein wenig theatralisch.

»Die Lichter sind ja schön und gut, Senyoreta, aber wollen Sie sich auch die Schatten antun?«

Liebevoll sah Roser sie an und hakte sich bei ihr unter. Sie bogen in die Carrer Ferran ab, wo Laia begeistert die Pralinen und Bonbons in den Auslagen der Konditoreien betrachtete, die auch süße Mandelmilch verkauften. Sie blieben bei Hausnummer 14 vor der Konditorei Massana stehen, wo ein edles Schild in Gold und Schwarz auf Höhe des ersten Stockwerks darüber informierte, dass dieses Geschäft bereits im Jahr 1835 gegründet worden war. Laias Blick blieb im Schaufenster an einem mit Bonbons beladenen Stoffeselchen hängen und an zauberhaften, asiatisch anmutenden Schachteln, die mit köstlichen Pralinen gefüllt waren.

Roser sah sie an und fragte: »Hättest du vielleicht gern ein Glas Orxata?«

Beim Gedanken an die kühle Mandelmilch nickte Laia mit glänzenden Augen.

»Na, dann komm! Die leckerste gibt es bei Montserrat.«

Die beiden setzten sich wieder in Bewegung und ahnten nicht einmal, wie attraktiv sie mit ihrem leuchtenden Teint, den sanft geschwungenen, glänzenden Lippen und dem schimmernden Haar wirkten. Laia war ein selbstbewusstes junges Mädchen, das mit seiner lebhaften Art und dem entschlossenen Schritt die Blicke auf sich zog. Die diskretere und elegantere Roser erweckte in den Menschen stille Bewunderung, obwohl sie immer noch Trauer trug.

Nun gingen die beiden zur Rambla zurück und hielten auf die Carrer Nou zu. Dabei hatten sie keine Ahnung, dass inmitten all des Sonnenscheins nur ein paar Meter weiter das Barri Xino mit seinen engen, schlecht belüfteten Häusern voller Schmutz und Dunkelheit begann, wo an den Ecken Prostituierte standen und nackte Kinder durch Straßen voller Dreck und Pfützen liefen.

Schließlich saßen die beiden jungen Frauen vor zwei erfrischenden Gläsern Orxata und zwei Ensaïmada-Teigschnecken und plauderten vertraut miteinander. Roser nahm kleine Schlucke von der Mandelmilch und zupfte hier und da ein Stückchen vom Gebäck ab, ohne dabei mit dem Reden aufzuhören. Laia hingegen stürzte sich so gierig auf ihre Schnecke, als hätte sie seit Tagen nichts gegessen. So etwas Besonderes gönnte sie sich nur selten, daher war sie mehr als angetan von der süßen Köstlichkeit.

»Seit Papa vor einem halben Jahr gestorben ist, ist alles … so furchtbar«, klagte Roser.

Über ihr Orxata-Glas hinweg warf Laia ihrer Freundin einen mitfühlenden Blick zu.

»Nicht nur, weil sein Tod so plötzlich kam und uns völlig überrumpelt hat. Ich hatte ihn auch so furchtbar lieb …« Ihr stockte die Stimme, und Tränen standen ihr in den Augen, sie riss sich aber schnell wieder zusammen und sprach weiter: »Weißt du, ich musste das Reisen und meine alten Gewohnheiten aufgeben, und jetzt ist einfach alles vorbei … mein ganzes Leben!«

»Aber sagen Sie doch das nicht, Senyoreta Roser. Wie soll denn alles vorbei sein, Sie sind doch noch so jung!«

»Das begreifst du nicht, Laia, das kannst du gar nicht verstehen. Seit Papas Tod ist bei uns zu Hause die Tür verschlossen, wir empfangen überhaupt keinen Besuch mehr. Das ist nicht mehr wie ein Zuhause, sondern eher wie ein Gefängnis, alles verdunkelt. Meine Mutter war meinem Vater so zugetan und will einfach nicht vergessen. Auf Andreu kann ich auch nicht zählen, der hat schon genug damit zu tun, dass er von heute auf morgen die Firmenleitung übernehmen musste. Ich fühle mich so allein …« Plötzlich schlug sich Roser die Hand vor den Mund und verstummte, während sie entsetzt die Augen aufriss. Ihr nervöses Lächeln war wie eine Entschuldigung. »Mein Gott, wie unsensibel von mir. Ich hatte ganz vergessen, dass du das alles selbst durchgemacht hast, du hast schließlich auch keinen Vater mehr. Ich wollte keine unangenehmen Erinnerungen wachrufen, Laieta, bitte verzeih mir.«

Arglos schaute Laia sie an. »Ach, nein, Senyoreta, das muss Ihnen doch nicht leidtun. Ich habe an meinen Vater überhaupt keine Erinnerungen, weder an ihn selbst noch an die Zeit, als er gestorben ist. Ich war noch ganz klein.«

»Verstehe.«

Ein paar Sekunden herrschte Stille.

»Deshalb kommen Sie so oft in den Laden, nicht wahr, Senyoreta? Um sich abzulenken.«

Roser nickte. »Zu Hause bleibt mir einfach keine Luft zum Atmen, Laieta, da habe ich Angst zu ersticken. Einfach alles scheint nach Kerzen und Tod zu riechen, die Möbel, die Vorhänge und Tischdecken, alles! Und Mama lässt mich nicht mehr ausgehen. Ihrer Meinung nach sollen Frauen die Trauerzeit daheim verbringen, alles andere wäre Papa gegenüber respektlos. Aber ich muss einfach raus, sonst gehe ich vor lauter Traurigkeit ein. Das verstehst du doch, oder?«

»Natürlich! Mir würde es genauso gehen, da bin ich mir ganz sicher.«

Mit verträumtem Blick stützte Roser das Kinn auf. Sie dachte an früher und wurde endlich wieder munter. »Weißt du, als ich klein war, habe ich Papa oft in das Modehaus begleitet, genau wie Andreu, wenn er keine Schule hatte. Schon damals hat Papa ihm alles gezeigt, weil er ja eines Tages das Geschäft übernehmen sollte. Aber wir hätten nie gedacht, dass es so schnell dazu kommen würde.« Ihr zitterte die Stimme. »Das Glück zerrinnt manchmal so rasch zwischen den Finger, nicht wahr?«

Laia zuckte mit den Achseln, während sie ihre Orxata austrank. Sie selbst war eigentlich immer glücklich, deshalb wusste sie nicht, was sie antworten sollte. »Ja, so sagt man wohl«, erwiderte sie schließlich mit einem Lächeln.

Nun kehrte Roser wieder zu schöneren Erinnerungen zurück, und ihre Augen begannen erneut zu leuchten. »Als kleines Mädchen habe ich mich oft in die Werkstätten geschlichen, die fand ich einfach wunderbar! Dann habe ich Stoffreste gesammelt und mithilfe deiner Mutter daraus Kleider für meine Puppen genäht.«

»Ach, wirklich?«

Die beiden jungen Frauen sahen sich an, und das Lächeln ließ Rosers Augen noch viel schöner erscheinen.

»Natürlich! Deine Mutter hat mir gezeigt, wie man einen Faden einfädelt, wie man Stoff absteppt und einen Saum näht... Weißt du, ich habe ein Händchen fürs Nähen und Sticken. Das macht mir einen Riesenspaß, und mit der Zeit bin ich wirklich gut geworden. Ich beherrsche nicht nur sichtbare, sondern auch unsichtbare Nähte und kann auch Stoff kräuseln. Außerdem habe ich Lochstickerei gelernt und bei den Nonnen dann den Kreuzstich.«

»Ich nähe überhaupt nicht gern«, entgegnete Laia. »In dieser Hinsicht komme ich so gar nicht nach meiner Mutter. Und sie versteht das nicht, Senyoreta, aber ich will mir einfach nicht die Hände und Augen damit ruinieren, dass ich für die feinen Dämchen nähe, die ja doch nur...« Laia biss sich auf die Zunge und verstummte, womöglich hatte sie Roser mit dieser achtlosen Bemerkung verletzt. Sie hob ein paar Krümel auf, die vom Gebäck übriggeblieben waren, und steckte sie sich in den Mund.

Aber Roser lächelte immer noch und sprach weiter, als hätte sie den Kommentar überhaupt nicht gehört. »Als Papa gestorben ist, konnte ich mir keinen Ort vorstellen, an dem ich lieber sein wollte als im Laden. Irgendwie fand ich es sogar angemessen. Mama hat natürlich ein Riesentheater gemacht, als ich ihr eröffnet habe, dass ich von Zeit zu Zeit aushelfen würde, wenn es viel Arbeit gäbe oder eine Angestellte krank wäre.«

»Und wie haben Sie es geschafft, dass sie Sie doch gehen lässt?«

»Ich habe Andreu um Hilfe angefleht. Und da Mama alles macht, was er ihr sagt...«

»Dann ist doch alles perfekt, Senyoreta.« Laia folgte Roser zur Tür.

Als sie wieder auf die Straße traten, drehte Roser sich zu ihr um. »Könntest du nicht damit aufhören, mich Senyoreta zu nennen, Laieta?«

»Oh, nein, Senyoreta!«

»Wenn du mich die ganze Zeit so anredest, komm ich mir gar nicht wie eine richtige Freundin vor.«

Laia dachte einen Augenblick nach und erwiderte schließlich: »Na gut, Senyoreta, wenn wir allein sind, dann nenne ich Sie nicht mehr so. Aber im Geschäft schon, das geht wirklich nicht anders.«

»In Ordnung, Laia, so ist es mir recht.«

»Gut… Roser.«

Auf dem Rückweg gingen sie an der Plaça del Pi vorbei, um bei Soler reinzuschauen. Wie gern Roser hier einkaufte! Man kannte sie bereits, und wie es sich gehörte, wurde sie als Stammkundin besonders zuvorkommend bedient. Laia hatte ihre Mutter schon ein paarmal zu Soler begleitet, bis zu diesem Tag hatte sie aber nicht einmal geahnt, welche Schätze hier verborgen waren. Die Ware durch Rosers Augen zu sehen, verlieh ihr eine ganz besondere Bedeutung: Bänder und Troddeln, bestickte Borten, mit denen man Kleider dekorieren oder Kästchen beziehen konnte, im Schaufenster ausgebreitete Fächer… In dieser bunten, magischen Welt kauften Schneider und Näherinnen ein, aber auch junge Frauen wie Roser Molins, die gern nähten.

Die beiden Freundinnnen verloren oft jegliches Zeitgefühl, wenn sie zusammen unterwegs waren, deshalb war es spät geworden. Roser griff nach Laias Hand, rannte in Richtung Santa Eulalia und zog Laia mit. »Los, komm schnell, nicht dass uns Senyora Dalmau noch die Ohren langzieht.« Ihr Lachen schreckte die Tauben auf, die auseinanderstoben, als sie näher kamen.

»Warte, Roser, nicht so schnell, du reißt mich ja um. Und die Moralpredigten von Senyora Dalmau sind mir ganz egal, an die bin ich doch gewöhnt!«

Sie glätteten sich die Röcke und strichen sich übers Haar, bevor sie schnaufend und schwitzend mit roten Wangen das Modehaus betraten und dabei versuchten, möglichst viel Würde zu bewahren.

Einige Wochen später verfärbte der Sommer sich golden und machte langsam dem September Platz. Die Nachmittagssonne hing bereits tief über der Stadt, und die Wolken leuchteten in kräftigen Farben. Vor allem in den düsteren Gassen rund um die Kathedrale konnte man den Herbst bereits erahnen. Die Tage wurden kürzer, und der Wind riss draußen die Blätter von den Bäumen. In den Werkstätten von Santa Eulalia aber konnte man den Sommer noch in allen Ecken riechen. Hier verstrichen die Stunden langsam im Takt von Scherenklappern und der Musik im Hintergrund.

Als sich die Eingangstür öffnete, betrat eine Frau mit Dutt das Kaufhaus. Sie trällerte ein Lied vor sich hin, gab mit ihren kleinen Füßen ein paar Tanzschritte vor und näherte sich dann einem Angestellten.

»Ah, guten Tag, Sie sind's«, sagte der Verkäufer, »auf Sie ist wirklich jeden Tag Verlass. Bitte sehr, Ihr Seidenpapier.«

Die Augen der Frau begannen zu leuchten. »Danke, mein Herr. Soll ich Ihnen dafür vielleicht ein Liedchen vorsingen oder ein paar Verse aufsagen?«

Laia beobachtete die Szene und lächelte. Die Frau mit dem Dutt holte sich hier jeden Abend ihr Seidenpapier ab, und ihr Auftauchen bedeutete, dass der Ladenschluss nicht mehr weit war. Das junge Lehrmädchen erinnerte sich noch gut an den Tag, an dem sie die seltsame Frau zum ersten Mal gesehen hatte. Damals war sie ganz furchtbar erschrocken und schnell zu Mila gelaufen: »Da ist gerade eine ganz merkwürdige Frau reingekommen, sie wirkt völlig verrückt.«

Ohne aufzusehen, erwiderte Mila: »Na, dann freu dich doch, das ist die Frau mit dem Dutt. Wenn die kommt, müssen wir langsam die Planen rausholen.«

»Die Frau mit dem Dutt? Und wer ist das?«

Mila ließ ihre Arbeit ruhen und wandte sich scheinbar unter großer Anstrengung zu Laia um. »Eine arme Verrückte, die den ganzen Tag die Rambla rauf und runter läuft und dabei aussieht wie eine Vogelscheuche. Sie wohnt in der Carrer de la Cadena. Früher war sie wohl mal Schneiderin, aber seit ihr Sohn von einer Straßenbahn überfahren wurde, ist sie nicht mehr dieselbe.«

»Wie traurig!«

Von da an erwartete Laia jeden Tag ungeduldig die Ankunft der Verrückten. Meistens sagte die Frau mit dem Dutt ein paar Verse für die Angestellten auf, während sich in den Umkleidekabinen die letzten Kundinnen des Tages den Hals verrenkten, um ihr Kleid von hinten im Spiegel zu betrachten.

Senyora Dalmau riss Laia aus ihren Gedanken: »Los, los, junge Dame! Hier muss noch gefegt werden, und es liegen auch noch jede Menge Stoffreste herum. Wenn ich nicht aufpassen würde, würde hier alles drunter und drüber gehen.« Laia gehorchte, war mit den Gedanken aber schon beim Feierabend. Für sie schien sich jede Woche noch mehr als die vorherige in die Länge zu ziehen, und die Sonntage waren viel zu kurz, um den Überdruss des Arbeitsalltags abzustreifen.

In diesem Moment ging die Tür des Haupteingangs auf, und Laias Blick fiel auf einen jungen Mann, der soeben eintrat. Hätte er nicht einen schmalen Schnurrbart getragen, hätte sie ihn noch für einen Jungen gehalten. Er hatte sich das braune Haar mit Pomade nach hinten gekämmt und trug ein schelmisches Lächeln auf den Lippen. Von Kopf bis Fuß war er die reinste Verführung.

Der junge Mann betrat das Modehaus, blieb stehen und betrachtete alles neugierig. Als er Laia wie Aschenputtel mit dem Besen dastehen sah, zwinkerte er ihr verschmitzt zu, woraufhin sie rot anlief. Rasch wandte sie sich ab und fegte heftig weiter, spürte seinen Blick aber weiterhin im Nacken. Da sie sein schalkhaftes Lächeln noch immer vor sich sehen konnte, verkniff sie sich angestrengt einen weiteren Blick in seine Richtung.

Jetzt näherte sich ein Verkäufer dem jungen Mann, und Laia hörte ihn sagen: »Ich bin Ferran Clos, Senyor Molins erwartet mich.«

Der Neuankömmling folgte dem Verkäufer die Treppe hinauf zum Büro. Als er aus ihrem Blickfeld verschwand, wagte Laia endlich wieder zu atmen. Da entdeckte sie auf dem Treppenabsatz im ersten Stock Roser, die reglos wie eine Statue dastand und nach oben blickte, während sie das Geländer wie einen Rettungsring in stürmischer Nacht umklammerte.

Als sich Roser schließlich umdrehte und sich die Blicke der beiden jungen Frauen trafen, konnte Laia sehen, dass Rosers Augen ihre übliche Sanftheit verloren hatten und ein neues Feuer darin brannte. Es gab keinen Zweifel: Auch Senyoreta Molins hatte das Lächeln des bezaubernden jungen Mannes namens Ferran bemerkt.

6

FRÜHLING 1914

Eine vage Beklemmung nagte Tag und Nacht an ihm, weil er einfach keinen Ausweg sah. Die Prüfungen im Juni rückten näher, und Ferran wollte sich nicht einen einzigen Moment vorstellen, wie die Kommission beurteilen würde, was er während des ersten Jahres gelernt hatte. Das war nämlich rein gar nichts gewesen.

Er wollte auch überhaupt kein Arzt werden, nicht in die Fußstapfen seines Vaters und Großvaters treten. Er hatte keine Lust, die Familientradition fortzusetzen, und war an der medizinischen Fakultät allein wegen seines autoritären Vaters eingeschrieben. Der angesehene Dr. Clos aus Caldes de Montbui wollte nämlich weder verstehen noch akzeptieren, dass sein einziger Sohn es wagte, einen anderen Weg einzuschlagen.

An der Fakultät hatte Ferran tatsächlich nur zwei Dinge entdeckt: Langeweile und seine Leidenschaft fürs Zeichnen. Dank jener unendlich trockenen Anatomiebücher hatte er tatsächlich ein bis dahin verstecktes Talent gefunden. Statt Stunden um Stunden in seinem kleinen Zimmer im Studentenwohnheim zu lernen, kopierte er lieber die Tafeln mit den Bildern vom menschlichen Körper. Sein neuer Zeitvertreib, der ihn so viele Stunden Schlaf kostete, brachte ihn auf die Idee, auch das Leben draußen zu Papier zu bringen. Das machte er gut, und er zeigte seine Bilder gern her. Ein Kommilitone erkannte sein Potenzial und erzählte ihm von Joan Baixas' Künstlerakademie, die ihm völlig neue Welten eröffnete. Eine Zeit lang besuchte Ferran die medizinische Fakultät nur noch in wiederkehrenden Albträumen, denen er mit den ersten Strahlen der Morgensonne entfliehen konnte. Er hätte sowieso keine Zeit mehr für sein ursprüngliches Studium gehabt, denn nach seinem nachmittäglichen Besuch der Akademie pflegte er am Abend dem süßen Duft kleiner Näherinnen auf der Rambla zu folgen und ging dann, im Schutze der Nacht, anderen, weniger empfehlenswerten Beschäftigungen nach.

Jetzt aber kam mit den anstehenden Prüfungen die Stunde der Wahrheit, und der Siebzehnjährige befürchtete, zu scheitern und nach Caldes zurückkehren zu müssen. Er hatte nie vorgehabt, offen mit seinem Vater über das zu sprechen, was mehr und mehr von seiner Zeit in Anspruch nahm und immer wichtiger für ihn wurde. Diese Schlacht wäre schon im Voraus verloren gewesen und hätte lediglich den Höhepunkt all der alten, bitteren Streitigkeiten mit seinem Vater dargestellt. Seine Mutter hingegen scherte das alles nicht, sie verbrachte ihre Tage mit heuchlerischer Wohltätigkeit und regelmäßigen Besuchen der Messe. Ferran hasste die Welt seiner Eltern und fühlte sich darin gefangen, wusste aber auch nicht, wie er ihr entkommen sollte. Mut gehörte nämlich nicht zu seinen Charaktereigenschaften.

Während einer schlaflosen Nacht in seinem einsamen Zimmer schien er jedoch die Lösung gefunden zu haben. Zunächst kam sie ihm wie ein unerreichbarer Traum in weiter Ferne vor, eine fixe Idee, die der Angst vor dem baldigen Ende des Semesters entsprang. Aber als er sich dann am frühen Morgen zu Bett legte, ließ ihn der verrückte Gedanke einfach nicht mehr los.

Auch wenn sich Ferran dessen zunächst gar nicht bewusst war, nahm seine Idee langsam Form an. Die Ängste verschwanden, und was er zunächst für unmöglich gehalten hatte, trieb ihn nun zum Handeln an. Eines Abends ging er zur Estació de França, um sich einen Fahrplan zu holen. Ein paar Tage später kaufte er sich ein Buch mit prächtigen Gravuren, die ihm die verstecktesten Winkel der Stadt seiner Träume zeigten.

Dabei war es doch nur eine Utopie, eine dumme Idee, völliger Unsinn. Ein unerreichbarer Traum, mit dem er sich in dunklen Momenten ablenken konnte, der ihm aber nicht dabei half, sein großes Problem zu lösen. An diesem drohte er langsam zu ersticken, und es wurde mit jedem Tag schlimmer.

Eines Tages machte sich Ferran auf den Weg zur Fakultät (wegen der bevorstehenden Prüfungen fehlte er nicht mehr so oft im Unterricht) und blickte einen Moment zum Himmel hinauf. Nach und nach wurde der Frühling vom Sommer mit seinem ganz besonderen Licht abgelöst. Eine leichte Brise wehte den Duft der Platanen heran, jener grünen und zugleich so staubigen Stadtbäume. Ferran konnte das Blau des Himmels und das Grün der Blätter förmlich in seinen Adern spüren. Er machte kehrt und ging zurück in seine Studentenbude, wo er nach dem Fahrplan und dem Stadtführer griff. Dann inspizierte er seine Habe. Zum Glück zeigte sich seine Familie nicht knauserig, er hatte gerade die letzte Postanweisung bekommen und noch keine Zeit gehabt, das Geld zu verschleudern. Trotzdem überlegte er, einige seiner Kleider und Bücher zu verkaufen, wie er das schon einmal gemacht hatte, als er sich ein teures Laster geleistet hatte und seine Familie nicht um mehr Geld hatte bitten wollen.

Ferran zögerte nicht lange und packte seine Siebensachen. Mit seinem Koffer in der einen und allem, was er verkaufen wollte, in der anderen Hand, verließ er wenig später sein Zimmer, um seinen Traum wahr zu machen.

Ferran drückte sich die Nase am Fenster platt. Er saß in der zweiten Klasse des Expresszugs nach Paris und betrachtete fasziniert all die Menschen in den Städten, die vor seinen Augen vorbeiflogen. Der Zug schlängelte sich durch ein komplexes Labyrinth aus Gleisen, Schildern und Haltesignalen. Die Landschaft draußen veränderte sich ständig, im Handumdrehen wurden riesige Industriegebiete von märchenhaften Dörfern mit roten und weißen Häuschen abgelöst.

Paris erreichte er um sieben Uhr abends, vierundzwanzig Stunden nach seiner Abfahrt aus Barcelona.

Seine Flucht hatte Ferran so aufgewühlt, dass er während der langen Reise nur gelegentlich ein wenig gedöst hatte. Und jetzt, als er aus dem Gare de Lyon trat, breitete sich die Stadt seiner Träume vor ihm aus. Sie erschien ihm wie ein rauchender und schnaubender Drache, dessen schuppige Haut ihn zugleich mit ihrem Glanz blendete.

Als Erstes ließ er sich von einem Taxi in das Hotel bringen, das er sich ausgesucht hatte. Er hatte die Taschen voller Geld und dachte, es müsste wohl ewig reichen. Da sein Schulfranzösisch ein wenig eingerostet war, hatte er den Satz, den er nun zum Fahrer sagte, auf dem ganzen Weg nach Paris geübt: »*Au Nouvel Hotel, 49 Rue La Fayette, s'il vous plaît.*«

Mit Schrecken stellte er fest, wie viel ein Zimmer in diesem komfortablen Hotel kostete, dessen Foyer in jeder Ecke von Palmen geschmückt war. Die Müdigkeit war jedoch so groß, dass er seine für jede Situation des Lebens übliche Regel anwandte: Darüber würde er sich erst am nächsten Tag den Kopf zerbrechen. Von all den Grübeleien brauchte er nämlich erst einmal eine Pause.

Nachdem er sich auf seinem Zimmer gewaschen und umgezogen hatte, machte er mit seinem maßgeschneiderten Anzug und den Glanzlederstiefeln wirklich etwas her. Er hatte immer schon Wert auf sein Äußeres gelegt, und das war auch einer der Gründe, warum ihm ein möglicher Bruch mit seiner Familie Angst machte: Als Sohn aus gutem Hause, der von klein auf verwöhnt und verhätschelt worden war, wollte er auf solche Annehmlichkeiten seines bisherigen Lebens nur ungern verzichten.

Ein Blick in den Spiegel überzeugte Ferran von seinem attraktiven Äußeren. Seine Augen leuchteten vor Begeisterung, weil ihm seine Pariser Freiheit neues Leben eingehaucht hatte. Pfeifend ging er die Treppe zum Speisesaal mit den makellos weißen Wänden hinunter.

Drei Wochen später schuldete Ferran dem Hotel mehr Geld, als er in den Taschen hatte. Aber eines war für ihn klar: Um nichts in der Welt würde er nach Hause zurückkehren, so frei wie hier hatte er sich nämlich noch nirgends gefühlt.

Er hatte schon daran gedacht, sich eine Arbeit zu suchen, die Sprache war jedoch ein Hindernis. Deshalb verbrachte er seine Tage damit, zwischen hastenden Büroangestellten und mit Kindern und Körben beladenen Hausfrauen durch die Straßen zu schlendern. Die Stadt hatte ihn gepackt und zog die Schlinge immer enger zu, ohne dass er etwas dagegen unternehmen konnte. Sie war wie eine schöne Geliebte, die ihn sowohl in Seide gehüllt als auch schamlos nackt verführen konnte.

Paris war einfach zum Verlieben, wenn die Sonne die Pflastersteine glänzen ließ, aber auch dann, wenn sie am Abend hinter den Dächern verschwand, die Stadt in Dunkelheit getaucht wurde und die Menschen auf der Suche nach Unterhaltung die hell erleuchteten Boulevards entlangschlenderten. Dann liebte Ferran die Metropole an der Seine nur noch mehr. Mit Montmartre entdeckte er ein Stadtviertel, das für seinen Freiheitsdrang wie geschaffen schien, und suchte dort Abend für Abend Nachtclubs und Spelunken auf.

Le Rat Mort war eine dieser Kaschemmen, ein langes und schmales Lokal, in dem jede Menge Spiegel den Eindruck von mehr Raum vermitteln sollten. Die Dekoration war schrill und ordinär. Es befand sich in der Nähe vom Moulin Rouge, an der Place Pigalle Nummer sieben, und jeder wusste, dass sein Name vom Gestank nach toten Ratten in der Gegend herrührte. Tagsüber trafen sich hier Intellektuelle, Politiker und ehrbare Familienväter, nachts jedoch verwandelte sich Le Rat Mort in einen Treffpunkt der leichtlebigen Boheme von Paris, in ein Luxusbordell. Die edelsten Cocottes tummelten sich hier, und es war vermutlich das erste Lokal in der ganzen Stadt, in der nach außen hin anständige Damen die Dienste junger Männer (oder sogar anderer Frauen) in Anspruch nehmen konnten.

Hier ergab sich für Ferran ein erster glücklicher Zufall. Wie so häufig fielen dem leichtsinnigen jungen Mann aus gutem Hause, der in Watte gepackt in einer wohlhabenden Familie aufgewachsen war, die Dinge ohne jede Anstrengung in den Schoß.

Es war bereits früher Morgen, und wie immer um diese Uhrzeit drängten sich die Gäste im proppenvollen Lokal. Elegante Damen mit dreireihiger Perlenkette mischten sich unter Männer mit nach hinten gekämmtem Haar voller Pomade. Sie investierten ihr Geld in Champagner frappé und türkische Zigaretten, während sie das Essen wie Pralinen in sich hineinstopften. Zwei Orchester spielten abwechselnd bis zum Morgengrauen. Die kleine Tanzfläche roch nach Schweiß und unterdrückten Gelüsten.

Da er sich keinen Tisch leisten konnte, hockte Ferran direkt neben der Eingangstür am Tresen, als plötzlich eine raue Stimme wetterte: »*Et alors, pourquoi tu ne nous laisses pas entrer? Pour qui tu te prends? Salop! Que ets un porc! Coi de francès del dimoni …*«

Über all den Lärm im Lokal hinweg erreichten die letzten Worte Ferrans Ohr. Sprach da etwa jemand Katalanisch? Wurde da gerade in seiner Muttersprache geflucht? Bevor Ferran der Sache nachgehen konnte, wurde er auch schon in eine Prügelei verwickelt, mit der er doch gar nichts zu tun hatte. Aber natürlich ergriff er schnell Partei für seinen jungen Landsmann, eine Bohnenstange, die zwar ordentlich nach links und rechts schlug, dabei aber mehr mit Worten als mit den Fäusten austeilte. Erst durch diese Mischung aus Französisch und Katalanisch wurde Ferran klar, wie sehr er den Klang seiner Muttersprache vermisst hatte.

Schließlich setzten die Türsteher die drei Unruhestifter ziemlich unsanft auf die Straße. Die Männer waren ganz außer Atem und wischten sich den Schweiß aus dem Gesicht. Der Bohnenstange fiel eine Strähne wirr übers Auge, seine Kleidung war zerfetzt, und er bebte vor Wut. Er stützte sich auf einen Freund mit glasigem Blick und zusammengebissenen Zähnen, der nicht ganz so mitgenommen aussah, vielleicht einfach wegen seiner größeren Körpermasse.

Ferran ließ sich auf dem Bordstein nieder und wischte das Blut weg, das ihm aus einer Platzwunde über der Augenbraue ins Gesicht lief.

»Warum hast du dich in diesen Kampf eingemischt?«, fragte ihn die Bohnenstange auf Französisch.

»Du kannst ruhig Katalanisch mit mir reden.«

»Du bist Katalane?«

Ohne Ferran Zeit für eine Antwort zu geben, umarmte ihn der Mann stürmisch, während er wie verrückt brüllte: *»Merde! Il est catalan, tu m'ecoutes? Maurice, catalan!«*

Dann schob er Ferran von sich weg, um ihn sich erst einmal richtig anzusehen, und erklärte: »Ich bin Pasqual Llorenç, angehender Maler aus Mataró. Und der da ist mein Freund Maurice.«

Der Erwähnte, der bisher geschwiegen hatte, kam nun ein paar Schritte auf sie zu, schwankte dabei aber ganz furchtbar, weil er vermutlich so einiges an Wein intus hatte.

»Maurice Utrillo«, stellte er sich mit der rauen Stimme eines Trinkers vor.

»Und wie heißt du? Was machst du hier in Paris?«, fragte der junge Mann namens Pasqual.

»Ich bin Ferran Clos, und ich bin nach Paris gekommen ... um endlich zu leben.«

Am 28. Juni 1914 wurden der österreichisch-ungarische Thronfolger Franz Ferdinand und seine Frau ermordet, was den Ausbruch des Ersten Weltkriegs zur Folge hatte. Beim Kriegseintritt Frankreichs hatte der Konflikt bereits ungewöhnliche Dimensionen erreicht, im August war dann halb Europa daran beteiligt. Auch wenn Paris nun ins Visier der deutschen Armee rückte, verloren die Bewohner der Metropole ihren Lebensmut nicht. Als die Öffnungszeiten von Varietés und Amüsierlokalen eingeschränkt wurden, traf man sich eben draußen, auf Plätzen und Terrassen. Als Automobile konfisziert wurden, drängten sich Fahrräder auf den Straßen der Stadt.

Auch Ferran schien der Krieg kaum zu scheren, sein Leben veränderte sich nicht sonderlich. Seit er Pasqual kennengelernt hatte, war er in dessen schmutzige, heruntergekommene Dachstube in der Rue Durantin mitten in seinem geliebten Montmartre eingezogen. Wie viele angehende Künstler hatte auch er angefangen, für ein paar Münzen auf der Straße Skizzen zu zeichnen. Am Tag nach seiner Begegnung mit Pasqual war Ferran still und heimlich aus dem Nouvel Hotel ausgezogen und hatte dabei nichts als einen halb leeren Koffer zurückgelassen.

Das Dreckloch, das er sich jetzt mit Pasqual teilte, hatte mit dem Hotel in der zentralen Rue La Fayette nur wenig gemein, doch Ferran vermisste dessen Annehmlichkeiten nicht. Wenn sich morgens das graue Licht von Paris am Fenster zeigte und auf sein bescheidenes Lager fiel, war er glücklich. Er lebte hier völlig frei, und nebenbei verbesserte sich auch sein Französisch, vor allem durch Pasquals Malerfreunde, die er nach und nach kennenlernte. Häufig besuchte er mit seinem Kumpel zusammen Galerien und Ausstellungen, wo man auch bekanntere Künstler wie Pablo Picasso und seinen Freund Juan Gris antraf.

»Eines Tages werde ich auch wie die malen«, erklärte Pasqual dann ein wenig neidisch.

»Meinst du nicht, dass du dafür erst einmal mit dem Malen anfangen müsstest?«, zog Ferran ihn auf, und zwischen den beiden begann ein Wortgefecht, das nicht mit einer Schlägerei endete, sondern damit, dass sie einander das Haar wuschelten und sich freundschaftlich auf die Schulter klopften.

Abgesehen von ihrer kleinen Stube teilten sich Ferran und Pasqual noch so einiges andere, wie zum Beispiel hier und da ein Mädchen, das ihre warmen Arme suchte. Was Ferran aber so gar nicht teilte, war Pasquals bedingungslose Bewunderung für Picasso und Gris. Diese Porträts, in denen die Personen zu verlaufen schienen, zerrannen wie in einem Albtraum, und dann die Stillleben, bei denen die Gegenstände unmögliche Formen annahmen… Sollte das etwa Malerei sein? Nein, das konnte

Ferran nicht verstehen. Ihm gefielen weit eher die Malereien des schweigsamen Utrillo, der den ganzen Tag in seiner Wohnung hockte und aus dem Gedächtnis die verschiedenen Ecken Montmartres zu Papier brachte. Ja, der war ein Künstler! Wenn Ferran sich seine Momentaufnahmen von Paris anschaute, war er davon überzeugt, dass dieses Montmartre, so wie er es heute kannte, wohl Bestand für die Ewigkeit haben musste.

Im Rat Mort begriff Ferran schließlich, welche Wirkung er auf Frauen hatte. Seine Arroganz zog sie magisch an, und bald entdeckte er reife Frauen auf der Suche nach einem Abenteuer als perfekte Geldquelle. Wenn er sich ganz auf sie einließ und ihnen nichts abschlug, konnte er dadurch so bequem leben wie die *Gigolettes*, jene fröhlichen und schamlosen Mädchen, die auf der Suche nach einem Liebhaber durch die Pariser Nacht streiften.

Hätte er nicht Bebé kennengelernt, dann hätte Ferran dieses angenehme Leben womöglich ewig so weitergeführt und jede um den Finger gewickelt, die ihm gefiel.

Seine Liebe zu Bebé leitete für Ferran jedoch das Ende seiner Zeit in Paris ein. Es war eine traurige, kaputte Geschichte, die so endete, wie sie eben enden musste. Aber es war nun mal eine Liebesgeschichte.

Alles fing an einem Abend wie jedem anderen an. An einem Abend, an dem die Kralle des Krieges Männer im Schützengraben zerquetschte. Im Rat Mort suchte Ferran schon seit einer Weile vergeblich nach Pasqual, und schließlich erklärte ihm jemand, sein Freund habe sich mit einer Tänzerin in die Garderobe zurückgezogen. Ferran ging den Flur zu den Umkleideräumen entlang und rechnete eigentlich damit, wieder einmal in das intime Vergnügen seines Freundes mit einbezogen zu werden. Auf der Treppe kam ihm jedoch eine Tänzerin entgegen, die spät dran war und es eilig hatte, auf die Bühne zu kommen. Die junge Frau rutschte aus und fiel Ferran quasi vor die Füße. Er half ihr hoch. Sie sahen sich an. Und dann verbrachten sie die Nacht zusammen. Die Tänzerin hieß Bebé und hatte den Körper einer Frau, jedoch das Antlitz eines Engels, ein rosiges und naives Gesichtchen wie aus einem Gemälde von Renoir. Welch ein zauberhaftes Wesen! Und als Bebé sich Ferran mit Leib und Seele hingab, vergaß er alles andere: die reifen Damen, von denen er sich aushalten ließ, und darüber hinaus seine Künstlerkarriere auf den steilen Straßen von Montmartre.

In Paris war der Winter eisig und das Kopfsteinpflaster immer feucht. Ferran und Bebé flüchteten sich in das winzige Zimmer der Tänzerin in der Nähe des Varietés. Sie verließ es eigentlich nur, wenn sie zur Arbeit musste, und Ferran begleitete sie jeden Abend als beschützender Schatten. Auch im Rat Mort hatte er jetzt nur noch Augen für Bebé. Wenn in Paris der Morgen anbrach, kehrten sie gemeinsam heim, rannten mit brennenden Wangen durch die eisig kalten Straßen. Das wenige Geld, das die junge Frau verdiente, rann ihnen durch die Finger. Sie froren und aßen kaum. Sie liebten sich und waren glücklich. Wenn sie dann Arm im Arm im Bett lagen und zuschauten, wie draußen an den Fensterscheiben der Regen die Eiskristalle wegspülte, erzählte Bebé Ferran von ihrem Traum, im Folies Bergère oder Moulin Rouge zu tanzen.

An einem tristen und bitterkalten Januartag begannen Ferrans gesundheitliche Probleme. Wenn sich die Kälte durch die engen Straßen von Montmartre schlängelte, schien sie noch viel unerbittlicher. In Bebés schlecht belüftetem Zimmerchen steckte ihm die Feuchtigkeit in den Knochen und nagte an seiner Gesundheit. Irgendwann war ein Punkt erreicht, an dem er nicht mehr aufstehen konnte, er hatte hohes Fieber und hustete, als würden die Lungen in seinem Körper explodieren. Für einen Arzt oder Medizin war kein Geld da. Pasqual und Bebé wechselten sich am Krankenbett ab, aber trotz ihrer Pflege ging es Ferran immer schlechter.

Eines Tages kam es ihm so vor, als würden ihn seine Kräfte endgültig verlassen. Die Glocken hatten gerade fünf Uhr morgens geschlagen, da hörte der junge Mann im Fieberwahn, wie sich die Tür des Zimmerchens öffnete. Die schwache Flamme der Kerze voll wächserner Tränen, die den Raum erhellte, begann zu flackern. Ferran zwinkerte mehrmals, als er glaubte, im Türrahmen die Silhouette eines Mannes zu erkennen. Schweiß stand ihm auf der Stirn, und das Atmen fiel ihm schwer. Nach und nach konnte er den Fremden ausmachen. Dieser trug einen altmodischen schwarzen Umhang, der ihn vor neugierigen Blicken schützte, und einen auf dem modrigen Holzfußboden klappernden Gehstock. Der Neuankömmling legte zum Gruß die Hand an den Hut.

»*Qui êtes-vous? Je rêve?*«

»Nein, Sie träumen nicht«, antwortete eine tiefe Stimme in Ferrans Muttersprache. Überrascht und erschrocken versuchte der junge Mann, sich aufzusetzen, wurde aber von einem Hustenanfall zurückgerissen.

Der Mann trat ans Bett heran und blickte auf Ferran herab.

»Wer sind Sie?«, wiederholte der Kranke.

»Ihr Vater schickt mich, mein Name tut dabei nichts zur Sache.«

Jetzt nahm Ferran das letzte bisschen Kraft zusammen, richtete sich auf und starrte den Mann an.

»Wie haben Sie mich gefunden?«

»Glauben Sie mir, einfach war es nicht. Aber wie Sie sicher wissen, öffnet Geld so manche Türen.«

Ferran ließ sich zurück aufs Bett fallen und schloss die Augen. Mit der Selbstsicherheit dessen, der das Spiel längst gewonnen wusste, sprach der Mann weiter.

»Ihr Vater ist längst über Ihren Aufenthaltsort informiert ... und auch über Ihren Zustand.«

»Ich weiß nicht, worauf Sie hinauswollen.«

»Mein Freund, Sie sind schwer krank, vermutlich haben Sie eine schlimme Lungenentzündung. Und Sie verfügen nicht über die nötigen Mittel, um wieder gesund zu werden. Glauben Sie mir, ohne Hilfe sind Sie in ein paar Wochen tot.«

Mit einem Mal wurde der Druck auf Ferrans Brust stärker, in ihm brannte etwas und breitete sich immer weiter aus. Das war die Angst – als Sohn eines Arztes wusste er genau, dass der Fremde weder log noch übertrieb …

»Und was … schlagen Sie vor?«

»Dass Sie mich begleiten, und zwar jetzt sofort. Ich bringe Sie in ein gutes Hotel und rufe einen Arzt. Vielleicht ist es noch nicht zu spät. Aber natürlich müssten wir dann im Anschluss nach Barcelona zurückkehren.«

Schweigen breitete sich im Zimmer aus, in dem sich die Luft dumpf staute.

»Bebé«, murmelte Ferran, und der Name lastete tonnenschwer auf seiner Zunge.

»Tot nützen Sie doch niemandem etwas.«

Ferran sah den Mann unverwandt an, zuckte dann schließlich mit den Achseln und nickte. Der Fremde half ihm beim Aufstehen und wickelte ihn in die schmutzige, mottenzerfressene Decke. Dann stützte er den Kranken, der nur noch Haut und Knochen war, und verließ mit ihm das Zimmerchen.

Draußen hatte es aufgehört zu regnen, und irgendwie wirkte die Nacht seltsam ruhig und friedlich. Ferran suchte am apfelsinenfarbenen Himmel den Mond, der sich nach dem Winterregen hinter fadenscheinigen Wolken verbarg. Paris sagte ihm Lebewohl. Die Stadt war nur ein Traum gewesen, aus dem er viel zu früh wieder hatte erwachen müssen.

7

Am Tag nach Ferrans Auftauchen bei Santa Eulalia erzählte Andreu abends beim Essen, dass er dem jungen Mann eine Anstellung gegeben hatte.

»Mama, heute ist Ferran Clos bei mir vorstellig geworden. Erinnern Sie sich noch an die Familie Clos aus Caldes?«

Roser spürte, wie das Herz in ihrer Brust schneller schlug, während ihre Mutter von ihrem Essen aufschaute, das sie nicht angerührt hatte. Seit ihr Mann gestorben war, lebte Aurora umgeben von einer Wolke der Traurigkeit, die sie weder abschütteln konnte noch wollte. Aus wässrigen Augen blickte sie ihren Sohn an. Es dauerte eine Weile, bis sie auf seine Frage antwortete, die so simpel wirkte, aber dennoch schmerzhafte Erinnerungen wachrief.

»Clos? Ist das nicht der Arzt?«

»Ja, Papas Vetter zweiten Grades.«

Länger konnte Roser ihre Neugier nicht im Zaum halten.

»Und was wollte er? Was macht er denn in Barcelona? Warum war er bei uns im Geschäft?«

Gemächlich kauend sah Andreu seine Schwester aus dem Augenwinkel an und fragte sich, warum sie auf einmal so großes Interesse zeigte. Er aß noch eine Weile schweigend weiter und stellte Rosers Geduld damit auf die Probe. Wie in ihrer Kindheit provozierte er sie damit, dass er die Rolle des großen Bruders spielte. Wenn man sie jetzt hier sitzen sah, einander so ähnlich, wie es nur Geschwister sein konnten, hätte man sie beinahe wieder für jenen Knirps und das kleine Mädchen von einst halten können, verspielt und sorglos glücklich. Nur in solchen Momenten im Kreise der Familie ließ Andreu manchmal wieder den schalkhaften jungen Mann durchscheinen, den er in sich trug und den er der äußeren Umstände wegen meist verbergen musste.

Erst als Roser den Mund aufmachte, um ihn mit weiteren Fragen zu löchern, ließ er sich zu einer Antwort herab: »Er hat mir einen Brief von seinem Vater übergeben, der mich darin um einen großen Gefallen bittet. Clos möchte gern, dass ich seinem Sohn Arbeit gebe. Er hat wohl das Medizinstudium abgebrochen, und die Familie wünscht sich für ihn jetzt eine feste Anstellung hier in Barcelona. Wenn es bei jemandem ist, zu dem Clos Vertrauen hat, umso besser.« Mit diesen Worten hob Andreu das Weinglas zum Mund, trank einen Schluck und nahm seine Schwester ins Visier. »Mir kam es, ehrlich gesagt, so vor, als würde sich Clos wünschen, dass wir alle ein Auge auf den Jungen haben.«

»Wir alle?«, fragte Roser, deren Essen längst kalt wurde.

»Allerdings, untergekommen ist er nämlich bei anderen entfernten Verwandten. Nach der Lektüre des Briefes hatte ich den Eindruck, dass Dr. Clos über das Desinteresse seines Sohnes am Studium sehr enttäuscht ist. Was man ja verstehen kann, schließlich ist Ferran ein Einzelkind und sollte die Familientradition fortsetzen. Soweit ich weiß, war ja schon sein Großvater Arzt.«

Als sich in diesem Moment ihre Mutter erhob, sprangen auch die Geschwister auf.

»Tut mir doch den Gefallen und esst ohne mich weiter«, sagte sie. »Ich gehe zu Bett.«

Andreu trat zu ihr, hakte sich bei ihr unter und begleitete sie zur Tür.

»Aber Mama, wenn Sie nichts essen …«

Aurora schenkte ihrem Sohn einen Blick, der zwischen Gereiztheit und Müdigkeit schwankte und jegliche Diskussion im Keim erstickte. Andreu blickte ihr hinterher und wandte sich dann wieder zum Tisch um. »Mama macht mir wirklich Sorgen.«

»Papas Tod ist eben noch frisch«, gab Roser zu bedenken.

»Immerhin waren die beiden ihr ganzes Leben zusammen … Das ist nicht so einfach, Andreu.«

»Er fehlt uns doch allen.«

Eine Weile war nur das Kratzen des Bestecks auf den Tellern zu hören. Roser brannte allerdings eine Frage unter den Nägeln, und als schließlich der Nachtisch kam, konnte sie sich diese nicht länger verkneifen: »Und … bleibt er?«

Mit spielerischem Lächeln blickte Andreu auf. »Wer denn?«

»Andreu, du weißt ganz genau, wen ich meine. Den jungen Mann …«

»Ferran?«

Einen Moment ließ sich Roser seinen Namen auf der Zunge zergehen. Wie süß er doch schmeckte!

»Genau, Ferran.«

»Na ja«, sagte ihr Bruder schelmisch, »in der Herrenabteilung brauchen wir eigentlich niemanden mehr. Aber den Gefallen kann ich Dr. Clos wohl schlecht abschlagen, auch wenn er nur ein entfernter Verwandter ist. Und erst recht nicht unter den gegebenen Umständen.«

Der junge Mann tupfte sich den Mund mit der Serviette ab, die er dann sorgfältig faltete und auf den Tisch legte. Er stand auf, und als er an seiner Schwester vorbeikam, raunte er ihr ins Ohr: »Ja, er bleibt.«

Ferrans Ankunft versetzte die jungen Frauen im Geschäft in helle Aufruhr. Er war ein stets freundlicher und aufmerksamer Bursche, wirklich charmant. Für jeden fand er das passende Wort, sowohl für die Arbeitskollegen als auch für die Kunden. Vor allem für den Verkauf zeigte er besonderes Talent, er konnte jedem andrehen, was er sich vornahm. Die Arbeit bei Santa Eulalia war deshalb wie für ihn geschaffen, und darüber hinaus bekam er durch das Ambiente im Laden wieder Lust aufs Zeichnen. Ferran skizzierte Kleider und kopierte Modelle aus Zeitschriften, entwarf ganz neue Kreationen und fand so wieder zu seiner wahren

Berufung, die durch die Ereignisse der letzten Zeit in Vergessenheit geraten war.

Bei seiner Rückkehr aus Paris war es gar nicht so einfach gewesen, sich mit seinem Vater auf einen akzeptablen Kompromiss zu einigen. Dr. Clos hatte bereits befürchtet, dass sein einziger Sohn verloren war und der gute Name seiner Familie in fremden Landen mit Füßen getreten wurde. Die Nachricht von Ferrans schlechtem gesundheitlichem Zustand hatte seine Wut ein wenig gemildert, doch nach der Rückkehr seines Sohnes folgten dennoch lange Tage, Wochen und Monate voll missbilligender Mienen, Vorwürfe und Drohungen. Ferran war eine Schande für die Familie, und während sein Vater versuchte, einen ehrbaren Ausweg zu finden, der für sie alle annehmbar war, wollte seine fromme Mutter den verlorenen Sohn mit Novenen und eigens für ihn gelesenen Messen von seinen Sünden reinwaschen. Zusammen beschlossen seine Eltern, über das Pariser Abenteuer ihres Sprösslings Stillschweigen zu bewahren und eine Version der Geschehnisse zu erfinden, welche die engstirnigen Menschen in ihrem Umfeld leichter verdauen konnten. Die Pariser Zeit wurde also zu einem Kuraufenthalt im Ausland, wo sich Ferran angeblich von einer schweren Krankheit erholt hatte. Das stellte niemand infrage, und zumindest fürs Erste war der gute Name der Clos gerettet.

Ferran ließ die beiden machen und konzentrierte sich lieber auf seine unmittelbare Zukunft. Er wusste, dass er die Freiheit aus seiner Pariser Zeit fürs Erste nicht wiedererlangen konnte. Aber er weigerte sich, auch nur einen einzigen weiteren Tag in diesem Haus zu vergeuden, in dem er zu ersticken drohte, oder in diesem Dorf, in dem man ihm die Flügel stutzen wollte. In einem Punkt zeigte er sich während der langen Verhandlungen mit seinem Vater daher unnachgiebig: Er wollte auf jeden Fall in Barcelona leben. Und irgendwann gab der Arzt schließlich nach. Ferran durfte zurück nach Barcelona, aber sein Vater würde bestimmen, wo er lebte und womit er sich seinen Lebensunterhalt verdiente.

Nun arbeitete der junge Mann bereits seit einem knappen Monat bei Santa Eulalia und war dort tatsächlich recht zufrieden. Er wohnte in Barcelona. Er war in einer Firma angestellt, die ihm zusagte. Allerdings trauerte er der verlorenen Freiheit immer noch nach, und vor allem wünschte er sich sehnlichst eine Veränderung seiner Wohnsituation. Aus dem Zimmer im Hause seiner ältlichen Verwandten musste er so schnell wie möglich weg. Auch wollte er nicht länger vom Geld seiner Familie abhängig sein, er konnte einfach nicht akzeptieren, dass man weiterhin so über ihn bestimmte. Irgendwie musste er den Weg zu einer neuen Freiheit finden, das war seine Absicht, sein Ziel.

Und dann entdeckte er in Rosers Augen einen verliebten Ausdruck.

Sie war einfach verrückt nach ihm. Roser war jenem Gefühl gegenüber ohnmächtig, das in ihrem Inneren wuchs, und erschrak geradezu, wenn sie sich im Spiegel betrachtete. Sie sah nämlich plötzlich anders aus. Die Liebe, die sie für Ferran empfand, hatte sie verändert, dabei kannte sie ihn doch erst seit Kurzem. Inzwischen war der Herbst in Barcelona eingezogen und hatte einen Teppich aus feuchten Blättern ausgelegt. Von Zeit zu Zeit brachen Gewitter über die Stadt herein, aber das bekam Roser überhaupt nicht mit. Sie lebte in ihrer eigenen Welt, und diese Welt drehte sich allein um das neue, fiebrige Gefühl, das sie völlig gefangen nahm. Sie hatte gewusst, dass ihr Leben sich entweder zum Guten oder zum Schlechten ändern würde, als sie Ferran zum ersten Mal in all seiner Schönheit im Laden gesehen hatte. Seine Gesichtszüge waren einfach perfekt, und sein Blick ging tief unter die Haut, er erreichte ihre Seele. Ohne je ein Wort mit ihm zu wechseln, hatte sie sich in ihn verliebt und ihm ihr Leben gewidmet. Am Anfang war ihr gar nicht bewusst gewesen, dass sich bald all ihre Gedanken nur noch um ihn drehten, doch jetzt nagte eine völlig neue Unruhe von morgens bis abends an ihr. War diese Rastlosigkeit etwa Liebe? Das wäre unfassbar, in diesem Fall würde sie ihrem ärgsten Feind nicht wünschen, sich zu verlieben. So konnte doch niemand leben! Ihre Nerven waren ständig zum Zerreißen gespannt, weil sie sich so sehr nach ihrem Objekt der Begierde sehnte und die Begegnung mit ihm gleichzeitig fürchtete. Und nachts tat ihr dann das Herz in der Brust weh, es fühlte sich an, als hätte jemand es entzweigerissen … Und über dieses Durcheinander aus neuen Empfindungen legte sich ein heimliches Schweigen. Roser hatte noch nie Geheimnisse gehabt, jetzt schwieg sie jedoch, weil sie sicher war, dass sie ihre Gefühle tief in ihrem Herzen einschließen musste. Irgendwann ertrug sie den Zustand jedoch nicht mehr. Die überbordenden Emotionen lösten in ihr das dringende Bedürfnis aus, endlich mit jemandem darüber zu sprechen. Sie beschloss, lieber Laia einzuweihen als die Freundinnen, die sie schon ewig kannte. Die ebenso wie sie streng erzogenen jungen Frauen aus ihrem Umfeld waren nämlich ganz verrückt nach romantischen Fantasien. Laia war jedoch aus ganz anderem Holz geschnitzt und würde ihr sicher zuhören, ohne ihr ständig ins Wort zu fallen und aufgeregt um sie herumzuflattern.

Zu Senyora Dalmaus Verzweiflung wurden in jenem Herbst 1918 deshalb ihre Ausflüge, Besorgungen und Besuche in Cafés rund um Santa Eulalia immer häufiger. Roser vertraute Laia vor einer Tasse Schokolade mit Gebäck oder bei einem Spaziergang über die Rambla alles an, was ihr auf der Seele brannte, und suchte nach Worten, um diese neuen Gefühle zu beschreiben und damit den Knoten in ihrer Brust zu lösen.

»Laieta, ich weiß wirklich nicht, wie ich dir erklären soll, was ich empfinde. Ach, das kannst du dir nicht einmal vorstellen! Seit ich Ferran zum ersten Mal gesehen habe, bin ich nicht mehr dieselbe. Es kommt mir so vor, als würde mein Leben nicht länger mir gehören, sondern ihm, denn ich will einfach nicht ohne ihn sein. Ich wünsche mir so sehr, dass er mich ansieht, und habe gleichzeitig Angst, er könnte mich bemerken. Aber wenn mir dann der Gedanke kommt, dass er vielleicht gar nichts von meiner Existenz weiß … Verstehst du?«

»Ja«, murmelte Laia so leise, als wollte sie eigentlich nicht gehört werden. Und Roser bekam ihre knappe Antwort tatsächlich nicht mit, weil sie nur sich selbst zuhörte.

Laia ließ sie reden und lauschte mit traurigem, abwesendem Blick, während sie sich vergebens um ein Lächeln bemühte. Ihr war klar, dass Roser von ihr gar keine Antworten brauchte, weil sie nur Gesellschaft suchte. Gemeinsam machten sie sich auf den Weg zurück, während langsam der Herbstabend über sie hereinbrach und die gelben Blätter der Platanen über ihnen zitterten wie ihre Herzen.

Roser hatte sich daran gewöhnt, Ferran Clos aus der Ferne anzuhimmeln. Eines Abends kam der junge Mann jedoch bei Ladenschluss zu ihr herüber und bat um die Erlaubnis, sie nach Hause begleiten zu dürfen. Roser war völlig überrumpelt, und ihr Herz machte vor Aufregung einen Satz. Sprachlos starrte sie Ferran an, dann suchte sie mit roten Wangen nach einer Antwort und erwiderte schließlich mit rauer Stimme: »Ich… ich gehe immer mit meinem Bruder nach Hause, ich muss auf ihn warten.«

»Auf Ihren Bruder?«, fragte Ferran, als wüsste er nicht, wen sie meinte.

Nervös blinzelte Roser, brachte jedoch kein Wort hervor.

»Ach, Ihr Bruder, stimmt, Sie sind ja Senyoreta Molins. Verzeihen Sie meine Dreistigkeit.«

»Da gibt es nichts zu verzeihen, mein Herr.«

»Wenn man Sie hier im Geschäft unter all den Angestellten sieht, vergisst man eben leicht, wer Sie sind.«

Rosers Wangen brannten unerträglich, und es quälte sie der Gedanke, Ferran könnte sie für einfältig halten.

»Ich kann Ihnen versichern, dass ich wie alle anderen bin, gar nichts Besonderes.«

Der junge Mann ignorierte Rosers schwachen Protest und sprach einfach weiter: »Außerdem tragen Sie ja Trauer. Mein Gott, was müssen Sie jetzt wohl von mir denken!«

Als Roser Schritte hörte, riss sie sich von den hypnotischen Augen ihres Gegenübers los und schaute zu Andreu hinauf, der gerade die Treppe herunterkam.

»Entschuldigen Sie bitte, ich muss gehen.«

Feierlich und respektvoll neigte Ferran das Haupt.

Ein paar Wochen später traf Roser ihn wieder. Es war am ersten Wochenende im November, einem schläfrigen, sonnigen Sonntag. Rosers Mutter Aurora war krank und verließ das Haus nicht einmal für den Kirchgang. Andreu war bereits verlobt und verbrachte den Tag bei der Familie seiner Zukünftigen, einer jungen Frau namens Anna Balasch aus gutem Hause. Roser machten ihre Einsamkeit, die Langeweile und die Verliebtheit ganz krank. Wenn sie an Sonntagen wie diesem doch wenigstens die Unterstützung ihrer Vertrauten, der ergebenen Laieta, hätte!

Sie machte sich fertig, um zur Messe zu gehen und dann als Nachtisch einen Kranzkuchen zu kaufen. Das junge Hausmädchen Genoveva würde sie begleiten, das zwar sanftmütig und von angenehmer Art war, aber wenig zur Unterhaltung beitrug.

Die beiden verließen die Wohnung in der Carrer París, in welche die Familie Molins erst vor fünf Jahren eingezogen war. Sie lag in einem modernen Gebäude mit Art-déco-Fassade und nahm das gesamte weitläufige erste Stockwerk ein, mit einem verglasten Balkon, dessen ovale Fenster auf die Straße hinausgingen. Das wunderschöne, allerdings auch ziemlich ungewöhnliche Gebäude stand im Stadtviertel Eixample, dessen Straßen besser belüftet und heller waren als die meisten in Barcelona.

Heute trug Roser ein elegantes Kostüm mit einer taillierten schwarzen Wolljacke und einem breitkrempigen schwarzen Hut, der zu ihrer kleinen Tasche passte. Schweigend ging die junge Frau die Carrer Enric Granados entlang, bog dann in die Carrer Provença ab und besuchte in Sant Sever i Sant Vicenç de Paül die Messe. Niemals hätte sie damit gerechnet, welche Überraschung beim Verlassen des Gotteshauses auf sie wartete.

Draußen stand neben der Kirchentür nämlich Ferran, der ihre

Gewohnheiten nur zu gut kannte. Er wagte es nicht, so zu tun, als handele es sich um ein zufälliges Treffen, und sagte lieber: »Senyoreta Roser, Sie fragen sich bestimmt, was ich denn hier zu suchen habe. Und dann könnte ich einfach von einem unglaublichen Glücksfall reden, aber ich kann Sie nun wirklich nicht anlügen, und das will ich auch gar nicht. Roser, ich habe Ihnen hinterherspioniert. Ich kenne Ihre Gewohnheiten und folge Ihnen heimlich. Und als ich vorhin gesehen habe, wie Sie in die Kirche gegangen sind, da habe ich mir eben gedacht …«

Bis jetzt hatte Roser wie erstarrt dagestanden; bei diesen Worten setzte sie sich jedoch in Bewegung und unterbrach damit Ferrans Wortschwall, den sie wunderbar und verstörend zugleich fand. Genoveva versuchte, mit ihr Schritt zu halten, und Ferran folgte den beiden jungen Frauen eine Weile. Dabei verließ ihn sein Lächeln nie, wie eine stets im Mundwinkel hängende Zigarette. Irgendwann beschleunigte er seine Schritte, schloss zu den beiden Frauen auf und griff sanft nach Rosers Arm.

»Geben Sie mir doch bitte eine Chance.«

Roser kam an diesem Sonntag aufgewühlt und viel später als eigentlich angemessen zurück nach Hause. Sie hatte Genoveva eingebläut, bloß mit niemandem über die Begegnung mit dem jungen Mann und ihre anschließende lange Unterhaltung zu reden. Das Hausmädchen las gern Liebesromane und hatte das Gefühl, mitten in einem solchen gelandet zu sein, in dem ihr die Rolle der Vertrauten zufiel. Damit war sie zufrieden und hielt gern den Mund. Roser zog sich zunächst um und machte sich dann auf die Suche nach ihrer Mutter, die sie auf einem Stuhl im verglasten Balkon vorfand. Inzwischen ging es ihr schon etwas besser. Die beiden aßen zusammen zu Mittag und sprachen dabei über Belangloses. Als es Zeit für den Nachtisch war, fiel Roser plötzlich siedend heiß ein, dass sie den Kuchen völlig vergessen hatte.

Dieser Sonntag im November 1918 war nur der erste von vielen, an denen sich Roser und Ferran heimlich trafen, und allmählich verwandelte sich ihre Bekanntschaft in eine Beziehung. Der verführerische junge Mann erzählte Roser von seinen Träumen, seiner Vision von der Zukunft und davon, wie gern er diese an ihrer Seite erleben wollte. Roser war sich sicher, dass man nicht glücklicher oder verliebter sein konnte als sie in diesem Moment. So verstrichen Herbst und Winter, und schließlich brach im Jahr 1919 der Frühling an.

Bislang hatte Roser wegen der Trauer um ihren Vater nicht mit Andreu darüber gesprochen, was sie für Ferran empfand. Ihr Angebeteter beharrte allerdings darauf, dass sie ein Recht auf ihre Liebe hatten und diese in aller Öffentlichkeit leben durften. Wenn es nach ihm ginge, würden sie nicht eine Minute ihres jungen Lebens darauf verschwenden, an die anderen zu denken. Roser hatte hingegen tief in ihrem Inneren ein schlechtes Gewissen. Ihr erschien es nicht richtig, dass sie und Ferran so furchtbar glücklich waren, wenn doch zu Hause nach dem schrecklichen Verlust immer noch alle litten. Aber Ferran bestand darauf, ihre Beziehung offiziell zu machen, deshalb beschloss Roser eines Tages, endlich mit Andreu zu sprechen. An jenem Märzabend erwartete sie die Heimkehr ihres Bruders so aufgeregt wie ein kleines Kind die weihnachtlichen Geschenke am Dreikönigstag.

Sie war so unruhig, dass sie hinter den ovalen Fenstern zur Straße hin auf und ab marschierte und versuchte, zwischen den vorbeihastenden Schatten unten auf der Straße ihren Bruder auszumachen. Es hatte geregnet, und die jungen Blätter der Platanen tropften. Während langsam die Dunkelheit über die Stadt hereinbrach, hatte Roser das Gefühl, dass die Zeit stehen geblieben war. Sie schien sich über sie lustig zu machen, denn Andreu kam und kam einfach nicht.

Irgendwann hörte sie dann endlich die Tür und die immer eiligeren Schritte ihres Bruders. Ihr Herz machte einen Satz.

»Guten Abend, Roser, was machst du denn hier ganz allein?«

»Andreu! Ich muss mit dir reden.«

Er war nicht verwundert, als seine Schwester ihm von ihrer Beziehung zu Ferran Clos erzählte, schließlich hatte er Augen im Kopf. Deshalb hatte er natürlich mitbekommen, dass Rosers anfängliche Schwärmerei für den gut aussehenden und attraktiven jungen Verkäufer, den alle Frauen anhimmelten, sich nach und nach in mehr verwandelt hatte. Mit ihr darüber gesprochen hatte er allerdings nie. Vielleicht hatte er gehofft, dass sich seine Befürchtungen nicht als wahr erweisen würden, wenn er diese unangenehme Unterhaltung vermied. Natürlich war Ferran ein höflicher und fleißiger Bursche, und er hatte sich zu solch einem erstklassigen Mitarbeiter gemausert, dass Andreu wirklich nicht klagen konnte. Aber trotzdem beschlich ihn immer wieder ein Verdacht, die vage Vermutung, dass mit Ferran irgendetwas nicht stimmte.

Seit dem Tod seines Vaters hatte Andreu nicht nur bei Santa Eulalia die Verantwortung übernommen, sondern war auch das Familienoberhaupt, und das Wohlergehen seiner Schwester lag ihm natürlich am Herzen. Auf seltsam unbestimmte Art und Weise hatte er tief in seinem Inneren das Gefühl, dass er sie vor Ferran Clos schützen musste, auch wenn er nicht so recht wusste, warum eigentlich.

Während der Tage nach Rosers Enthüllung versuchte er deshalb Informationen zusammenzutragen, die seinen Verdacht erhärten oder vielleicht auch zerstreuen würden. Er suchte heimlich die Familie auf, bei der Ferran wohnte, nahm Kontakt zu Verwandten in Caldes auf und schrieb mehrere Briefe. Dabei konnte er lediglich herausfinden, dass Ferran wegen des abgebrochenen Studiums eine Auseinandersetzung mit seinem Vater gehabt hatte und dass er wegen einer schweren Krankheit eine Zeit im Ausland verbracht hatte.

Dass Andreu sie so lange auf eine Antwort warten ließ und Ferran derart misstrauisch gegenüberstand, schlug Roser aufs Gemüt, und sie weinte oft verzweifelt. Andreu sehnte sich nach dem vor Glück nur so sprühenden Blick seiner Schwester zurück. Er wollte sie nun wirklich nicht unglücklich machen, indem er sich in etwas verrannte. Schließlich kam er zu dem Schluss, dass sein Misstrauen vielleicht nur ein Hirngespinst war und es sich bei Ferran tatsächlich um einen Erben aus gutem Hause handelte, dessen einzige Sünde darin bestand, dass er nicht Arzt werden wollte.

Außerdem gab es noch einen weiteren Grund dafür, dass er Rosers Beziehung gern zustimmen wollte: Erst wenn sie mit einem angemessenen Kandidaten verheiratet war, konnte er selbst guten Gewissens eine Familie mit Anna gründen, der er von Herzen zugetan war.

Und deshalb gab Andreu Molins dem jungen Paar schließlich seinen Segen. Ihre Verbindung war jetzt offiziell, obwohl die Hochzeit aufgrund der Trauer verschoben werden musste. Nun gab sich Roser voll und ganz dem hin, dem ihr Herz gehörte.

Aber nicht nur ihres.

8

»Und jetzt sieh mich an!«

Sie gehorchte, das tat sie ja immer. Langsam öffnete sie die Augen und entdeckte die seinen so dicht vor sich, dass sie schon befürchtete, in diesen vor Lust aufgewühlten dunklen Seen zu ertrinken.

Er küsste sie, wie immer mit einer gewissen Heftigkeit, presste die vollen Lippen auf ihre und spielte mit der Zunge in ihrem Mund. Saugte ihre Seele in sich auf. Dann wurde seine Atmung tiefer, er richtete sich ein wenig auf und betrachtete sie in ihrer Nacktheit. Mit den Fingerspitzen strich er ihr zärtlich über die Lippen, das Kinn, den Hals und die Schultern. Als er ihre Brüste erreichte, blieb sie ganz still liegen und schloss wieder die Augen. Damit er es nicht bemerkte, wandte sie sich ein wenig von ihm ab, während sie die Hände im rauen Laken verkrallte. Tief in ihr stieg ein Stöhnen auf, als er ihre Brustwarzen küsste, und sie wünschte sich sehnlichst, er würde die Schweißtropfen auf ihrem Bauch mit der Zunge auflecken. Ihr Herz schlug so heftig, dass es in der Brust wehtat. Sie hörte das Blut in den Ohren rauschen und musste übermenschliche Willenskraft aufbringen, um nicht laut zu keuchen.

Die Körper der beiden Liebenden umfingen einander in einem warmen, feuchten Tanz, der so alt wie die Menschheit selbst war. Er ließ sich auf sie fallen, versank in ihr. Ungestüm übersäte er ihr Gesicht mit Küssen und biss sie in den Hals, während er langsam die Hüfte vorschob und dann tief in sie eindrang.

Jetzt atmeten sie nicht mehr, sondern keuchten laut.

Sie waren nicht mehr zwei Wesen, sondern nur noch ein einziges.

Verschlungen.

Ineinander versunken.

Miteinander verschmolzen.

Als sein Verlangen befriedigt war, stieß er einen Laut der Zufriedenheit aus und ließ sich neben sie sinken. Jetzt kehrte die Ruhe in seinen Blick zurück. Er drehte sich zu ihr, sah sie an und fuhr ihr mit den Fingern durch die Haare, die sich als wilde, zerzauste Mähne auf dem Laken ausbreiteten. Von der Stille gewiegt, die sie nach dem Liebesakt immer umfing, gingen sie beide ihren Gedanken nach, die sich allerdings in nichts ähnelten. Ferran schien längst weit weg, als er genüsslich seine Zigarette rauchte. Zitternd und verletzlich rückte sie näher an ihn heran und umarmte ihn. Sie saugte den Duft des Tabaks ein und betrachtete die aufsteigenden Ringe aus Rauch. Sein Atem streifte ihre Wange wie eine Feder. Sanft nickte sie ein, während der Herzschlag ihres Geliebten über ihren Schlaf wachte.

»Wach auf, du musst dich anziehen! Wir müssen aus dem Zimmer raus.«

Laia war eingedöst, daher erkannte sie die raue Stimme zunächst nicht, die da zu ihr sprach.

Sie schlug die Augen auf. Ferran saß mit dem Rücken zu ihr in Hemdsärmeln auf dem Bett und zog sich die Schuhe an. Laia richtete sich ein wenig auf und sah ihn ganz verschlafen an. Sie konnte immer noch nicht glauben, dass dieses zauberhafte Wesen sie wirklich lieben konnte. Ganze Nächte hatte sie sich nach ihm verzehrt und schon jene Träume für Sünde gehalten. Aber sie bereute weder ihre Fantasien, noch dass sie sich ihm schließlich mit Haut und Haaren hingegeben hatte. Inzwischen hatten sich ihre geheimen, immer viel zu kurzen Treffen in etwas verwandelt, was ihrer Existenz einen Sinn gab. Ihr Dasein vor ihrer Begegnung mit Ferran war doch kein Leben gewesen! Wie sie jetzt lachen musste, wenn sie an die Laia von früher dachte, die sich mit sonntäglichen Tanznachmittagen und dem leisen Kichern unter Freundinnen zufriedengegeben hatte. Diese Laia war bloß ein kleines Mädchen gewesen und gehörte längst der Vergangenheit an.

Leider war sie sich dessen nicht bewusst, dass mit dieser Laia auch ihr fröhliches Lächeln und ihr reiner, unschuldiger Blick verschwunden waren. Noch wusste sie es nicht, sie begann jedoch zu ahnen, dass Liebe, wenn man es recht betrachtete, mehr Schaden als Nutzen brachte.

Als Ferran sich nun zu ihr umdrehte und sie immer noch auf dem Bett hocken sah, sagte er: »Also, ziehst du dich endlich an?«

»Sie war wunderschön, oder?«

Die Sekunden schienen sich endlos in die Länge zu ziehen, als sich ihre Blicke trafen.

»Wer denn?«, fragte Ferran nachsichtig.

»Du weißt genau, wen ich meine. Die Tänzerin aus Paris.«

Ferran schwieg und starrte ins Leere. Laia wollte so gern wissen, was er in solchen Momenten vor sich sah, aber es blieb ihr immer verborgen.

Bebé war das schönste Mädchen von Paris.

Laia kannte die Antwort längst, sie wusste genau, was Ferran sagen würde. Vor diesem Satz hatte sie Angst und forderte ihn trotzdem ein. Es war ein schmerzhafter Gegensatz, rau und angenehm zugleich. Sie konnte selbst nicht verstehen, warum sie dieses Thema eigentlich bei jedem ihrer Treffen zur Sprache brachte.

»Liebst du sie noch?«

Ferran setzte den Gesichtsausdruck eines Mannes von Welt auf.

»Wenn du jemanden wirklich liebst, kannst du damit nie wieder aufhören.«

»Und liebst du mich auch wirklich?«

Über das ungemachte Bett hinweg robbte Ferran auf sie zu und umarmte sie als Antwort. Er küsste sie mit der ungestümen Heftigkeit, mit der er alles zu tun schien.

Wie kann es nur sein, dass ich mich so sehr nach diesem Mund sehne?, fragte sich Laia, während sie seinen Kuss erwiderte. Warum verzehrte sie sich so schmerzhaft nach ihm? Ganz aufgewühlt machte sie sich von ihm los. »Und Roser? Liebst du die auch?«

Als hätte ihn etwas gestochen, fuhr Ferran plötzlich hoch, und in Laias Augen brannten mit einem Mal die Tränen.

»Eines muss klar sein: Ich will nicht, dass du Roser auch nur erwähnst. Das mit ihr ist etwas ganz anderes.«

»Was ist es denn?«

»Meine Zukunft.«

»Und ich, was bin ich?«

Mit intensivem, stählernem Blick fixierte Ferran sie. Dann sagte er ohne jede Wärme: »Zieh dich an, es ist schon spät.«

Laia öffnete die Tür des Stundenhotels, in dem sich viele andere heimliche Liebhaber wie sie trafen. Es lag in der Carrer Nou, in der Nähe der London Bar, die sich seit ihrer Eröffnung vor acht Jahren in einen Treffpunkt für Künstler und Bohemiens verwandelt hatte. Wenn sie hier vorbeikam, ließ Laia jedes Mal den Blick durch das Lokal wandern, in dem sich immer viel zu viele Gäste drängten, und betrachtete sich in den großen Spiegeln hinter der Theke mit ihren Rahmen aus bunt bemaltem Gips.

Dann ging sie ganz langsam die Rambla entlang, während sich ihre Gedanken zwischen den frühlingshaft ergrünten Zweigen der Bäume an der Flaniermeile verloren. In diesen Momenten, wenn Ferran mit seiner überwältigenden Verführungskraft nicht mehr an ihrer Seite war, drängten sich hinter ihrer Stirn die Zweifel, und Schuldgefühle begannen an ihr zu nagen. Auf dem Heimweg fragte sie sich, ob Ferran sie wohl wirklich liebte, ob er sie so sehr liebte wie diese Bebé, die ihm den Schlaf raubte. Von ihr hatte Ferran schon bei ihrem ersten Treffen in diesem Hotel erzählt, wie ein Jäger, der vor seinem neuen Opfer mit seinen Trophäen prahlte. Bebé und Paris. Wie seine Augen zu leuchten anfingen, wenn er über jene Zeit sprach! Laia war eifersüchtig auf Ferrans erste Liebe, aber andererseits war Bebé ja weit entfernt. Tatsächlich war es Rosers Name, der sich Laia wie ein Dorn ins Herz bohrte. Wie konnte sie ihrer Freundin das bloß antun? Was war sie nur für ein Ungeheuer?

Die Verlobung von Roser und Ferran wurde im Mai 1919 bekannt gegeben, und im Geschäft sprach man selbst zwei Monate später noch von nichts anderem. Die jungen Mädchen bemerkten neidisch, welch ein Glück Senyoreta Roser doch habe, schließlich hatte sie sich den Traumprinzen geangelt, von dem alle träumten. Unter den tuschelnden Verkäufern fielen hingegen hässlichere Worte, man nannte den Bräutigam einen üblen Mitgiftjäger, und das war noch eine der netteren Bezeichnungen. Wenn sie ihm im Laden über den Weg liefen, widmeten sie sich plötzlich mit ganz besonderem Eifer ihren Aufgaben und ignorierten ihn.

Der Verlobung wegen waren Dr. Clos und seine Frau aus Caldes angereist, und inzwischen war allgemein bekannt, dass man zur Feier des Tages in einem Luxusrestaurant im Ciutadella-Park diniert hatte. Senyora Dalmau erzählte jedem, der es hören wollte, dass Witwe Molins nicht an dem Essen teilgenommen habe, und interpretierte dies als deren Ablehnung der Verbindung.

»Möge Gott uns beistehen! Na, mich wundert es ja nicht, dass sie dagegen ist. Wo hat man denn schon gesehen, dass ein Fräulein aus gutem Hause so einen Dahergelaufenen heiratet!«

Die Gerüchteküche brodelte, und wer am wenigsten wusste, versicherte, am besten im Bilde zu sein. In Wirklichkeit kannte nur Laia die Einzelheiten, weil Roser ihr alles haarklein erzählte. Dabei bekam die frisch Verlobte überhaupt nicht mit, dass Wut den Blick ihrer Freundin erfüllte und Neid ihre Lippen verzerrte, während sie von Schuldgefühlen zerfressen schwieg.

Laia wusste, dass zu Rosers Verlobungsessen um die zwanzig Gäste gekommen waren, Angehörige der beiden Familien und Andreus Zukünftige. Tatsächlich war auch Aurora, Rosers

Mutter, dabei gewesen, sie hatte sich wegen ihres schlechten gesundheitlichen Zustands jedoch beim Nachtisch verabschiedet und war von einem Wagen nach Hause gebracht worden.

»Weißt du, Laieta, mir wäre es ja lieber gewesen, wenn sie überhaupt nicht gekommen wäre. Du kannst dir gar nicht vorstellen, wie ich mich bei ihrem Aufbruch noch vor Ende der Mahlzeit gefühlt habe.«

Rosers Miene verfinsterte sich ein wenig, als sie daran zurückdachte, aber das verliebte Glänzen in ihren Augen verließ sie auch in diesem Moment nicht.

»Also, sie hat nichts gegen Ferran, was sollte sie an ihm auch auszusetzen haben? Er kommt doch aus einer bekannten und angesehenen Familie, außerdem geht er völlig in seiner Arbeit auf! Nein, mit ihm hat das nichts zu tun, sie hält die Verlobung einfach nur für eine Respektlosigkeit Papa gegenüber, weil wir immer noch Trauer tragen. Aber das ist doch wirklich von gestern, findest du nicht?«

Laia schwieg immer noch, sie dachte an die letzten Zärtlichkeiten von Ferran, an seine Augen, deren Ausdruck sich so schnell ändern konnte wie das Bild aus bunten Steinchen in einem Kaleidoskop.

»Aber abgesehen davon ist es wirklich gut gelaufen. Wir hatten im Restaurant des Kasinos unten einen ganzen Flügel reserviert, und durch die Fenster konnte man den Wasserfall und den See sehen… Das war einfach wundervoll, so romantisch! Du kannst dir das gar nicht ausmalen!«

Nein, und das wollte sich Laia auch gar nicht ausmalen. Sie wollte sich Ferran nicht in diesem Restaurant voll eleganter Menschen an der Seite seiner Verlobten vorstellen. Stattdessen dachte sie lieber daran, wie er mit seinen starken, gierigen Händen ihre kleinen Brüste umfing, die unter seiner Berührung erschauderten.

»Das Kleid war ein voller Erfolg. Natürlich hat es Mama gar nicht gepasst, dass ich bei dieser Gelegenheit nicht mehr Volltrauer getragen habe…«

Jetzt, wo Roser und Ferran auch offiziell ein Paar waren, ging Laia ihrer Freundin weitestgehend aus dem Weg. Das war gar nicht schwierig, weil Roser jetzt nicht mehr so oft ins Geschäft kam. Wenn sie mal vorbeischaute, war sie meistens damit beschäftigt, ihre Aussteuer zu vervollständigen und Stoffe für die Kleider auszusuchen, die sie als verheiratete Frau tragen würde. Deshalb hatte sie für Laia sowieso keine Zeit. Die Trauung sollte im nächsten Jahr, im Sommer 1920, stattfinden. Und bis dahin gab es ja noch so viel zu tun! Tief in ihrem Inneren fand Roser es jedoch schade, ihre Freundin nicht mehr zu sehen, schließlich wollte sie ihr so gern alles erzählen. Allerdings schien das Lehrmädchen ihre Treffen zu vermeiden und hatte immer eine Ausrede, wenn Roser einen kleinen Ausflug vorschlug.

Laia hingegen konnte es einfach nicht ertragen, Roser über Ferran reden zu hören, und so lebten sie sich nach und nach auseinander.

Wie jeden Sonntag seit einigen Monaten kam Laia später als eigentlich angemessen nach Hause. Es war bereits dunkel geworden, und am finsteren Nachthimmel stand kein Mond. Und wie jeden Sonntag saß ihre Mutter mit zusammengelegten Händen wartend am Tisch und starrte mit ernster Miene zur Tür.

Als sie den Schlüssel im Schloss hörte, atmete Carmen erleichtert auf. Endlich war Laia wieder zu Hause, ihr war nichts passiert. Ein Teil ihrer Sorgen löste sich auf wie Wolken am Sommerhimmel, aber die Last auf Carmens Schultern war in den vergangenen Monaten immer schwerer geworden. Sonntag für Sonntag blieb sie lange auf, weil sie in ihrer Sorge keinen Schlaf fand. Und wenn ihre Tochter dann vor ihr stand, versuchte sie sich deren merkwürdiges Verhalten zu erklären. Jetzt war wieder einmal der Moment für eine solche Unterhaltung gekommen, bei der die nervösen Fragen der besorgten Mutter durch die typisch dreisten Sprüche junger Leute beantwortet wurden.

»Woher kommst du denn jetzt bloß?«

»Nicht schon wieder, Mutter. Ich habe Ihnen doch gesagt, dass ich mit Maria unterwegs war und es einfach spät geworden ist…«

»Lüg mich nicht an, ich weiß ganz genau, dass du deine Freundinnen schon seit Monaten nicht mehr siehst.«

»Wenn Sie sowieso schon alles wissen, warum fragen Sie mich dann noch?«

»Laia, Himmel! Worin bist du da nur verstrickt?«

Es brachte ja doch nichts, sich irgendwelche Lügen auszudenken, nicht bei ihrer Mutter. Deshalb schwieg Laia einfach und wollte auf ihr Zimmer gehen, Carmens Worte hielten sie jedoch zurück. Sie kamen ihr wie eine Vorahnung, wie eine Drohung vor. Plötzlich war in ihrer Welt nichts mehr in Ordnung, vielmehr schien darin ein Gewitter zu toben und den Himmel mit zuckenden Blitzen zu erhellen.

»Hör mal, mein Kind, manche Dinge ändern sich nie. Männer umgarnen junge Mädchen, die werden schwanger, und dann ist ihr Leben ruiniert.«

Reglos stand Laia mit dem Rücken zu ihrer Mutter da, während ein Schluchzen in ihr aufstieg. Plötzlich war sie von Angst erfüllt, diesem Ungeheuer, das sie um den Schlaf brachte.

»Warum sagen Sie bloß so etwas, Mutter?«

»Weil du doch das Einzige bist, was ich habe, Kleines.«

Laia rannte in ihr Zimmer, das nach hinten hinausging. Sie wollte allein sein und sich in aller Ruhe ausweinen, endlich das beklemmende Gefühl in der Magengrube loswerden.

Carmen blieb in der Wohnstube zurück, und ein so furchtbarer Verdacht legte sich auf ihr Herz, dass sie ihn lieber verdrängen wollte.

Leider sprach Laias Gesichtsausdruck Bände, wenn sie im Geschäft dem Verlobten von Senyoreta Roser über den Weg lief, diesem schmeichlerischen jungen Mann mit dem verschlagenen Blick. Das Leuchten in ihren Augen hatte sie verraten.

Und wenn Laia ihr nicht beichtete, was sich zwischen den beiden abspielte, würde sie es eben selbst herausfinden.

Sie betrachtete die Fotografie ihres Mannes.

»Valentí, das kann doch nicht wahr sein, oder? Ich mache mir solche Sorgen, dass ich noch den Verstand verliere! Soll unser Mädchen denn wegen einer Laune alles aufs Spiel setzen? Das geht doch nicht… Es darf nicht sein!«

Wie so oft in letzter Zeit wälzten sich an diesem Sonntag sowohl Laia als auch Carmen im Bett hin und her und fanden keine Ruhe. Hinter ihren schlaflosen Lidern tanzten schemenhafte Gestalten, die sich in der Dunkelheit auflösten.

9

Ihr Mund war ein rotes Herz, das pulsierte und zerplatzte. Die Brauen waren zwei dahingeworfene Pinselstriche, und über ihre im Rausch glänzenden Augen hatte sich der Schleier der Schlaflosigkeit gelegt. Wenn Pepita Iris auf der Bühne des Edén Concert zu singen begann, verstummten die Gäste, Zigaretten erstarrten auf halbem Wege zum Mund in der Luft, und aller Augen richteten sich auf ihren schmalen Körper, der zwar nichts Üppiges an sich hatte, aber dennoch niemanden kaltließ.

No sé por qué andas diciendo que soy mala
Que el alma tengo negra, muy negra
Que soy interesada y pretenciosa
Que de orgullosa no cabe más …

Warum erzählst du denn, dass ich schlecht sei?
Mit einer dunklen, dunklen Seele
Dass ich berechnend sei und prahle
Vor Stolz zu platzen droh …

Ferran schloss die Augen und ließ sich von der Melodie davontragen.

Ya sé por qué de mí vas así hablando
Es que el despecho te está matando
De no ver tu pasión correspondida
Y eso en la vida lo lograrás …

Ich weiß schon, warum du so über mich redest
Weil meine Gleichgültigkeit dich quält
Deine Leidenschaft nicht gehört wird
Und so wird es immer sein …

Die Coupletsängerin hatte Temperament, wurde von ihren Emotionen mitgerissen. Fasziniert starrte das Publikum zu ihr hinüber, der Rauch schien jedoch alle Gesichter zu verwischen. Als ihr ein Träger des grünen Fransenkleides von der Schulter glitt und ein wenig Haut freilegte, hörte man das Publikum geräuschvoll einatmen. Ferran spürte, wie die Leidenschaft im Saal pulsierte, und leistete keinen Widerstand, ließ sich von der Stimmung mitreißen. Die Vereinigung zwischen Publikum und Künstlerin erreichte ihren Höhepunkt, als sie endlich den erwarteten Refrain anstimmte:

No te ocupes de mí
No he de ser para ti
No te canses, déjame ya
Agua que no has de beber, déjala correr
Déjala, déjala.

Vergiss mich doch einfach
Ich bin nicht für dich
Lass es gut sein, lass mich in Ruh'
Wenn du es nicht trinken kannst,
Dann lass dem Wasser seinen Lauf.

Hingerissen legte Ferran die Hände zusammen und ließ die Zeigefinger an der Unterlippe ruhen.

Er war völlig verrückt nach dieser Frau, die so verführerisch war wie die Sünde und so unschuldig wie eine Jungfrau.

Ja, er war ihr mit Haut und Haaren verfallen, und das war ziemlich gefährlich.

Tagsüber stank das Paral·lel nach Rauch und Schweiß, nach dem Schweiß derjenigen, die sich ihren Lebensunterhalt durch vierzehn Stunden Arbeit in der Fabrik verdienen mussten. In einigen Straßen des Viertels, wie der Carrer Nou, gab es jede Menge Milchgeschäfte, aber auch Schulen für Tanz und Gesang, aus deren Fenstern der Klang von Kastagnetten drang und mehr oder weniger schiefe Noten. Es handelte sich um wahre Traumfabriken, in denen junge Mädchen aus allen Ecken Spaniens versuchten, einem traurigen Schicksal als Hausmädchen, Arbeiterin oder Prostituierte zu entgehen. Viele von ihnen waren Analphabetinnen und lernten die Liedtexte, indem sie sie immer wieder hörten. Trotzdem hofften alle, die neue Mercedes Serós zu werden oder sich als Wiedergeburt von Raquel Meller zu entpuppen.

Bei Nacht verwandelte sich das Stadtviertel. Während in Europa noch der Schlachtenlärm des Weltkriegs nachhallte, wurde Barcelona zu einer Hochburg des Vergnügens, der Verschwendung und der hemmungslosen Freizügigkeit. Einige Theater und Cafés hatten den ganzen Tag geöffnet. In manchen Lokalen, wie dem Arnau oder dem Gayarre, trafen sich Männer in Hemdsärmeln, Espadrilles und mit dichten Bärten, die hier für zwei Reales einen Kaffee trinken und die Vorstellung sehen konnten. In anderen tummelten sich bekannte Vertreter aus dem Bürgertum, von denen die meisten auch eine Loge im Liceu hatten. Es handelte sich um Fabrikanten, Börsenhändler und Bankiers, die sich bei italienischen Opern zu Tode langweilten und sich deshalb verzweifelt in die Arme der Coupletsängerinnen im Edén retteten. Dort konnten sie außerdem Roulette oder Baccara spielen und sogar Geld gewinnen. In dieser Art von Lokal mischten sich auch Arbeiter unter die gut betuchten Bürger, vor allem zu fortgeschrittener Stunde, wenn alle nur noch Männer mit den gleichen Lastern waren.

Das Paral·lel bei Nacht bedeutete Glücksspiel, Alkohol und Spektakel. Musik und Champagner. Striptease, Boxkämpfe und Konzerte. Tanz.

Vor allem aber Couplets.

Während das Publikum begeistert pfiff und kreischte, betrat Pepita Iris für ihren letzten Auftritt des Abends die Bühne. Jetzt war der Moment für *Alça Quima!* gekommen, ein Couplet auf Katalanisch, das Joan Viladomat vor ein paar Jahren für sie geschrieben hatte. Von den ersten Akkorden an spürte die Diva, wie das Publikum im Takt der Musik erbebte. Wieder einmal hatte sie es mitgerissen.

I un jove fuster
que està al meur carrer
veres m'estima.
Doncs al veure'm tan primeta
li faig perdre la xaveta.
Ell diu abraó
que semblo un llistó
de fusta molt bona.
I demora que s'inflama
me fa festes
i aixi exclama, aiii!

Ein junger Schreiner aus meiner Straße
Also, weißt du
Der liebt mich ja.
Weil ich so dünn bin
Ist er verrückt nach mir.
Und er sagt ganz zu Recht
Dass ich so ausseh
Wie eine Latte
Aus gutem Holz.
Die irgendwann in Flammen ausbricht
Und er umwirbt mich
Und ruft begeistert »Hei!«

Alça Quima,
que ets més prima que una llima,
però ja saps que se t'estima.
Creu-me Quima, bella Quima,
Sant Josep, es veu ben clar,
que el ribot hi va passar.
Quima, Quima.

Heißa, Quima
Du bist dünner als 'ne Feile,
Aber wirst hier so geliebt.
Glaub mir, schöne Quima,
Beim heiligen Josef, ganz klar,
Da war der Hobel am Werk.
Quima, Quima.

Sie hatte keine besonders schöne Stimme, das stimmte schon, aber sie legte ihre Seele in alles, was sie zum Vortrag brachte. Auch war sie keine außergewöhnliche Tänzerin, wusste jedoch mit ihrem spitzbübischen Charme die ehrbaren Herrschaften ganz für sich einzunehmen. Pepita lächelte und klimperte mit den Wimpern, bevor sie die zweite Strophe anstimmte:

Si anem a ballar
jo m'hi haig d'enfadar
puix tant se m'acosta,
que s'ajunta com la pega
i la brusa em rebrega.

Wenn wir tanzen gehen
Dann werde ich schnell wütend
Er rückt mir nämlich auf die Pelle,
Klebt an mir wie Leim
Und zupft an meiner Bluse.

Però el molt trapasser
em diu »deixa fer,
Quimeta estimada,
i no siguis tan adusta
perquè jo no sóc de fusta«.

Aber der Schlingel sagt zu mir:
»Lass mich doch, liebe Quima,
Zeig dich nicht so stolz
Ich bin schließlich nicht aus Holz.«

Alça Quima,
que ets més prima que una llima,
però ja saps que se t'estima.
Creu-me Quima, bella Quima,
Sant Josep, es veu ben clar,
que el ribot hi va passar.
Quima, Quima …

Heißa, Quima
Du bist dünner als 'ne Feile,
Aber wirst hier so geliebt.
Glaub mir, schöne Quima,
Beim heiligen Josef, ganz klar.
Da war der Hobel am Werk.
Quima, Quima …

Während im Edén der Applaus aufbrandete, hatte die Diva die Bühne bereits verlassen und eilte zu Ferrans Tisch hinüber. Die Fransen des grünen Kleides klebten an ihren Seidenstrümpfen.

»Na los, komm! Heute sind alle dabei, der Maestro und sein Bruder, der Bildhauer und auch Amichatis …«

Ferran packte sie mit festem Griff und presste sie an seine Brust. »Aber ich will dich doch nur für mich …«

»Na, Schätzchen, jetzt werd mal nicht kindisch«, erwiderte sie und machte sich von ihm los.

Pepita war die einzige Frau in der Gruppe von sechs, sieben Leuten, die kurz darauf das Lokal verließ und sich in den Nebeln der Nacht verlor. Die meisten konnten kaum noch gerade gehen. Der unbesonnene Pep Amich, alias Amichatis, ein Journalist für *El Progreso* und gefeierter Textdichter, pinkelte mit heruntergelassener Hose an eine Hauswand und lamentierte, dass man ihn in der Bar del Centre heute völlig ausgenommen habe.

Pepita klammerte sich an den Maestro, der, wenn ihn der Schluckauf mal ließ, leise vor sich hinsang: »*Alça Quima, que ets més prima que una llima …*«

Ferran folgte den beiden und ließ sie nicht aus den Augen. Er hatte nämlich gehört, dass der Maestro und Pepita ein Liebespaar seien. Sie habe ihn nach Paris begleitet, und nach ihrer Rückkehr solle Viladomat für sie eine Wohnung gemietet haben. Ferran wusste nicht so recht, ob das Gerede wohl stimmte. Das könnte ja durchaus sein, warum auch nicht. Aber wenn er Pepita danach fragte, antwortete sie jedes Mal ausweichend. Und was den Maestro anging …

Bei Tageslicht betrachtet, wirkte er wie ein anständiger Kerl, er arbeitete von drei bis acht in seiner Gesangsschule La Colosal in der Carrer Nou 106, über der er im dritten Stock mit seiner Frau und zwei Kindern auch wohnte. Der älteste Sohn wurde ebenfalls Musiker, und insgesamt strahlte die Familie Normalität und Harmonie aus. Während Viladomat also nach außen hin den braven Familienvater gab, verwandelte er sich bei Einbruch der Nacht. Zusammen mit seinem Bruder Josep war er im Paral·lel unterwegs und ließ kein Laster aus. Es wurde erzählt, dass der Maestro nicht zu verachtende Einnahmen hatte, weil seine populärsten Lieder nicht nur in Barcelona, sondern auch in Paris und Berlin gesungen wurden. Trotzdem war er ständig blank, genau wie Amichatis. Die beiden beklagten sich oft darüber, dass ihnen das Geld regelrecht durch die Finger zu rinnen schien. Aber in diesen Jahren, in denen Barcelona so heftig pulsierte, war den Künstlern eben ihre Freiheit am allerwichtigsten. Sie ließen sich kein Abenteuer entgehen, selbst wenn sie vielleicht nicht direkt auf der Suche danach waren.

Schon nach kurzer Zeit erreichte das Grüppchen Nachtschwärmer die Wohnung des Maestros ganz in der Nähe des Edén. Viladomat lud alle ein, mit ihm das letzte Gläschen der Nacht zu trinken, oder vielleicht eher das erste an diesem Morgen, wie man es nahm. Sein Bruder verabschiedete sich allerdings, er zog lieber weiter zum Lyon d'Or, wo mit Sicherheit noch Intellektuelle zusammensaßen und debattierten. Ferran huschte an Pepitas Seite, um zu sehen, ob er sie womöglich von den anderen fortlocken konnte. Er wollte sie so gern für sich allein haben, ohne eine andere Gesellschaft als die Lust. Konnte er vielleicht endlich den Schleier der Geheimnisse lüften, hinter dem sich die Diva tanzend versteckte und mit dem sie ihn jeden Tag nur noch mehr erregte? Ferran war von ihr wie besessen, er wollte diese neue Salomé besitzen, die ihn so faszinierte wie keine andere Frau zuvor.

Aber kokett und aalglatt ging ihm Pepita wieder einmal durch die Lappen, da sie dem Rest der Truppe in die Gesangsschule folgte. Niemand aus dem Grüppchen schien den Abend für beendet erklären zu wollen, und da Ferran ja doch nichts anderes übrig blieb, folgte er den anderen. Für Pepita Iris wäre er selbst in die Hölle hinabgestiegen.

Der Maestro nahm am Klavier Platz, während Amichatis seinen korpulenten Körper auf das durchgesessene Sofa fallen ließ. Mit vor Alkohol träger Stimme lallte er: »He, Viladomat! Wie viel gibst du mir für einen Liedtext?«

»Zwei Peseten«, erklärte der Maestro und dachte an seine Anfänge zurück, als der Ankauf und Verkauf von Liedtexten und Melodien eine schnelle Möglichkeit gewesen waren, Geld und damit etwas in den Magen zu bekommen.

Jetzt lieferten sich der Musiker und der Textdichter einen

Wettbewerb, aus dem womöglich ein neuer Gassenhauer hervorgehen würde.

Ferran suchte derweil mit unruhigem Blick nach Pepita. Sie schien sich in den Schatten des Raumes verloren zu haben, in dem tagsüber zukünftige Sängerinnen um die Erfüllung ihrer Träume kämpften. Er entdeckte sie allein in einer Ecke, wo sie ein leuchtend weißes Pulver schnupfte, das sie aus einem kleinen Fläschchen auf den Handrücken gegeben hatte. Mit leuchtenden, fiebrigen Augen sah sie ihn an, dann zog sie mit vorgetäuschter Gemütsruhe ein Taschentuch aus Samt hervor und tupfte sich damit die Nase. Sie bot Ferran das Fläschchen an.

»Willst du auch was?«

Ferran nahm an.

Er ging ihr aus dem Weg. Zunächst stotterte er irgendwelche Ausreden zusammen, die sie nicht einen Moment überzeugten und sie tief verletzten. Später verschwendete er nicht einmal mehr Entschuldigungen an sie, weder Worte noch ein Lächeln.

Laia verbrachte jetzt schon viel zu viele Sonntage allein in ihrem Zimmerchen in der Carrer Piquer, während die besorgte Carmen sie vorwurfsvoll ansah. Und am Montag litt Laia dann noch viel mehr, wenn sie zur Arbeit ging und dort Ferrans ausweichenden Blick suchte, nach der Lust darin forschte, um ein kleines bisschen Liebe bettelte. Sie war verzweifelt. Ob zu Hause, bei der Arbeit oder auf der Straße, Laia konnte an nichts anderes mehr denken als an den Herzschmerz, der sie zu zerreißen drohte. Sie grübelte, hatte immer nur Ferran im Kopf und mit ihm die Frage, wie sie womöglich wieder zu ihm vordringen oder aber seine Gleichgültigkeit erklären konnte. Da musste es doch einen Grund geben, es hörte doch niemand von einem Tag auf den anderen auf zu lieben. Der einzige Name, der ihr dazu einfiel, war Roser.

Laia war sich sicher, dass nur Roser der Grund für Ferrans Distanziertheit sein konnte. Vielleicht hatte sie ja etwas bemerkt, oder vielleicht versuchte ihr Verlobter auch, genau das zu verhindern.

Um dieses Rätsel zu lösen und endlich dem langen, dunklen Tunnel zu entkommen, musste sie wohl mit ihrer Freundin reden, sofern sie sie denn noch als Freundin bezeichnen konnte.

Aber inzwischen kam Roser äußerst selten ins Geschäft, und Laia wurde vom Kummer der Verlassenheit verzehrt. Eines Tages sah sie dann, wie Roser am Arm ihres Bruders fröhlich lächelnd zur Tür hereinkam. Laia beschloss, den kalten und grauen Kummer abzustreifen. Irgendwie musste es ihr gelingen, Roser aus dem Geschäft zu locken und mit ihr zu reden. Wie beiläufig würde sie dann Ferran ansprechen, um herauszufinden, was passiert war. Irgendetwas musste schließlich sein seltsames, schmerzhaftes Abrücken von ihr erklären.

Aber noch bevor Laia sich Roser nähern konnte, schien das Herz in ihrer Brust mit einem Mal auszusetzen, und etwas schnürte ihr die Luft ab. Ihr knickten die Beine weg, und als sie auf die Knie stürzte, schien der Schlag ihre Seele zu treffen.

Als sie wieder zu sich kam, entdeckte sie über sich eine besorgte Senyora Dalmau, die ihr mit einem Blatt Papier Luft zufächelte, und die lieben Augen von Roser, die sie aufmerksam ansahen, während ihre Freundin ihr etwas an den Mund hielt.

»Laieta, geht es dir besser? Hier, iss einen Zuckerwürfel mit Melissenwasser, damit kommst du wieder auf die Beine.«

In diesem Moment stürzte Carmen in die Umkleidekabine, in die man Laia gebracht hatte.

»Was ist denn nur passiert?«, rief sie erschrocken.

»Keine Angst, Carmen, es war nur ein Ohnmachtsanfall, aber sie kommt schon wieder zu sich.«

Laia spürte all die besorgten Blicke und schloss schnell wieder die Lider. Ferran hatte sie verlassen, das wusste sie jetzt mit Gewissheit, und zugleich vermutete sie, dass sie sein Kind in sich trug.

10

Die Rambla Catalunya war eine endlose gerade Straße, flankiert von Platanen, die jetzt vom kalten Februarwind durchgerüttelt wurden.

Hier wohnte Anna, Andreus Verlobte, und er hatte sie gerade zu Hause abgeholt. Die beiden spazierten untergehakt bis zur Plaça Catalunya hinunter, um dort einen Aperitif im Hotel Colón einzunehmen, das teilweise umgebaut worden war, weil seine Jugendstilelemente nicht zum inzwischen vorherrschenden Noucentisme passten.

Gemeinsam auf der immer belebten Terrasse des Hotel Colón ein Gläschen zu trinken, war für das Paar zu einer Gewohnheit geworden, auf die es nur bei schlechtem Wetter verzichtete. Aber sobald die Sonne rauskam, konnte man die beiden selbst im Winter auf der Terrasse antreffen, und sie redeten dort über alles, was sie später beim Essen mit dem Rest der Familie Molins oder Balasch nicht zur Sprache bringen wollten oder konnten.

Hätte man Anna und Andreu danach gefragt, dann hätten sie wohl erklärt, dass sie sich eigentlich immer schon geliebt hatten. Da ihre Familien befreundet waren, kannten sie sich von klein auf. Sie hatten als Kinder miteinander gespielt, und Andreu hatte sie damals an den kastanienrot schimmernden Zöpfen gezogen. Sie waren in unmittelbarer Nähe zueinander aufgewachsen und hatten sich vom Charakter und ihren Interessen her ähnlich entwickelt. Anna war vernünftig und ernsthaft wie Andreu, sie wusste genau, was sie im Leben wollte, und hatte keine Flausen im Kopf. Sie war Lehrerin geworden und gab jetzt gegen gute

Bezahlung den Kindern wohlhabender Familien Privatstunden. So konnte sie es sich leisten, weniger privilegierte Schüler anzunehmen, die den Unterricht nicht hätten bezahlen können. Das Glück und die Erziehung der Jüngsten waren ihr im Leben am wichtigsten.

An diesem Morgen saßen die beiden Verlobten nun vor zwei Gläsern Wermut, und Andreu erzählte Anna die Geschehnisse, die in der vergangenen Woche für so viel Wirbel gesorgt hatten.

»Das passt überhaupt nicht zu so einem sauberen und ordentlichen jungen Mann wie ihm. Er hat mir eine hastig hingekritzelte Nachricht zukommen lassen, mit der er sich aus familiären Gründen für ein paar Tage entschuldigt.«

Einen Moment saß Anna nachdenklich da, dann zog sie die sommersprossige Nase auf für sie typische Art und Weise kraus und rückte ein wenig näher an ihren Verlobten heran. »Er hat seine Abwesenheit nicht vernünftig geregelt, da stimme ich dir zu. Aber seine Nachricht scheint auf einen schwerwiegenden Grund hinzuweisen. Vermutlich gibt es bei ihm zu Hause ein Problem, von dem er überraschend erfahren hat.«

Andreu schüttelte den Kopf. »Das habe ich am Montag auch gedacht, am Dienstag ebenfalls, und am Mittwoch wollte ich großzügig sein und die Sache weiterhin zu seinen Gunsten auslegen. Aber am Donnerstag habe ich immer noch nichts von Ferran Clos gehört, und er hat bis heute kein Lebenszeichen von sich gegeben.«

»Er ist also wie vom Erdboden verschluckt.«

»Allerdings.«

Anna lehnte sich auf ihrem Stuhl zurück. »Das ist ja wirklich seltsam. Und Roser weiß auch nichts darüber?«

»Sie hat ebenfalls einen Brief bekommen, mit einer ähnlichen Nachricht, nehme ich mal an. Und auch wenn sie es nicht zeigen will, wirkt sie auf mich besorgt. Ich glaube, dass sie ihn zu schützen versucht.«

»Willst du damit sagen, dass sie über den Aufenthaltsort ihres Verlobten Bescheid weiß?«

Andreu schüttelte den Kopf.

»Nein, Anna. Vermutlich weiß auch sie nichts Näheres, tut aber so, als würde Ferran bald zurückkehren. Wahrscheinlich hat sie Angst, dass ich ihn sonst rauswerfe.«

»Das ist ja wirklich sehr merkwürdig! Hat er sich denn vorher schon einmal so benommen?«

»Einfach so verschwunden ist er noch nie, falls du das meinst. Aber Ferran Clos ist in der Tat ein ungewöhnlicher Bursche. Ich habe große Hoffnungen in ihn gesetzt, er zeigt ungewöhnliches Talent für den Verkauf und hat zugleich eine künstlerische Ader, die ihn zu mehr als nur zu einem einfachen Angestellten macht. Ich habe so viele Projekte im Kopf, die perfekt zu ihm passen würden, aber …« Der junge Molins verstummte nachdenklich.

»Aber so ein Verhalten kannst du in der Firma einfach nicht tolerieren, nicht wahr?«

Andreu schaute ihr in die Augen.

»Vor allem darf ich nicht zulassen, dass er Roser wehtut.«

So etwas war bei Santa Eulalia noch nie passiert. Wie ein Lauffeuer verbreiteten sich die Neuigkeiten von Abteilung zu Abteilung, von Verkaufstresen zu Verkaufstresen, und je länger Ferran fort war, desto fantastischere Gerüchte rankten sich um seine Abwesenheit. Jeder wollte den Grund für sein plötzliches Verschwinden wissen, dabei hatte in Wirklichkeit niemand auch nur eine Ahnung. Der junge Direktor hüllte sich in undurchdringliches Schweigen und gab keinem gegenüber eine Erklärung ab, die Ferrans Abwesenheit rechtfertigen würde. Je mehr Zeit verstrich, desto deutlicher zeichnete sich jedoch Besorgnis auf seinen Zügen ab.

Laia wandelte derweil wie ein rastloser Geist durch das Geschäft. Sie erledigte ihre Aufgaben lustlos, vermied den scharfen Blick von Senyora Dalmau und spitzte bei jedem Getuschel die

Ohren. Tatsächlich wurde in letzter Zeit über nichts anderes als Ferran Clos' Abwesenheit geredet, sei es in den Geschäftsräumen oder in den Schneiderwerkstätten. Es wurde wild spekuliert, und einige der Geschichten waren derart pikant, dass sie das eine oder andere allzu neugierige Lehrmädchen erröten ließen. Irgendwann blieben von all den Geschichten nur noch verschwörerische Blicke und spöttisches Lächeln übrig. Und Schweigen.

Laia drohte schier zu verzweifeln, weil sie einfach gar nichts mehr verstand und gegen Ferrans Verschwinden wie gegen eine Mauer anzurennen schien. Ihr war dabei nur eins klar, nämlich, dass ihr Geliebter weit weg war und sich an sie vielleicht nicht einmal mehr erinnerte. Wahrscheinlich existierte sie für ihn längst nicht mehr.

Eines Morgens legte sich die Traurigkeit dann vollends wie eine dunkle Wolke über ihr Herz. Es kam ihr so vor, als sei sie nun am Ende des Weges angelangt. Laia konnte nicht eine Minute weiterarbeiten, sie bekam ja kaum noch Luft. Angetrieben von der Finsternis in ihrem Herzen, schob sie sich in einen engen Flur, von dem aus eine Treppe hinunter in den Keller führte. Dort gab es eine Kammer, in der die Angestellten ihre Sachen aufbewahrten, und einen unaufgeräumten riesigen Saal, wo Kisten und Stoffballen gelagert wurden. Laia suchte nach einer ruhigen Ecke, in der sie sich ungestört den Erinnerungen an jene heftigen Küsse hingeben konnte, an die gierigen Zärtlichkeiten und die Verabredungen in der heruntergekommenen Pension. All dies war das Intensivste gewesen, was Laia je erlebt hatte und vielleicht überhaupt je erleben würde. Denn sie hatte Ferran geliebt, liebte ihn immer noch. Und in ihrer Unschuld hatte sie geglaubt, er habe ihre Liebe erwidert.

Doch nun hatte sie gnadenlos erfahren müssen, dass Küsse und Zärtlichkeiten eben nicht immer von Herzen kamen. Wie traurig sie dieser Gedanke machte! Die Verbitterung ließ sie im Gesicht grau wie Asche werden und schien ihr die Kehle zuzuschnüren. Selbst die stillen Tränen, die sie vergoss, konnten den Kloß im

Hals nicht wegspülen. Laia lehnte sich an die feuchte Wand und hob den Kopf, so als wolle sie die moderige Luft tief einsaugen. In diesem Moment sah sie ein Streichholz aufflackern, und dann erglühten im Dämmerlicht zwei helle Punkte wie von Zigaretten.

Da Rauchen im ganzen Geschäft verboten war, hier aber ganz besonders, entfuhr der verblüfften Laia unwillkürlich die Frage: »Wer ist da?«

»Wirst du uns verpfeifen, Laia?«, fragte Damià.

»Ja, seid ihr denn verrückt geworden? Wollt ihr etwa Santa Eulalia in Brand setzen?«

»In dieser Ecke hier ist es ganz sicher, das haben wir überprüft«, verteidigte sich selbstbewusst Germán, der glaubte, alles unter Kontrolle zu haben.

»Die schmeißen euch noch raus!«

»Nicht, wenn du den Mund hältst.«

»Begreift ihr es denn nicht? Heute hab ich euch erwischt, aber beim nächsten Mal könnte es... was weiß ich, zum Beispiel Senyor Bosch sein.«

»Ach was! Der kommt doch nie hier runter, der hat nämlich Angst vor Mäusen«, spottete Damià und zog an seiner Zigarette.

Stinkwütend riss Laia sie ihm aus der Hand und trampelte mit solchem Zorn darauf herum, dass nichts mehr davon übrig blieb.

»Übrigens«, sagte nun Germán und drückte seine Kippe lieber selbst aus, bevor Laia es noch tat, »darf man fragen, was *du* hier unten zu suchen hast? Hast du etwa keine Angst vor Mäusen, Laia?«

»Jetzt sei schon still, Blödmann, du siehst doch, dass sie geweint hat«, zischte Damià.

Rasch wischte Laia sich die Tränen von den Wangen.

»Und was schert es euch, ob ich weine oder nicht?«

Germán und Damià tauschten Blicke und setzten ein wissendes Lächeln auf.

»Das mit Clos hat dich ganz schön mitgenommen, was?«, fragte Germán. Jedes einzelne Wort traf Laia wie ein spitzer Pfeil und brachte ihre Trauer, Müdigkeit und Enttäuschung wieder an die Oberfläche.

»Jetzt seid schon still, das geht euch gar nichts an!«, knurrte sie wütend.

Aber dann verstummte sie plötzlich, weil ihr ein Gedanke gekommen war. Sie versuchte sich zu beruhigen und schlug einen versöhnlicheren Tonfall an.

»Allerdings gibt es da einen kleinen Gefallen, den ihr mir tun könntet... Dann könnte ich vielleicht, ganz vielleicht, vergessen, was ich hier gesehen habe.«

Jetzt war das Grinsen auf den Gesichtern der beiden Lehrjungen ganz schnell verschwunden.

»Na, fantastisch, du willst uns also erpressen?«

»Ganz genau.«

»Okay, dann schieß mal los.«

»Ferran... Ich meine, Senyor Clos, mit wem hatte der so Kontakt, könnt ihr mir das sagen? Also, hat der sich mit irgendwem von den Kollegen auch außerhalb der Arbeit getroffen? Mit wem war er am besten befreundet?«

Germán und Damià sahen sich an und brachen in Gelächter aus. Dann riefen sie wie aus einem Munde: »Mit Genís!«

Vielleicht würde das Ganze ja überhaupt nichts bringen, aber mehr Informationen hatte Laia im Moment nicht. Deshalb wartete sie geduldig auf die Gelegenheit, allein mit Genís Camps zu sprechen. Dieser Kollege war groß und dünn, mit eleganten Gebärden und von fast femininer Schönheit. Eigentlich wusste über ihn niemand so recht Bescheid, weil er gern für sich blieb.

Laia hatte keine Zeit für große Vorreden oder Umschweife und kam deshalb sofort zur Sache: »Bitte, Genís, sagen Sie mir doch, wo Ferran ist.«

Der junge Verkäufer erstarrte, überrascht von der unerwarteten Frage. Er antwortete nicht gleich.

»Senyoreta, ich habe nichts von ihm gehört«, sagte er dann

schließlich. »Und ich verstehe auch nicht, welches Interesse Sie daran haben könnten, ihn zu …«

Verzweifelt packte Laia ihn am Arm.

»Das habe ich aber. Geben Sie mir doch bitte einen Tipp, wie ich ihn finden kann. Ich muss nämlich unbedingt mit ihm sprechen.«

Sie brachte ihre Worte mit fester Stimme und Nachdruck vor. Dabei weinte sie nicht, weil sie all ihre Tränen schon in den einsamen Stunden voller Angst und Verzweiflung vergossen hatte. Vielleicht lag es an ihrer ruhigen, unbeirrbaren Art, dass Genís seine abweisende Haltung schließlich aufgab.

»Denken Sie besser nicht länger an ihn.«

»Das ist ja wohl meine Angelegenheit.«

»Sie werden ihn aber nicht finden.«

»Trotzdem muss ich es auf jeden Fall versuchen. Helfen Sie mir doch bitte, Genís.«

Der junge Mann wandte den Blick von Laias blassem Gesicht ab.

»Er hat mir erzählt, dass er abends oft ins Edén Concert geht.« Für einen Moment schwieg Genís, die ganze Sache war ihm unangenehm. »Wenn Sie ihn dort nicht finden, fragen Sie nach Maestro Viladomat«, sagte er dann. »Das ist ein Musiker, mit dem er befreundet ist.«

Roser schaute durch die ovalen Fenster hinaus auf die Straße. Schon einmal hatte sie so ungeduldig hier auf dem überdachten Balkon gestanden, das war nur wenige Monate her, obwohl es ihr jetzt wie ein ganzes Leben vorkam. Und genau wie damals wartete sie darauf, dass Andreu nach Hause kam.

Ein trauriges Licht erhellte den Rest des Tages. Draußen mutete es winterlich an, und es wurde bereits früh dunkel. Bald würden die Schatten der Nacht alles verschlingen. Und wie viele Schatten hatten sich erst über ihr Herz gelegt! Ferran war vor zehn Tagen spurlos verschwunden, und jetzt war es an der Zeit, die Ängste und Zweifel hinunterzuschlucken, das Schweigen zu durchbrechen und sich einer Situation zu stellen, die schon viel zu lange währte. Heute Morgen hatte Andreu Roser eröffnet, dass er sich persönlich auf den Weg zu den Verwandten machen würde, bei denen Ferran wohnte, um Näheres in Erfahrung zu bringen. Wenn das nichts ergab, würde er sich mit Dr. Clos in Verbindung setzen, aber das sollte wirklich der letzte Ausweg bleiben.

Als ihr Bruder nun tatsächlich in den Raum trat, fuhr Roser, die ganz in Gedanken gewesen war, erschrocken zu ihm herum.

»Andreu, du hast mich erschreckt. Konntest du etwas herausfinden?«

Genoveva kam herein. Da ihre junge Dienstherrin ihre Sorgen und Geheimnisse mit ihr geteilt hatte, trug das Hausmädchen mit der weißen Schürze eine genauso finstere Miene zur Schau wie Roser. Sie brachte etwas zu trinken und zog sich dann zurück, um die Herrschaften nicht zu stören.

Erschöpft ließ sich Andreu aufs Sofa sinken und griff nach seinem Glas, in dem die Eiswürfel klimperten.

»Nein, sie haben auch nichts von ihm gehört.«

»Dann ist ihm bestimmt etwas zugestoßen«, stieß Roser bestürzt aus und ließ sich ihrem Bruder gegenüber aufs Sofa fallen. Nur ein kleiner Mahagonitisch und jede Menge Sorgen trennten sie beide.

»Ihm muss einfach etwas zugestoßen sein, das kann ich spüren.«

»Nein, ihm ist nichts passiert, Roser!« Einen Moment war Andreu laut geworden, was ihm sofort wieder leidtat. Wie als Entschuldigung wiederholte er die Worte noch einmal ganz leise: »Ihm ist nichts passiert.«

Als Roser ihn unverwandt ansah, standen unendlich viele Fragen in ihren vor Tränen schimmernden Augen.

»Irgendwann musst du es ja erfahren, stell dich auf das Schlimmste ein.«

Roser legte die zitternden Hände im Schoß zusammen und ließ

den Kopf hängen. Obwohl Andreu versuchte, ihr die schlechte Nachricht so sanft wie nur möglich zu unterbreiten, traf sie jedes seiner folgenden Worte wie der Schnitt eines kalten Messers.

»Seine Verwandten haben mir gesagt, dass er alles mitgenommen hat, einfach alles. Nachdem er ein paar Tage nicht nach Hause gekommen war, ist er eines Tages wieder aufgetaucht, hat seine Koffer gepackt und ist ohne ein weiteres Wort gegangen. Du musst dir eingestehen, dass Ferran aus eigenem Antrieb verschwunden ist. Er ist weg.«

Jetzt dröhnte Roser die Stille in den Ohren, aus den Ecken des Raumes krochen bedrohliche Schatten näher. Andreu seufzte. Das letzte Abendlicht, das hinter den Buntglasfenstern die Häuser noch einmal erglühen ließ, tauchte seine Worte in einen ockerfarbenen Schein. »Ich habe seiner Familie Bescheid gegeben, sie werden am Wochenende herkommen. Wir müssen es auch Mama sagen.«

»Aber warum denn nur? Warum?«

Roser sprang auf und rannte in ihr Zimmer, wo ihr Bett sie wie ein treuer Freund mit süßer Wärme willkommen hieß. Schluchzend ließ sie ihrer Angst und ihrem Schmerz freien Lauf, bis sie irgendwann völlig erschöpft vom Schlaf überwältigt wurde.

In den frühen Morgenstunden wachte sie wieder auf. Genoveva hatte ihr ein Glas Milch und Plätzchen auf den Nachttisch gestellt, aber Roser hatte es nicht einmal gemerkt. Sie hätte sowieso nichts runterbekommen. Ihr brannten die Augen, und ihre Seele war genauso eiskalt wie ihre Glieder.

Roser stand auf und hüllte sich in ein Tuch, dann ging sie zurück zum Nachttisch, in dem sie die Briefe von Ferran aufbewahrte. Obwohl sie sich doch fast jeden Tag gesehen hatten, hatte er ihr jede Woche geschrieben. Es waren zärtliche Worte, mit denen er ihr all das sagte, was er sich angeblich nicht zu sagen traute.

In einem der Briefe hieß es: »Während ich dir diese simplen Zeilen schreibe, trage ich all die Gefühle im Herzen, die mich seit unserer ersten Begegnung erfüllen.«

Es hatte ihm offenkundig Freude bereitet, ihre Liebe zu beschreiben und sich eine gemeinsame Zukunft auszumalen.

Wie war es denn nur möglich, dass solch ein empfindsamer Mensch einfach so verschwinden und ihr das Herz brechen konnte? Das konnte und wollte Roser einfach nicht begreifen. Sicher lag Andreu falsch. Oder hatte sie sich vielleicht etwas vorgemacht? Mit einem Mal hatte sie das Gefühl, dass sie bis jetzt in einer Blase gelebt hatte, die ganz plötzlich zerplatzte. Hinter den Schläfen spürte sie das Blut pulsieren. Diese Nacht voller unruhiger Träume kam ihr so irreal vor, aber genauso unwirklich wirkten jetzt auch die letzten Monate, die sie mit Ferran verbracht hatte. Ihre Zukunft hatte sie verlassen. Vom Schmerz überwältigt, packte Roser in einem Wutanfall alle Briefe, zerknüllte sie und warf sie zu Boden. Aber es war kaum eine Minute verstrichen, da sammelte sie sie auch schon wieder ein, strich sie glatt, ordnete sie und übersäte sie mit Küssen. Dann ging sie zum Nähkasten hinüber und holte eine Dose aus Metall hervor, in der sie Nadeln und Garne aufbewahrte. Sie schüttete einfach alles aus und legte stattdessen die Briefe hinein. Wenn Ferran zurückkehrte, wenn er wieder hier bei ihr war, würden sie die Zeilen gemeinsam lesen. Und dann würden sie zusammen lachen, sie würden über all das hier scherzen und sich lieben wie nie zuvor.

Ohne auf das Jammern und die Warnungen ihrer Mutter zu hören, lief Laia einfach aus dem Haus, zum Schutz vor der Kälte lediglich in ein wollenes Tuch gehüllt. Das widerspenstige Haar hatte sie sich mit zwei Spangen hochgesteckt, die ihre Mähne kaum bändigen konnten. Verzweiflung stand in ihren Augen geschrieben.

Als sie am Edén ankam, ließ man sie dann aber gar nicht hinein. Niemand beachtete sie, und sie wurde sogar unsanft zur Seite geschoben, wenn sich Männer mit leichten Mädchen am Arm der Tür näherten. Aus dem vollgestopften Lokal drang der warme Dunst zusammengepferchter Körper, und die Musik war bis auf die Straße zu hören, wo Nachtschwärmer vorbeiflanierten. Wie jeden Abend war im Paral·lel alles in Feierstimmung.

Laia beschloss, draußen zu warten. Während der Mond zwischen den Wolken bizarr zu zucken schien, behielt sie die Leute im Auge, die ins Lokal gingen oder heraustraten. Sie wusste nicht, wie sie den Mann erkennen sollte, der Genís zufolge ein Freund von Ferran war. An Musikern hatte sie bisher nur die gesehen, die am Sonntag auf dem Montjuïc spielten. Sie trat hier und da an jemanden heran, um sich nach dem Maestro zu erkundigen, wurde jedoch wie Luft behandelt. Niemand schien sie zu bemerken. Keiner hörte ihr zu. Inzwischen hätte sie am liebsten laut geschrien, der Gleichgültigkeit der anderen ihre Qual entgegengeschleudert. Als sie jemand ganz sanft an der Schulter berührte, fuhr sie mit weit aufgerissenen Augen herum. »Genís!«

Abrupt zog ihr Kollege die Finger weg, als hätte er sich am Schreck und der Beklemmung der jungen Frau verbrannt. Mit untröstlicher Miene versenkte er die Hand in seiner Jackentasche.

»Laia, Sie hätten wirklich nicht herkommen sollen. Es ist schon spät, und so ganz allein sollte eine junge Frau hier einfach nicht …«

Laia starrte ihn an und brachte kein Wort hervor, während die Kälte über ihre Wangen strich.

Irgendwann sagte Genís: »Der Maestro ist sowieso nicht hier, aber ich weiß, wo wir ihn finden können. Dann kommen Sie mal mit.«

Schweigend gingen sie die Carrer Nou bis zur Hausnummer 106 entlang. Der junge Mann an Laias Seite war so still und zurückhaltend, dass sie ihn fast vergaß. Weil ihr eiskalt war, wickelte sie sich fester in ihren Schal, und Genís reichte ihr nach einem Blick aus dem Augenwinkel schließlich seine Jacke.

»Warum tun Sie das nur für mich, Genís?«, fragte Laia gerührt.

»Weil Sie schon ganz blau vor Kälte sind.« Ein jungenhaftes Lächeln legte sich über seine Züge.

»Das meinte ich nicht, und das wissen Sie ganz genau.«

»Sie haben ihn geliebt, oder?«, fragte er, und seine blasse Haut leuchtete im Mondschein weiß.

»Ja.«

»Wir tun doch alles nur aus Liebe.«

Da erinnerte sich Laia auf einmal an eine Unterhaltung, die sie im Geschäft mit angehört hatte. Ihr kamen der Gesichtsausdruck und das Gelächter von Damià und Germán bei der Erwähnung von Genís' Namen in den Sinn. Die hatten sich über ihn lustig gemacht, weil er angeblich ein Schwuler war.

Laia hatte die Leute schon öfter tuscheln hören, dass Genís »vom anderen Ufer« sei.

Sie wusste gar nicht so genau, warum eigentlich, aber die Erinnerung an diesen Spott schmerzte sie. Sie schaute zu dem jungen Mann hinüber, der mit hängendem Kopf und trauriger Miene schweigend an ihrer Seite ging. Und plötzlich begriff sie, dass auch er Ferran liebte.

Inzwischen hatten sie Nummer 106 erreicht und gingen direkt hinein, weil die Haustür dort Tag und Nacht offen stand. Im Erdgeschoss gab es nur eine Tür, die zur Gesangsschule La Colosal. Lieder, Geschrei und allgemeines Lärmen drangen in den Hausflur. Entschlossen drückte Genís auf die Klingel, und kurz darauf hatte Laia die angenehme Erscheinung von Joan Viladomat, dem Maestro, vor sich.

Der Musiker war ein stets gut gelaunter Mann, spontan und unkompliziert im Umgang. Er hieß sie freundlich willkommen.

Viladomat kannte Genís, weil er ihn ein paarmal zusammen mit Ferran gesehen hatte. Nun wartete er darauf, was ihm Laia zu sagen hatte, die immer noch vor der Tür stand und sich weigerte hereinzukommen.

»Sie suchen also Ferran, junge Dame?«, fragte er, nachdem er sich alles angehört hatte.

»Genau«, nickte sie.

Viladomat zündete sich eine Zigarette an, zog daran und stieß dann eine riesige Rauchwolke aus. Plötzlich sah Laia Ferran vor sich, wie er im Bett träge rauchte und dabei kein Wort sagte. Ihr wurde schlecht, am liebsten hätte sie wegen der Mischung aus Tabak, Alkohol und Schweiß die Luft angehalten.

»Das kann noch dauern, bis der zurückkommt.«

»Aber wo steckt er denn bloß? Hat er Ihnen etwa nicht gesagt, wo er hinwollte?«

»Nach Valencia. Dort tritt Pepita während der nächsten Monate auf, und der Schlawiner ist ihr hinterhergereist. Die beiden haben wohl was miteinander.«

Offenbar war Laias Herz während der letzten Wochen zu Stein geworden, denn sie steckte den Schlag mit Würde weg. Falls sie überrascht war und die Enttäuschung ihr die Eingeweide zu durchbohren schien, dann zeigte sie es nicht. Tatsächlich kam es ihr so vor, als würde sie innerlich absterben, als würde das Blut in ihren Adern stocken und sich weigern, weiterzufließen.

»Pepita?«

»Na, die Coupletsängerin, Kleines. Aber los, jetzt kommt schon rein, ihr seht ja ganz durchgefroren aus. Lasst uns noch ein letztes Gläschen zusammen trinken, als krönenden Abschluss der Nacht!«

Aber Laia blieb wie angewurzelt draußen stehen.

»Könnten Sie … Entschuldigen Sie bitte, das ist wahrscheinlich ein bisschen viel verlangt. Aber könnten Sie ihm vielleicht eine Nachricht zukommen lassen?«

Wieder zog der Maestro an seiner Zigarette und schaute sie durch den Rauch hindurch an.

»Aber Mädchen, ist das denn so dringend? Kann es nicht warten?«

»Nein, das kann nicht warten«, versetzte Laia, und als der Maestro sie jetzt aufmerksamer musterte, erkannte er die Verzweiflung in ihrem Blick.

»Na gut, ich kann versuchen, mich mit ihm in Verbindung zu setzen.«

»Dann sagen Sie ihm doch bitte, dass seine ... seine Freundin Laia auf ihn wartet und dass sie ihm etwas Wichtiges zu sagen hat.«

Genís und Laia traten wieder auf die eisige Straße voll schläfriger Schatten hinaus. Der junge Mann bestand darauf, seine Kollegin nach Hause zu begleiten, und sie legten den ganzen Weg schweigend zurück. Als sich der Nachtwächter bei der Suche nach dem Schlüssel zur Tür ihres Hauses ganz schön Zeit ließ, sagte Genís mit einem Seufzen: »Es tut mir so leid, wirklich.«

Laia zuckte bloß vielsagend mit den Achseln. Schließlich drehte sie sich zu dem schönen Verkäufer um und musterte ihn aus nächster Nähe, sah schneeweiße Haut und mandelförmige, helle Augen. Dankbar drückte sie ihm einen zarten Kuss auf die Lippen. Dann schloss der Nachtwächter endlich auf, und Laia verlor sich in der Dunkelheit des verwaisten Treppenhauses.

In dieser Nacht fiel die junge Frau in ein tiefes Loch, sie spürte die Einsamkeit wie eine körperliche Empfindung. Völlige Öde umfing sie, Leere, das Nichts. Nun war auch der letzte winzige Funke Hoffnung erloschen, der ihr noch geblieben war. Ihr Gefühl schwankte zwischen der Sehnsucht einer Liebenden und der Wut einer Verlassenen. Die Nacht war für Laia die reinste Qual, und ihr Leben würde danach nie wieder sein wie vorher.

Am nächsten Morgen konnte Laia einfach nicht aufstehen, sie hatte das Gefühl, dass ihr Körper gleich explodieren würde. Die schlaflosen Stunden steckten ihr genauso in den Knochen wie die Tränen, die sie sich zu vergießen weigerte, und sie hatte ganz furchtbare Kopfschmerzen. Deshalb erklärte sie ihrer Mutter, dass sie sich außerstande sah, zur Arbeit zu gehen. Carmen würde sie Senyora Dalmau gegenüber entschuldigen müssen.

Und so machte sich die Schneiderin allein auf den Weg und verließ mit trauriger Miene die Wohnung. Sobald Laia die Tür hinter ihrer Mutter zufallen hörte, schloss sie die Lider bis auf einen kleinen Spalt, richtete sich im Bett auf und umfing die Knie mit den Armen. Sie musste nachdenken und irgendwie ihrer Sorgen Herr werden.

Es war schon fast Mittag, als sie schließlich aufstand. Sie wusch sich im Spülbecken in der Küche das Gesicht und ging dann ins Schlafzimmer ihrer Mutter, um sich dort im Spiegel zu betrachten. Noch vor gar nicht langer Zeit hatte dieser Spiegel ihr das Bild einer glücklichen, sorglosen Laia gezeigt, jetzt hingegen war ihr Blick schmerzerfüllt. Die junge Frau hatte ganz dicke Lider und dunkle Ringe unter den Augen. Da sie Gewicht verloren hatte, ragten die Wangenknochen spitz hervor. Es kam ihr sogar vor, als würden ihre widerspenstigen Locken nicht mehr so honiggolden glänzen wie zuvor.

Lange sah sich Laia im Spiegel an, während die Gedanken hinter ihrer Stirn ebenso rasten wie ihr Puls.

Sie dachte an das andere Herz, das da in ihrem Inneren schlug, an das Kind von Ferran, diesem seelenlosen Kerl, der nur mit ihr gespielt hatte. Der sie betrogen hatte, genau wie Roser und wer weiß wie viele andere Frauen. Und das Schlimmste daran war nicht einmal, dass sie allein zurückgeblieben war, oh nein. Am meisten schmerzte sie, dass sie von einem Mann fallengelassen worden war, den sie selbst nie vergessen würde.

In diesem Moment beschloss Laia zwei Dinge. Zunächst einmal, dass sie Ferran nicht eine einzige Träne mehr nachweinen würde, das war er einfach nicht wert. Und dann, dass sie ihrer Mutter alles erzählen würde, wenn sie am Abend von der Arbeit nach Hause kam. Dann würden sie gemeinsam eine Entscheidung treffen. Sonst hatte Laia leider niemanden, aber mit ihrer bedingungslosen Liebe würde Carmen immer für sie da sein.

Ja, sobald ihre Mutter zurückkehrte, würde Laia sie ganz fest in die Arme schließen und ihr beichten, dass sie schwanger war.

Aber Carmen kehrte nicht zurück.

Nie wieder.

11

Laia wachte die ganze Nacht über ihre Mutter, mit ungläubigem Blick, aber ohne eine einzige Träne. Eine Last hatte sich auf ihre Brust gelegt, die ihr die Luft abschnürte und sie zu ersticken drohte. Die Trauer, die sie schier zu überwältigen drohte, machte ihr Angst.

Eine Straßenbahn hatte Carmen überfahren. Man hatte Laia gesagt, dass ihre Mutter die Tram wohl nicht bemerkt hatte, weil sie ganz in Gedanken gewesen war. Vermutlich hatte sie über Laia und ihren Schmerz nachgegrübelt, deshalb hatte die Bahn sie einfach mitgerissen.

Eine Straßenbahn.

Ihre Mutter.

Laia fragte sich, ob sie wohl vor Einsamkeit den Verstand verlieren würde. Und vor Schmerz. Senyora Engràcia, eine Witwe in Carmens Alter aus demselben Stockwerk, ließ sie nicht eine Minute allein. Carmen und Engràcia hatten einander während der letzten Jahre oft Gesellschaft geleistet, und jetzt begleitete die Freundin sie auch im Tod.

Für Laia war es ein großes Glück, die Nachbarin bei sich zu haben. Sie wusste nämlich überhaupt nicht, was zu tun war, Engràcia aber schon. Die alte Frau verhängte Möbel, Bilder und Spiegel mit schwarzen Tüchern. Sie brachte Laia ein Trauerkleid mit, das sie wer weiß wo aufgetrieben hatte. Dann bestellte sie so schnell wie möglich den Schreiner her, damit er für den Sarg Maß nahm. Sie wusch Carmen und machte sie zurecht.

»Keine Sorge, Mädchen, das übernehme ich schon. Daran bin

ich gewöhnt, das habe ich bereits bei meinem Vater und meiner Mutter gemacht, bei meiner Schwester und meinem Mann.«

Sie faltete die Hände der Toten und legte einen Rosenkranz hinein, den Laia noch nie gesehen hatte, bei ihr zu Hause hatte nämlich nie jemand gebetet. Und als es dann soweit war, sprach Engràcia mit dem Priester, dem Glöckner und den Nachbarn. Die Wohnung füllte sich mit Menschen, und Laia saß am Tisch, wo sie jeden Abend zusammen mit ihrer Mutter gegessen hatte. Dabei ging ihr die ganze Zeit die Frage nicht aus dem Kopf, ob Carmen den Tod wohl hatte kommen sehen, als die Straßenbahn herbeiraste, ob sie wohl noch ein letztes Mal an ihre Tochter gedacht hatte oder ob sie völlig nichtsahnend in den Tod gegangen war.

Es war eine lange, endlose Nacht, in der nur hin und wieder ein undefinierbares Geräusch die Stille durchbrach. Als dann der Morgen kam, schlug sich die Kälte in kleinen Tröpfchen am Fenster nieder, und Laia hörte jemanden sagen, dass die Engel um Carmen weinten. Ihr fuhr der Gedanke durch den Kopf, dass doch in Wirklichkeit weder Himmel noch Engel existierten. Nur eine Hölle der Angst, in die sich ihr Leben verwandelt hatte.

Abwesend saß Laia da und betrachtete mit in die Hand gestütztem Kinn die beschlagenen Fenster, da trat Engràcia an sie heran und flüsterte ihr ins Ohr, sie solle sich von ihrer Mutter verabschieden, weil man jetzt den Sarg schließen würde. Als Laia aufstand, drohten ihre Knie nachzugeben. Sie betrat den Raum, gefolgt von einer Gruppe Frauen, die weinend das Vaterunser beteten.

Carmen sah so friedlich aus, als würde sie schlafen, aber als Laia ihre Stirn berührte, spürte sie die Kälte des Todes.

»Lebe wohl, Mutter.«

Dann führte sie jemand hinaus, damit sie nicht mit ansehen musste, wie der Sarg geschlossen wurde.

Als sie das Zimmer verließ, traf sie draußen auf Andreu Molins.

»Laia, ich kann Ihnen gar nicht sagen, wie leid uns das tut. Carmen gehörte bei uns einfach dazu, wir werden sie alle vermissen, das kann ich Ihnen versichern.«

Die übliche Selbstsicherheit war von dem Firmendirektor abgefallen, und er drehte voller Betroffenheit seinen Hut in den Händen. »Meine Schwester Roser hat mich gebeten, Ihnen auch von ihrer Seite her unser tiefstes Mitgefühl auszusprechen. Sie wissen ja, dass sie eine Zeit bei Verwandten außerhalb von Barcelona verbringt, weil es ihr im Moment nicht so gut geht.«

Dann schwieg er, während Laia stumm und gedankenverloren zu Boden starrte, bis die Kirchenglocken zu läuten begannen und Engràcia Laia am Arm berührte.

»Der Wagen wartet schon unten, Laieta, der Priester ist gerade eingestiegen.«

Andreu zog sich ein paar Schritte zurück, trat dann aber noch einmal an Laia heran und erklärte: »Sie wissen ja hoffentlich, dass Sie jederzeit mit mir rechnen können, wenn Sie Hilfe brauchen.«

Dann wandte er sich ab und setzte sich beim Hinausgehen den Hut auf. Engràcia flüsterte Laieta ins Ohr: »Senyor Molins ist ein guter Mensch, mein Kind. Zum Glück übernimmt er die Kosten für alles, er wollte für Carmen ein würdiges Begräbnis. Deine Mutter wurde von allen sehr geschätzt.« Die Witwe wischte sich eine Träne weg. »Du ahnst ja nicht einmal, wie sehr sie mir fehlen wird.«

Fehlen.

Fort.

Einsam.

Nichts.

Die gegeneinanderstoßenden Regenschirme erinnerten Laia an die Flügel von Krähen, als sie im anhaltenden Regen dem Leichenwagen folgte.

Für Laia schien plötzlich die Zeit stehen geblieben zu sein, und sie fühlte sich in trostloser Unendlichkeit gefangen. Ihr blieb nichts und niemand mehr, alle hatte sie verloren. Den Vater. Die Mutter. Den Liebhaber. War sie etwa auf einen Schlag erwachsen geworden? Denn wenn man weder Vater noch Mutter hat, ist man ja plötzlich viel älter, dachte sie.

Sie war allein, mutterseelenallein. Bevor sie nach Santa Eulalia zurückkehrte, ließ sich Laia viele Dinge durch den Kopf gehen. Dies war nicht der Moment für Tränen, sondern für Entscheidungen.

Sie beschloss, das neue Leben, das sie in sich trug, nicht zu beenden und Ferrans Kind zu behalten. So hätte es nämlich ihre Mutter gewollt. Carmen war eine starke, großherzige Frau gewesen, sie hätte dieses Kind angenommen, es geliebt und ihr Leben dafür gegeben, damit es ihm an nichts fehlte.

Aber sie selbst, war sie auch so stark wie Carmen? Das musste sie jetzt einfach. Sie durfte ihre Mutter nicht enttäuschen. Es war der Moment für Entscheidungen.

Für Antworten.

Ohne Mutter oder auch nur ein Zuhause.

Aber mit einem Kind.

Entscheidungen.

Das Herz raste in Laias Brust, als sie bei Andreu Molins anklopfte. Sie wartete, bis der Direktor sie hereinbat, rückte sich dann den Mantel zurecht und öffnete die Bürotür. Bei ihrem Anblick stand ihr junger Direktor auf und umrundete den Schreibtisch aus Mahagoni im sanften Schein der eleganten Messinglampe mit grünem Schirm. Molins kam zur Tür herüber und bat Laia, doch Platz zu nehmen. In freundlichem Tonfall erkundigte er sich danach, wie es ihr nach dieser »Tragödie, die uns alle sehr mitgenommen hat«, inzwischen gehe.

Draußen neigte sich der Tag schon dem Ende zu, und die sanften Strahlen der Abendsonne fielen zum Fenster herein.

»Ich habe Ihnen ja bereits gesagt, Laia, dass Sie natürlich mit mir, mit uns, rechnen können, falls Sie Unterstützung brauchen. Ich helfe Ihnen gerne, wenn es in meiner Hand liegt.«

Stille erfüllte für einen Moment den Raum. Nervös rieb sich Laia die Hände und starrte zu Boden. Sie suchte nach den Worten, die sie zu Hause eingeübt hatte und die jetzt wie Seifenblasen hinter ihrer Stirn tanzten. Dann biss sie sich auf die Lippe, holte tief Luft und hob den Kopf, um dem Direktor in die Augen zu sehen.

»Herr Molins, ich …«

»Ja, Laia?«

»Ich, ich bin gekommen, um mit Ihnen über Ferran Clos zu sprechen.«

Andreus bis jetzt so gelassenes Gesicht wurde finster. Auch er schien plötzlich mit den Worten zu ringen.

»Das verstehe ich nicht, Laia …«

»Ich glaube, dass er Sie alle betrogen hat. Dass Sie nicht einmal ahnen, wer dieser Mensch wirklich ist.«

»Aber Sie schon?«

Laia nickte und erzählte Andreu Molins dann in allen Einzelheiten Ferrans Geschichte: sein Leben in Paris, Bebé, die Krankheit, die Rückkehr nach Barcelona, das Paral·lel, Pepita Iris, Valencia …

Je bunter und abenteuerlicher ihre Geschichte wurde, desto mehr erbleichte Andreu Molins.

»Und Sie, woher wissen Sie das alles?«

»Von Ferran.«

Fragend schaute Andreu sie an.

»Mich hat er nämlich auch betrogen. Und ich erwarte ein Kind von ihm.«

Nun stützte Andreu die Ellbogen auf dem Schreibtisch ab und vergrub das Gesicht in den Händen, während sich Schweigen im Raum ausbreitete. Schließlich sagte Laia: »Vermutlich hat Ferrans Familie Ihnen von all dem nie etwas erzählt. Solche Sachen kehren reiche Leute eben einfach unter den Teppich.«

Andreu hob den Kopf und schaute sie an. Als er sprach, lagen Wut in seiner Stimme und Schmerz in seinem Blick. »Und, Laia, warum kommen Sie ausgerechnet jetzt damit zu mir? Warum haben Sie sich mir nicht zu einem Zeitpunkt anvertraut, als wir Roser diese Schande noch hätten ersparen können?«

Laia hatte den Eindruck, dass der Plan, den sie in ihren schlaflosen Nächten ersonnen hatte, in sich zusammenfiel wie ein Kartenhaus. Sie hatte beschlossen, Andreu Molins alles zu erzählen und ihm dann ein Tauschgeschäft vorzuschlagen: die Wahrheit im Gegenzug für ihre Sicherheit. Als sie jetzt in diesem Büro hockte, wurde ihr jedoch klar, wie sinnlos das war. Die Familie Molins würde diese Geschichte ebenfalls vertuschen, dafür hatte sie doch alle Mittel. Die waren schließlich genauso wie die Clos und brauchten sie überhaupt nicht. Die Reichen wuschen ihre schmutzige Wäsche nicht vor anderen Leuten, und schlimmer noch, von nun an würde sie für die Unternehmerfamilie ein Ärgernis darstellen. Die Molins würden sie aus dem Weg schaffen und dann weiter ihr bequemes Leben führen. Was machte sie denn nur hier? Was hatte sie sich dabei bloß gedacht?

Plötzlich lief es ihr kalt den Rücken herunter, weil sie das Gefühl hatte, von Ferran mit eiskaltem Blick durchbohrt zu werden. Als sie aber wieder aufsah, begegnete sie in Wirklichkeit den undurchdringlichen Augen von Andreu Molins.

Der junge Mann erhob sich und schritt zum Fenster hinüber, das auf die Straße hinausging. Er schaute zu, wie unten die Schneider und Verkäufer aus dem Laden auf die Rambla strömten. Zum Teil gemütlich schlendernd, zum Teil mit schnellen Schritten mischten sie sich unter die Angestellten, Blumenmädchen, Studenten und Kunsthandwerker auf Barcelonas Flaniermeile. Die Straße dort unten war voller Leben, er hingegen kam sich auf einmal leer vor, als hätte ein Orkan sämtliche Gefühle weggefegt.

In diesem angespannten Moment schien es für Laia nur zwei Wahlmöglichkeiten zu geben: aufzustehen und für immer aus diesem Büro, Santa Eulalia und dem Leben der Molins zu verschwinden oder aber die Sache bis zum Ende durchzustehen. Die junge Frau seufzte und behielt Molins' Rücken genau im Auge. Sie entschied sich für die zweite Möglichkeit und rief sich wieder die Worte in Erinnerung, die sie in der Einsamkeit ihres Zimmers geprobt hatte. Dann durchbrach sie die Stille und sagte müde und erschöpft, ohne Überzeugung: »Lassen Sie nicht zu, dass das Leben Ihrer Schwester von derselben Bitterkeit überschattet wird wie meins. Roser hat schon genug gelitten. Ich auch, das kann ich Ihnen versichern, aber sie hat doch wenigstens ihre Familie, um sie zu beschützen. Irgendwann wird sie diesen Kummer auch verwinden und kann wieder nach vorne schauen. Sie braucht ja nicht zu erfahren, wie Ferran wirklich ist. Am besten ersparen wir ihr die Einzelheiten und die Demütigung.« Laia verstummte einen Moment, dann meinte sie: »Roser braucht nun wirklich nicht zu wissen, dass mein Kind …«

»Was wollen Sie denn nur von mir, Laia?«, fragte Andreu, drehte sich mit niedergeschlagenem Blick wieder zu ihr um und ging ein paar Schritte auf sie zu.

»Jeder hat so seine Geheimnisse, ich genau wie alle anderen. Ich will nur bleiben dürfen, also, hier im Geschäft. Weiter für Sie arbeiten. Sonst kann ich doch nirgendwohin, und ich muss schließlich ein Kind großziehen.«

»Und das fordern Sie nun als Gegenleistung für Ihr Schweigen …«

Molins verstummte. Er umrundete seinen Schreibtisch und nahm wieder auf dem Stuhl dahinter Platz. Kerzengerade saß er da und schien nachzudenken. Als er wieder das Wort ergriff, klang seine Stimme rau: »Sie und ich, wir tragen beide genauso Verantwortung für unsere Taten wie für unsere Versäumnisse. Ich mache Ihnen keine Vorwürfe, Laia. Das stünde mir überhaupt nicht zu. Schließlich hat jeder so seine Geheimnisse.«

Nachdenklich schwieg er einen Moment, der Laia unendlich vorkam.

»Sie können weiter hier in der Firma bleiben. Zusätzlich zu Ihrem Lohn zahle ich Ihnen noch den von Carmen weiter, damit es Ihrem Kind an nichts fehlt. Aber meine Schwester darf niemals die Wahrheit über dieses Kind und über den Mann, den sie liebt, erfahren.«

Damit stand Andreu Molins auf und erklärte das Gespräch für beendet. Auch Laia erhob sich mit zittrigen Knien. Als sie den Raum schon fast verlassen hatte, hörte sie noch die letzten Worte des Direktors: »Es war wirklich nicht nötig, mir Ihr Schweigen zu verkaufen, Laia. Ich hätte Ihnen auch so geholfen.«

12

BARCELONA, JUNI 1926

Draußen herrschte sommerliche Hitze, im Inneren des Modehauses fieberhafte Geschäftigkeit – an diesem Mittag ging es bei Santa Eulalia wirklich drunter und drüber. Schneider und Lehrlinge drängten sich um Ferran Clos, der ihnen heute die von ihm angefertigten Skizzen präsentieren wollte. Auch Andreu Molins war zugegen, zusammen mit der frisch ernannten Leiterin des Modeateliers, Laia Calvet.

Mit seinen Entwürfen, die sich hoffentlich bald in die Modellkleider von Santa Eulalias erster Kollektion verwandeln würden, hatte sich Ferran einen Traum erfüllt. Er wusste, dass er gute Arbeit geleistet hatte, war sich aber auch dessen bewusst, dass man in der Modewelt nichts vorhersagen konnte. Denn in diesem Sektor gingen Kunst und Technik zwar Hand in Hand, vor allem aber drehte sich alles um Träume und Launen.

Wie ein Student vor einem Prüfungsausschuss präsentierte er Zeichnung um Zeichnung auf einem großen Zuschneidetisch, während er die Einzelheiten erläuterte. Dabei konnte er seine Nervosität kaum verhehlen. Aufmerksam betrachteten alle seine Skizzen. Von Ferran Clos' Traum wurde dieses Projekt langsam zu einer Wirklichkeit, für die alle hier Anwesenden, ja, sogar alle Angestellten der Firma zusammenarbeiten mussten.

Die mit Aquarellfarben ausgemalten Bleistiftzeichnungen wurden von Hand zu Hand weitergereicht, während Ferran einige Details kommentierte und ihnen die grundlegenden Ideen der Kollektion nahezubringen versuchte.

»Sehen Sie, hier: Für die Abendkleider habe ich vor allem auf leichte Materialien und satte Farben gesetzt. Ich stelle mir dafür Stoffe wie Georgette vor, bei diesem rosafarbenen Modell zum Beispiel, oder Seide und Seidenkrepp, wie hier oder dort. Was die Tageskleider angeht…« Er schob die Zeichnungen hin und her, bis er gefunden hatte, was er suchte. »Bei den Wintermodellen verwende ich vor allem Schwarz und Marineblau, also dunkle Töne. Allerdings mit helleren Details, wie hier zum Beispiel.« Er hielt die Zeichnung eines schwarzen Kleides mit hohem Kragen hoch. »Schwarz mit Streifen aus rotem Satin.«

Lluïsa Ramoneda war eine junge Schneiderin, die wie ihre kleine Schwester Josefina dank familiärer Verbindungen eine Anstellung bei Santa Eulalia gefunden hatte. Ihre Mutter war nämlich auch Schneiderin und arbeitete hier seit jeher. Trotz ihrer Jugend war Lluïsa bereits fertig ausgebildet und gehörte zu den handwerklich Besten im Haus. Sie leitete Werkstatt Nummer drei, die früher Carmen unterstanden hatte, und äußerte nun als Erste ihre Meinung.

»Mir gefallen die Entwürfe, weil sie so schlicht sind. Die einfachen Schnitte verleihen ihnen eine gewisse Eleganz, und…«

Mit leicht erröteten Wangen schaute sie auf, sie war sich nämlich kaum dessen bewusst gewesen, dass sie die Worte laut ausgesprochen hatte. Nachdem sie den Mund aufgemacht und damit die respektvolle Stille durchbrochen hatte, wurde ein wahrer Begeisterungssturm laut. Das war schließlich der erste Schritt von vielen, die noch anstanden: Sie waren diejenigen, die jedes einzelne Kleidungsstück zuschneiden, heften und nähen würden.

Alle redeten durcheinander und brachten ihre Meinung zum Ausdruck. Einige sprachen von Satin, andere von Taft, wieder andere von Heftstichen. Die Zeichnungen traten in das Stadium der Metamorphose ein, welches sie schließlich in eine greifbare Wirklichkeit verwandeln würde.

Ferran Clos schwieg und ließ die anderen reden. Gerührt sah er mit an, wie ihm seine Entwürfe entglitten und nun zum Gut aller Anwesenden wurden, so wie die fertigen Kleidungsstücke später ihren Käufern gehören würden. Er war sich dessen bewusst, dass in diesem Moment eine ganz neue Phase seines Projekts begann, eine neue Herausforderung. Nun würde man die Zeichnungen zum Leben erwecken, und der weitere Erfolg der Kollektion hing davon ab, ob die Kleider absolut perfekt zugeschnitten und genäht wurden. Der Prozess ähnelte dem Bau eines Hauses – es konnte wunderschön werden, aber nur, wenn die Arbeiten fachmännisch vorgenommen wurden.

Ferran warf Andreu einen verschwörerischen Blick zu, und die beiden Männer lächelten. Sie hatten gemeinsam ein Projekt angeleiert, das endlich Formen annahm, und freuten sich nun über die Begeisterung der Angestellten.

Laia bemerkte die einvernehmlichen Blicke der beiden und genoss ebenfalls einen Moment die allgemeine Euphorie. Doch dann spürte sie, dass Ferran zu ihr herüberschaute, und ihr zog sich in der Magengrube alles zusammen. Rasch murmelte sie eine Entschuldigung und eilte aus der Werkstatt, während sich in ihrem Kopf alles drehte.

Sie floh in den Keller hinunter, in dem früher die Ware gelagert worden war und den man nach dem ersten Teil der Renovierungsarbeiten über eine prachtvolle Wendeltreppe erreichte. Bald würde er sich in die glanzvolle Bühne für die Modenschauen verwandeln, durch die sich Santa Eulalia ein ganz neues Gesicht geben wollte. Man hatte die Räumlichkeiten für das Personal hier unten ebenfalls umgestaltet, sie waren jetzt viel größer und zweckmäßiger, und es würden sich auch die Modelle darin umziehen. In einem der Personalräume schloss sich Laia nun mit dem Lärm der Bauarbeiten im Hintergrund ein und versuchte, sich erst einmal zu beruhigen. Sie war wegen ihrer kindischen Reaktion wütend auf sich selbst. Seit jener unglückseligen Beziehung waren bereits sieben Jahre verstrichen, während der sie nicht nur den letzten Rest Liebe für Ferran überwunden hatte, sondern auch den späteren Hass auf ihn. Deshalb verstand sie einfach nicht, warum die Glut ihrer Gefühle von Zeit zu Zeit plötzlich wieder aufloderte. Da sie nicht ertragen konnte, dass ihr die Tränen über die Wangen liefen, ballte sie wütend die Hände zu Fäusten.

Wie naiv sie doch gewesen war! Und wie weh der Gedanke an ihre Einfältigkeit tat! Zunächst hatte sie das, was sie in Ferran ausgelöst hatte, mit Liebe verwechselt. Und dann, nach ihrer Abmachung mit Andreu Molins, hatte sie sich für die Siegerin in jener Schlacht gehalten und gedacht, dass sie für Gerechtigkeit gesorgt habe.

Sie hatte mit dem Direktor vereinbart, dass sie nach der Geburt an ihren Arbeitsplatz zurückkehren würde. In der Zwischenzeit hatte Laia Engràcia aus der Fabrik geholt, in der sie sich für einen Hungerlohn die Gesundheit ruiniert hatte. Seitdem war die Nachbarin für die alleinstehende junge Mutter Kindermädchen, Köchin, Haushälterin und gelegentlich auch Ratgeberin. Die Monate der Schwangerschaft waren für Laia merkwürdig gewesen, weil sie auf die Frucht einer Liebe gewartet hatte, die ihr nichts als Sorgen und Traurigkeit beschert hatte.

Schließlich brachte Laia einen Jungen zur Welt, den sie Valentí nannte. So schnell wie möglich kehrte sie zur Arbeit zurück und ließ den Kleinen in der Obhut einer Frau, die selbst keine Kinder hatte und den Säugling mit all ihrer Liebe überschüttete. Bei ihrer Rückkehr nach Santa Eulalia wartete auf Laia allerdings eine böse Überraschung, nämlich Ferran!

Wieso war sie bloß davon ausgegangen, dass Ferran für immer aus ihrem Leben und dem von Roser Molins verschwunden war? Sie hatte geglaubt, dass er für den Treuebruch an ihnen beiden bestraft werden würde. Es wäre ihr nie in den Sinn gekommen, dass Andreu Ferran zurückholen und ihm wie ihr selbst nach einem ernsten Gespräch eine zweite Chance geben könnte. Wie sehr sie das geschmerzt hatte!

Ferran war nach Santa Eulalia zurückgekehrt und heiratete Roser. Die Hochzeit fand allerdings ein Jahr später als ursprünglich geplant statt, weil Andreu ihn mit dieser Wartezeit auf die Probe stellen wollte. Schnell stieg Ferran dann zum Chefdesigner des Hauses auf und schien für diese Stelle wie geboren zu sein, da er jeden Tag hervorragende Arbeit leistete und die Erwartungen seines Schwagers erfüllte.

Der junge Clos führte weiterhin ein Doppelleben – er mischte sich nach Einbruch der Dunkelheit unter die Nachtschwärmer im Paral·lel, konsumierte Tabak, Alkohol und hier und da auch Kokain. Inzwischen hatte er jedoch gelernt, sich diskreter und ohne Risiken den Lastern hinzugeben, zu denen ihn sein temperamentvoller und flatterhafter Charakter trieb.

Ferran und Laia hatten beide die Chance zu einem Neuanfang bekommen, und ohne dass sich Andreu dessen bewusst gewesen wäre, hatte er damit auch beide gestraft. Denn sie empfanden es als Strafe, sich jeden Tag im Geschäft begegnen und bei der manchmal sogar engen Zusammenarbeit stets so tun zu müssen, als sei gar nichts passiert.

Genís Camps, Laias einziger wahrer Freund, klopfte im kleinen Kämmerchen an die Tür. Er hatte gesehen, wie sie mit verzerrtem Gesicht durch den Laden gehuscht war, und war ihr besorgt gefolgt.

»Laia, ist alles in Ordnung?«

Seine sanfte Stimme tat auch jetzt so gut wie in all den vertrauten Momenten, in denen sie sich beichteten, was sie niemandem sonst erzählten.

Wütend wischte sich die junge Frau über die Augen und machte die Tür auf.

»Ja, Genís, mir geht's gut.«

Sie schauten sich einen Moment wortlos an, dann legte sich schließlich ein zögerliches Lächeln über Laias Züge.

»Los, geh ruhig wieder rauf, ich komme gleich nach.«

Widerwillig gehorchte ihr Freund, und Laia begann damit, wenigstens äußerlich die Spuren zu beseitigen, die die Schatten der Vergangenheit bei ihr hinterlassen hatten. Aus ihrem Spind holte sie Make-up und einen Kamm hervor.

Laia Calvet hatte sich während der letzten sieben Jahre stark verändert. Sie hatte all ihre Zeit, Energie und Anstrengung in ihren Beruf investiert. Außerdem hatte sie an sich selbst gearbeitet und sich alles Nötige angeeignet, um ihrer Stellung als Verkäuferin in einem prestigeträchtigen Haus wie Santa Eulalia gerecht zu werden. Aber damit hatte sie sich nicht begnügt, sie entwickelte nämlich auch eigene Ideen, die sie – fast immer erfolgreich – in die Tat umsetzte. Als guter Unternehmer und großzügiger Direktor wusste Andreu Molins Laias angeborenes Talent zu schätzen. Er würdigte ihre Anstrengungen und konnte das Persönliche von ihrer Leistung in der Firma trennen.

So verwandelte sich Laia in eine Vorzeigeverkäuferin, wuchs aber schnell über diese Stelle hinaus. Ihr entging nicht, dass die Geschäfte in der Damenabteilung immer besser liefen – die Kundschaft wurde immer zahlreicher, allerdings auch anspruchsvoller. Bei Santa Eulalia kauften die elegantesten Damen, und die Kleider, die sie hier erwarben, wurden bei den erlesensten Feierlichkeiten, den modernsten Veranstaltungen und bei kosmopolitischen Zusammentreffen getragen. Bald reichte es Laia einfach nicht mehr, im Geschäft Stoffe zu zeigen und zu empfehlen. Mila Alemany mochte damit zufrieden sein, einer Tyrannin gleich den ganzen Tag die armen Lehrmädchen herumzukommandieren, Laia hingegen träumte von einer ganz anderen Arbeit. Sie interessierte sich für die Zukunft der Bekleidungsbranche und erahnte bereits, dass Santa Eulalia in diesem Bereich bald ganz neue Wege einschlagen würde.

Die Mode entwickelte sich weiter und verwandelte Laia, ja, auch äußerlich hatte sie sich verändert. Statt der wilden Lockenmähne trug sie inzwischen einen Kurzhaarschnitt, wie ihn Clara Bow in Mode gebracht hatte, mit einem Seitenscheitel und sanft gewelltem Pony. Bei der Arbeit kleidete sie sich in dunkle Wollkostüme in Grau-, Blau- und Brauntönen, Farben, die zu ihren

Augen und ihrem Haar passten. Die Röcke bis direkt unters Knie zeigten in Seidenstrumpfhosen gehüllte schlanke Beine. Wenn Senyoreta Calvet nicht arbeitete, bevorzugte sie hellere Farben, leichte Mäntel und bei gutem Wetter der Mode entsprechend gerade geschnittene Kleider in bunten Farben, Plisseeröcke aus Rohseide, Shantung oder Flor, alles schlicht und kaum verziert, nur hier und da mit ein wenig Spitze. Außerdem verließ sie das Haus nie ohne Hut.

Mit ihren sechsundzwanzig Jahren war Laia nun nicht mehr jenes junge Mädchen von wilder Schönheit, sondern hatte sich in eine elegante und schöne Frau verwandelt, die das Beste aus sich zu machen wusste. Eine Frau, die immer noch dieselbe helle, weiche Haut und die riesigen braunen Augen ihrer Mädchenjahre hatte, genau wie die eleganten Bewegungen.

Aber das Lächeln hatte sie verloren.

Laia verließ den Personalraum und machte sich durch den Laden auf den Weg in die Werkstatt. Als Hintergrundmusik begleitete sie das vertraute Plappern von Kolleginnen und Kundinnen, während sie abwesend weiterging und überlegte, welche Aufgaben bei ihr als Nächstes anstanden. Doch dann überkam sie plötzlich eine merkwürdige Vorahnung, und sie hob den Kopf. Ja, da war sie, Roser. Inzwischen begegnete Laia ihr nicht mehr oft, doch wenn, dann schien das Herz in ihrer Brust jedes Mal einen Schlag auszusetzen.

Während sie aufeinander zugingen, blickten sich die beiden Frauen unverwandt an. Roser trug ein leichtes Kostüm in Aquamarin, einen Plisseerock und eine kurze, breite Jacke, dazu einen passenden Glockenhut. Sie sah einfach wundervoll aus. Seit ihrer Hochzeit mit Ferran war ihre natürliche Eleganz erblüht, die man in ihrer Jugend bereits erahnt hatte, und die Leute drehten sich auf der Straße nach ihr um.

»Guten Morgen, Laia«, grüßte Roser nun. Sie ging der jungen Angestellten nicht aus dem Weg.

Laia hielt ihrem Blick stand. Keine von ihnen war noch die Alte, inzwischen standen einander hier zwei völlig andere Frauen gegenüber. Zwei Fremde.

»Guten Tag, Senyora Clos.« Laia versuchte sich an einem Lächeln und fügte hinzu: »Die Entwürfe sind einfach wunderbar, die Kollektion Ihres Mannes wird mit Sicherheit ein voller Erfolg.«

Ein stolzes Lächeln brachte Rosers Züge zum Strahlen.

»Ich habe daran nie gezweifelt, Ferran hat für dieses Projekt auch so hart gearbeitet!«

Sie schauten sich unverwandt an, vielleicht, weil beide nun von Erinnerungen und seltsam widersprüchlichen Emotionen überwältigt wurden.

»Übrigens muss ich Ihnen gratulieren«, fügte Roser hinzu. »Dazu hatte ich bisher ja leider noch keine Gelegenheit. Ihre Beförderung war für uns alle eine wunderbare Überraschung, das kann ich Ihnen versichern.«

»Ah, natürlich. Ich hoffe, den neuen Ansprüchen gerecht zu werden.«

»Davon bin ich überzeugt, Laia.«

Damit war die Unterhaltung an einen toten Punkt gelangt, die beiden hatten sich nichts mehr zu sagen. Verlegen senkte Laia den Blick, dann schaute sie nervös und ein wenig gereizt wieder zu Roser auf. Sie hatte es eilig, von ihr wegzukommen.

Aber so schnell ließ Roser sie nicht los: »Wie geht es denn Ihrem Sohn?«

»Gut. Er ist jetzt schon sechs Jahre alt.«

»Ach ja, stimmt.«

»Also ...«

»Es hat mich wirklich gefreut, Sie zu sehen, Laia.«

»Mich auch.«

Da Roser auf dem Weg zum Aufzug war, ließ Laia sie vorbei, und keine der beiden blickte sich um. Laia fuhr sich mit der Hand durchs Haar und schien mit einem Mal völlig vergessen zu haben, was sie eigentlich in der Werkstatt wollte. Hektisch atmend blieb sie einfach mitten im Geschäft stehen.

Wie traurig sie mich angesehen hat, dachte sie dann.

TEIL 2

LICHT UND SCHATTEN

13

Sobald sie die Mittel dazu hatte, zog Laia aus der kleinen Wohnung in der Carrer Piquer aus, in der sie geboren war und mit ihrer Mutter gelebt hatte. Stattdessen mietete sie etwas viel Größeres und Komfortableres in der Carrer Margarit, ganz in der Nähe im selben Viertel. Bei dem Haus handelte es sich um ein recht neues Gebäude mit einer Jugendstil-Fassade. Zusammen mit Valentí und Engràcia lebte sie nun im zweiten Stock in einer Wohnung mit zwei wunderschönen Balkonen, von denen aus man auf das Blättermeer der Straße hinuntersah. Der Eingangsbereich war durch eine Doppeltür mit Buntglas vom Rest des Flurs abgetrennt, es gab drei große Schlafzimmer, einen Wohn- und Essraum, eine geräumige Küche und ein Bad mit einer Wanne aus Porzellan. So einen Luxus konnten sich nur wenige leisten! Laia richtete die Räume schlicht, aber geschmackvoll ein, und das Ergebnis war so ansprechend, dass sie sich hier sofort zu Hause fühlte.

An diesem ersten Wochenende im Juni brach der Morgen eher ungemütlich an. Wie jeden ersten Sonntag im Monat stand Laia früh auf, um zum Friedhof auf dem Montjuïc zu fahren und Blumen vor die Grabnische ihrer Mutter zu legen. Und wie jeden ersten Sonntag bat Engràcia auch dieses Mal wieder darum, sie mit Valentí begleiten zu dürfen, Laia weigerte sich jedoch.

»Geht das jetzt schon wieder los, Engràcia? Du kannst doch zum Friedhof, wann du Lust hast.«

»Aber wir drei sollten zusammen gehen.«

»Warum denn nur? Der Junge hat seine Großmutter ja gar

nicht kennengelernt. Es ist doch völlig sinnlos, dass er zum Friedhof geht, um einer Unbekannten Blumen zu bringen.«

Immer die gleiche Bitte von Engràcia und die gleiche Ablehnung von Laia. Wenn sie an diesem Punkt angelangt waren, bekreuzigte sich die Witwe stets und murmelte Dinge vor sich hin, die Laia nicht verstand und auch lieber nicht verstehen wollte. Dann griff sie nach dem Blumenstrauß, den Engràcia früh am Morgen für sie gekauft hatte, und machte sich auf den Weg, um das Ritual auszuführen, bei dem nur Platz für sie selbst und ihren Schmerz war.

In der Zwischenzeit bereitete Engràcia für Valentí das Frühstück vor. Ihr Herz machte vor Freude einen Satz, wenn sie in der Küche sein Trappeln hörte und er dann auf der Suche nach Aufmerksamkeit an ihrem Rock zupfte.

Laia ging die Carrer Margarit in Richtung Paral·lel entlang, um dort die Straßenbahn zu nehmen. Sie hatte ihren Regenschirm vergessen, vertraute nach einem Blick hoch zum wolkenverhangenen Himmel jedoch darauf, dass es gleich wieder aufklaren würde. Als sie die Haltestelle erreichte, ließ jedoch ein Windstoß ihren Rock flattern, und erste Tropfen fielen. Während Laia mit einer Hand den Blumenstrauß an sich presste, hielt sie mit der anderen ihren Hut fest, damit er nicht davonflog. Mit eiligen Schritten überquerte sie die breite Straße, weil es auf der anderen Seite mehr Möglichkeiten gab, sich unterzustellen. Kaum war sie drüben angekommen, blitzte es auch schon, und ein Unwetter brach los. Der Himmel öffnete seine Schleusen, es begann wie aus Kübeln zu gießen, und sie befand sich mittendrin. Hastig lief sie zwischen den sich bildenden Pfützen hindurch und rettete sich in den schützenden Eingang des Victoria-Theaters.

Es war noch früh, und bei solch einem Wetter ging keiner aus dem Haus, der nicht einen guten Grund dafür hatte. Laia war allein in ihrem Unterschlupf.

»Ach herrje!« Sie sah wirklich furchtbar aus, als sie sich in der Glasscheibe betrachtete: Die durchgeweichten Kleider klebten ihr am Leib, ihr Hut tropfte, sie hatte die Schuhe voller Wasser, und der Strauß sah nach diesem unerwarteten Regenguss völlig zerfleddert und zerrupft aus. Laia lehnte sich an die Wand, um sich die Schuhe auszuziehen und das Wasser herauszugießen, wusste aber nicht, was sie mit den Blumen machen sollte. In diesem Moment hastete noch jemand anders in den Eingang des Theaters. Der Mann war genauso durchweicht wie sie und blieb wie angewurzelt stehen, als er Laia entdeckte. Sie zog die Schuhe jetzt lieber doch nicht aus und richtete sich schnell auf. Als der Fremde zum Gruß die Hand an den Hut legte, lief ihm das Wasser aus der Krempe ins Gesicht, und er stieß vor Schreck einen leisen Fluch aus. Als sie sich dann aber ansahen und sich des jämmerlichen Anblicks bewusst wurden, den sie hier gerade boten, brachen beide gleichzeitig in Gelächter aus.

Endlich nahm der Mann den triefenden Hut ab und streckte die Hand aus.

»Entschuldigen Sie bitte. Mein Gott, das schüttet vielleicht! Ich bin Pau Amat.«

Laia versuchte, sich das Lachen zu verkneifen, und schaute die dargebotene Hand an, bevor sie sie schließlich schüttelte.

»Laia Calvet.«

Beide schwiegen sie eine Weile und schauten abwechselnd zu den Pfützen auf der Straße und zum immer noch wolkenverhangenen, dunklen Himmel hinauf. »Das ist bestimmt nur ein kurzes Sommergewitter«, sagte der Mann. »Sicher klart es gleich wieder auf, Sie werden schon sehen.«

Laia antwortete nicht und schaute den Mann nur mit starrem Lächeln aus dem Augenwinkel an. Pau Amat war wohl Anfang dreißig, groß und eher dünn, und man konnte trotz der klatschnassen Sachen erkennen, dass er sich tadellos kleidete. Er hatte eine breite Stirn, lockiges, recht langes Haar und dunkle Augen, aus denen er ruhig und gelassen dreinblickte. Sein Gesicht wurde von einer kräftigen Nase dominiert, die auf eine starke Persönlichkeit schließen ließ. Unter dem dichten Schnurrbart konnte

Laia dünne Lippen erahnen, die nicht fürs Lächeln gemacht zu sein schienen.

»Tja, aber ich muss wohl erst einmal zurück nach Hause«, sagte irgendwann Laia, rückte ihren Rock zurecht und wandte den Blick vom Gesicht des Mannes ab, um ihn auf die armen, zerrupften Blumen zu richten.

»Wohnen Sie weit von hier?«, fragte er.

»Nein, nicht besonders.«

Neugierig betrachtete der Mann ihren Blumenstrauß, und Laia wartete seine Frage gar nicht erst ab. »Ich war auf dem Weg zum Friedhof«, erklärte sie.

Für eine Weile leisteten sie sich weiter schweigend Gesellschaft. In einem gewissen Abstand zueinander standen sie da und warteten. Unangenehm war ihnen die Situation aber nicht, und sie schauten sich von Zeit zu Zeit aus dem Augenwinkel an.

»Es hört schon auf zu regnen«, sagte Pau dann endlich.

»So scheint es.«

Sie traten beinahe schüchtern hinaus, als hätten sie Angst, die feuchte und glitschige Straße zu betreten. Der Wind hatte nachgelassen, aber der Tag war immer noch grau. Hier und da waren Autos und auch ein paar Pferdekutschen unterwegs.

»Ich nehme für den Heimweg ein Taxi, soll ich Sie vielleicht irgendwo absetzen?«

»Nein, lassen Sie ruhig, ich gehe zu Fuß. So kann ich auf keinen Fall zum Friedhof. Und gucken Sie sich doch mal die Blumen an!«

Die beiden blickten auf den armseligen Strauß, den man wie zur Strafe für irgendetwas geköpft zu haben schien. Wieder mussten sie lächeln.

»Sind Sie sicher, dass Sie nicht doch …«

Aber die junge Frau ließ ihn nicht einmal ausreden, reichte ihm nur die Hand und verabschiedete sich.

Laia Calvet saß in ihrem Schlafzimmer im Dunkeln und rauchte. Draußen herrschte so finstere Nacht, dass sie die Gebäude vor ihrem Fenster kaum erkennen konnte. Dieser Sonntag schien einfach kein Ende zunehmen. Es hatte immer mal wieder geregnet, und Engràcia hatte nicht mit dem Jungen spazieren gehen können, wie sie es sonst am Sonntagnachmittag immer tat. Valentí war einfach kein Kind, das gerne zu Hause blieb, deshalb hatte er den ganzen Tag an ihrem Rockzipfel gehangen, und das Wetter hatte ihn nur noch unruhiger gemacht. Wie sich die Sonntage für Laia in die Länge zogen! Ihr echtes, wahres Leben fand nämlich im Geschäft statt, dort fühlte sie sich wirklich lebendig.

Kurz vor dem Abendessen hatte sie für heute genug gehabt von Valentís Trotzanfällen und sich unter dem Vorwand furchtbarer Kopfschmerzen in ihrem Zimmer eingeschlossen.

»Aber willst du denn nicht mit dem Kleinen zusammen essen?«, fragte Engràcia mit ihrem üblichen vorwurfsvollen Blick.

»Nein, ich kann nicht. Siehst du denn nicht, dass es mir nicht gut geht? Bade du ihn und iss mit ihm zu Abend, morgen geht's mir bestimmt schon wieder besser.«

»Laia, der Junge braucht seine Mutter. Du hast den ganzen Tag die Nase in deine Zeitschriften gesteckt. Ihn hast du völlig ignoriert und …«

Laia spürte, wie in ihr dumpfe, bittere Wut aufstieg.

»Ich bezahle dich nicht dafür, dass du mir Moralpredigten hältst. Der Junge wird gut versorgt, er hat alles, was er braucht. Und er hat dich. Was willst du denn noch? Ich arbeite die ganze Woche, soll ich danach etwa den Sonntag damit verbringen, mit ihm auf dem Fußboden zu hocken und zu spielen?« Damit schnitt sie Engràcia einfach das Wort ab. Sie konnte es wirklich nicht ertragen, wenn sich ihre Angestellte in ihre Angelegenheiten mischte. Jetzt schlug sie ihr einfach die Tür vor der Nase zu, aber sie hörte Valentí noch lange weinen und quengeln. Nach wem kam dieses dickköpfige Kind bloß?

Als dann irgendwann endlich Ruhe war, versuchte Laia zu lesen, konnte sich aber nicht konzentrieren. Sie kam einfach nicht voran, weil sie die ganze Zeit an den verregneten Morgen und an Pau denken musste, den Fremden aus dem Eingang des Victoria-Theaters. Es war schon komisch gewesen, sie kannte diesen Mann ja überhaupt nicht, und die Situation hatte auch etwas Lächerliches an sich gehabt. Eigentlich hätte ihr die ganze Sache doch unangenehm und peinlich sein müssen, aber genau das Gegenteil war der Fall gewesen. Sie hatten zusammen gelacht wie zwei Kinder, die man bei einem Streich erwischt hatte. Ehrlich gesagt, hatte sie sich in der Gegenwart des attraktiven, freundlichen Mannes sehr wohlgefühlt. Durch diesen Pau Amat schien der Regen einfach verschwunden zu sein.

Es war bereits spät, und der silbrige Mond tauchte den Raum in ein seltsam metallisches Blau, als Laia schließlich aus dem Sessel aufstand, den sie vor die Balkontür geschoben hatte. Sie schaltete die Nachttischlampe ein. Während sie das Nachthemd anzog, rief sie sich wieder in Erinnerung, dass ihr Leben ja gerade wegen eines Mannes, wegen eines anderen charmanten und liebenswerten Mannes wie diesem Unbekannten, aus den Fugen geraten war.

Als Laia sich ins Bett legte, sagte sie sich, dass es wahrscheinlich besser war, sie vergaß den heutigen Tag und diese Begegnung. Morgen fing eine neue Woche an, und sie würde viel zu tun haben. Zu viel Arbeit, um sich von so etwas ablenken zu lassen.

Nach drei arbeitsintensiven Wochen, die Ferran völlig in Anspruch genommen hatten, hatten Roser und er in Camprodon so etwas wie zweite Flitterwochen erlebt. Zunächst hatte Ferran sich jeden Tag im Arbeitszimmer eingeschlossen und dort ununterbrochen gezeichnet. Manchmal hatte er sich sogar mitten in der Nacht auf die Suche nach Stift und Papier begeben, damit ihm auch ja kein Geistesblitz entging. Er war von dem Projekt wie besessen. Aber nach drei Wochen kam diese fieberhafte Aktivität dann zum Ende. Nun galt es, seine Ideen erst einmal ruhen zu lassen. Vielleicht war plötzlich ein Wunder geschehen, oder vielleicht lag es auch an der ruhigen und idyllischen Umgebung, jedenfalls widmete er sich nun mit Körper und Seele ganz seiner Frau. Er verführte und liebte sie wie in den ersten Monaten ihrer stürmischen Beziehung.

Roser war von dieser unerwarteten, neu entfachten Leidenschaft überrascht. In letzter Zeit waren Zärtlichkeiten und Lust bei ihnen eigentlich selten vorgekommen, und der Sex hatte sich meist auf einen rein körperlichen Akt reduziert, bei dem sie das Gefühl gehabt hatte, dass ihr Mann nur einen kleinen Teil von ihr liebte. Aber unter dem blauen Himmel von Camprodon hatte Ferran sie dann wieder mit Haut und Haaren und mit ganzer Seele begehrt, und sie hatte all seinen Charme und seine Verführungskünste genossen.

An diesen Tagen, die Roser niemals vergessen würde, sprang sie morgens fröhlich aus dem Bett und lief zur Balkontür, um sie weit aufzureißen. Sie sog die frische Morgenluft tief ein, deren leichte Brise die Baumkronen wiegte. Beim Gedanken an die wunderbaren Tage, die sie hier unter dem leuchtenden Himmel verlebte, konnte sie sich das Lächeln nicht verkneifen.

Dann kehrte sie ins Bett zurück, um sich an den noch schlafenden Ferran zu kuscheln und die Bewegungen seiner Brust im Rhythmus seiner Atmung zu beobachten. Das Herz in dieser Brust hatte Roser einst ein neues Leben geschenkt und es ihr dann wieder entrissen. Sie dachte daran zurück, wie sie sich in Ferran verliebt hatte, obwohl sie doch zunächst kaum ein Wort miteinander gewechselt hatten. Und dann hatte sie irgendwann geglaubt, dass von jener ersten Liebe gar nichts mehr übrig war, dass ihre Zuneigung von all den Lügen und Täuschungen dieses Mannes verschlungen worden war, dem eine einzige Frau einfach nicht genug war. Aber da lag Roser falsch, sie war immer noch in ihn verliebt. Sie würde Ferran ewig lieben und wollte so gern glauben, dass es auch bei ihm so sein würde. Diese Tage schienen es jedenfalls zu bestätigen.

All dieses Glück erschien Roser beinahe unmöglich, und sie befürchtete, ihr Mann würde ihr bald wieder aus den Händen gleiten wie ein glatter Stoff, den man zu schneiden versuchte. Innerlich nagten die Erinnerungen an die dunklen Tage an ihr. Als hätten sie ein Eigenleben, bewegten sich ihre Finger dann ganz von selbst zu Ferrans Gesicht, zeichneten seine Züge nach und vergruben sich schließlich in seinem Haar. Roser liebkoste ihn und zerzauste ihm abwesend den Schopf, während sie sich in den zähen Schatten des Misstrauens und der Eifersucht verlor, denen sie einfach nicht entkommen konnte. Irgendwann drehte sich Ferran lachend und schläfrig zu ihr hin, und dann hatte Roser das Gefühl, dass die Sonne aufging und alle Schatten vertrieb.

»Raus aus den Federn, Schlafmütze«, lächelte sie. »Guck doch mal, wie herrlich das Wetter draußen ist.«

»Von wegen. Mir fallen tausend Dinge ein, die ich noch vor dem Aufstehen tun möchte.«

Und dann liebten sie sich. Sie liebten sich, vom Frühling erfüllt, der ihre Gefühle neu aufleben ließ.

Nach der Rückkehr nach Barcelona stürzte sich Ferran in die Vorbereitungen der Modenschau, und Roser kamen die Tage in Camprodon inzwischen fast wie ein Trugbild ihrer Fantasie vor. Sie war ständig allein, und wenn sie ihren Mann sehen wollte, musste sie ins Geschäft gehen. Dort waren alle von derselben fieberhaften Begeisterung für die Modenschau ergriffen, und jeder gab sein Bestes, um sie wahr werden zu lassen. Santa Eulalia stand kurz vor einem wichtigen Schritt, in Barcelona würde die Veranstaltung in aller Munde sein. Roser teilte den allgemeinen Enthusiasmus aber nicht, weil Ferrans Abwesenheit sie erneut frustrierte und in ein schwarzes Loch fallen ließ.

An einem grauen, regnerischen Sonntag im Juni fühlte sie sich einsamer als je zuvor. Sie hatte bei ihrer Mutter zu Mittag gegessen, die sich in letzter Zeit immer wieder beschwerte, dass niemand sie besuchte. Auch Andreu und seine Frau waren mit ihren zauberhaften Kindern gekommen. Antoni war zwei Jahre und seine Schwester Anna erst drei Monate alt. Durch ihre Anwesenheit schien der Nebel, durch den Roser in letzter Zeit zu irren schien, nur noch dichter zu werden. Sie war ganz verrückt nach ihrem Neffen und ihrer Nichte, sie war sogar Patin der kleinen Anna, doch die fröhliche und laute Anwesenheit der Kleinen erinnerte sie nur wieder daran, dass sie selbst kein Kind in sich trug.

Beim Nachtisch wurde Roser auf einmal übel, und sie rannte ins Bad hinüber, um sich zu übergeben. Dass ihre Mutter und Schwägerin besorgt um sie herumwuselten, machte es nur noch schlimmer. Begriffen die beiden denn nicht, dass es ihr nicht gut ging? Roser wollte bloß nach Hause, zurück in die elegante und weitläufige Wohnung am Passeig de Gràcia, wo sie mit Ferran lebte, und sich ins Bett legen.

Und die Augen zumachen.

Ja, die Augen schließen und spüren, wie der prasselnde Regen die Übelkeit und ihre Traurigkeit wegspülte.

Und genau das machte sie dann auch. Ihre Mutter stellte ihr den Wagen mit Chauffeur zur Verfügung, und Roser kehrte noch vor dem Ende der Mahlzeit heim. Allerdings gab ihr Aurora jede Menge Ratschläge für Hausmittel gegen Übelkeit und Schwindelgefühl mit auf den Weg, und ihre Schwägerin nahm ihr das Versprechen ab, ihr so bald wie möglich Bescheid zu sagen, wenn es nicht besser wurde.

In der Küche werkelte Teresa herum. Nachdem die Köchin und sie zusammen gegessen hatten, spülte das junge Mädchen jetzt das Geschirr und trällerte dazu ein Lied vor sich hin. Roser hatte Teresa bei ihrer Abreise aus Camprodon mitgenommen, nachdem sich zwischen ihnen eine Vertrautheit und Zuneigung entwickelt hatte, auf die sie nur ungern wieder verzichten wollte.

Außerdem hatte Genoveva, die Roser bei ihrer Hochzeit in den neuen Haushalt mitgenommen hatte, vor ein paar Monaten selbst geheiratet, und Teresa war der ideale Ersatz für das Hausmädchen. Wer sollte denn besser geeignet sein als dieses zarte junge Ding, das mit solcher Bewunderung zu ihr aufsah und sich nichts sehnlicher wünschte, als für sie zu arbeiten? So eine Gelegenheit durfte sich Roser nicht entgehen lassen. Am Anfang waren Tomàs und Agustina dagegen, ihre einzige Tochter ziehen zu lassen, die ihnen doch im Alter Gesellschaft leisten sollte. Schließlich gaben sie jedoch nach, als ihnen klar wurde, dass Teresa in Camprodon niemals so gute Chancen für die Zukunft haben würde wie in Barcelona. Und Teresa war in der großen Stadt glücklich, sie lebte sich schnell ein und gewöhnte sich an die Aufgaben im Haus. Die Zuneigung, die sie für Roser empfand, ließ sie das Heimweh rasch vergessen.

Jetzt trocknete sie sich gerade die Hände an der Schürze ab, als sie den Schlüssel im Schloss hörte. Rasch ging sie zur Wohnungstür hinüber und war erstaunt, als sie Senyoreta Roser begegnete, die noch ganz blass im Gesicht war, so als sei sie krank.

»Senyoreta, was ist denn nur? Ist etwas passiert? Geht es Ihnen nicht gut?«

Zu ihrer Verblüffung presste Roser die Hand vor den Mund und rannte ins Bad hinüber. Die junge Hausangestellte wusste nicht, ob sie ihr folgen oder lieber in die Küche laufen und ihr einen Kräutertee zubereiten sollte, so wie ihre Mutter es ihr gezeigt hatte. Endlich kehrte Roser mit leerem Magen zurück und legte sich aufs Bett. Teresa half ihr beim Umziehen, wusch sie, gab ihr ein paar Tropfen Parfüm hinters Ohr und blieb an ihrer Seite.

»Ich weiß auch nicht, was mit mir los ist, Tereseta, mir muss wohl irgendwas schlecht bekommen sein.«

Schüchtern schaute das junge Mädchen zu ihrer Dienstherrin auf, deren Wangen endlich wieder ein bisschen Farbe bekamen.

»Aber was soll Ihnen denn schlecht bekommen sein, Sie rühren doch seit Tagen kaum einen Bissen an.«

Roser musste sich eingestehen, dass die Kleine recht hatte. Es stimmte schon seit Tagen irgendetwas nicht mit ihr, und sie hatte überhaupt keinen Appetit.

»Und dann dieser Schwindelanfall. Ich weiß wirklich nicht,

wie das sein kann. Wer weiß, vielleicht bin ich ja schwer krank, womöglich …«

Teresa ließ sie nicht einmal ausreden. »Wenn bei uns im Dorf einer Frau übel ist, sie nichts runterkriegt und sich übergeben muss, dann ist sie normalerweise schwanger, Senyoreta. Aber keine Ahnung, vielleicht ist das in der Stadt ja anders. Hier kenne ich mich eben nicht so aus.«

Wegen des Schwindelgefühls hatte Roser die Lider geschlossen, doch jetzt riss sie die Augen auf und legte sich unwillkürlich die Hand auf den Bauch. Nach sechs Jahren vergeblichen Wartens hatte sie jegliche Hoffnung verloren und wagte kaum, daran zu denken, dass Teresa recht haben könnte. Sie starrte das Mädchen an und versuchte die Worte zu ordnen, die sich in ihrem Mund zu überschlagen drohten.

»Aber was sagst du da bloß? Was weißt du schon … Wenn bisher kein Kind gekommen ist, warum denn jetzt auf einmal? Mir ist bestimmt nur etwas schlecht bekommen. Morgen gehe ich am besten zum Arzt und …«

Erneutes Würgen unterbrach ihren wenig überzeugten Protest. Sie erhob sich und rannte wieder ins Bad, während Teresa ihr lächelnd hinterherschaute. Die junge Hausangestellte war fest davon überzeugt, dass sie recht hatte.

14

Am Sonntag zog Pau Amat gerne mit seiner Leica frühmorgens durch Barcelona, um Fotos zu machen. Gebäude, Parks, Denkmäler, Straßen … all das hielt er mit seinem kleinen Fotoapparat fest, einem wahren Wunder der Technik. Wie viele andere Architekten interessierten ihn Gebäude einfach mehr als Menschen, deshalb lief er so gern durch die noch leeren Straßen der Stadt.

Auch an diesem Sonntag im Juni stand er wie üblich früh auf und machte sich auf den Weg ins Paral·lel, weil er sich die drei Schornsteine des Fabrikkomplexes La Canadenca als Motiv ausgeguckt hatte. Auf seinem Weg die Rambla hinunter sog er die Brise vom Meer her ein. Tief hingen die Wolken am Himmel, und als er das Paral·lel erreichte, brach ein Gewitter über ihn herein. Rasch war er bis auf die Knochen durchnässt, und weil ihm das Wasser sogar vom Hut tropfte, flüchtete er sich in den Eingang des Victoria-Theaters.

Als der Regen nachließ, hielt er ein Taxi an und ließ sich bis zu seinem Studio an der Ecke Carrer Provença und Roger de Flor bringen, das nur zwei Blocks von seiner Wohnung entfernt lag. Da er allein war, zog er dort die durchweichten Kleider einfach aus und hängte sie zum Trocknen über einen Stuhl. Nach seinen Spaziergängen verbrachte er hier sonntags normalerweise ein, zwei Stunden. So konnte er in Ruhe arbeiten, ohne ständig von seinem Partner, Ramón Riera, oder ihrer Sekretärin, der effizienten, aber äußerst redseligen Senyora Casanovas, unterbrochen zu werden.

Im Winter 1925, also vor eineinhalb Jahren, hatte der Stadtrat dem Umgestaltungsprojekt für die Plaça Catalunya zugestimmt, das Francesc de Paula Nebot vorgeschlagen hatte, der stellvertretende Bürgermeister und Paus Chef im Rathaus. Seitdem türmte sich bei Pau die Arbeit, und die Woche erschien ihm viel zu kurz. Deshalb setzte er sich inzwischen auch am Sonntag an den Schreibtisch, und das tat er gern.

Pau Amat konnte mit seinem Dasein wirklich zufrieden sein. Mit seinen fünfunddreißig Jahren hatte er nicht nur in beruflicher Hinsicht Erfolg, sondern führte an der Seite seiner Frau Elena auch eine ruhige, solide Ehe. Er war geradezu verliebt in sein Leben! Hätte man ihn in diesem Moment gebeten, sich etwas zu wünschen, wäre ihm gar nichts in den Sinn gekommen.

Pau Amat war in Molins de Rei als mittleres Kind eines Baumeisters mit demselben Namen zur Welt gekommen, der außer ihm noch zwei Töchter hatte. Weil er dort Arbeit bei der Stadt gefunden hatte, war sein Vater irgendwann mit der ganzen Familie nach Sabadell umgezogen. Die Amats waren nicht gerade wohlhabend, Pau senior tat jedoch alles in seiner Macht Stehende, um seinem Sohn den Traum von einem Architekturstudium zu erfüllen, und so konnte sein Sprössling 1917 in Barcelona seinen Abschluss machen.

Nach Sabadell ging er nicht zurück, er hatte nämlich zu Beginn seines Studiums bei einem Fest Elena Novell kennengelernt und heiratete sie eineinhalb Jahre nach seinem Abschluss.

Pau kehrte eine halbe Stunde vor dem Mittagessen nach Hause zurück und hörte vom Flur aus die Stimme seines Schwiegervaters, Eduard Novell, gelegentlich unterbrochen von Elenas sanftem Murmeln oder der hellen, etwas schrillen Stimme seiner Schwiegermutter Claudina. Am Sonntag aßen seine Schwiegereltern für gewöhnlich bei ihnen.

Mit seinen verknitterten Kleidern konnte sich Pau nun wirklich nicht sehen lassen, deshalb reichte er dem Dienstmädchen Hut und Jacke und erklärte: »Sag der Senyora, dass ich hier bin, mich aber erst noch umziehe.«

»Der Herr ist wohl ordentlich nass geworden, was?«

»Wem sagst du das, Conxita, wem sagst du das.«

Das junge Mädchen trat in den Salon und überbrachte ihrer Dienstherrin diskret die Nachricht.

Auf einem bequemen elisabethanischen Sofa aus hellem Mahagoni führte der Patriarch der Novells, einer der angesehensten Juweliere in Barcelona, derweil mit einem Glas Sherry in der Hand seinen salbungsvollen Monolog weiter.

»Die Weltausstellung letztes Jahr in Paris war wirklich etwas ganz Einzigartiges. Ich muss allerdings sagen, dass ich beim Verlassen des Quai d'Orsay von dieser provisorischen Ansammlung von Gebäuden nicht sehr beeindruckt war, ganz zu schweigen von den acht quaderförmigen Türmen …«

»Das waren doch Schornsteine, oder nicht?«, fiel ihm seine Frau Claudina ins Wort. »Für mich sahen sie jedenfalls danach aus.«

Eduard Novell stammte aus einer traditionsreichen Familie von Juwelieren und Goldschmieden, die sowohl den Laden als auch die Werkstatt in der Carrer Bailén hatten. Er hatte mit nur fünfzehn Jahren in dem Betrieb der Familie zu arbeiten begonnen, hatte sich dann aber ehrgeizig die besten Lehrmeister gesucht und sich auf Entwürfe für die dekorativen Künste spezialisiert. Nach dem Tod seines Vaters hatte er das Geschäft übernommen und war in Barcelona zu einem Eckpfeiler in den Bereichen Kunst und Kultur geworden.

»Nein, das waren keine Schornsteine«, widersprach der Juwelier nun seiner Frau.

»Ah«, machte Claudina, die so winzig und zart war wie eine Porzellanfigur. Ihre Zerbrechlichkeit stand in starkem Kontrast zur Massigkeit ihres Ehemanns, der ähnlich wie die drei Kinder, Eduard, Claudi und Elena, eher groß und kräftig war. Trotz ihrer zarten Erscheinung war Claudina das Herzstück und der Antriebsmotor der Familie, auch wenn sich niemand erklären konnte, woher sie eigentlich die Energie dafür nahm.

»Und auf dem Ausstellungsgelände dann dieses Chaos!«, fuhr ihr Mann nun fort. »Extravaganzen weit und breit!«

»Aber Papa«, unterbrach ihn nun seine Tochter Elena voller Begeisterung im Blick, welche die Erinnerungen an die Pariser Ausstellung immer noch in ihr wachriefen. »Wissen Sie denn nicht mehr, wie sehr uns die Schau beeindruckt hat? Sie waren doch der Erste, der angesichts all dieser Kühnheiten Mund und Augen aufgesperrt hat! Es ging ja gerade darum, Neues und Exotisches vorzustellen ... Da war für Altes und Klassisches eben kein Platz.«

Elena Novell sah ihrem Vater sehr ähnlich, sie war keine Schönheit, besaß jedoch einen offenen, manchmal fast schon herausfordernden Blick, schneeweiße Haut und Lippen, von denen das Lächeln niemals verschwand. Was sie attraktiv machte, waren vor allem ihre Intelligenz, ihre brillante Vorstellungskraft und ihre moderne Perspektive, die sie auch ins Familienunternehmen mit einbrachte. Sie hatte in Limoges und Paris Glasurtechniken studiert und galt als kompetente Künstlerin, als vielversprechendes Talent der katalanischen Goldschmiedekunst. Genau wir ihr Mann ging auch Elena voll und ganz in ihrem Beruf auf, den sie leidenschaftlich liebte.

»Die Architektur war nun wirklich nicht das Beste an der Pariser Ausstellung«, fiel nun Pau in das Gespräch mit ein, der soeben in den Salon trat. »Obwohl zum Beispiel das sowjetische Gebäude wirklich revolutionär war. Wisst ihr noch?«

»Meinst du etwa dieses Ding, das wie ein rot gestrichenes Gerüst aussah und mit Krimskrams vollgestopft war?«, fragte seine Schwiegermutter und wedelte abschätzig in der Luft herum.

»Genau, allerdings war dieser ›Krimskrams‹ eine Sammlung wertvoller Antiquitäten.«

Mit strahlendem Lächeln servierte Elena Pau ein Glas Sherry.

»Unsere beiden Hallen, die mit den Künstlern aus Barcelona, haben jedenfalls einen guten Eindruck hinterlassen.«

Empört verzog Eduard Novell das Gesicht: »Obwohl der Diktator ja alles in seiner Macht Stehende getan hat, um das zu verhindern.«

»Wie peinlich, dass man uns dazu gezwungen hat, unser Material getrennt auszustellen.«

»Oder vielleicht auch nicht, Elena«, sagte Pau zu seiner Frau. »Womöglich hat uns Primo de Rivera damit sogar einen Gefallen getan. Denk doch nur daran, wie kläglich der spanische Pavillon mit seinen wenigen Ausstellungsstücken aussah.«

»Das war alles sehr folkloristisch«, fügte Claudina hinzu und schüttelte den Kopf voll eleganter Locken, die von ersten Silberfäden durchzogen waren. Sie hatte das Talent, einfach jedem sympathisch zu sein, und brachte mit ihren Äußerungen ihre Gesprächspartner oft zum Lachen.

»Man müsste wirklich den König über diese Ungerechtigkeiten informieren, er sollte Primo de Rivera nicht erlauben, es den katalanischen Initiativen so schwer zu machen.«

»Es weiß doch jeder, dass Primo de Rivera und Alfons XIII. normalerweise einer Meinung sind.«

Paus Behauptung brachte ihm einen missbilligenden Blick von Elena ein, während sein Schwiegervater gereizt die Augenbrauen hochzog. Claudina schaute lediglich mit mildem Gesichtsausdruck vom einen zum anderen. Jeder wusste, dass Eduard und sein Schwiegersohn häufig aneinandergerieten, wenn es um Politik ging. Das war einer der wenigen Bereiche, in denen sie einfach keinen gemeinsamen Nenner fanden. Für Pau war es verblüffend, dass ein so intelligenter Mann wie Eduard Novell wirklich glaubte, die Monarchie könne in Kataloniens Industrie und dem wirtschaftlichen Wachstum der Region eine entscheidende Rolle spielen. Novell hingegen fand einige der Ansichten seines Schwiegersohns zu neumodisch und geradezu gefährlich, ihn störte beispielsweise sein Engagement im Bereich des sozialen Wohnungsbaus. Es würde ihm nun wirklich nicht zu Bekanntheit und Prestige verhelfen, wenn er für Tausende von armen Untermietern baute, die von einer eigenen Wohnung träumten.

Elena versuchte, die Unterhaltung in eine weniger brisante Richtung zu lenken. »Bald können wir dann endlich sehen, ob die geplante Weltausstellung in Barcelona mit der von Paris mithalten kann.«

»Selbst da hatte der Diktator wohl die Finger mit im Spiel«, warf ihr Vater ein. »Angeblich war die Ausstellung schon für 1917 geplant, doch ich glaube kaum, dass sie vor 1929 eröffnet wird.«

»Aber Papa, das war doch wegen des Krieges in Europa.«

Eduard Novell runzelte die Stirn und schüttelte den Kopf. Er hielt den Weltkrieg nicht für den einzigen Grund für die zeitliche Verschiebung.

»Wenigstens kommen sie mit den Bauarbeiten am Montjuïc gut voran«, bemerkte Pau.

»Ganz zu schweigen von der Plaça Catalunya«, fügte Elena lächelnd hinzu und zwinkerte ihrem Mann verschwörerisch zu.

»Nein, so weit sind wir da noch nicht«, stellte Pau klar.

Als nun Conxita hereinkam und verkündete, dass das Essen serviert sei, standen nach und nach alle auf.

»Mein Gott, ich habe wirklich ein Gedächtnis wie ein Sieb!«, rief Claudina aus, während sie sich mit der Umständlichkeit erhob, für die sie bekannt war.

»Was ist denn, Mama?«

»Ich habe mit Aurora Ros gesprochen, und wisst ihr, was sie mir erzählt hat?«

Alle drehten sich zu ihr um.

»Im September wird Santa Eulalia eine große Modenschau veranstalten, um die neuen Modelle der Wintersaison vorzustellen.«

»Eine Modenschau, so wie in Paris?«

»Tja, ob sie an Paris herankommt, bleibt abzuwarten. Aber es wird wohl bald eine Einladung bei uns eintrudeln.«

»Das ist ja fantastisch!«, rief Elena begeistert aus.

»Auf jeden Fall wird es sich um ein gesellschaftliches Ereignis sondergleichen handeln, mein Kind. Aber so etwas hat Barcelona auch wirklich verdient, findet ihr nicht? Wenn es nach euch ginge…« Sie verstummte einen Moment und warf den beiden Männern einen belustigt-vorwurfsvollen Blick zu, »… dann wäre das Leben ganz furchtbar langweilig, und wir würden uns ständig nur Gebäude und Ausstellungen ansehen.«

»Und Schmuck, Claudina, vergiss den Schmuck nicht.«

Mit leuchtenden Augen und einer fast kindlichen Verschmitztheit wandte sich Elena zu Pau um. »Da gehen wir doch hin, oder?«, fragte sie, obwohl es eigentlich mehr eine Feststellung war.

»Aber Elena, Kleider sind doch wohl eher Frauensache.«

»Von wegen, du musst mitkommen. Schließlich sind Roser und Ferran alte Bekannte, die dürfen wir auf keinen Fall enttäuschen.«

Vergnügt hakte sich Elena bei ihrer Mutter unter und begleitete sie ins Esszimmer, während Pau die Augen verdrehte und sein Schwiegervater ihm mitfühlend auf den Rücken klopfte.

Pau war während des Mittagessens abgelenkt, vielleicht deshalb, weil sich das Gespräch weitestgehend um die anstehende Modenschau drehte, die ihn einfach nicht interessierte. Doch er wusste, dass es nicht allein daran lag. Ehrlich gesagt ging ihm diese junge Frau nicht aus dem Kopf, die sich heute Morgen während des Gewitters wie er in den Eingang des Victoria-Theaters gerettet hatte. Wie hieß sie noch gleich, Laia? Das beunruhigte ihn, weil sich ihm noch nie eine flüchtige Begegnung mit jemandem so ins Gedächtnis eingebrannt hatte und erst recht nicht mit einer Frau.

»Pau, was ist denn los mit dir? Du träumst ja.«

Elena schaute ihn an. Ihr rundes Gesicht wurde von dichten schwarzen Locken umrahmt, die sie entgegen der aktuellen Mode als Knoten tief im Nacken trug. Die stets fröhlichen Augen gehörten einer Frau, die mit ihrem Leben zufrieden war.

»Ehrlich gesagt, tut mir ein wenig der Kopf weh«, entschuldigte er sich.

»Bestimmt hast du dir eine Erkältung geholt«, wandte nun Claudina ein. »Guckt mal, es regnet schon wieder in Strömen. Das ist vielleicht ein Juni!«

Wieder klinkte sich Pau aus der Unterhaltung aus, die sich nun um das Wetter der letzten zehn Jahre in der katalanischen Hauptstadt drehte, gespickt mit zahlreichen Anekdoten, die seine Schwiegereltern so gern erzählten.

Pau sah seine Gattin an. Sie war von jeher die einzige Frau in seinem Leben gewesen. Seit jenem Junitag vor vierzehn Jahren war er ihr nicht nur treu geblieben, sondern hatte nie auch nur an eine andere gedacht.

Pau war ein Vorzeigestudent gewesen, er hatte schon damals sein Studienfach und seinen zukünftigen Beruf so sehr geliebt, dass er all seine Zeit in seine Ausbildung gesteckt hatte. Er ging selten aus und nutzte die Wochenenden, um sich auf Prüfungen vorzubereiten oder in Sabadell seine Familie zu besuchen. Die meisten seiner Kommilitonen gehörten einer ganz anderen sozialen Schicht an. Die Söhne armer Familien studierten ohnehin nicht, und für Architektur entschieden sich normalerweise nur Sprösslinge aus wohlhabenden und einflussreichen Familien.

Es handelte sich um junge Männer, die daran gewöhnt waren, sich in jenen illustren Kreisen zu bewegen, aus denen später auch ihre Klientel stammen würde. Dieses Thema interessierte Pau jedoch nicht, er dachte nicht an seine zukünftige Kundschaft. Generell verbrachte er auch wenig Zeit mit seinen Kommilitonen, lediglich mit Oleguer Moragues schloss er Freundschaft und ging gelegentlich mit ihm aus. Oleguer war auch derjenige, der ihn dazu überredete, mit ihm zur Feier der reichen Juweliere Novell anlässlich des achtzehnten Geburtstags ihrer Tochter Elena zu gehen. Pau ließ sich ganz schön bitten, gab aber irgendwann nach. Er war davon überzeugt, dass die junge Gastgeberin bestimmt ein hübsches Ding aus der feinen Gesellschaft sein würde, das nur dummes Zeug im Kopf hatte.

Aber in dem Augenblick, in dem er Elena zum ersten Mal begegnete, wusste er auch schon, wie falsch er gelegen hatte. Die junge Dame, die an diesem 27. Juni 1912 achtzehn wurde, war schon damals die vitale und begeisterungsfähige junge Frau, die er auch jetzt noch vor sich hatte. Vom ersten Moment an verzauberte sie ihn mit ihrem Lächeln, vor allem jedoch mit ihrer Lebensfreude, ihrem Enthusiasmus und ihrer Intelligenz.

An jenem ersten Tag sprachen sie über Gott und die Welt und verabredeten sich sogleich. Auf diese einfache und direkte Art und Weise begann eine Beziehung ohne große Hürden, in deren Verlauf sie während Elenas Ausbildung in Paris und der Schweiz jedoch oft räumlich voneinander getrennt waren.

Eduard Novell wirkte mit dem Verehrer seiner Tochter recht zufrieden, er sah in Pau einen ordentlichen und klugen jungen Mann, der vor harter Arbeit nicht zurückschreckte. Als Pau sein Studium abgeschlossen hatte, ließ Novell daher seine Beziehungen spielen und besorgte seinem zukünftigen Schwiegersohn eine Stelle im Bauamt der Stadt unter der Leitung von Francesc Nebot, dem stellvertretenden Bürgermeister. Pau sah Novells Hilfe als eine normale, ganz natürliche Geste an und akzeptierte die sich darbietende Gelegenheit. Es fand auch niemand sonst etwas daran auszusetzen. Wenn man Pau etwas vorhalten konnte, dann vielleicht höchstens, dass er mehr arbeitete als alle anderen Architekten im Dienst der Stadt zusammen.

Als Elena ihre Ausbildung in Paris abschloss, heirateten die beiden im Januar 1919. Da sich kein Nachwuchs einstellen wollte, ließ sich Elena von mehreren Spezialisten im Ausland untersuchen und musste erfahren, dass sie nie Kinder bekommen würde. Nachdem die beiden jungen Eheleute darüber endlich Gewissheit hatten, sprachen sie das Thema nie wieder an. Da sie sich beide mit ganzer Kraft ihrem jeweiligen Beruf widmeten, wären sie vielleicht sowieso keine guten Eltern geworden.

Und so war ihre Beziehung während der letzten vierzehn Jahre verlaufen.

Ohne Risse.

Ohne Einmischung von außen.

Ohne Zweifel.

Schließlich standen alle vom Tisch auf und zogen sich zu Kaffee, einem Gläschen zur Verdauung und einer Zigarre in den Salon zurück. Ganz automatisch folgte Pau seiner Familie, aber er war von sich selbst überrascht. Warum nur konnte er sich diese junge Frau nicht aus dem Kopf schlagen? Und störte ihn das wirklich?

Er sog das Aroma des Brandys ein und nahm einen Schluck. Einfach köstlich! Der Likör brannte im Hals und holte ihn in die Wirklichkeit zurück, in sein Leben, zu Ruhe und Gelassenheit. Draußen begannen sich die dunklen Wolken langsam zu verziehen, und am Himmel kam ein Stückchen Blau zum Vorschein.

Es gab wirklich keinen Grund zur Sorge.

Alles würde gut werden.

Wie immer.

15

Das neue Atelier und im Prinzip das ganze Geschäft bereiteten sich nach und nach auf die Generalprobe für die Modenschau vor. Santa Eulalia war kaum wiederzuerkennen, der Laden schien vor Ungeduld zu beben wie eine Braut kurz vor dem großen Tag.

Andreu Molins bekam von all dem kaum etwas mit. Er hockte oben in seinem Büro und versuchte dafür zu sorgen, dass das Chaos nicht überhandnahm. Damit das große Fest, das den Laden bald mit Glamour erfüllen würde, nicht die exakte Taktung des Alltags aus dem Gleichgewicht brachte, konzentrierte er sich auf seine üblichen Aufgaben. Molins brauchte nämlich eine gewisse Regelmäßigkeit, sowohl in der Firma als auch im Leben. Das Feuerwerk überließ er gern anderen, ehrlich gesagt, hatte er sich noch nicht einmal entschieden, ob er überhaupt zur Modenschau gehen würde. Derartige Veranstaltungen hielt er zwar für nötig, sie störten ihn persönlich aber ungemein.

Ungeachtet des Schlachtenlärms von unten, traf sich Andreu jetzt wie jeden Tag zur selben Stunde mit Ramon Martínez Rosell, der inzwischen zum Leiter im Einkauf aufgestiegen war. Seit der junge Direktor ihn damals nach dem Tod seines Vaters um jene seltsame Liste gebeten hatte, hatte Ramon Andreu Molins besser kennengelernt und brachte ihm tiefen Respekt entgegen. Diese Achtung war gegenseitig, und man hätte ihrer beider Beziehung sogar als Freundschaft bezeichnen können, wenn nicht beide Männer von Natur aus reserviert und zurückhaltend gewesen wären.

Nun öffnete sich lautlos die Tür, Ferran Clos trat in den Raum, kratzte sich am Kopf und suchte hektisch nach der Zigarettendose, die er immer dabeihatte. Andreus Blick ließ ihn jedoch innehalten, Molins konnte den Rauch in seinem Büro nicht leiden. Genauso wenig wie unangekündigte Besucher.

»Was gibt es, Ferran? Ich war hier mit Martínez noch nicht fertig.«

»Keine Sorge, Senyor Molins«, wandte der Einkaufsleiter ein. »Ich gehe mal und kümmere mich um meine Aufgaben. Sie haben ja jetzt mit der Modenschau viel zu tun.«

Höflich und korrekt wie immer zog sich Ramon Martínez zurück.

Ferran ließ sich seinem Schwager gegenüber nieder, schlug die Beine übereinander, stellte dann wieder beide Füße auf den Boden und fing erneut von vorn an. Gedankenverloren fixierte er einen Punkt in der Ferne, während Andreu einen Blick auf seine Papiere warf und sie zum letzten Mal durchging. Weil er seit Tagen schlecht und viel zu wenig schlief, brannten ihm die Augen, und er nahm einen Moment die runde Schildpattbrille ab, die er seit einiger Zeit trug. Inzwischen fragte er sich, ob das mit der eigenen Kollektion wirklich so eine gute Idee gewesen war, wie er am Anfang gedacht hatte. Er hätte ja niemals geglaubt, dass für eine Modenschau so viele Vorbereitungen nötig sein würden wie für einen Kriegszug. Und dabei hatten sie sich noch nicht einmal darauf eingestellt, wie viel Arbeit auf die Schneiderwerkstätten nach der Schau zukommen würde, sobald die neue Saison in Barcelonas Opernhaus begann. Wenn es um ihre Garderoben fürs Liceu ging, stellten die Kundinnen höchste Ansprüche.

»Ist alles in Ordnung?«, fragte schließlich Andreu und verbarg seine Sorgen wieder hinter seinen Brillengläsern. Ferran Clos warf ihm einen belustigten Blick zu.

»In Ordnung? Von Ordnung würde ich hier nicht sprechen, Andreu. In der Werkstatt stehen alle unter Hochspannung, wenn wir so weitermachen, springt bei irgendwem bald noch eine Sicherung raus. Die Kleider werden in solchem Tempo fertiggestellt, dass ich Sorge habe, die Qualität könnte darunter leiden.

Zum Glück haben wir Lluïsa Ramoneda, die hat in den letzten Tagen wirklich unter Beweis gestellt, was für eine Ausnahmeschneiderin sie ist.«

»Ja, sie ist zwar noch jung, aber wirklich kompetent«, antwortete Andreu, ohne von seinen Papieren aufzusehen.

»Nach dem Fertigungsprozess muss ich dann noch in der Werkstatt vorbeischauen und sehen, welche Modelle wir letztlich verwerfen müssen. Das ist für mich der unangenehmste Teil der Arbeit, immerhin habe ich all diese Kleider selbst entworfen und gezeichnet. Ich habe mit ihnen gelebt, und jetzt muss das eine oder andere eben daran glauben. Ich will mir gar nicht erst ausmalen, wie die Näherinnen stöhnen werden, die an diesen Modellen mitgearbeitet haben und sie wie ihre Kinder lieben … In dieser Hinsicht hatte ich schon häufig Probleme.«

»Das ist doch normal und auch gut so.«

»Dieser Auswahlprozess ist wirklich nötig. Und dann werden mich die Schneiderinnen wie eine Mutter um Gnade anflehen. Es ist wirklich zum Verzweifeln!«

Clos rollte mit den Augen. Man musste ihn nicht besonders gut kennen, um zu sehen, dass er völlig erschöpft war.

»Wir sollten über die Reihenfolge bei der Modenschau sprechen.«

Ferran hatte für einen kurzen Moment die Lider geschlossen, um sich inmitten dieses Chaos ein paar Sekunden Ruhe zu gönnen, und riss sie jetzt wieder auf.

»Natürlich.«

Schweigen, dann trafen sich ihre Blicke, und man konnte darin die Zweifel lesen, die sie doch eigentlich zu verbergen versuchten.

»Du glaubst doch auch, dass wir für alles Zeit haben werden, oder, Andreu?«

»Mit Sicherheit. Zunächst zeigen wir die Kostüme …«

»… dann die Tageskleider, die eleganteren Kleider, kurze Abendkleider, lange Abendroben und schließlich die Ballkleider.«

»Von den schlichteren hin zu den aufwendigeren Modellen.«

»Das wird ein Spektakel, Andreu!«

Auf der Treppe begegnete Laia Lehrlingen mit Kartons unterschiedlichsten Inhalts: Stoffreste, Knöpfe, Leder … Und zu diesem Meer aus weißen Kitteln kamen noch die Mitarbeiter der einzelnen Abteilungen hinzu – einfach jeder im Haus war mit den Vorbereitungen für die Modenschau beschäftigt. Es gelang Laia, das Atelier zu erreichen, ohne über den Haufen gerannt zu werden. In der neuen Damenabteilung im Keller wartete man schon auf sie. Laia zeigte den Männern, wo sie während der noch andauernden Malerarbeiten die Stühle unterbringen konnten, damit sie keinen Schaden nahmen. Genís fertigte derweil eine Skizze von Position und Farben der Blumengestecke an, die ein möglichst harmonisches Gesamtbild ergeben sollten, und ein Mann mit buschigem Schnurrbart und Gärtnerschürze machte sich nach seinen Angaben Notizen.

Irgendwann wandte sich Laia bestürzt an ihren Freund: »Sag mal, Genís, hast du eigentlich mit den Musikern gesprochen?«

»Ja, mit *dem Musiker*, einem Pianisten. Er hat sich hier allerdings noch nicht blicken lassen.«

»Der lässt uns sicher hängen, du wirst schon sehen«, unkte Laia, während sie sich bereits wieder entfernte. Sie stieg die moderne Wendeltreppe hinauf, durchquerte den Laden und ging dann zu den Werkstätten hinauf. Dort herrschte neuerdings eine klosterartige Atmosphäre: Das übliche Gelächter und Geplapper waren verstummt, und es erklangen auch nicht wie sonst Couplets im Hintergrund. Stattdessen saßen alle Schneiderinnen konzentriert über die Kleidungsstücke gebeugt, an denen sie schweigend arbeiteten.

Laia suchte nach Lluïsa und fand sie in Werkstatt Nummer drei. Wie viele Erinnerungen dieser Raum für Laia barg! An einer Schneiderpuppe stellte Lluïsa gerade einen Mantel aus grauem Samt mit beerenroten Bändern an Saum und Hals fertig. Den

Blick auf den Mantel geheftet und den Mund voller Stecknadeln, war die junge Frau völlig in ihre Arbeit vertieft. Mila Alemany stand neben ihr und murmelte ihr irgendetwas zu, verstummte jedoch, als sie Laia hereinkommen sah. Lluïsa, deren sommersprossiges Gesicht doch immer so freundlich dreinblickte, lief tiefrot an, während Mila von ihr wegtrat und mit hochmütiger Miene an Laia vorbeiging.

»Haben Sie denn nichts im Laden zu tun, Mila?«, fragte Laia. Als Antwort bekam sie nur ein herablassendes Lächeln, gefolgt von noch herablassenderem Schweigen.

Sobald Mila verschwunden war, atmete Laia erleichtert auf und ging zu Lluïsa hinüber, die den Blick fest auf das Kleid gerichtet hatte und dennoch nicht verbergen konnte, wie unangenehm ihr die Situation war.

»Lluïsa, nach Ihnen habe ich gesucht.«

»Was kann ich für Sie tun, Senyora Calvet?«

»Senyoreta Calvet«, korrigierte sie Laia.

Keine der beiden wollte das Schweigen durchbrechen, das sich jetzt im Raum ausbreitete. Schließlich sagte Laia:

»Lluïsa, wir sind hier im Haus alle sehr zufrieden mit Ihnen. Ich kann mir vorstellen, dass Sie Ihre Arbeit auch lieben und sich darüber freuen, wie viel Vertrauen die Geschäftsleitung in Sie setzt.«

Jetzt löste Lluïsa endlich den Blick vom Mantel und sah Laia an.

»Aber natürlich, Senyoreta Calvet. Ich … ich hoffe doch wohl, Sie denken nicht …«

»Sie sind ein guter Mensch, Lluïsa, das merkt man gleich, und Sie leisten hier hervorragende Arbeit. Ihnen passt es doch vermutlich auch nicht, wenn Senyoreta Alemany Ihnen mit allen möglichen Geschichten über mich kommt: dass ich bloß eine alleinstehende Mutter bin, dass ich Senyor Molins mit Lug und Betrug umgarnt habe, dass mir jegliche Moral fehlt und ich schmutzige Tricks anwende …«

Mit einem Mal verwandelte sich Lluïsas Miene, und der gequälte Ausdruck wich einem Lächeln. Die Schneiderin war eine viel zu offene, fröhliche und freundliche Person, um sich auf Geheimniskrämerei und Intrigen einzulassen.

»Na, sieh mal einer an, Sie kennen Senyoreta Alemany ja wirklich gut!«

»Ach Mädchen, mit Mila ist es doch seit Jahren immer dasselbe.«

Beide lachten, und die endlich beruhigte Lluïsa zog ein Taschentuch aus ihrem Kittel, um sich über die Augen zu tupfen. Der Moment der Anspannung, den sie Milas wegen durchgemacht hatte, hatte sie ziemlich mitgenommen.

»Glauben Sie mir, Lluïsa, da sollten Sie wirklich nicht mitmachen. Dieses Spielchen wollen Sie doch sicher nicht mitspielen.«

»Aber natürlich nicht, Senyoreta! Wissen Sie was? Mila zieht den ganzen Tag erst mit der einen, dann mit der anderen über Sie her. Manche lassen sich vielleicht darauf ein, aber eins können Sie mir glauben: Ich kann so etwas gar nicht leiden.«

»Schon klar, machen Sie sich mal keine Sorgen.«

»Ich persönlich glaube ja, dass Mila einfach eifersüchtig auf Sie ist. Senyoreta Alemany kann Ihnen Ihre Beförderung einfach nicht verzeihen. Meinen Sie nicht auch?«

Laia lächelte und wollte sich schon abwenden, da fiel es ihr wieder ein.

»Ach, das hätte ich fast vergessen. Vor einer Weile hat mir Senyor Clos gesagt, dass er Sie sprechen möchte. Sie sollen sich wohl einige der Schuhe für die Modenschau ansehen, die inzwischen eingetroffen sind. Gehen Sie doch bitte zu ihm hinunter, wenn Sie einen Moment Zeit haben, Lluïsa.«

»Natürlich, Senyoreta Calvet.«

An diesem Abend wusste niemand, wann er Feierabend machen würde. Bis zur Modenschau waren es jetzt nur noch drei Tage, und es war an der Zeit für die Generalprobe. Nachdem man die Kunden während des langen Arbeitstages wie immer bedient hatte, schloss man nun das Geschäft und baute im Keller den Laufsteg auf, auf dem bald Barcelonas erste Modenschau stattfinden würde.

Die Kleider waren fertig, die Modelle, Techniker und Schneider standen bereit. Als alle an ihrem Platz waren, verstummte nach und nach das Gemurmel, und eine ehrfürchtige Stille legte sich über den Raum. Die Stoffbahnen der zum Schutz abgedeckten Stühle bildeten einen makellos weißen Hintergrund, den das Licht der Kronleuchter erstrahlen ließ. In den dunklen Ecken stapelten sich Hüte, Schuhe und andere Accessoires, deren Verwendung nicht auf den ersten Blick klar war.

Als Ferran Clos eintraf, verstummte auch das letzte Flüstern. Er hatte Zigaretten, Papier und einen Stift dabei und setzte sich in der ersten Reihe auf einen Stuhl. Einige der Angestellten blieben in seiner Nähe. Die Schneiderinnen und ihre Lehrlinge hingegen behielten die Kleiderstangen im Auge, an denen sich die Pelze drängten. Denn obgleich sich draußen der Sommer noch ein letztes Mal aufzubäumen schien, war bei Santa Eulalia längst der Winter angebrochen.

Jetzt erschien Laia Calvet auf der Treppe und rief: »Nummer eins!«

Sie ging ebenfalls zur vorderen Stuhlreihe hinüber, während sich aller Augen auf die eleganten Bewegungen des Mannequins richteten, das mit wiegenden Schritten den ersten Entwurf präsentierte.

So begann die Generalprobe.

Die Stunden verstrichen, und irgendwann flüsterte jemand: »Wir sitzen hier bestimmt noch morgen früh.«

Inzwischen war der Raum von Rauch erfüllt, Ferran zündete sich nämlich eine Zigarette nach der anderen an. Laia schickte jemandem los, um Getränke und etwas zu essen zu besorgen.

Nach der Begutachtung jedes Modells wurden Hüte ausgetauscht, Knöpfe hinzugefügt, Falten herausgenommen und Röcke verlängert. Im Prinzip wurde an jedem Kleidungsstück noch etwas verändert oder umgestaltet, und Ferran erteilte nach links und rechts Anweisungen, die Laia dann an die Näherinnen weitergab. Auch entschied man sich gegen einige der Entwürfe, um den schlichten Stil des frisch gebackenen Designers noch klarer zu definieren.

Ohne Pause ging man nun zu den kurzen Abendkleidern über. Inzwischen war dem Mannequin die Müdigkeit anzusehen, wenngleich die junge Frau in ihrem Kleid aus rosa Seide mit Spitze jedoch weiter entschlossen und elegant zugleich auftrat.

»Das nehmen wir raus, das gefällt mir nicht.«

Als sie diese Worte hörte, trat Lluïsa Ramoneda vor, die zusammen mit anderen Schneiderinnen und Näherinnen im Schatten gestanden hatte. Alle starrten sie schweigend an, als sie protestierte: »Nein, Herr Clos, bitte nicht dieses Kleid.«

»Also bitte, Senyoreta Ramoneda …« Ferran verdrehte die Augen und zündete eine neue Zigarette an seinem Stummel an.

»Nein, sehen Sie doch mal.«

Wie eine Mutter, die ihr Kind in Gefahr wähnt, eilte Lluïsa zu dem Mannequin, und dann erschienen wie durch Zauberhand Stecknadeln, die beinahe wie eine Verlängerung ihrer selbst wirkten. Sie verkürzte die Schultern des Kleides ein wenig, indem sie mit einer Hand rechts, mit der anderen links herumzupfte. Während des Prozesses stand das Modell wie erstarrt da, als sei jegliches Leben aus ihm gewichen.

»Was meinen Sie jetzt, Senyor Clos?«, fragte die junge Schneiderin, während das wiedererwachte Mannequin sich drehte und das umgestaltete Kleid so von allen Seiten zeigte.

»Also, mir gefällt's«, warf Laia ein, während Ferran beharrlich schwieg. Er betrachtete aus seiner Rauchwolke heraus das Resultat von Lluïsas kleiner Änderung. Schließlich drückte er die Zigarette im vor Kippen überquellenden Aschenbecher aus, stand auf und näherte sich dem Modell. Alle im Saal schienen die Luft anzuhalten, und Lluïsa Ramoneda war einem Nervenzusammenbruch nahe.

»Ich hab's!«, rief Clos. »Hier vorne fehlt ein Band aus grünem Seidenflor, das wir zu einer weichen Schleife binden. Los, los, ich brauche ein Stück Soff!«

Das ließ sich Lluïsa nicht zweimal sagen, und mit der Borte setzte Ferran dann um, was er bislang nur in seinem Kopf vor sich gesehen hatte.

Aus ihm war ohne jeden Zweifel ein großer Modeschöpfer geworden.

Als sie mit der von ihm vorgeschlagenen Veränderung fertig war, betrachtete Lluïsa das Kleid, ihr Kleid, mit leuchtenden Augen: »Mein Gott, das ist so wunderschön! Etwas Eleganteres kann ich mir kaum vorstellen.«

Sie lächelte.

Ferran schoss durch den Kopf, dass er hier einen Entwurf vor dem Scheiterhaufen, vor Tod und Vergessen gerettet hatte. Dabei wusste er noch nicht, ob das eine gute Entscheidung gewesen war, denn Mode war genauso unberechenbar und eigensinnig wie seine Kundinnen. Vielleicht würde sich dieses gerettete Kleid zum größten Erfolg der Kollektion mausern. Vielleicht aber hätte er es doch lieber verwerfen sollen.

Es war fast zwei Uhr morgens, als das Personal von Santa Eulalia wie sonst am frühen Abend endlich aus dem Haupteingang strömte. Heute war alles anders, nach diesem ungewöhnlichen Arbeitstag blickte man rundum in müde Gesichter, während die Nacht zerrann.

Wie so oft verließen Laia und Genís das Geschäft gemeinsam. Heute waren beide jedoch so erschöpft, dass sie kaum ein Wort sprachen. Die beiden Freunde, die einander so gut kannten, standen lächelnd auf der Pla de la Boqueria und sahen sich an.

»Du hast doch sicher auch keine Lust, jetzt nach Hause zu gehen, oder?«, fragte der junge Mann.

Laia schüttelte den Kopf. Sie fröstelte, weil die Nächte inzwischen frischer waren. Mit schwerer Zunge brachte sie hervor: »Ich könnte sowieso nicht schlafen.«

Mehr brauchte sie nicht zu sagen. Gemeinsam spazierten sie die Rambla hinunter in Richtung Hafen. Dabei bemerkten sie weder die hier und da aus Lokalen taumelnden Betrunkenen noch die lasziven Blicke der Straßenmädchen, an denen sie vorbeikamen. Auch den Nachtwächter, der auf seinem Weg durchs Viertel die Stunde ausrief, nahmen sie kaum wahr.

Nach all der harten Arbeit sehnten sie sich nur noch nach dem müden Murmeln des Meeres, dessen Brise sie jetzt umfing und wieder munter machte. Schweigend blickten sie auf das schwarze Wasser voller Ölflecke hinaus. In der Stille der Nacht bot der Hafen einen traurigen Anblick, als habe eine seltene, ansteckende Krankheit von ihm Besitz ergriffen. Und er stellte eine unüberwindbare Barriere zwischen Barcelona und dem Meer dar.

Genís drehte sich mit einem vagen Lächeln zu seiner Freundin um, diesem typischen Lächeln voller Güte und Zuneigung.

»Es ist gar nicht so einfach, was?«

Mehr brauchte er nicht zu sagen, sie verstanden sich auch ohne Worte.

»Mit Ferran zusammenzuarbeiten? Es wird immer leichter«, erklärte sie. »Weißt du, am Anfang hatte ich ja noch die heimliche Hoffnung, dass er vielleicht wieder zu mir zurückkehren würde. Ganz schön albern, was? Ich hab wirklich gedacht, er würde irgendwann mich als seine große Liebe erkennen und deshalb Roser für mich verlassen.«

Sie wandte sich zu ihrem Freund um, der den Blick aufs Meer geheftet hatte, und sog tief die feuchte Luft ein.

»Diese kleine Schwäche erlaube ich mir von Zeit zu Zeit, weil sie mir beim Überleben hilft.«

»Das verstehe ich gut.«

»Aber irgendwann hatte ich schlicht die Nase voll davon, auf etwas Unmögliches zu warten, Genís.«

»Klar.«

»Und dann kam der Hass. Ich hab mich wirklich angestrengt, um ihn zu hassen, das kannst du mir glauben. Bei jeder Begegnung mit ihm hab ich mir überlegt, ob ich ihm vielleicht irgendwie schaden kann. Nachts hab ich mir tausend Möglichkeiten ausgemalt, ihn zu zerstören, obwohl ich ganz genau wusste, dass ich diese Pläne nie in die Tat umsetzen würde. Weil sich nämlich jeden Morgen die Versprechen, die ich mir selbst gegeben hatte, wie ein Tropfen Tinte im Meer aufgelöst haben.«

Laia hakte sich bei Genís unter, und sie traten gemeinsam den Rückweg an.

»Und dann kam irgendwann die Gleichgültigkeit. Eine Gleichgültigkeit, die allerdings manchmal mit mir Verstecken spielt.«

Sie ließ sich von Genís' Blick liebkosen.

»Aber der Schmerz bleibt...«

Darauf erwiderte Laia nichts. Die Schritte der beiden jungen Menschen hallten auf den Pflastersteinen der Rambla wider.

»Und du, Genís? Leidest du auch noch wegen Ferran?«

»Ich liebe ihn wie am ersten Tag, Laia. Wie am ersten Tag.«

16

Ferran Clos stand draußen vor der Tür des Modehauses, ohne hineinzugehen. Es war Mittag an einem Tag Ende September, und die Sonne schien wohlwollend auf die staubige, geschäftige Straße. Ferran wusste, dass beim Betreten des Geschäfts der Winter über ihn hereinbrechen würde, eingehüllt in Samt, Moiré, Satin und Charmeuse, angetan mit den gewagtesten Kreationen, den beeindruckendsten Hüten.

Purer Luxus, in Mode verwandelt.

Laia war unten im Atelier gerade damit fertig, die Stühle aufzustellen. Aufmerksam kontrollierte sie den Abstand zwischen den Reihen, dann hob sie gedankenverloren einen Faden auf, der die Nacht hier auf dem Teppich verbracht hatte. Sie ordnete noch einmal die Blumen neu und lächelte zufrieden. Bald aber legte sich wieder ein Schatten über ihre Züge, weil bei diesem Marathon ständig irgendwo ein neues Problem auftauchte.

Im Geschäft hatten alle hart gearbeitet. Vom erfahrensten Verkäufer bis hin zum unbedeutendsten Lehrjungen hatten sie etliche Stunden investiert, um die Räumlichkeiten so beeindruckend wie möglich zu gestalten. In jeder Ecke verströmten Blumen ihren Duft, und in den neu dekorierten Schaufenstern informierten große Plakate über die anstehende Modenschau. Es schien alles bereit.

Jetzt ging Ferran endlich hinein, durchquerte das Geschäft und stieg zu den Werkstätten hinauf. Dort wurde schon seit sechs Uhr früh gearbeitet, aber es war immer noch viel zu tun. Lluïsa kam Clos entgegen und war so nervös und durcheinander, dass sie ihn beinahe über den Haufen gerannt hätte.

»Lluïsa …«

»Senyor Clos, es ist ja so furchtbar …«

Ferran erbleichte.

»Das Abendkleid aus grauem Crêpe de Chine, das mit den korallfarbenen Blüten …«

»Was ist denn nur? Sprich doch endlich, ich bekomme hier gleich einen Anfall!«

Die Schneiderin stieß einen beinahe schmerzhaften Seufzer aus.

»Die Stickerei … ist noch nicht fertig.«

Es war wie ein Schlag in die Magengrube.

»Unmöglich, das kann doch nicht sein! Der Entwurf ist schließlich der Höhepunkt der Schau, mein absolutes Lieblingsstück!«

Ferran entzündete eine Zigarette und brachte die arme Lluïsa mit der dichten Rauchwolke zum Husten.

»Wir zeigen das Kleid so, wie es jetzt ist«, beschloss er nach kurzem Nachdenken.

Der Schneiderin entfuhr ein nervöses und gequältes Kichern. Sie starrte Ferran Clos an, als wollte sie ihn mit Blicken durchbohren. »Das war sicher nur ein Witz, nicht wahr, Senyor Clos? Denn das soll doch bestimmt nicht mit nur zwei Blumenranken statt der vorgesehenen sechs rausgehen, oder?«

Ferran ließ Lluïsa jedoch einfach stehen und eilte ins Innere der Werkstatt. Die junge Frau hatte das Gefühl, Sterne zu sehen, und das Blut brauste ihr in den Ohren.

Verlor sie hier etwa gerade den Verstand? Wieder stieß sie ein – dieses Mal völlig hysterisches – Lachen aus, vielleicht, um so die Angst zu verjagen.

Nun fuhren auf der Pla de la Boqueria bereits die ersten Autos vor und spuckten die feinen Herrschaften aus. Während man sich draußen begrüßte und nach Wangenküsschen ein paar freundliche Worte austauschte, waren im Inneren des Modehauses eilige Schritte und das Rascheln von Röcken zu hören.

Auch wenn er sich dessen nicht bewusst war, setzte der erste

Besucher beim Durchschreiten der Tür einen Mechanismus in Gang, der bis zum Ende der großen Schau nicht mehr aufzuhalten war. Alle im Geschäft hielten gespannt den Atem an. Im Personalraum, den man heute in die Umkleidekabine für die Mannequins verwandelte hatte, schlug jemand Alarm.

»Sie kommen!«

Die Nerven waren zum Zerreißen gespannt, weil die Zeiger der Uhr unaufhaltsam vorrückten.

Im Salon wurden Stühle hin und her geschoben, während das allgemeine Murmeln immer weiter anschwoll. Nach und nach schien sich ganz Barcelona im Atelier von Santa Eulalia einzufinden, zumindest was das reiche Bürgertum und Vertreter leicht angestaubter alter Adelsfamilien anbetraf, und alle warteten gespannt auf den Beginn des großen Spektakels. Ferran Clos hieß jeden persönlich willkommen und verbarg seine innere Unruhe hinter einer freundlichen Maske. Roser hielt sich ständig in seiner Nähe auf und schenkte den Geladenen ihr Lächeln, begrüßte die Novells, die Magarolas, die Guitarts ...

Nervös ließ Anna Balasch den Blick durch den Raum wandern und atmete auf, als sie ihren Mann hereinkommen sah. Andreu hatte seine Abneigung für diese Art von Veranstaltungen also doch überwunden, vermutlich, weil er seine Anwesenheit hier als Pflicht ansah.

Laia lief zwischen der Umkleidekabine und den Werkstätten hin und her und half dabei, die letzten Kleidungsstücke nach unten zu bringen, die sie den Schneiderinnen fast aus der Hand reißen musste. Die Näherinnen waren nämlich noch nicht bereit, ihre Schützlinge ihrem Schicksal auszuliefern, und wollten zur Sicherheit hier und da noch ein paar Stiche nähen, Falten ausbügeln oder Säume fixieren.

Aber die Minuten verstrichen so unfassbar schnell.

Im Salon drängten sich die Menschen, es wurde geplaudert, und die intensiven Parfüms der Damen vermischten sich mit dem Duft der Blumen und dem Aroma von Tabak. Einige der Frauen frischten ihr Make-up auf, weil sie vielleicht befürchteten, dass ihre Schönheit im überhitzten Raum welken könne. Man schlug die Beine übereinander und löste sie wieder voneinander. Blicke flogen hin und her, und der Pianist probierte vorsichtig einen Akkord aus.

Dann schlug die Uhr sieben, Laia gab das Zeichen, und das erste Mannequin trat aufgeregt auf den Laufsteg.

»Nummer eins!«

Die Modenschau hatte begonnen.

Im Salon stieß man mit Champagner auf die neue Kollektion von Santa Eulalia an, und die Veranstalter der ersten Schau dieser Art in Barcelona mischten sich mit Gläsern in der Hand unter ihre Gäste. Die Neugier der einen war endlich befriedigt, während die Nervosität der anderen einer müden Entspannung Platz machte, welche sich schließlich mithilfe des perlenden Champagners in Freude verwandelte. Allen war klar, dass Ferran Clos tatsächlich eine ganz neue Ära für das Modegeschäft Santa Eulalia eingeläutet hatte, deshalb wurde er umarmt und von duftenden Lippen geküsst.

»Einfach göttlich, diese Kollektion!«, befand ein Mann, umfing Ferrans Finger mit beiden Händen und drückte sie begeistert.

»Ich freue mich schon darauf, diese Kleider draußen auf der Straße zu sehen!«, rief eine schrille weibliche Stimme.

Ferran überkam ein seltsam bittersüßes Gefühl. Nach dem erfolgreichen Abschluss des Projekts breitete sich in seinem Inneren eine gewisse Leere aus. Nun gehörten seine Kreationen nicht mehr nur ihm allein. Außerdem beunruhigte ihn die Frage, was jetzt aus ihnen werden würde, was das Schicksal wohl für sie bereithielt. Hier beim Santa Eulalia hatte man sie in den Werkstätten und im Atelier geradezu liebevoll behandelt. Wie würde man jetzt wohl mit ihnen umgehen? Wo würden sie landen? Welche Körper würden sie schmeichelnd umfangen?

Eine weitere Stimme riss ihn aus seinen Grübeleien.

»Und dann das graue Abendkleid, einfach prachtvoll! Habt ihr die beiden asymmetrischen Stickereien bemerkt? So ein elegantes Detail, wirklich ganz zauberhaft! Das war auf jeden Fall der Höhepunkt der Kollektion.«

Ferran musste lächeln und dachte an Lluïsa, die das Kleid von oben aus den Werkstätten hatte herunterbringen lassen. Um die Reaktion des Publikums nicht mit ansehen zu müssen, hatte die junge Frau die Augen zugemacht, aber dann hatte das unfertige Kleid bei der Schau eindeutig triumphiert. Mode war eben launenhaft!

Jetzt berührte jemand Ferran sanft am Arm, es war Roser. Ihre strahlenden Augen und ihr zauberhaftes Lächeln ließen sie so schön aussehen wie zuvor. Zärtlich erwiderte er ihren Blick. Noch hatten sie heute Abend nicht alle Überraschungen enthüllt.

»Meine Damen und Herren … bitte … ich möchte noch einen kurzen Moment Ihre Aufmerksamkeit in Anspruch nehmen.«

Irgendwann gelang es Ferran, sich über das allgemeine Getöse im Raum hinweg Gehör zu verschaffen. Nach und nach kehrte Stille ein, und es richteten sich alle Blicke auf ihn.

»Zunächst einmal möchten Andreu Molins, der Direktor des Hauses, und auch ich selbst Ihnen für Ihre Anwesenheit und für Ihre positive Aufnahme unserer ersten eigenen Kollektion hier im Modehaus Santa Eulalia danken. Wir können Ihnen versichern, dass dies erst der Anfang einer ganz neuen Ära war. Von nun an werden wir Ihnen zwei Kollektionen im Jahr präsentieren, Frühling/Sommer und Herbst/Winter, und wir werden daran mit demselben Elan und derselben Begeisterung arbeiten wie auch dieses Mal.«

Er verstummte kurz und gab damit dem Publikum die Gelegenheit, ihn begeistert zu beklatschen.

»Außerdem möchte ich diesen Moment nutzen, um zusammen mit meiner Frau in der Gegenwart so vieler guter Freunde auch eine persönliche Neuigkeit bekanntzugeben.«

Als wieder Stille einkehrte, schaute Ferran mit nervösem Lächeln zu Roser, über deren Wangen sich eine sanfte Röte legte.

»Also … Roser und ich, wir werden bald Eltern.«

Die Stimmen aus dem Salon wurden immer lauter, und man hörte sie bis in die Umkleidekabinen, wo Laia mit den Schneiderinnen und Modellen auf den Erfolg der Modenschau anstieß.

»Was ist denn nur los?«, fragte Lluïsa und spähte hinaus, um den Grund für diesen Aufruhr herauszufinden.

Jetzt wurde die Tür komplett aufgerissen, der Pianist kam schwitzend herein und löste den Knoten seiner Krawatte.

»Leute, ich kann einfach nicht mehr. Gibt mir bitte mal jemand ein Glas Champagner?«

»Wissen Sie, was da im Salon los ist? Was soll denn das ganze Geschrei?«, fragte eins der Lehrmädchen.

»Ach, nichts. Die Frau vom Clos kriegt wohl was Kleines.«

Laia fuhr so hastig zu ihm herum, dass sie ihren Champagner verschüttete. Mit einem Mal bekam sie keine Luft mehr, sie musste so schnell wie möglich hier raus. »Ist alles in Ordnung, Senyoreta Calvet?«

Laia antwortete nur mit einer vagen Geste und verließ hastig den Raum. Rücksichtslos schob sie sich durch die Gäste, die ihr auf dem Flur den Weg zur Treppe versperrten. Als sie die Stufen hinaufeilte, rannte sie auf halber Höhe in jemanden hinein.

»Entschuldigung …«

»Tut mir leid …«

Diese Stimme kam Laia bekannt vor. Sie hob den Kopf und hatte das Gefühl, dass der Lärm aus dem Salon plötzlich verebbte.

»Laia?«

»Pau?«

»Genau, Pau Amat. Wie ich sehe, erinnern Sie sich noch an mich«, sagte der Mann und betrachtete sie eindringlich, bevor sich ein Lächeln über seine Züge legte.

Unwillkürlich strich sich Laia über das Haar.

»Was machen Sie denn hier?«

»Meine Frau hat mich hergeschleift. Und Sie?«

»Ich arbeite hier, ich bin die Leiterin des Damenateliers.

»Die Welt ist klein.«

»Allerdings.«

Laia schien aus dem Gleichgewicht zu geraten, als sich ihre Blicke trafen. Keiner der beiden sprach ein Wort, und sie hätten kaum sagen können, ob die Zeit weiter verstrich oder stehen geblieben war.

»Ich muss draußen mal ein bisschen frische Luft schnappen, da unten ist es ziemlich warm.«

»Das hab ich auch gerade gemacht.«

»Nun ja, also ... wir sehen uns.«

»Oder dürfte ich Sie vielleicht begleiten?«

»Haben Sie denn noch nicht genug? Von der frischen Luft, meine ich.«

Beide lachten und stiegen dann gemeinsam die Treppe hinauf.

»Ein bisschen mehr kann nie schaden.«

Sie durchquerten den Laden und traten hinaus auf die Straße. Als das Gelächter der Gäste langsam verstummte, ließ Laia damit auch das Gefühl zwischen Wut und Verbitterung zurück, das sie überhaupt erst in die Flucht geschlagen hatte. Jetzt hingegen stieg ein sanftes Kribbeln in ihr auf, das ihr ein Lächeln auf das Gesicht zauberte.

Auf der Rambla waren immer noch Menschen unterwegs, und Laia schlenderte mit Pau an ihrer Seite die Flaniermeile gemütlich entlang.

Während sie fröhlich plauderten, wurde die Entfernung zwischen ihnen mit jedem Schritt geringer. Die Straßenlaternen gingen an und erleuchteten ihre Gesichter. Laia musste daran denken, was für ein langer Tag das heute gewesen war. Aber jetzt lag eine ganz neue Vorahnung in der Luft.

17

Die beiden hatten ein Verhältnis, und zwar schon seit drei Jahren. Sie liebten sich im Stillen, vor Blicken verborgen, sich der Situation des anderen nur zu bewusst. Seit dem Tag, an dem sie einander bei Santa Eulalia über den Weg gelaufen waren, wusste Laia, dass Pau verheiratet war. Und Pau war natürlich klar, dass Laia ihre Beziehung auf gar keinen Fall öffentlich machen konnte, weil sie es sich so mit den Molins verscherzen und alles verlieren würde, was sie sich in den letzten Jahren durch beharrliche Anstrengung erarbeitet hatte. Man könnte sie sogar auf die Straße setzen.

Ja, sie wussten beide, wie weit der jeweils andere gehen konnte und wo die Grenzen lagen. Sie richteten sich in ihrer Situation ein, fanden die bestmögliche Lösung und wagten dabei nicht, sich ihre wahren, intimen Wünsche einzugestehen.

Am Anfang war Pau überrascht davon, wie ihn seine Gefühle mitrissen, er wusste nicht so recht, woher diese Leidenschaft stammte, die Laia in ihm weckte, und versuchte sich dagegen zu wehren. Aber er war schwach und ihr gegenüber machtlos, daher kapitulierte er bald. Und jedes Mal, wenn er ein, zwei Stunden oder den ganzen Nachmittag mit Laia verbracht hatte, fragte er sich beim Anblick von Elenas sanftem Gesicht, ob seine Frau für ihn eigentlich immer noch der Inbegriff von Liebe war. Weil er fest daran glaubte, dass er eigentlich nicht für eine Affäre gemacht war, schwankte er zwischen dem Genuss der verbotenen Frucht und der Qual der Täuschung.

Trotzdem war Laia für ihn schon bald mehr als nur ein Abenteuer. Niemals wurde er müde, sie anzusehen, ihr zuzuhören. Er wünschte sich, mit ihr zusammen zu sein, und fragte sich lieber nicht, ob ihn das ehrte oder ihn erst recht in den Abgrund von Lug und Betrug riss. Irgendwann musste er sich eingestehen, dass er für Elena nie so empfunden hatte und Laia von ganzem Herzen liebte.

Auch Laia beunruhigte es, dass sie ihr Versprechen sich selbst gegenüber gebrochen hatte. Nachdem sie sich jahrelang jegliche Beziehung versagt hatte, hatte die Geschichte mit Pau sie wie ein Wirbelwind mitgerissen. Aber wieder einmal handelte es sich um eine verbotene Liebe. Das bremste sie zunächst, ließ sie zweifeln und zögern. Doch genau wie Pau stellte auch Laia ihre Liebe irgendwann in den Mittelpunkt ihres Lebens und nahm dabei in Kauf, dass sie diesen Mann nur in ihren Träumen ganz für sich haben konnte.

Gleichzeitig bedauerte sie sehr, dass sie nicht die Tochter war, die ihre Mutter sich gewünscht hätte. Schließlich waren sie und Pau ein Liebespaar und verheimlichten ihre Beziehung und ihre Treffen in einer alten Wohnung an der Plaça Bonanova, am Fuße des Tibidabo. Pau hatte die Räumlichkeiten funktionell hergerichtet und Laia sie nach ihrem Geschmack möbliert, um sie in ein Zuhause für sie beide zu verwandeln. Wenn sie sich dorthin zurückzogen, fühlten sie sich beide weit weg vom Alltag.

Nachdem sie sich leidenschaftlich geliebt hatten, stiegen sie oft zusammen in die blaue Straßenbahn und fuhren den Tibidabo hinauf, um von dort oben die in Nebel gehüllte Stadt zu betrachten.

Trotz allem waren sie glücklich.

So glücklich, wie sie eben sein konnten.

Am 19. Mai 1929 war Barcelona geradezu im Rausch, und das Funkeln des Raureifs auf den Blumen der Balkone wirkte wie ein Vorzeichen. Am Montjuïc wurde heute die Weltausstellung eröffnet! Ein wahres Heer aus Politikern der nicht demokratisch gewählten Regierung war angereist, dazu der Diktator, König Alfons XIII., die Königin, der Prinz von Asturien, die beiden Infantinnen und hohe Würdenträger der Kirche. Mehr als sechzigtausend Tauben erhoben sich über Barcelona, um das großartige Ereignis anzukündigen, und vom Hafen her wurde ihr Flug mit mehreren Salven begleitet. Diesem Tag waren große Veränderungen vorausgegangen, die die Stadt endgültig in die Moderne zu katapultieren schienen. Wegen der Weltausstellung hatte man bei den Straßenlaternen von Gas auf Elektrizität umgestellt. Der erste Wolkenkratzer der Stadt wurde gebaut, das Telefónica-Gebäude an der Plaça Catalunya. Die Metro verlängerte man bis ins Stadtviertel Sants, und es trafen Ströme von Immigranten in der Stadt ein, um auf den Baustellen des Montjuïc zu arbeiten und den Berg damit für immer zu verändern.

Nun grüßte das Königspaar die Menge vom neu erbauten Palast herunter, dem Palau Nacional, dann begann sich die Menge wie ein Ölfleck auf dem Gelände zu verteilen, das die Stadt dazugewonnen hatte. Auswärtige mischten sich unter die Barceloner, und ein wahrer Menschenstrom ergoss sich über die Terrassen des Montjuïc. Diese unaufhaltsamen Massen waren für einige geradezu magisch, andere konnten mit dem Drängen und Stoßen nicht umgehen und fanden es nervenaufreibend.

Die Begeisterung für das Neue vereinte zwar alle sozialen Schichten, allerdings saßen die gut Betuchten im überdachten Pavillon der Brasserie vor dem erleuchteten Springbrunnen, während die Arbeiterfamilien unter sengender Sonne ihre Kinder hinter sich herzogen.

Pau Amat nahm mit Elena und seinen Schwiegereltern an der Eröffnung teil. Um nichts in der Welt hätten sich die Novells dieses Ereignis entgehen lassen, bei dem sich Gastgeber Barcelona der Welt in einer Explosion der Modernität präsentierte. Elena war ebenso schlicht wie elegant gekleidet, sie trug ein Kostüm aus korallfarbenem Rock und Jacke mit einem Glockenhut im selben Farbton und eine schlichte weiße Schluppenbluse. Aufgeregt strahlte sie Pau an und steckte ihn mit ihrer Begeisterung schnell an. Seit seiner Affäre mit Laia waren ihm solche Familienausflüge eigentlich unangenehm, und er vermied sie nach Möglichkeit. Er hatte sich eine Reihe von Ausreden zurechtgelegt, am besten funktionierte immer der Verweis darauf, wie viel Arbeit er doch hatte. Heute machte es ihm allerdings Freude, zusammen mit seiner Familie die Ausstellung zu besuchen, er hatte nämlich zuvor bereits die Bauarbeiten besichtigt und genoss es, die anderen jetzt herumführen zu können. Und wie früher teilten Elena und er noch immer die Begeisterung für Kunst, Kultur, die schönen Dinge. Inzwischen verbanden sie diese Gemeinsamkeiten, was Konzepte und Geschmäcker anging, jedoch auf rein geschwisterliche Art und Weise miteinander.

Die Amats und Novells näherten sich dem Gipfel des Berges auf einem wahren fliegenden Teppich, der Rolltreppe. Während Elena, Pau und selbst der alte Senyor Novell sich über diese Neuheit wie kleine Kinder freuten, schwor Claudina Stein und Bein, dass sie nie wieder auch nur einen Fuß auf so eine Höllenmaschine setzen würde.

»Aber Mama, im Kaufhaus Jorba haben die doch längst eine.«

»Aber da habe ich nun wirklich nichts verloren. Vor allem, wenn es da nicht einmal eine normale Treppe gibt.« Im nächsten Moment warf Claudina einer Gruppe junger Leute, die drängelten und sie mit ihrer flegelhaften Sprache brüskierten, giftige Blicke zu.

Es war bereits Mittag, als sie die Ausstellungspavillons erreichten. Die von Belgien, Italien und Ungarn überzeugten Eduard Novell nicht: »Hier wurde weder mit besonderen Materialien noch mit besonders viel Fantasie gearbeitet. Ehrlich gesagt, erinnert mich das alles an buntes Zuckerzeug.«

Elena und Pau lachten.

»Na ja«, stellte Pau klar, »in den meisten Fällen handelt es sich ja auch um rein funktionelle Bauten, die nicht selbst als Kunstwerk dienen und nach dem Beherbergen der Ausstellungsstücke wieder abgebaut werden.«

Während er sprach, ließ er seine Umgebung nicht aus den Augen und fügte dann ein wenig abwesend hinzu: »Ich muss Ihnen allerdings recht geben, hier herrscht wirklich ein ziemlich verstaubter Neoklassizismus vor.«

Elena war ebenso wenig überzeugt.

»Ich hatte mir auch etwas ganz anderes vorgestellt.«

»So langsam kommen mir solche Ausstellungen vor wie ein Kuriositätenkabinett.«

»Wie meinen Sie das, Claudina?«

»Mein Gott, findet ihr diese durchsichtigen Türme mit den Buchstaben nicht furchtbar seltsam? Oder diese Art Eiffelturm mit den Buchstaben von Jorba?«, fragte sie schelmisch ihre Tochter, die in Gelächter ausbrach.

»Das ist doch Reklame, Claudina«, erklärte ihr Ehemann.

»Skurrilitäten!«

»Ich glaube ja, dass die privaten Teilnehmer gut daran getan haben, auf moderne Ideen zu setzen. Das hier sind viel interessantere Beispiele für Architektur als das lächerliche Zuckerzeug, von dem Sie eben gesprochen haben.«

»Findest du?«

»Die Gebäude von Asland oder Nestlé zeigen uns, welchen Weg die Architektur einschlagen wird. Aber keine Sorge, noch haben wir nicht alles gesehen. Das Beste habe ich mir bis zum Schluss aufgehoben.«

Kurz darauf verkündete Pau mit leuchtenden Augen: »Das hier, das ist ein wahrer Ausdruck moderner Architektur!«

»Der deutsche Pavillon!«, rief Elena aus. »Einfach großartig!«

»Mies van der Rohe«, meinte Pau, als würde dieser Name schon alles sagen. In respektvoller Stille betrachteten die beiden Ehepaare das deutsche Ausstellungsgebäude. Und angesichts der schlichten Linien und edlen Materialien wie Travertin konnte man auch nur ehrfurchtsvoll schweigen.

Ergriffen erklärte Pau mit leiser Stimme: »So sieht Architektur aus.«

Teresa hatte Blai überredet, an diesem Sonntag im Mai mit ihr das Poble Espanyol zu besichtigen. Sie hatte gehört, dass es sich bei diesem künstlichen Dorf um etwas nie Dagewesenes handelte.

»Da kannst du die schönsten Ecken Spaniens besuchen und ihre Monumente besuchen, ohne dich aus Barcelona wegzubewegen. Ich frage mich ja schon, wer von jetzt an noch reisen und sein Geld dafür ausgeben wird, wenn man das alles an einem einzigen Nachmittag und ohne Umstände auf dem Montjuïc sehen kann. Ab jetzt bleiben bestimmt selbst die Reichen in Barcelona.«

Blai war nicht so begeistert wie seine Freundin. Sie waren erst seit wenigen Monaten zusammen, und er hatte sich nur aus einem einzigen Grund auf den heutigen Besuch eingelassen: weil er eben verliebt war. Blai Raurich war ein junger Arbeiter aus Poblenou, neunzehn Jahre und damit zwei älter als Teresa. Trotzdem blickte er noch voller Neugier und wie aus den riesigen blauen Augen eines Kindes in die Welt. Aber er gehörte bereits der Gewerkschaft der Textilarbeiter an und teilte die anarchistischen Ideen seiner Genossen. Ihnen kam es so vor, als würde auf dieser Weltausstellung das Bürgertum mit seinem Reichtum protzen, den es durch die Ausbeutung der Arbeiterklasse erlangt hatte. Und das Poble Espanyol war für ihn der geschmacklose Versuch des Diktators, Catalunya zu hispanisieren.

»Begreifst du denn nicht, dass dieser Kerl unsere Existenz nicht erträgt? Wenn er könnte, würde er Katalonien mitsamt seiner Einwohner dem Erdboden gleichmachen.«

»Aber was sagst du denn da? Und was soll das überhaupt mit dem Poble Espanyol zu tun haben? Das ist doch einfach nur was Schönes zum Anschauen«, erwiderte Teresa gereizt.

»Er hat den Platz hier Plaça Espanya genannt, den Spanischen Platz, siehst du das denn nicht?«

»Ja und? Ich möchte doch einfach nur das Spanische Dorf besuchen, deshalb komm mir jetzt nicht mit deinem politischen Gefasel. Wenn du mich nicht begleiten willst, dann geh ich eben allein.«

Aber dann machten sie sich doch zusammen auf den Weg, natürlich kam er mit! Als sie um drei Uhr dort eintrafen, musste man die Ellbogen einsetzen, um sich durch die Menschenmasse zu kämpfen, und dann wogte der gesamte Pulk auf einmal in dieselbe Richtung. Es wurden Rufe laut, dass der König kam.

»Das hat mir gerade noch gefehlt«, stöhnte Blai. »Wenn mich meine Genossen hier sehen, halten die mich womöglich noch für einen Monarchisten.«

Während Alfons XIII. mit allen Ehren willkommen geheißen wurde, ließen sich die beiden von der Menge mitreißen. Im Inneren des Freilichtmuseums fand sich der König bei einer Gruppe Flamencotänzerinnen wieder und wurde zu spanischem Wein eingeladen. Dem musste er wohl ordentlich zugesagt haben, kurz darauf sprang er nämlich auf ein Fensterbrett und grüßte zum Schrecken seines Gefolges von dort oben wie ein Seiltänzer die Menge.

»Ach, guck mal, der ist aber volksnah! Hach, wie lustig«, rief Teresa laut, damit Blai sie über die Viva-Rufe der Menge um sie herum verstehen konnte.

»Volksnah? Teresa, Mädchen, siehst du denn nicht, dass der betrunken ist?« Dann formte Blai die Hände zum Trichter und brüllte: »Schluss mit der Monarchie! Es lebe die Anarchie!«

Aber es hörte ihn niemand, und er holte sich damit lediglich eine Kopfnuss von Teresa ein.

Nachdem der königliche Tross abgezogen war, nahm die Masse die Plaça Major im Sturm. Als sich dort im Nachmittagssonnenschein alle zur Vesper niederließen, waren wenigstens dieses eine Mal Andalusien, Galizien, das Baskenland und alle anderen Regionen Spaniens kameradschaftlich miteinander vereint.

»Jetzt sag schon, willst du etwa behaupten, dass das nicht wunderschön war?«, fragte Teresa, als sie das Poble Espanyol verließen. »Das werd ich mein Lebtag nicht vergessen. Es war … einfach traumhaft.«

Sie drückte ihrem Freund einen Kuss auf die Wange. »Und jetzt zu den Brunnen! Zu den Brunnen! Zu den Brunnen!«

Bleich neigte sich der Tag dem Ende zu, da erleuchtete eine Explosion aus Farben den Himmel. Die Wasserspeier zu beiden Seiten der Avinguda Maria Cristina wurden in perfekter Synchronie erhellt, und ihr Tanz endete schließlich am erleuchteten Brunnen in der Mitte, der sich vor den Augen der Zuschauer wie eine Blume öffnete, die ihre Farben änderte: Gelb, Rot, Weiß, Blau, Indigo … Immer wieder ohne Unterlass, jedes Mal gleich und doch wieder anders. Das in einen Traum aus Licht und Farben verwandelte Wasser eroberte die Herzen der Barceloner, die stolzer als je zuvor auf ihre Stadt waren.

Selbst Blai ließ es angesichts dieses ungewöhnlichen, prächtigen Spektakels mit seinem Protest gut sein. Er riss den Mund auf wie ein verzaubertes Kind, und seine Augen leuchteten blau wie zwei Seen. Teresa hakte sich bei ihm unter und klammerte sich an seinen Arm.

Zur gleichen Zeit sperrten auch die Kinder von Andreu und Anna auf dem Arm ihrer Eltern Mund und Augen auf und klatschten eifrig in die Hände.

Laia stand ebenfalls mit glänzenden Augen an Genís' Seite und vergaß für einen Moment, dass Pau nicht ihr gehörte und mit seiner Frau hier war. Sie machte sich ja doch nur etwas vor, wenn sie ihn in Gedanken für sich beanspruchte.

Wasser und Licht.

Magie.

Diese Magie erhellte die letzten Herzschläge eines wohlhabenden Barcelonas Ende der Zwanzigerjahre. Zu diesem Zeitpunkt ahnte noch niemand, dass alle Träume bald von der sich nähernden Krise und Rezession zermalmt werden würden.

Licht und Schatten.

18

Durch die Weltausstellung war Barcelona in aller Munde, und man sprach über die Neuerungen in allen Bereichen, so auch in der Mode.

Da man den Direktor besser nicht warten ließ, machte sich Laia sofort auf den Weg in sein Büro, als Andreu Molins sie eines Tages zu sich bestellte. Molins hatte gute Nachrichten für sie: »Senyoreta Calvet, ich habe fantastische Neuigkeiten. Man hat uns vorgeschlagen, unsere Kollektion auf dem Montjuïc im Künstlerpavillon vorzustellen.«

Laia machte große Augen und riss begeistert den Mund auf, brachte aber kein Wort heraus.

»Ich muss Ihnen wohl nicht erst erklären, was das für unsere Firma bedeutet«, fuhr Molins fort, »und für die Modewelt von Barcelona. Wir würden unsere Modelle zusammen mit anderen wichtigen Marken vorstellen: El Dique, Bastida … Es deutet auf jeden Fall alles darauf hin, dass unsere Branche langsam Form annimmt und immer mehr Anerkennung bekommt.«

»Das ist ja wirklich eine wunderbare Nachricht, Senyor Molins!«, rief Laia aus und kam sich ein wenig albern vor, weil sie ihre Begeisterung nicht eloquenter zum Ausdruck bringen konnte.

»Aber Ihnen dürfte wohl klar sein, dass uns jetzt viel Arbeit bevorsteht. Die Modenschau wird erst in ein paar Monaten stattfinden, vermutlich Anfang nächsten Jahres, aber von jetzt an müssen Sie Hand in Hand mit Senyor Clos zusammenarbeiten, um die Veranstaltung vorzubereiten.«

Molins verstummte, und Laia senkte mit roten Wangen den Blick, als er sie prüfend musterte. Dann riss sie sich wieder zusammen, eigentlich hatte sie ja nichts zu befürchten. Nicht mehr. Sie würde ihre Arbeit mit derselben Hingabe erledigen wie immer, und Ferran Clos würde sie mit seiner üblichen tadellosen Distanziertheit behandeln.

»Natürlich, Senyor Molins, da brauchen Sie sich gar keine Sorgen zu machen. Wir werden alles dransetzen, dass unser Beitrag ein voller Erfolg wird.«

»Davon bin ich überzeugt.«

Andreu Molins nahm seine Brille ab und putzte nachdenklich die Gläser. Dann setzte er sie wieder auf.

»Sagen Sie mal, wie sieht es denn mit den neuen Mitarbeitern im Atelier aus? Machen die sich gut? Haben wir auch genug Personal eingestellt?«

Laia begann zu strahlen. Die Damenabteilung, also das Atelier, *ihr* Atelier, war erweitert und ins Erdgeschoss verlegt worden. Angesichts des durchschlagenden Erfolgs von Clos' neuer Kollektion waren die Räumlichkeiten im Keller schnell zu klein geworden. Jetzt hatte sie zwei Ausstellungsräume, einen Saal, in dem Mannequins die Entwürfe vorführten, und drei Zimmer für Anproben. Man hatte den Umbau ausgiebig beworben.

»Auf jeden Fall! Mit den zwei Verkäuferinnen und den beiden Lehrmädchen komme ich wunderbar zurecht. Man könnte uns höchstens noch einen Lehrling zuteilen, der Stoffe rauf- und runterträgt, damit wir nicht so viel Zeit mit Treppensteigen verlieren.«

»Sehr gut, ich spreche gleich mit Senyor Bosch, der wird sich darum kümmern. Und die Hutverkäuferin?«

»Von der sind alle ganz begeistert. Ich muss wirklich sagen, dass wir in der Abteilung eine tolle kleine Truppe bilden. Im Moment kann ich mich wirklich nicht beklagen, vielleicht brauchen wir aber bald noch mehr Leute, wenn es weiter so gut läuft.«

In der sich nun ausbreitenden Stille begann sich Andreu

Molins wieder den Dokumenten zu widmen, die er vor Laias Eintreffen durchgegangen war.

»Wenn sonst nichts mehr anliegt…«

»Nein, im Moment nicht.«

Laia stand auf und machte sich auf den Weg zur Tür. Bevor sie hinaustrat, wandte sie sich allerdings noch ein letztes Mal zum Direktor um und sagte: »Das wird ein großer Erfolg… Ich meine, die Modenschau im Pavillon. Also, vielen Dank, Senyor Molins.«

Als Laia die Treppe wieder hinuntereilte, konnte sie sich das Lächeln nicht vom Gesicht wischen. Die Arbeit brachte ihr große Erfüllung, und diese neue Herausforderung war für sie ein echter Ansporn.

Als sie ins Atelier hinunterging, fiel ihr gar nicht auf, dass es draußen heftig zu regnen angefangen hatte. Vielleicht war es deshalb im Geschäft so still, obwohl es um die Mittagszeit sonst vor Geschäftigkeit brummte.

Damià Solsona hatte sich mit den Jahren zu einem erfahrenen Verkäufer gemausert und bediente gerade eine Stammkundin, die dem Regen getrotzt hatte. Sie wollte bei Santa Eulalia Stoff kaufen, aus dem ihre Schneiderin dann ein Kleid für sie anfertigen sollte.

»Aber natürlich, Senyora Mora!«, versicherte Damià gerade. In Gedanken war er allerdings ganz woanders, er dachte nämlich bereits an den nächsten Tag, an dem er sich mit Germán verabredet hatte. Sein Kumpel arbeitete inzwischen als Vertreter und reiste deshalb durch ganz Katalonien. Morgen Abend würden sie jedoch zusammen etwas trinken gehen und Barcelona unsicher machen. Damià war inzwischen seit etwa einem Jahr verheiratet, den Freitagabend reservierte er sich aber regelmäßig für seinen guten Freund. Etwas anderes stand gar nicht zur Debatte, und die beiden freuten sich jedes Mal darauf.

Jetzt versuchte er sich jedoch erst einmal wieder zu konzentrieren. Diese Woche hatten sie nur wenig verkauft, deshalb sah es auch mit seiner Provision schlecht aus. Und da durch seine Hochzeit so einige neue Ausgaben auf Damià zugekommen waren, musste er sich wirklich ranhalten. Er breitete einen blauen Crêpestoff auf dem Tresen aus und ließ ihn dabei so gekonnt und geschickt wogen, wie man es nur durch jahrelange Erfahrung lernen konnte.

»Was halten Sie von diesem hier, Senyora Mora?«

Als wolle sie die Qualität prüfen, roch die Kundin am Stoff und rieb ihn zwischen den Fingern.

»Aber nein, das ist doch kein Türkis.«

Da der Verkauf zu scheitern drohte, zeigte ihr Damià erst einmal einen Ballen in Grün.

»Schauen Sie sich nur mal diesen zauberhaften Farbton an, der gerade hereingekommen ist.«

Bevor die Kundin dazu auch nur etwas sagen konnte, breitete er mit schnellen Bewegungen verschiedene sich sanft wellende Materialien in Braun, Grau, Gelb und Rot aus, sodass man inmitten des Haufens kaum noch etwas finden konnte. Von der anderen Seite der Stoffballen her hörte Damià den Protest von Senyora Mora: »Aber Senyor Solsona, ich hatte Sie doch um Crêpe in Türkisblau gebeten, haben Sie das schon wieder vergessen?«

Damià kam hinter dem Tresen hervor und näherte sich der Kundin mit verschwörerischer Miene.

»Senyora Mora, ganz im Vertrauen und nur, weil Sie es sind, solche Kunden wie Sie gibt es heutzutage ja kaum noch: Ich hab da noch ein paar Meter … nun ja, ehrlich gesagt, hab nicht ich die, sondern die Schneider oben. Also, es geht um einen Crêpestoff aus der neuen Kollektion.«

Erpicht riss die Kundin die Augen auf. »Aus der neuen Kollektion? Was Sie nicht sagen …«

»Ja, ganz genau.«

»Aber Senyor Solsona, könnten Sie da nicht vielleicht …?«

»Meine Liebe, für Sie will ich es auf jeden Fall versuchen. Auch wenn ich damit so einiges aufs Spiel setze.«

»Wenn Sie so freundlich wären …«

Lächelnd machte sich Damià auf den Weg zur Treppe, die zu den Werkstätten hinaufführte, während er einen jungen Lehrling heranwinkte.

»Hör mal, geh doch bitte zu Senyora Mora rüber und sag irgendwas Nettes zu ihr, um sie ein bisschen abzulenken, in Ordnung?«

»Aber was soll ich ihr denn sagen?«

»Na, lass dir was einfallen. Red über das Wetter mit ihr, was weiß ich. Mein Gott, euch muss man aber auch wirklich alles vorkauen!«, erwiderte Damià ungeduldig. »Gib mir zehn Minuten, oder besser noch eine Viertelstunde. Wenn du dann merkst, dass sie langsam ungeduldig wird und in Richtung Treppe schaut, schreitest du ganz unauffällig zur Tat, ist das klar?«

»Ja, Senyor, aber was soll ich denn …«

»Also, dann schnappst du dir den Stoffballen ganz unten, den blauen Crêpe, und bringst ihn mir zur Toilette rüber.«

»Zur Toilette?«

»Ja, da warte ich auf dich. Und eine Schere, bring mir auch eine Schere mit.«

Der Lehrling starrte ihn verständnislos an.

»Junge, überspann den Bogen nicht!«, versetzte Damià in drohendem Tonfall.

Zwanzig Minuten später kehrte er mit ein paar Metern von exakt dem blauen Stoff zurück, den er der geduldigen Senyora Mora bereits ganz am Anfang gezeigt hatte.

»Mehr konnte ich leider nicht bekommen. Aber ich glaube, für ein Kleid dürfte das reichen. Sie können sich ja nicht vorstellen, wie ich darum kämpfen musste!«

»Herr Solsona, damit tun Sie mir wirklich einen Riesengefallen. Aus der Kollektion!«

»Was halten Sie davon?«

»Einfach zauberhaft!«

»Und die Farbe?«

»Ganz mein Geschmack, genau das, was ich gesucht habe.«

Zufrieden lächelte Damià. Manchmal musste man sich so einiges einfallen lassen, um ein Verkaufsgespräch zu einem erfolgreichen Abschluss zu führen. Aber er bekam ja eigentlich immer, was er sich in den Kopf gesetzt hatte.

Die Lehrlinge rissen sich geradezu darum, Senyora Mora zum Ausgang zu begleiten und ihr gegen ein kleines Trinkgeld den Schirm aus dem Ständer neben der Tür zu holen. An Regentagen konnten sich Lehrlinge bei Santa Eulalia mit etwas Glück die Taschen mit Münzen füllen.

Im selben Moment, in dem die zufriedene Kundin auf die Straße hinaustrat, stürzte ein etwa acht- oder neunjähriger Junge mit zerrissenen Kleidern herein. Er war schmutzig und nass bis auf die Knochen, außerdem hatte er Prellungen im Gesicht, so als hätte ihn jemand verprügelt.

Ein Lehrling musterte ihn von oben bis unten und knurrte dann: »Was willst du hier?

»Lass mich durch!«

»Ja, von wegen. Verschwinde!«

»Aber wenn ich dir doch sage, dass ich da rein muss. Meine Mutter arbeitet hier.«

»Und das soll ich dir abnehmen? Los, zieh ab!«

Genís war inzwischen zum Geschäftsführer aufgestiegen und stand den Kundinnen bei jeder Frage zur Verfügung. Um sie schon beim Betreten des Modehauses zu begrüßen, positionierte er sich üblicherweise neben der Tür und bekam deshalb mit, dass es ein Problem gab.

»Na, lass es gut sein, ich kümmere mich schon darum«, sagte er jetzt zu dem Lehrjungen.

»Aber Senyor Camps, der wollte hier rein.«

Nun verfinsterte sich die Miene des Geschäftsführers. »Hast du mich nicht gehört?«

Der Bursche gehorchte, Genís legte dem ramponierten Jungen die Hand auf die Schulter und führte ihn an den verblüfften Verkäufern vorbei zu den Toiletten im Inneren des Ladens. Dort setzte er den Knirps auf einen Hocker und zog ihm erst einmal die durchweichten Kleider aus. Dann trocknete er ihn ab und wickelte ihn in das Handtuch, damit er wieder warm wurde.

»Valentí, was ist denn nur passiert? Was hast du jetzt wieder angestellt?«

Der Junge starrte auf seine nackten Füße.

»Jetzt red schon«, drängte Genís, aber mit freundlicher Stimme.

»Ich will meine Mutter sehen.«

»Die rufe ich erst, wenn du mir sagst, was los ist. Wer hat dich denn so zugerichtet?«

»So ein Riesenkerl aus der Schule, der es auf mich abgesehen hat.«

Genís, der bis jetzt vor Valentí gehockt hatte, richtete sich mit einem Seufzen auf.

»Die haben wieder üble Sachen über deine Mutter gesagt, oder?«

Tränen stiegen dem Jungen in die Augen, er wischte sie zornig weg. Wütend platzte es aus ihm heraus: »Irgend so ein Idiot hat meine Mutter eine Hure genannt, und er hat gesagt, dass mich die Priester gar nicht auf die Schule gehen lassen sollten, weil die Kinder von Huren nämlich nicht auf normale Schulen gehen.«

»Und deshalb bist du auf ihn losgegangen, was?«

»Na, und ob! Hältst du mich etwa für einen Feigling?«

Ein zärtlicher Ausdruck huschte über Genís' Züge.

»Weißt du was, Valentí? Dich mit diesem Haufen Lausbengel anzulegen, macht dich auch nicht mutiger. Es ist viel mutiger, sich einzugestehen, welche Schlachten es wert sind und welche nicht.«

Der Junge sah ihn unverwandt an. Jetzt lag in seinem Blick keine Wut mehr, stattdessen standen darin so viele Fragen.

»Das versteh ich nicht. Was willst du denn damit sagen?«

»Na ja …«

Mit einem Mal überkamen Genís all die Ängste und Frustrationen seiner Kindheit. Er war anders als die anderen gewesen, die Zielscheibe ihres Spottes. Die Memme. Die Schwuchtel.

»Dass es überhaupt nichts bringt, sich mit solchen Flegeln abzugeben. *Die* sind nämlich die wirklichen Feiglinge.«

»Von wegen!«

»Dir ist aber klar, was du Engràcia damit antust, oder? Die wartet sicher zu Hause auf dich und kommt inzwischen um vor Sorge.«

»Ich will erst Mama sehen.«

»Aber du weißt schon, dass du ihr auf keinen Fall sagen darfst, warum du dich geprügelt hast, nicht wahr? Dann würde sie nämlich furchtbar traurig werden.«

Valentí ließ den Kopf hängen und nickte.

»Dann hole ich sie jetzt mal.«

Etwas später durchquerte Laia das Geschäft und zerrte ihren Sohn an der Hand hinter sich her. Es war ganz offensichtlich, wie aufgebracht sie über Valentís unerwarteten Besuch war. Der Junge hatte vom Heulen ganz rote Augen, und Genís eilte mit sanften Worten hinter Laia her, um sie zu beschwichtigen.

»Verteidige ihn nicht auch noch, Genís. Du weißt doch, dass er unter gar keinen Umständen herkommen darf. Ich will ihn hier nicht sehen!«

Jeder starrte das Grüppchen an. Als es den Laden verließ, nahmen alle wieder ihre Arbeit auf. Hinter dem Verkaufstisch murmelte Mila Alemany in ihrer typischen dumpfen Wut: »Ich kann einfach nicht fassen, dass die hier im Geschäft so eine Szene machen. Es sind schon Leute für weniger entlassen worden.«

Neben ihr faltete ihre Kollegin Rosa ein paar Kleidungsstücke.

»Na, lass es mal gut sein, Mila, so was kommt ja nun wirklich nicht jeden Tag vor. Ich arbeite schließlich schon ewig hier und hab den Sohn von Senyoreta Calvet hier noch nie gesehen.«

»Ja, genau, *Senyoreta* Calvet …«, knurrte Mila.

»Ach, komm, jeder von uns hat doch im Leben mal was falsch gemacht.«

»Ach, tatsächlich? Ich muss mich für nichts schämen. Aber die da … eine alleinstehende Mutter! Und ausgerechnet der gibt man hier bei Santa Eulalia so einen wichtigen Posten! Hat Senyor Molins das denn nicht gewusst? Der ist doch so religiös! Ich begreife einfach nicht, wie er das erlauben kann.«

Rosa schwieg lieber. Es passte ihr gar nicht, welche Wendung dieses Gespräch nahm. Außerdem mochte sie die Calvet viel lieber als Senyoreta Alemany, alleinstehende Mutter hin oder her.

»Und von wem das Kind wohl ist? Das sah vielleicht aus! Wer wohl der Vater sein mag?«

»Das ist nun wirklich nicht unsere Angelegenheit!«, fuhr Rosa sie an und distanzierte sich so von Milas Rachsucht.

»Deine vielleicht nicht, aber meine auf jeden Fall. Oh ja.«

Laia brachte Valentí nach Hause, wo die wartende Engràcia mit den Nerven völlig am Ende war. »Aber Junge, wo hast du denn nur gesteckt? Als du nicht zum Essen gekommen bist … oh mein Gott! Ich wusste einfach nicht, was ich tun sollte. Zweimal war ich schon in der Schule, aber da konnten sie mir auch nicht helfen. Der Pater an der Pforte hat mir gesagt, dass du wie jeden Tag gegangen bist … Mein Gott!«, lamentierte die arme Frau lautstark, während sie Valentí Küsse auf Wange und Stirn drückte. Scheinbar neidisch schaute Laia zu, wie Engràcia Valentí mit Liebe überschüttete.

»Was passiert ist?«, fauchte sie bitter. »Er hat sich wieder einmal geprügelt! Und dann weiß sich der feine Herr keinen anderen Rat, als zu mir ins Geschäft gelaufen zu kommen.«

»Aber Laia, Mädchen …«

»Und das auch noch in diesem Aufzug, alle haben ihn so gesehen.«

Valentí schluchzte ganz leise vor sich hin, als wollte er seine Mutter mit seinem Weinen nicht noch mehr verärgern.

»Na komm schon, Junge, ich lass dir Wasser in die Wanne, und dann isst du erst mal was.«

Mit vor Wut funkelnden Augen fuhr Laia herum.

»Von wegen, Engràcia, auf gar keinen Fall, hörst du?«

»Aber Mädchen, was sagst du denn da?«

»Dass die Essenszeit längst vorbei ist und er jetzt zurück in die Schule muss.«

Erschrocken starrten Valentí und Engràcia sie an. Dem Jungen rannen Tränen der Verzweiflung über das schmutzige Gesicht.

»Aber ...«

»Du verziehst ihn völlig, Engràcia, dieser Junge tanzt dir und mir auf der Nase herum. Er kennt die Regeln ganz genau und hat heute trotzdem dagegen verstoßen. Und als Belohnung kriegt er jetzt auch noch leckeres Essen und ein warmes Bad?«

Sie packte Valentí und schüttelte ihn.

»Na los, zieh dich um und wasch dir das Gesicht, und dann ab in die Schule! Ich bring dich höchstpersönlich hin.«

»Nein, Mama, nein ...«

»Aber Laia, du weißt doch gar nicht, was da los war ... Guck ihn dir doch mal an«, versuchte Engràcia sie zu besänftigen. Sie lief hinter Laia her, als würde sie um Almosen betteln.

»Was los war? Das kann ich dir sagen: Er musste den starken Mann markieren, und weil du ihn hier in Watte packst, glaubt er, dass es überall gleich zugeht. Aber so ist das nicht, und weit weg von deinem Rockzipfel verteidigen sich die Leute eben.«

Da halfen auch Engràcias Flehen und Valentís Weinen nichts, Laia brachte ihren Sohn zur Schule und kehrte zur Arbeit zurück.

Als sie nach Feierabend das Modehaus wieder verließ, regnete es draußen nicht mehr. Laia machte sich mit schnellen Schritten auf den Weg zur Plaça Catalunya, um dort den Zug nach Sarrià zu nehmen. Unterwegs trat sie auf feuchte Blätter, die der Regen von den Bäumen geholt hatte. Es roch nach nasser Erde, auch wenn Laia es gar nicht bemerkte. Sie war immer noch wegen Valentí wütend. Jetzt kam es ihr nämlich so vor, als würde im

Laden jeder hinter ihrem Rücken tuscheln, und das machte sie ganz krank. Zum Glück war heute Mittwoch, und am Mittwoch traf sie sich immer mit Pau in der Wohnung an der Plaça Bonanova. So hatten sie es verabredet, und wenn einer von beiden aus irgendeinem Grund mal nicht kommen konnte, würde der andere eine Stunde lang warten und dann wieder gehen. Laia betete darum, dass es nicht so sein würde, weil sie Pau heute einfach sehen musste. Sie sehnte sich nach seinen Küssen, nach seiner warmen Haut und danach, dass seine süßen Worte ihre Wut und Bitterkeit einfach davontrugen.

Als sie die Tür aufschloss, war die kleine Wohnung dunkel, aber die lang gezogene Silhouette des Architekten zeichnete sich vor dem Fenster ab, von dem aus man die Lichter von Tibidabo und Vallvidrera flackern sah. Pau drehte sich zu ihr um, Laia lief zu ihm und warf sich ihm in die Arme. Ihre breiten, sinnlichen Lippen suchten nach den seinen, sie gierten nach Zuneigung und Trost. In jenem magischen Moment ließ Laia alles andere zurück, es gab nur noch sie beide. Und die Stille. Und ihre Hingabe.

Wieder liebten sie sich mit der Zärtlichkeit, die hier zwischen ihnen erblüht war. Pau hatte sich die Dimensionen, die Formen, die Architektur ihres geliebten Körpers zu eigen gemacht. Er kannte dessen Rhythmus und wusste, wie er ihn mit süßen Worten betören konnte. Aber mit Worten gab sich Laia meist nicht zufrieden, sie wollte mehr und suchte in seinen liebevollen Augen nach den Gefühlen, die eben nur Blicke zum Ausdruck bringen konnten.

Als sich ihre Körper später befriedigt voneinander lösten, wurde Laia von Schläfrigkeit überwältigt, die ihre Lider ganz schwer werden ließ. In diesem Moment war sie einfach nur glücklich.

Sie kam erst im Morgengrauen zurück nach Hause, wie an jedem Mittwoch, an dem sie sich mit Pau traf. Wie ein Dieb schlich sie sich ins Haus, um niemanden zu wecken. Engràcia stellte keine

Fragen, weil sie genau wusste, dass sie sowieso keine Antwort erhalten würde, aber das hier ging jetzt schon viel zu lange so. Nämlich drei Jahre. Drei Jahre mit Verabredungen an jedem Mittwoch, dazu der eine oder andere spontane Ausflug am Sonntag. Manchmal waren die beiden in dieser Zeit sogar einen ganzen Tag lang einfach so verschwunden.

Nein, Engràcia stellte keine Fragen, aber sie wusste trotzdem Bescheid. Ihr war klar, dass sich Laia heimlich mit einem Mann traf, und das fand sie einfach nur furchtbar. Am schlimmsten war es am Anfang gewesen, wenn Valentí nach seiner Mutter fragte und sie sich irgendwelche Geschichten ausdenken und ihn mit noch mehr Liebe überschütten musste, um ihn zu trösten. Doch dann verstrichen Wochen und Monate, und irgendwann hatte der Junge mit dem Fragen aufgehört.

Laia ging in die Küche, um sich ein Glas Wasser zu holen. Sie war erschöpft, wusste aber, dass sie jetzt keinen Schlaf finden würde, noch nicht. Deshalb setzte sie sich auf einen Stuhl im Salon, wo die Fensterläden noch nicht geschlossen waren. Nach dem Regen hatte sich sommerliche Schwüle über die Stadt gelegt, und die Brise war so sanft, dass sich nicht einmal die Blätter der Platanen draußen bewegten. Am Himmel leuchteten die Sterne. Laia schloss ein wenig die Lider und versuchte, Paus Küsse noch einmal heraufzubeschwören, und da hörte sie es – ein leises Geräusch, wie das Wimmern eines ausgesetzten Kätzchens. Laia stand auf. Das kam aus Valentís Zimmer. Der Junge konnte nicht schlafen, wenn man die Tür zumachte, deshalb stand sie immer einen Spalt offen. Auf Zehenspitzen schlich Laia zum Kinderzimmer hinüber. Er weinte, ihr Sohn weinte, und sie erstarrte einfach vor der Tür und wusste nicht, wie sie reagieren, was sie tun sollte. In diesem Moment hätte sie ihm gerne beruhigende Worte ins Ohr gemurmelt, so wie Engràcia. Worte, die sonst niemand hörte, nicht einmal die Stille. Aber sie wusste nicht, wie sie das anstellen sollte. Vielleicht war sie einfach nicht zum Lieben geboren, wer konnte das schon sagen.

An der Wand gegenüber der Zimmertür ließ sich Laia auf den Fußboden hinuntergleiten und blieb dort sitzen, um über ihr Kind zu wachen. Irgendwann schlief Valentí endlich ein, dann brach bald der Morgen an, und die ersten hereinfallenden Sonnenstrahlen holten die Wohnung aus der Dunkelheit zurück.

Pau machte das Fenster auf und legte sich ins Bett. Er hatte sich in der Wohnung, die er sich mit Elena teilte, ein Zimmer eingerichtet, um seine Frau nicht zu wecken, wenn er spät nachts zurückkehrte. Seine Abwesenheit am Mittwochabend erklärte er damit, dass er in der Architektenkammer zu tun hatte. Elena gegenüber hatte er behauptet, einem Ausschuss anzugehören, der für alle katalanischen Architekten eine verpflichtende Anmeldung bei der Kammer beantragen wollte. Während der letzten Jahre hatte man solch ein Projekt der Diktatorenregierung gegenüber weiter vorangetrieben, und deshalb fanden die Treffen in der Kammer inzwischen tatsächlich häufiger statt. Nein, Pau erzählte nicht nur Lügen. Aber er sagte auch nicht die volle Wahrheit.

Jetzt lag er im Bett, konnte aber keinen Schlaf finden und dachte daran, was ihm Laia heute Abend so wütend und aufgebracht erzählt hatte. Sie sprach nicht oft über Valentí und hatte von Anfang an klargestellt, dass ihr Sohn und dessen Vater allein ihre Angelegenheit waren. Es war das einzige Geheimnis, das sie vor Pau hatte, und er respektierte es, genau wie so viele andere Dinge. Er hatte bei diesem Thema niemals nachgehakt und keine Fragen gestellt. Aber an diesem Abend hatte Laia ihm ihr Herz geöffnet und ihm von Valentí erzählt. Wie der Junge langsam heranwuchs und ihn der Gegensatz zwischen Engràcias überschäumender Liebe und der Distanziertheit seiner Mutter verwirrte. Valentís Verhalten störte Laia ganz offensichtlich, wirklich wütend wirkte sie aber eigentlich auf sich selbst.

Pau konnte einfach kein Auge zutun und fragte sich, wie die Dinge wohl gelaufen wären, wenn Valentí ihr Kind wäre, der Sohn von ihm selbst und Laia. Ihn hatte es niemals gestört, dass

Elena und er keine Kinder hatten, sie hatten ihm niemals gefehlt. Und genau deshalb konnte er auch die Gefühle nicht so recht verstehen, die Valentí in ihm auslöste. Es fiel ihm schwer, sich den Jungen aus dem Kopf zu schlagen, obwohl er gar nicht so genau wusste, warum eigentlich. Dieser vaterlose Knabe tat ihm einfach leid, Pau empfand ihm gegenüber eine völlig ungerechtfertigte Zärtlichkeit. Und dann kam ihm auf einmal eine Idee, von der er ganz genau wusste, dass Laia sie niemals gutheißen würde. Er wollte für dieses fremde Kind ja nicht unbedingt den Vater spielen. Aber er wünschte sich einfach, den Jungen kennenzulernen und mit ihm zu reden. Wenn er Valentí verstand, würde ihm das vielleicht auch helfen, Laias quälende und so widersprüchliche Gefühle ihrem Sohn gegenüber besser zu begreifen.

Fahles Licht fiel durchs Fenster herein. Bald würde der Tag anbrechen, und Pau bemühte sich, all die Gedanken zu verdrängen, die wie scharfe Messer durchs Zimmer flogen. Er musste sich jetzt endlich ein paar Stunden ausruhen.

Und dann legte sich der Schlaf bleischwer über ihn.

19

Nach dem unruhigen, kalten Winter meldete sich nun schüchtern der Frühling zu Wort und erweckte die Stadt wieder zum Leben. Manchmal waren tage- oder sogar wochenlang kurze, aber heftige Regenschauer gefallen, inzwischen war diese Phase aber wieder vorbei, und alle genossen als Belohnung das unerwartet üppige Grün in den Gärten, durchzogen vom leuchtenden Gelb der Mimosenblüten.

Sonnenhungrig strömten die Menschen am Sonntagnachmittag auf die Straße, um sich nach dem Essen ein wenig die Beine zu vertreten.

In Poblenou traten Blai und Teresa gerade in der Carrer Wad-Ras aus dem Gebäude der Flor-de-Maig-Kooperative, die nach einer der berühmtesten Kompositionen von Anselm Clavé benannt war. Die Kooperative spürte zwar langsam die Wirtschaftskrise, und die Meinungsverschiedenheiten zwischen einigen Mitgliedern des Verwaltungsrats waren auch nicht hilfreich. Aber sie war noch immer ein lebendiger Organismus, der den Mitgliedern angenehme Freizeitangebote, eine gut ausgestattete Bücherei und Abendkurse bot. Blai verbrachte hier gern den Sonntag.

»Und, wie fandest du das Theaterstück? Hat es dir gefallen?«, fragte er nun Teresa, als sie auf die Straße traten.

»Ehrlich gesagt, hat das für mich alles überhaupt keinen Sinn ergeben, nicht einmal der Titel.«

»Hm, *Gespenster.*« Blai kratzte sich unter der Mütze am Kopf.

Zusammen gingen sie die Rambla de Poblenou zur Haltestelle

der Straßenbahn entlang, mit der Teresa zurück in die Stadt fahren würde.

»Also, ich hab da kein einziges Gespenst gesehen. Denn das Mädchen ganz am Anfang, das mit der Gießkanne, das war doch kein Geist, oder? Würd ich jetzt mal sagen.«

Blai ließ sich die Sache kurz durch den Kopf gehen. Vermutlich hatte auch er nicht alle Aspekte dieses symbolträchtigen Werks erfasst, das wollte er vor seiner Freundin aber nur ungern zugeben.

»Das Stück ist von einem Norweger namens Ibsen.«

»Ach, wahrscheinlich hat mich das so durcheinandergebracht, dann haben die Schauspieler wohl Norwegisch gesprochen. Deshalb brummt mir jetzt der Schädel!«

»Also wirklich, Tereseta!«, rief Blai gereizt aus.

»Hach, du bist aber auch empfindlich! Jetzt werd mal nicht sauer, schließlich hast *du* den Text ja nicht geschrieben. Und du willst wohl auch nicht behaupten, der wäre leicht verständlich gewesen. Die Sonne da am Ende des Stücks zum Beispiel, was hatte die denn zu bedeuten?«

Darauf wusste der junge Mann allerdings eine Antwort, diesen Teil hatte er nämlich gleich verstanden. Er schob sich näher an Teresa heran, senkte die Stimme und erklärte mit Blick auf den Horizont voller Ergriffenheit: »Die Sonne ist der Anfang eines neuen Tages. Und so beginnt auch eine neue Ära!«

»Wann dann?«

»Na, in diesem Moment, Mädchen! Weil sich nämlich jetzt die Ideen des Anarchismus in der Welt durchsetzen. Und damit wird alles anders. Es warten große Veränderungen auf uns, Teresa!«

Das junge Mädchen musste sich auf die Zunge beißen, um nicht in Gelächter auszubrechen.

»Du hingegen wirst dich nie ändern, du Spinner!«

»Was soll das denn heißen? Hab ich dir etwa je Unsinn erzählt?«, fragte Blai empört. Teresa setzte eine skeptische Miene auf.

»Ich denke ja nicht, dass deine anarchistischen Ideen uns satt machen werden.«

»Hör mal, Teresa, ich will mich nicht schon wieder streiten. Geht es dir etwa gut damit, dass du hinter diesen feinen Pinkeln herräumst, die selbst keinen Finger krumm machen müssen, während wir anderen uns zu Tode schuften und trotzdem fast vor Hunger krepieren?«

»Fängst du jetzt schon wieder an? Ja, mir geht es gut, sogar sehr gut, viel besser als den meisten …«

Der aufgebrachte Blai ließ sie jedoch nicht weiterreden. »Und dann ziehst du auch noch diese schicken Kleider an, die sie dir schenkt, und gibst dich selbst als feine Dame aus. Dabei wischst du in Wirklichkeit den ganzen Tag nur ihren Töchtern den Rotz aus dem Gesicht, die später ebenfalls die Armen ausbeuten werden.«

»Lass bloß die Mädchen aus dem Spiel, die sind doch die reinsten Engel!«

Sie waren mitten auf der Rambla stehen geblieben und laut geworden, ohne es zu merken. Wer vorbeikam, hielt ebenfalls inne und beobachtete die hitzige Diskussion des jungen Paares.

»Die reinsten Engel? Dass ich nicht lache!«

»Blai, leg dich nicht mit mir an!«

»Du hast ja von nichts eine Ahnung, du hältst deine Arbeitgeber wohl wirklich für gute Menschen!«

»Na, und ob sie das sind! Viel bessere Menschen als deine … anarchistischen Gespenster!« Mit diesen Worten fuhr Teresa herum und starrte die Schaulustigen an. »Und ihr da, was glotzt ihr denn so? Habt ihr etwa Eintritt bezahlt, oder was?«

Die Leute lachten und setzten sich in Bewegung, während sie die Szene kommentierten. Das junge Mädchen durchbohrte Blai derweil mit finsteren Blicken, hielt sich aber von ihm fern.

»Du brauchst mich heute wirklich nicht nach Hause zu bringen. Da du meine Dienstherren ja für so abgrundtief böse hältst, will ich auf keinen Fall, dass sie dich mit ihrer Schlechtheit auch noch anstecken.«

»Ach, jetzt hör schon mit dem Unsinn auf, Teresa!«

»Von wegen, ich will nicht, dass du mich begleitest. Na los, geh und amüsier dich schön!«

Damit wandte sie sich würdevoll wie eine Prinzessin ab und ließ Blai einfach unter den Platanen auf der Rambla de Poblenou stehen.

Natürlich führten sie diese Diskussion nicht zum ersten Mal. In dem Jahr, das sie nun schon zusammen waren, hatte es zwischen ihnen oft Streit gegeben. Aber normalerweise überwanden sie diese Meinungsverschiedenheiten schnell, weil sie sich liebten. Wie jede wahre Liebe war auch die ihre von Forderungen und Kompromissen geprägt, und wenn sie sich gestritten hatten und wütend auf den anderen waren, vermissten sie einander doch schnell wieder. Die Woche zog sich dann unendlich in die Länge, und sie träumten vom Sonntag, an dem sie sich wiedersehen und versuchen würden, einander mit mehr Toleranz zu begegnen.

Als sich die Straßenbahn mit einem Bimmeln ankündigte und Teresa einstieg, musste sie die Tränen wegblinzeln, denn dieses Mal war ihr das alles zu weit gegangen. Blai sagte da manchmal Sachen zu ihr, die sich ihr in die Seele bohrten und die sie schlicht nicht vergessen konnte. Wieso begriff der Holzkopf denn einfach nicht, dass sie bei Senyoreta Roser glücklich war? Teresa liebte ihre Töchter aus ganzem Herzen, und es gab für sie nichts Wunderbareres, als für Carlota und Aurora da sein zu dürfen. Warum nur konnte ihr Freund das nicht respektieren?

Teresa stieg an der Plaça Catalunya aus und machte sich auf den Weg zum Passeig de Gràcia, auf nach Hause. Denn mit ihren achtzehn Jahren hatte sie sich in diesen vier Wänden einfach am meisten zu Hause gefühlt, da mochte Blai doch denken, was er wollte.

Bevor sie das Haus betrat, wischte sie sich rasch über die Augen, damit man ihr nicht ansah, wie aufgewühlt sie war. Dann strich sie sich übers Haar und glättete sich das Kleid. Senyoreta Roser sollte lieber nicht mitbekommen, dass sie sich wieder einmal mit Blai gestritten hatte. Auf keinen Fall wollte sie sich jetzt anhören, dass dieser junge Mann eben nicht gut für sie war.

Was Roser Molins ihr an diesem Abend aber tatsächlich zu sagen hatte, konnte sie nicht einmal ahnen.

Sobald sie den Schlüssel in der Tür hörte, ging Roser zum Eingangsbereich hinüber. Teresa schaute sie zunächst überrascht und dann erschrocken an. Ihre junge Dienstherrin wirkte nämlich bestürzt und mitgenommen.

»Geht es Ihnen nicht gut, Senyoreta?«

Unwillkürlich wanderte ihr Blick zu dem kleinen Bäuchlein von Roser Molins, die im vierten Monat schwanger war.

»Doch, doch … es ist nur … Komm, lass uns in den Salon gehen.«

Als das junge Dienstmädchen ihrer Herrin folgte, raste ihr das Herz in der Brust. Teresa versuchte sich zu beruhigen, indem sie sich sagte, dass Roser ja auf gar keinen Fall von ihrem Streit mit Blai wissen konnte.

Nein. Nein, das kann gar nicht sein, die Senyoreta kann doch keine Gedanken lesen, dachte sie. *Aber was ist denn dann passiert?*

»Setz dich bitte.«

»Die Mädchen … ist irgendwas mit ihnen? Geht es ihnen gut?«, fragte Teresa erschrocken.

»Ja, mit den Mädchen ist alles in Ordnung, keine Sorge. Es … es geht um deine Mutter, Agustina.«

Bleischwer ließ sich die junge Hausangestellte auf ihrem Stuhl nach hinten sinken und starrte Roser an, sah sie dabei aber nicht. Die nächsten Worte erreichten ihr Ohr nur noch gedämpft, wie aus weiter Ferne.

»Sie hatte einen Schlaganfall und …«

Roser biss sich auf die Lippe und sah das junge Mädchen mit tränenerfülltem Blick an. Aus weit aufgerissenen Augen schaute Teresa zurück.

»Sie ist tot, nicht wahr?«

»Ja, sie ist tot.«

Dann brach Roser in Tränen aus und schloss Teresa in die Arme.

»Ach, meine Kleine, es tut mir so leid!«

Reglos saß Teresa da und brachte es nicht fertig, die Umarmung zu erwidern. Als die Senyoreta sie wieder freigab, stand sie auf und wankte ziellos durchs Zimmer, bis sie schließlich am überdachten Balkon stehen blieb.

Sie weinte nicht, das konnte sie nicht. Ihr kam es vor, als würde ihr Kopf einfach nicht mehr funktionieren. Ihre Mutter war tot? Mit der Hand wischte sie sich über die Augen, als wolle sie das Bild vertreiben, das sich ihr aufdrängte.

»Tereseta, wir müssen die Koffer packen.«

Sie drehte sich zu Roser Molins um. »Wieso *wir?*«

»Wir fahren nach Camprodon.«

»Wer?«

Geduldig stieß Roser die Luft aus.

»Ich und du – und die Mädchen.«

»Aber Senyoreta, Sie sind doch guter Hoffnung!«

»Und was hat das damit zu tun? Es geht mir gut, und wir fahren ja auch nicht ans Ende der Welt.«

Sie trat an Teresa heran und umarmte sie wieder.

»Weißt du denn nicht mehr, dass wir in dem Sommer, als ich mit Aurora schwanger war, auch dort waren? Ich werde es doch nicht versäumen, mich von Agustina zu verabschieden, nur weil ich schwanger bin! Wer soll denn in diesen schwierigen Momenten Tomàs trösten? Entschuldige, ich sehe schon, dass dir gerade alles zu viel wird. Komm, setz dich doch erst einmal, ich lasse dir einen Tee bringen.«

»Nein, ich möchte lieber auf mein Zimmer gehen«, entgegnete Teresa mit Bestimmtheit. »Die Koffer … packe ich dann später.«

Teresa schien den Raum mit bleischweren Gliedern zu verlassen. In ihrem Zimmer setzte sie sich still aufs Bett, bis sich irgendwann der Tag dem Ende zu neigte und das Licht ganz trist wurde.

Teresa dachte an nichts anderes als an ihre Mutter: an ihr Gesicht, ihre Gesten, ihre Stimme. Die wollte sie auf gar keinen Fall vergessen. Sie überlegte auch, wie sie Blai Bescheid geben würde, dass sie sich am nächsten Sonntag nicht sehen würden. Sie konnten nicht zur Kooperative oder zum Tanzen gehen. Und sich auch nicht wegen irgendwelcher Dummheiten streiten.

In diesen Stunden war sie nicht dazu in der Lage, auch nur eine einzige Träne zu vergießen.

Von der Piaristenschule an der Ronda de Sant Pau bis nach Hause war es für Valentí ein Fußmarsch von fünfzehn Minuten, und den legte er viermal am Tag zurück. Mit seinen zehn Jahren war er schon groß genug, um allein zu gehen. Am Nachmittag holte Engràcia ihn aber manchmal ab, und dann machten sie zusammen Erledigungen oder gingen in ein Café. Auf diese Ausflüge freute er sich schon.

Im Schuljahr 1928/1929 hatten die Piaristen ihr neues Gebäude eingeweiht, das die ganze Ronda von der Carrer Sant Antoni bis zur Carrer de la Cera einnahm. Damit waren nun alle Spuren der tragischen Woche getilgt, während der nicht nur einige Klassenräume und die Kapelle abgebrannt, sondern auch schriftliche Zeugnisse der letzten hundert Jahre vernichtet worden waren. Trotzdem waren die Kinder des Stadtviertels hier weiterhin unterrichtet worden, man hatte provisorische Klassenräume an die tragenden Wände gebaut und so die Schule aus den Ruinen wieder auferstehen lassen.

Valentí war hier schon in den Kindergarten gegangen. Laias gute finanzielle Situation hatte es ihr erlaubt, ihren Sohn als Vorzugsschüler anzumelden. Das bedeutete, er würde hier auch sein Abitur machen können, anders als die Kinder, die den Unterricht gratis besuchten. Manchmal ging Valentí auch am Sonntag oder an Feiertagen zu den Piaristen, weil dann Filme oder Theaterstücke gezeigt wurden. Außerdem verbrachte er jeden Sommer eine Woche in Puigcerdà im Sommerlager der Schule.

Am besten gefiel ihm jedoch das Basketballspielen. Seine Schule war die erste in Spanien, in der diese neue Sportart angeboten wurde, und der Junge mauserte sich nach und nach zu einem erstklassigen Spieler. Dadurch wurde sein dürrer Körper nicht nur muskulöser, Valentí zog sich auch die Bewunderung seiner Mitspieler zu. Noch war seine Situation als Kind ohne Vater nicht völlig in Vergessenheit geraten, aber er wurde deshalb nicht mehr geärgert oder verprügelt. Er beförderte auf dem Spielfeld nicht nur den Ball in den Korb, sondern fand auch endlich wahre Freunde.

Vor einem Jahr hatte Pau Valentí noch nicht gekannt, er hatte noch nicht einmal ein Bild von ihm gesehen. Laia trug wohl keine Fotos von ihm bei sich oder zeigte sie Pau zumindest nicht. Daher wusste der Architekt nicht, dass der Junge dünn und für sein Alter ziemlich groß war. Dass seine Augen schwarz und so tiefgründig wie die von Carmen waren, der Großmutter, in deren Blick nicht nur das Leuchten Andalusiens, sondern auch seine Geheimnisse gelegen hatten. Pau wusste auch nicht, dass Valentís Haare braun wie die von Laia waren, im Winter haselnussfarben, im Sommer viel heller. Und auch nicht, wie schnell er dann braun wurde. Er hatte auch keine Ahnung, dass der Junge immer ein wenig schroff wirkte, so als sei er mit der Welt einfach nicht einverstanden, und dass er so schlaksig aussah wie viele junge Burschen, die zu schnell gewachsen waren.

Weil er so gerne etwas über Valentí herausfinden wollte, beschloss Pau, sich in der Nähe von Laias Wohnung in der Carrer Margarit auf die Lauer zu legen. Er sah das Ganze wie ein Spiel, für das er hier und da ein paar Stunden von der Arbeit abknapste. Inzwischen hatte seine Beziehung zu Laia Dimensionen angenommen, mit denen er selbst nie gerechnet hätte. In seinem eigentlichen Leben war er wie abwesend, er schien es nur noch wie ein Schauspieler zu besuchen, wagemutiger und neugieriger als der alte Pau Amat, den er einst gekannt hatte.

Engràcia konnte er unter all den Bewohnern in Laias Wohnhaus problemlos ausmachen, als er sie eines Tages mit einem

Jungen an ihrer Seite entdeckte. Bei Valentís Anblick fühlte er sich seltsam erfüllt, auch wenn er den Grund dafür nicht so recht benennen konnte. Es kam ihm so vor, als sei er endlich dort angelangt, wo er immer hinwollte.

An einem anderen Nachmittag positionierte sich Pau dann vor der Piaristenschule. Er musste ziemlich lange warten und sich gut konzentrieren, um nach Unterrichtsschluss in der Menge der begeistert herausstürmenden Schüler Valentí wiederzuerkennen. Als er ihn dann endlich entdeckte, setzte er sich rasch in Bewegung und nahm den Hut ab, als er den Jungen einholte. »Hallo, Valentí.«

Der Angesprochene sah ihn an, er hatte keine Angst und war auch nicht überrascht, bloß neugierig.

»Wer sind Sie denn?«

»Mein Name ist Pau.«

»Das sagt mir nichts.«

»Können wir uns vielleicht kurz unterhalten?«

In diesem Moment kam Valentí wieder in den Sinn, wie eindringlich ihn Engràcia sein Leben lang vor Fremden gewarnt hatte. Deshalb nahm er die Beine in die Hand und verschwand, so schnell er konnte.

Aber der Architekt gab nicht auf. Als er es ein paar Wochen später noch einmal versuchen wollte, entdeckte er vor der Schule des Jungen Engràcia. Sie begrüßte Valentí mit einem Kuss und überreichte ihm etwas, auf das er sich mit leuchtenden Augen stürzte.

Wieder ging Pau hinüber und lüpfte den Hut.

»Guten Tag.«

Der Junge, der gerade in eine Tafel Schokolade gebissen hatte, erstarrte.

»Das ist er, das ist der Mann mit dem Hut!«

Misstrauisch fixierte Engràcia Pau.

»Darf man vielleicht erfahren, wer Sie sind? Was wollen Sie von dem Jungen?«

Pau schaute sich nach allen Seiten um.

»Könnten wir darüber vielleicht an einem ruhigeren Ort sprechen?«

»Nein, natürlich nicht!«, entrüstete sich die alte Frau, packte Valentí am Arm und zog ihn von dem Fremden weg.

»Ich will ihn doch nur kennenlernen, Engràcia. Mit ihm sprechen.«

»Aber wer sind Sie denn bloß? Und woher kennen Sie meinen Namen?«

Der unruhige Blick, das nervöse Zwinkern der Haushälterin ließen Pau erahnen, dass sie in ihm womöglich den Vater des Jungen vermutete. Den Vater, den niemand zu kennen schien.

»Ich bin ein Freund von Laia. Und ich will ja gar nicht …« Aus dem Augenwinkel sah Pau zu Valentí hinüber. Ihm war klar, dass er sich hier auf dünnem Eis bewegte. »Ich möchte ihn doch nur kennenlernen.«

Dann trat er näher an die Frau heran und senkte die Stimme. Valentí verspeiste derweil gedankenverloren seine Schokolade, so als ginge ihn die ganze Sache überhaupt nichts an.

»Seine Mutter spricht kaum über ihn, aber ich weiß, dass er Probleme hat. Ich möchte doch nur helfen.«

Dann wandte er sich abrupt ab, so als bereue er auf einmal, sich in diese absurde Situation gebracht zu haben.

»Ach, Sie sind der … Bekannte von Laia?«, stammelte Engràcia. Offenbar hatte sie nach einem passenden Wort erst suchen müssen.

Pau drehte sich wieder zu ihr um, die beiden sahen sich an und verstanden.

»Glauben Sie mir, ich möchte wirklich nur helfen. Ich würde so gerne einfach mit ihm sprechen.«

Jetzt entfuhr ihm ein nervöses Lachen, er erkannte sich selbst kaum wieder. »Ich glaube, das war keine gute Idee.«

»Wir wollten gerade ein paar Einkäufe machen, vielleicht möchten Sie uns ja begleiten?«

Pau Amat lächelte, während Engràcia nach Valentís Hand griff und den Jungen zwischen sie beide zog. Und so begannen sie schweigend einen langen gemeinsamen Nachmittag im frühlingshaften Sonnenschein.

Seitdem war bereits ein Jahr verstrichen.

20

Der Garten roch nach der Wärme des Sommers, der langsam den Rückzug antrat, und Wolkenfäden in Lila- und Orangetönen blieben an den Gipfeln der Berge hängen. Teresa schaute zum Himmel hinauf, an dem sich bereits leuchtend die ewigen Sterne zeigten. Ein Schauder lief ihr über den Rücken, sie trat lieber schnell wieder ins Haus und machte die Balkontür hinter sich zu. Eben hatte sie die Mädchen ins Bett gebracht, ihnen eine Geschichte vorgelesen und einen Kuss auf die Stirn gedrückt. Als sie jetzt an ihrer Zimmertür vorbeiging, hörte sie die beiden lachen. Die hatten ja noch keine Ahnung, wie hässlich und gemein die Welt sein konnte.

Nun ging das junge Hausmädchen zum Schlafzimmer von Senyoreta Roser hinüber. Durch die schräg gestellten Fensterläden fiel das letzte Tageslicht herein, und die Dämmerung erfüllte Teresa mit süßer Melancholie. Mit leisen Schritten näherte sie sich dem Bett, in dem ihre Dienstherrin zu schlafen schien. Sanft hob und senkte sich Rosers Brust, und ihre schneeweiße Haut leuchtete vor dem Hintergrund des Kopfkissens. Lange stand Teresa da und betrachtete Roser, während sie sich innerlich Vorwürfe machte. Sie stieß ein stilles Seufzen aus und wandte sich dann zum Gehen.

»Ich schlafe gar nicht.«

Erschrocken fuhr die junge Frau herum, während Roser einladend aufs Bett klopfte. Dann griff sie nach der Hand des Dienstmädchens, schließlich hatte sie ihre Tereseta ganz furchtbar gern. Für Roser war sie mehr als nur eine Hausangestellte, gehörte doch eigentlich zur Familie dazu. Die junge Mutter brachte Agustinas Tochter zärtliche Dankbarkeit entgegen, weil sie ihre Kinder nicht einfach nur versorgte, sondern sie auch liebte.

»Du hast geweint, oder?«

»Nein, Senyoreta.«

»Natürlich hast du geweint, du hast ja ganz dicke Augen. Erzähl mir doch keinen Unsinn!«

Roser lächelte, und das junge Mädchen senkte den Kopf noch mehr, um die verräterischen Schwellungen nicht zu zeigen.

»Wenn ich daran denke … dass durch meine Schuld …«

»Dieses Wort will ich nicht mehr hören, Tereseta!« Müde ließ Roser die Lider sinken. »Schuld! War es etwa die Schuld deiner Mutter, dass sie so plötzlich gestorben ist?«

»Aber wir … Sie hätten wirklich nicht mitkommen dürfen …«

»Ja, ich habe das Kind verloren. Aber solche Dinge passieren nun mal, daran trägt niemand die Schuld.«

»Und es war auch noch ein Junge …«, murmelte das Mädchen mit erstickter Stimme.

»Ein Junge, der eben nicht leben sollte. So stand es geschrieben.«

Teresa presste sich die freie Hand auf den Bauch. Alles tat weh, wenn sie an das verlorene Kind dachte, an ihre tote Mutter und ihren Vater, der jetzt ganz allein war.

»Soll ich Ihnen vielleicht ein Glas Milch raufbringen, Senyoreta?«

»Nein, ich möchte nichts. Nur, dass du aufhörst, hinter meinem Rücken zu weinen.«

Kurz nach Agustinas Beerdigung hatte Roser begonnen, sich nicht wohlzufühlen. Zunächst dachte sie, es wäre nur die Müdigkeit nach der langen Reise. Aber am Abend hatte sie dann starke Blutungen bekommen und das neue Leben verloren, das in ihrem Inneren herangewachsen war.

Die Ärzte beruhigten sie – alles deutete darauf hin, dass sie wieder ganz normal schwanger werden konnte. Allerdings empfahl man ihr, bis zu ihrer vollständigen Genesung nicht nach Barcelona zurückzukehren. Daher blieben die vier den ganzen Sommer in Camprodon: Roser sollte sich erholen und wieder gesund werden, während die beiden Mädchen die frische Landluft genossen und Teresa ihrem Vater während der ersten Monate als Witwer Gesellschaft leisten konnte. Ferran kam oft am Sonntag zu Besuch und fuhr erst am Montag oder Dienstag wieder zurück, im August blieb er sogar eine ganze Woche. Auch Andreu, Anna und ihre drei Kinder verbrachten Zeit in Camprodon, trösteten Roser und halfen ihr dabei, die Situation nach und nach zu akzeptieren. Teresa das Lächeln zurückzugeben, gelang allerdings niemandem.

Inzwischen war Roser wieder bei Kräften und konnte nach Hause, nach Barcelona, zurückfahren, deshalb wurde die Abreise bereits seit drei Tagen vorbereitet. Die Mädchen sollten endlich wieder zu ihrem normalen Leben zurückkehren. Es war ein unerwartet langer und trauriger Sommer gewesen. Furchtbar lang und freudlos, mit dem sorglosen Lachen von Carlota und Aurora als einzig fröhlicher Begleitmusik. Aber jetzt, im September, würde bald alles wieder seinen gewohnten Gang gehen.

»Na los, Teresa, geh besser schlafen, in den nächsten Tagen wartet viel Arbeit auf dich.«

Die junge Hausangestellte stand auf und ging zur Tür hinüber.

»Senyoreta Roser …«

»Ja, was ist denn?«

»Na ja, also …«

Ein schelmisches Lächeln legte sich über Rosers Züge. »Du hast einen Brief von deinem Freund bekommen, nicht wahr?«

Im Halbdunkel des Schlafzimmers begannen Teresas Augen zu leuchten.

»Genau. Wenn Sie vielleicht …«

»In Ordnung. Sollen wir die Antwort morgen nach dem Frühstück zusammen schreiben?«

Für einen kurzen Moment hielt Freude im Herzen des Mädchens Einzug.

»Danke, Senyoreta.«

»Gute Nacht.«

»Gute Nacht, Senyoreta.«

…deshalb kehren wir nächste Woche nach barcelona zurück, wenn Gott will und nichts dazwischenkommt…

»Barcelona schreibt man mit großem B.«

Teresa blies die Backen auf. Wie dumm sie doch war! Da konnte Senyoreta Roser noch so oft mit ihr üben, sie schrieb einfach schlecht. Immer brauchte sie ihre Dienstherrin an ihrer Seite, wenn sie einen Brief an Blai verfasste. Nicht nur wegen der Rechtschreibfehler, sondern auch, weil sie einfach nicht allein ausdrücken konnte, was sie ihrem Freund nach all der Zeit sagen wollte.

Die Senyoreta hingegen kam immer auf die allerschönsten Sachen!

»Gut. Und was schreiben wir jetzt?«

»Dass wir nächsten Sonntag wieder zu Hause sind und er mich dann abholen kann.«

Teresa sah Roser an.

»Ich meine, wenn es der Senyoreta recht ist.«

»Aber natürlich! Nach dem Essen, wie immer. Aber willst du ihm vorher nicht noch etwas anderes sagen?«

»Jetzt verstehe ich Sie aber nicht, Senyoreta. Was denn zum Beispiel?«

»Na, du könntest schreiben, wie sehr er dir gefehlt hat und dass du dich schon darauf freust, ihn bald wiederzusehen.«

Teresa errötete bis in die Haarspitzen.

»Aber glauben Sie denn, dass ein Mädchen so etwas sagen sollte?«

Nun wurde der Raum von Rosers perlendem Lachen erfüllt, das ihr selbst Enttäuschungen und Leid nicht hatten nehmen können.

»Er wird es bestimmt ganz wunderbar finden, so etwas von

dir zu hören. In seinen Briefen stehen doch auch immer schöne Sachen, und die liest du gern.«

Jetzt lächelte Teresa schüchtern.

»Ja, aber denken Sie denn, dass das alles von ihm allein kommt? Er schreibt schließlich auch nicht besonders gut.«

»Wen interessiert das schon? Es steht da drin, weil er es so empfindet, oder etwa nicht? Na komm, dann schreib mal: *Du ahnst ja nicht einmal, wie sehr ich vom Sonntag träume, an dem wir uns endlich wiedersehen …*«

»*… wiedersehen …*«

»*Ich hab dich so vermisst.*«

Teresa schrieb langsam, mit kindlicher, unsicherer Schrift. Jetzt schaute sie vom Blatt auf, als sei ihr plötzlich etwas Wichtiges in den Sinn gekommen, vielleicht das Wichtigste am ganzen Brief.

»Senyoreta! Wir müssen ihm auch noch sagen, dass er am Sonntag bloß nicht mit mir zur Kooperative gehen soll. Ich hab ihn jetzt so lange nicht mehr gesehen … Deshalb möchte ich mich einfach nur bei ihm unterhaken und spazieren gehen, auf der Rambla oder so. Aber auf Flor de Maig hab ich nun wirklich keine Lust. Wie machen wir ihm das denn nur klar?«

Am 15. jeden Monats fand Pau irgendwie eine Möglichkeit, sich vor der Piaristenschule an der Ronda Sant Antoni mit Engràcia zu treffen und auf Valentí zu warten. Sobald der Junge aus dem Schultor trat, stiegen die drei dann in Paus Auto.

Zwischen ihnen hatte sich schon bald eine kleine Routine eingespielt: Der Architekt fuhr zur Rambla hinüber und hielt dort vor einem Café, dem Nuria oder der Bar Canaletes, deren Aushang mit »Kalte Küche, Kuchen, Kaffee und Erfrischungsgetränke« warb. Valentí fand den kreisrunden Tresen einfach toll, der das ganze Lokal ausfüllte und von allen als »Schwimmbad« bezeichnet wurde. Die drei saßen dort immer lange zusammen, Senyora Engràcia vor einer dampfenden Tasse Milchkaffee und

Pau mit einem Bier, während Valentí so viel Kuchen und Gebäck bestellen durfte, wie er nur wollte.

Pau brachte immer ein kleines Geschenk mit, das er Laias Sohn nach dem Kaffeetrinken gab, Buntstifte oder ein Buch, manchmal auch ein Auto- oder Flugzeugmodell zum Zusammenbauen.

An manchen Tagen plapperte Valentí die ganze Zeit und erzählte den Erwachsenen alles, was ihm so durch den Kopf ging. An anderen schwieg er verstimmt, dann versuchte Pau ihn abzulenken und konnte dem Schmerz des Jungen manchmal seine Schärfe nehmen.

Laia hatte von diesen Treffen keine Ahnung, und die drei waren sich dessen bewusst, dass sie davon auch besser nichts erfuhr. Vor allem für Valentí, der Paus Freundschaft als unerwartetes Geschenk genoss, waren ihre Begegnungen ein großes Geheimnis, das er vor seiner Mutter bewahren musste.

Als der Junge an einem jener Nachmittage zur Toilette ging, blieben Pau und Engràcia allein zurück.

»Warum machen Sie das hier eigentlich?«

Mit dieser Frage hatte Pau nicht gerechnet.

»Ich weiß auch nicht, Engràcia. Irgendwie war es mir ein Bedürfnis. Laia spricht so selten über ihren Sohn, nur dann, wenn irgendetwas vorgefallen ist. Am Anfang wollte ich Valentí ja noch helfen. Aber inzwischen freue ich mich einfach, wenn ich ihn sehe … Ich höre ihm gerne zu. Glauben Sie mir, so simpel ist das.«

»Laia hat mit Ihnen wirklich Glück, Sie sind ein guter Mensch, Pau.«

»Ein guter Mensch? Nein. Früher vielleicht einmal, aber jetzt nicht mehr. Dafür habe ich viel zu viel gelogen.«

»Wir sagen doch alle nicht immer die Wahrheit.«

Jetzt brach Valentí wieder wie ein Orkan über sie herein und erzählte Pau begeistert von seinem letzten Basketballspiel in der Schule.

Von einem anderen Tisch aus beobachteten neugierige Augen

die Szene. Es war einfach, viel zu einfach, hier Schlussfolgerungen zu ziehen.

Mila wartete ab, bis Laia allein im Atelier zurückblieb. Sie wusste genau, dass die Leiterin der Damenabteilung als Letzte gehen würde, die zögerte ihren Feierabend nämlich gern hinaus.

Senyoreta Calvet verstaute gerade in einer großen Schachtel ein Kleid, das die glückliche Kundin ohne eine einzige Falte erreichen musste. Daher konzentrierte sich Laia darauf, die Ärmel von innen mit Seidenpapier auszupolstern, und hörte deshalb gar nicht, dass jemand an sie herantrat.

»Ach, Senyoreta Calvet. Sie haben es ja wirklich nicht eilig, abends hier wegzukommen, nicht wahr?«

Erschrocken fuhr Laia zusammen.

»Mein Gott, Mila, Sie haben mich erschreckt!«

»Tja, so ist das wohl, wenn man etwas zu verbergen hat.«

Laia ließ sich nicht provozieren, mit den Jahren hatte sie gelernt, ihre Kollegin einfach zu ignorieren.

»Sagen Sie mir doch bitte, was ich für Sie tun kann, Mila. Wenn es nicht dringend ist, verschieben wir es besser auf ein andermal, ich muss nämlich noch diese Robe fertig einpacken, die morgen ganz früh rausgeht.«

Mila Alemany trat noch näher an sie heran, und in ihren Augen stand all der Hass, der sich seit Jahren in ihr gegen Laia angestaut hatte. Ihre Stimme war rau, als sie wieder sprach: »Ich will Sie ja nur vorwarnen. Wenn ich etwas tue, dann mache ich es richtig und hoch erhobenen Hauptes.«

Das würde also länger dauern. Laia beugte sich wieder über die Kleiderschachtel, um das spöttische Lächeln zu verbergen, das sich auf ihren Zügen ausbreitete, aber ihr Gesichtsausdruck machte Mila erst recht wütend.

»Vielleicht interessiert es Sie ja, dass ich mit Herrn Molins über Sie zu sprechen gedenke. Das finden Sie jetzt wohl nicht mehr so amüsant, was? Aber Sie haben wirklich lange genug alle angelogen, und es ist an der Zeit, dass er die Wahrheit erfährt, über Sie und …«

»Aber wovon reden Sie denn nur?«, unterbrach sie Laia, die mit ihrer Geduld am Ende war.

»Von Ihnen und dem Vater Ihres Kindes. Senyor Molins hat ja keine Ahnung …«

»Was soll das heißen? Sind Sie verrückt geworden? Wie können Sie es nur wagen …«

Diese wenigen Sekunden, in denen Laia die Nerven verlor, machten für Mila all die Erniedrigungen der Vergangenheit wieder wett. Beinahe glücklich lächelte sie – alles lief wie geplant. Ihre Strategie, Laias Sohn vom Schultor aus wochenlang zu folgen, hatte Erfolg gehabt, endlich hatte sie ihn zusammen mit seinem Vater gesehen. Und diesen Mann kannte sie natürlich, er war Architekt und mit der Tochter der Novells verheiratet. Sowohl seine Schwiegermutter als auch seine Gattin waren gute Kundinnen des Hauses und Letztere auch noch eine enge Freundin von Roser Molins. Was für ein Skandal! Ein verheirateter Mann, dessen Frau aus so einer einflussreichen Familie kam! Endlich hatte sie das große Geheimnis enthüllt!

»Ich weiß jetzt ganz genau, wer der Vater Ihres Sohnes ist. Und sobald ich erst einmal dafür gesorgt habe, dass Senyor Molins es auch erfährt, können Sie hier einpacken!«

Mit weit aufgerissenen Augen rückte sie noch näher an Laia heran und hauchte: »Es ist aus.«

»Aber was wollen Sie denn damit sagen?«

»Dass Sie eine …«

»Genug!«

Laut und voller Nachdruck ertönte nun eine dritte Stimme in der Damenabteilung. Beide Frauen fuhren herum.

»Herr Clos?«, rief Mila mit noch immer hasserfülltem Blick.

»Genug, habe ich gesagt! Für wen halten Sie sich eigentlich, Senyoreta Alemany? Wie können Sie Senyoreta Calvet nur so bedrohen?«

»Was ich weiß …«

»Gar nichts wissen Sie, und Sie sind nichts weiter als eine Hexe, eine verbitterte alte Giftspritze. Holen Sie Ihre Sachen und verschwinden Sie! Lassen Sie sich hier nie wieder blicken!«

»Wollen Sie mich etwa entlassen?«

Ferran Clos beugte sich so nah zu ihr vor, dass sich seine Worte über ihre Wangen zu legen schienen.

»Ganz genau.«

»Aber Senyor Molins …«

»Der Direktor ist da ganz meiner Meinung. Wir haben von Ihrem Verhalten schon lange die Nase voll, so etwas können wir bei Angestellten unseres Hauses einfach nicht akzeptieren. Wenn Sie jetzt verschwinden, bekommen Sie von meinem Schwager vielleicht sogar noch ein Empfehlungsschreiben. Aber wenn ich Sie hier noch ein einziges Mal sehe, wenn Sie mit Ihrer unreifen, liederlichen Art weiter für Ärger sorgen …«

Er verstummte, und zwischen den Stoffen und Schneiderpuppen im Atelier breitete sich eine angespannte Stille aus.

»… glauben Sie mir, dann finden Sie in ganz Barcelona keine Anstellung mehr.«

Zäh zogen sich die folgenden Sekunden in die Länge, sie schienen eine Ewigkeit zu dauern. Mila Alemany wich zwei Schritte zurück, und ihr Blick schien Funken zu sprühen, aber sie musste sich ihre Niederlage eingestehen. Wütend murmelte sie etwas vor sich hin und rannte dann aus dem Atelier.

Laia schaute ihr hinterher.

»Ich … ich weiß nicht, was ich sagen soll.«

»Gar nichts, jetzt sind wir sie endlich los. Ich glaube, wenn der Rest des Personals davon erfährt, wird man mir den roten Teppich ausrollen.«

Sie lachten beide, aber Blick und Stimmte zeugten von Nervosität.

»Woher … woher wusste sie es denn nur?«

Als sich Ferran Clos' Blick jetzt auf Laia richtete, lag darin zum ersten Mal seit langer Zeit wieder jener Ausdruck, der ihr so gut in Erinnerung geblieben war. Er hatte sie also doch nicht vergessen!

»Sie hat keine Ahnung. Woher auch?«

Dann trat er näher an Laia heran. Es lag ein Knistern in der Luft, die von nicht gegebenen Küssen, von verlorenen Zärtlichkeiten erfüllt zu sein schien. Von so vielen unterdrückten Gefühlen. Vor Begierde zitternd berührte Clos mit der Hand Laias Wange. Sie schloss die Augen und gab sich ganz der zärtlichen Geste hin. Eine Sekunde lang, vielleicht zwei, dann zog Ferran die Hand zurück und starrte Laia nur noch sehnsüchtig an.

»Danke, Senyor Clos. Ich glaube auch, dass Mila gar nichts wusste. Was sollte sie denn auch wissen?«

Dann wandte sie sich zur Treppe um.

»Schönen Abend noch«, sagte sie, ohne sich umzudrehen.

21

Germán und Damià, die in ihrer Jugend doch so ungestüm und übermütig gewesen waren, engagierten sich inzwischen politisch. Wie immer war Germán derjenige gewesen, der damit angefangen und schließlich seinen Freund überzeugt hatte. Von den beiden war er der Tatkräftigere, der sich begeistert auf neue Herausforderungen einließ und den anderen immer einen Schritt voraus war. Aber natürlich musste man auch bedenken, dass Damià nur wenig Zeit blieb, seit er verheiratet war und einen Sohn hatte. Er vertraute Germán jedoch blind und folgte ihm bei jedem neuen Abenteuer. Und dieses Mal ging es eben darum, dass Germán die politische Karriereleiter hinaufsteigen wollte. Das war ein langsamer Weg, bei dem es mit winzigen Schritten voranging. Angefangen hatte alles durch die neuen Bekanntschaften, die Germán bei seiner Arbeit als Vertreter in ganz Katalonien gemacht hatte.

Zunächst empfahl man ihm neue Lektüren, zum Beispiel die Zeitschrift *Mirador*, die man ihm als anspruchsvolles Blatt der Intellektuellen anpries. Dann abonnierte er das Fabra-Wörterbuch, das in kleinen Heften nach und nach verkauft wurde, und bald hatte er sich eine umfangreiche Bibliothek zugelegt. Von Anfang an teilte er den neuen Lesestoff auch mit seinem besten Freund, und die beiden fingen an, gemeinsam Kultureinrichtungen der Arbeiterbewegungen, die sogenannten Ateneus, zu besuchen.

Bis zum eigenen politischen Engagement war es dann nur noch ein kleiner Schritt. Germán war davon überzeugt, dass jedes Übel seine Ursache in der Diktatur Primo de Riveras hatte, schloss sich der Untergrundopposition an und arbeitete mit der Unabhängigkeitsbewegung von Francesc Macià zusammen. Macià war unter den Katalanen, die sich der Diktatur entgegenstellten, die Führungsfigur, und irgendwann wurde Germán Mitglied seiner Gruppierung Estat Català, gefolgt vom ebenso überzeugten, wenn auch etwas vorsichtigeren Damià.

Germán hatte in jener Zeit bereits Kontakte zu führenden Mitgliedern der von Primo de Rivera verbotenen Organisation CADCI geknüpft und deren Sitz an der Rambla Santa Mònica außerdem zu einer Vertretung des Sindicat Lliure gemacht.

Oft sprach er mit Damià über seine neuen Freunde: »Du solltest wirklich mal bei einem der Treffen dabei sein, die Jordi Compte organisiert.«

»Dir ist aber schon klar, wie riskant das alles ist, oder? Das Centre Autonomista ist inzwischen illegal.«

»Kommst du deshalb nie? Sag bloß, du hast Angst.«

»Nein, darum geht es nicht, aber ...«

»Illegal oder nicht, ich sehe mich als Mitglied der Gruppe und glaube fest daran, dass sie unsere fähigsten jungen Leute zusammenführt, die schon bald das Katalonien von morgen prägen werden. Denn das wird kommen, glaub mir, die Stunden des Diktators sind gezählt.«

So optimistisch war Damià in Hinblick auf die politische Zukunft nicht, dieses Mal hatte sein Freund allerdings richtig gelegen. Es dauerte seine Zeit, aber die Hoffnung wuchs, und irgendwann durften sie den Untergang von Primo de Rivera miterleben. Er wurde von allen verlassen, die einst an ihn geglaubt und ihm zur Seite gestanden hatten: Ganze Sektoren aus Gesellschaft und Politik, Unternehmerorganisationen, Intellektuelle, selbst einige Militärvertreter verschworen sich gegen die Diktatur. Während nach und nach die Ratten das sinkende Schiff verließen, überdachte sogar Alfons XIII. seine Rolle, weil er fürchtete, mit der weiteren Unterstützung des Diktators das Königshaus in Gefahr zu bringen.

Aber auch viele Aktionen derjenigen, die für die Befreiung

ihres Landes kämpfen wollten, waren zum Scheitern verurteilt. So verhielt es sich zum Beispiel beim Komplott in Prats de Molló, wo Macià und der Estat Català mit Unterstützung katalanischer Vertreter anarchistischer Gewerkschaften versuchten, vom französischen Teil Kataloniens aus in Spanien einzumarschieren.

Primo de Rivera trat im Januar 1930 zurück. Seine Politik der Unterdrückung jeglichen Ausdrucks katalanischer Identität hatte die ganze Gesellschaft Kataloniens gegen ihn aufgebracht. Nationalistische katalanische Parteien waren unter seiner Führung verschwunden, alle möglichen Festakte und Zeremonien waren verboten worden. Viele dachten noch betrübt daran zurück, dass in Anwesenheit von Alfons XIII. die Sardana *La santa espina* nicht gespielt werden durfte, weil sie für Primo de Rivera Ausdruck verhasster Ideen und krimineller Bestrebungen war.

Aber dann nahm Primo seinen Hut, obwohl niemand wirklich damit gerechnet hatte. Es hieß, er sei schwer krank und wolle alles so schnell wie möglich hinter sich lassen. Nach seiner Amtsniederlegung überschlugen sich die Ereignisse.

Heute wurde die Taufe des jüngsten Kindes von Andreu Molins und Anna Balasch gefeiert. Nach Antoni, der kleinen Anna und Joaquím nannten sie dieses Kind Pere.

Im Anschluss an die religiöse Zeremonie wurde bei der Familie Molins Balasch zu Hause eine elegante Kaffeegesellschaft veranstaltet. Das Ehepaar hatte jahrelang in einer großen und komfortablen Wohnung in der Innenstadt gewohnt, nachdem sich jedoch ihr Wunsch nach einer mehrköpfigen Familie erfüllt hatte, hatten sich die beiden vor nicht allzu langer Zeit ein weitläufiges Haus mit Garten etwas außerhalb, am Rande von Sarrià, zugelegt. Sie freuten sich schon darauf, in dieser prachtvollen Residenz mit den riesigen Fenstern und hohen Stuckdecken ihre Kinder mitten im Grünen aufwachsen zu sehen. In ihrem Glück bedauerte Anna heute nur, dass der Familiennachwuchs im tiefsten Winter geboren war und man die Taufe bei diesem kalten Wetter nicht im Garten feiern konnte. Da Andreu sich für eine kleine Runde ausgesprochen hatte, waren nur etwas über dreißig Verwandte und Freunde zusammengekommen, und die Feier war ein voller Erfolg, weil Anna als exzellente Gastgeberin nichts dem Zufall überließ.

Im Salon stand ein von antiken, damastbezogenen Stühlen umringter Tisch, auf dem sie Kristallvasen mit roten Rosen und Leckerbissen aus der Konditorei Foix arrangiert hatte, die selbst dem anspruchsvollsten Gaumen zusagen würden. Man hörte das Klappern von Besteck auf feinem Porzellan. Alle Lichter waren entzündet und die Spiegel glänzten, obwohl sie durch den Unterschied der Innentemperatur zur Kälte draußen ein wenig beschlugen. Die Kinder tunkten in einem Nebenzimmer Gebäck in heiße Schokolade.

Langsam hatten die Damen die Nase voll davon, dass die Kälte sich negativ auf ihr sonst so reges Sozialleben auswirkte, und nutzten deshalb die Gelegenheit, um ihre elegantesten Kleider und die neuesten Modelle der Saison vorzuführen. Da gab es schicke Mäntel aus Gamsleder mit Biberfellborte zu sehen, so schmal geschnitten, dass die Trägerin eine perfekte Figur aufweisen musste, daneben Kombinationen aus Persianerjacke und -rock mit Hermelinkragen oder Kostüme mit Plisseerock, die ebenfalls einen Fellbesatz an Kragen und Ärmeln aufwiesen.

Anna Balasch zeigte auch in diesem Bereich Geschmack und empfing ihre Gäste in einem schlichten Baumwollkleid mit Faltenrock, dessen mandelgrüner Popelin mit der Farbe ihrer Augen harmonierte. Was für eine schöne junge Mutter sie doch war!

Roser war wieder schwanger, und ihre Tochter Carlota verwandelte sich in ihrem Kleidchen aus Samt mit Applikationen aus bedrucktem Satin schnell in die Königin am Kindertisch. Trotz ihrer jungen Jahre zeigte sie längst einen starken, dominanten Charakter.

Nach dem Kaffeetrinken zogen sich die Männer für einen Drink und eine Zigarre in die Bibliothek zurück. Andreu holte seinen besten Cognac und die Havannazigarren für besondere Anlässe hervor. Während sich der Tabakgeruch im Raum ausbreitete, ging es um Wirtschaft und Politik, Themen, über die man vor den Frauen nicht sprach.

»Die letzten Jahre waren einfach furchtbar«, klagte Joaquín Creixells, ein Bankier, der Molins' Vertrauen genoss und sein Vermögen verwaltete.

»Die verdammte Rezession«, knurrte ein mit den Balaschs verwandter Fabrikant aus der Textilindustrie. »Die Preise sind schneller gestiegen als die Löhne, und auf der Straße wird protestiert und demonstriert.«

Joan Ros, Andreus inzwischen pensionierter Onkel, lächelte den Mann über den Rand seines Glases hinweg spöttisch an.

»Habt denn nicht ihr Industriellen gern die Diktatur hingenommen, weil sie eurer Meinung nach mit den sozialen Konflikten und bewaffneten Unruhen ein Ende machen würde?«

Als sein Gegenüber antworten wollte, fiel ihm Ferran Clos ins Wort. »Industrielle? Nennt sich so heute jeder, der in seinen Fabriken die Menschen für einen Hungerlohn zehn Stunden am Tag schuften lässt?«, fragte er mit schelmischem Lächeln.

Während sich peinlich berührte Stille ausbreitete, schaute Andreu über seine runden Brillengläser hinweg seinen Schwager neugierig an. Keiner wusste, was diese unpassende Bemerkung von Clos sollte. Normalerweise äußerte der sich nicht zu sozialen oder politischen Fragen, man hatte eher das Gefühl, dass er sich ausschließlich seiner Arbeit, seiner Kunst widmete. Keiner der Anwesenden hätte je gedacht, dass er sich von heute auf morgen in einen Verteidiger der Unterdrückten verwandeln würde.

Womöglich hatte sich Clos mit seinem Fauxpas selbst überrascht, er griff nämlich nach seinem Cognacglas und leerte es in einem Zug. Dann zündete er sich eine Zigarette an und trug von diesem Moment an nichts mehr zur Unterhaltung bei. *Ferran ist doch wirklich ein merkwürdiger Mensch*, dachte Andreu, *ich werde ihn nie wirklich begreifen.*

Jetzt begann sich die Unterhaltung um weniger brisante Themen zu drehen. Der junge Molins, der sich nur ausnahmsweise eine Zigarre gönnte, hörte schweigend zu. Zu Lebzeiten seines Vaters hatte man bei ihnen zu Hause nur selten über Politik gesprochen. Antoni Molins hatte immer Cambó und die Lliga Regionalista gewählt, man hätte ihn aber kaum als überzeugten Nationalisten bezeichnen können. Andreu erinnerte sich noch gut an den Rat seines Vaters, der ihm empfohlen hatte, sich aus der Politik lieber herauszuhalten. »Wir müssen uns mit allen gut stellen, dürfen gegen keinen Trend Position beziehen«, hatte er oft gesagt und dann hinzugefügt: »Und wenn du wählen gehst, dann schenk deine Stimme bloß dem Vertreter einer konservativen Partei, einem von uns.«

»Macià ist keiner von uns«, sagte genau in diesem Moment Bankier Creixells, »und Companys noch viel weniger. Ich sage euch, die werden das Land ruinieren. Ihr werdet euch noch an meine Worte erinnern!«

Andreu war sich da nicht so sicher. Creixells war ein vernünftiger, ordnungsliebender Mensch, jemand, dem man vertrauen konnte. Als der Bankier Andreu vor einigen Monaten nach dem Rücktritt von Primo de Rivera empfohlen hatte, für alle Fälle einen Teil seines Vermögens außer Landes zu schaffen, hatte er auf ihn gehört. In jenem Moment war es das Richtige gewesen, aber Andreu Molins war trotzdem nicht davon überzeugt, dass auf das Land eine solche politische Zukunft wartete, wie der Bankier sie hier prophezeite.

Im März fand in Sants ein Treffen der linken Parteien statt. Wie so viele andere Mitglieder und Sympathisanten würden auch Germán und Damià niemals jene Tage vergessen, in denen durch einen Zusammenschluss von Francesc Maciàs Estat Català, der Partit Republicà Català von Lluís Companys und Joan Lluhís Gruppe L'Opinió die Partei Esquerra Republicana de Catalunya entstand.

Germán war davon überzeugt, dass ganz unwiderruflich eine neue Epoche angebrochen war.

»Siehst du, endlich sind wir frei! Ein freies Land, ein als Nation anerkanntes Katalonien. Diesen Prozess kann jetzt niemand mehr aufhalten, Damià …«

»Wer weiß, es kann doch noch so viel passieren.«

Die Bemerkung ignorierte Germán jetzt einfach mal, er wollte sich die gute Laune nicht verderben lassen. Doch es ärgerte ihn, dass für seinen Freund das Glas immer halb leer war.

»… achtstündige Arbeitstage, das Recht zu streiken …« Er hielt inne und fasste Damià am Arm. »Jetzt sag schon, bist du denn gar nicht stolz darauf, dass dein Sohn in diesem neuen Land aufwachsen wird?«

Damià starrte ihn an und erklärte dann mit bebender Stimme: »So stolz, dass es mir Angst macht.«

Germán packte ihn bei den Schultern und umarmte ihn so heftig, wie er es noch nie zuvor getan hatte.

In diesen Zeiten schien jeder nur Politik im Kopf zu haben, es wurde von nichts anderem mehr gesprochen. Santa Eulalia war da keine Ausnahme, die unterschiedlichsten Menschen hatten auch hier die unterschiedlichsten Meinungen. Einige befürworteten Freiheit innerhalb eines gewissen Rahmens und sprachen sich für die Monarchie aus, andere waren für eine Republik, und wieder andere glaubten eigentlich an gar nichts mehr, weil ein Präsident in ihren Augen dasselbe war wie ein König. Diejenigen hielten mit ihrer Meinung jedoch hinter dem Berg und tuschelten nur leise miteinander.

Nach und nach kehrten viele republikanische Politiker aus dem Exil zurück, und man begann mit Verhandlungen. Die ganze Stadt wurde mit Plakaten zugekleistert, und während der 12. April näher rückte, wurden die Menschen immer aufgeregter und die Diskussionen hitziger.

Am zwölften, am Tag der Wahl, verwandelte sich die Hoffnung von Germán und Damià in unbestreitbare Wirklichkeit, als nämlich die Esquerra Republicana die meisten Stimmen erhielt. Die beiden würden auch niemals den Mittag des 14. April vergessen. Um halb zwei wurde im Radio verkündet, dass zwei Artillerieeinheiten die Atarazanas-Kaserne verlassen und sich auf den Weg zur Plaça Sant Jaume machen würden, wo man die Republik ausrufen würde. Die beiden jungen Männer verließen ihren Arbeitsplatz und liefen eilig zum nahen Platz hinüber. Unterwegs reihten sie sich in den Strom der Menschen ein, die es ihnen gleichgetan hatten, um den historischen Moment nicht zu verpassen. Von der Carrer Ferran her erklangen Trompeten, und als sie den Platz erreichten, formierten sich die knapp einhundert Soldaten dort gerade unter dem Balkon des Gebäudes der Generalitat. Emotionsgeladene Stille breitete sich aus, als Macià auf den Balkon trat.

»Katalanen,
den Gefühlen und Wünschen des Volkes entsprechend,
das uns seine Stimme gegeben hat, rufe ich die katalanische Republik als Staat der iberischen Föderation aus.«

Alle nahmen den Hut ab, und Damià schaute zu Germán hinüber, der ganz feuchte Augen hatte. Auch er selbst war den Tränen nahe. Plötzlich wurde ihm klar, dass seine Tränen ebenso wie die von Germán und so vielen Frauen und Männern auf dem Platz uralte Tränen waren, die aus großer Tiefe in ihnen aufstiegen. Die Geschichte machte ihnen an diesem Tag ein Geschenk und verwandelte sie in Zeugen eines einzigartigen Augenblicks. Das war doch wirklich alle Tränen wert, die sie zu vergießen in der Lage waren.

»Wir hoffen, dass ihr euch der Freiheit würdig erweist, die wir damit erreichen, und der Gerechtigkeit, die wir alle zusammen erschaffen werden. Dabei stützen wir uns auf unvergängliche Konzepte wie die Rechte der Menschen und

Völker, die wir niemals aufgeben dürfen, selbst wenn wir dafür unser Leben lassen müssen.«

»Selbst wenn wir dafür unser Leben lassen müssen ...«, wiederholte Damià leise. Inzwischen liefen auch ihm die Tränen übers Gesicht, und er tat nichts, um sie zurückzuhalten.

Den nächsten Tag hatte man zum Feiertag erklärt, und die Straßen füllten sich mit republikanischen Flaggen. Es war ein strahlender 15. April, an dem eine leichte Brise unschuldige Wolken über den Himmel jagte, die keinen Regen mit sich brachten. Die Sonne knallte auf die Stadt hinunter, und sogar die Kinder setzten sich lieber einen schützenden Papierhut auf. Junge Leute tanzten und sangen, während die älteren ihnen von den Balkonen aus zusahen. Alle waren als Monarchisten zu Bett gegangen und am Morgen als Republikaner aufgestanden.

Andreu ging ins Büro, auch wenn das Modehaus geschlossen war. Während draußen auf der Rambla Parolen gerufen wurden und die fröhliche Menge die neue Republik mit Liedern willkommen hieß, gab ihm die vertraute Umgebung Sicherheit. Er musste darüber nachdenken, was diese unerwartete Veränderung für ihn, seine Familie und die Firma bedeutete. Im Moment vertraute er darauf, dass auch in der Republik für öffentliche Ordnung gesorgt werden würde. Und tatsächlich lief da draußen alles ganz normal ab, die Situation schien unter Kontrolle.

Was konnte also passieren?

Er dachte an die Worte seines Vaters. Auch unter neuer Flagge würde bei ihm im Geschäft, bei Santa Eulalia, alles seinen gewohnten Gang gehen. Andreu war schließlich kein Politiker, sondern Kaufmann, und musste sich deshalb mit allen gut stellen, mit jeder politischen Entwicklung arrangieren.

22

»Lassen Sie es mich doch so ausdrücken: Sie scheinen einfach nicht zu verstehen, dass es sich bei dieser von Ihnen so kritisierten neuen Architektur nicht um irgendeinen Trend handelt, der in ein paar Jahren durch eine neue, ebenso vergängliche Modeerscheinung abgelöst werden wird. Nein, hier geht es vielmehr um eine soziale Veränderung, die kein Zurück mehr kennt. Begreifen Sie das denn nicht? Deshalb zeige ich so großes Interesse und solche Hingabe. Warum wollen Sie das bloß nicht verstehen?«

An diesem Sonntag herrschte beim Familienessen von Pau und Elena dicke Luft, es schien sich ein ordentliches Donnerwetter anzukündigen.

Eduard Novell atmete vernehmlich aus, und seine Augen glühten vor Wut. Dass Claudina ihm unter dem Tisch unauffällig aufs Knie klopfte, ignorierte er einfach.

»Ich spreche hier doch nicht von einer Mode und auch nicht von sozialen Veränderungen, an die ich übrigens nicht glaube, wenn wir schon mal dabei sind. Ich rede von dir. Von euch beiden. Von eurer Familie und der Tatsache, dass es einfach unverantwortlich von dir war, deine Stelle bei der Stadt zu kündigen. Eine sichere Arbeit mit Renommee … Und das Architektenbüro? Warum hast du das aufgegeben? So wie es aussieht, glaubt ja nicht einmal dein ehemaliger Partner an diese neue Architektur, die du so propagierst.«

Paus Leben hatte sich maßgeblich verändert. Sein jetziges Dasein schien parallel zu jenem zu verlaufen, das vor ein paar Jahren so ruhig und stetig gewesen war und in dem scheinbar alles seinen festen Platz gehabt hatte. Anders als früher hatte er nicht mehr ständig Angst vor einer unbestimmten Hölle, die ihn zu verschlucken drohte. Inzwischen war er sich in seinem Leben jedes einzelnen Schrittes sicher, er war beinahe stolz darauf.

Innerlich gratulierte er sich dazu, in Laia seine wahre Liebe gefunden zu haben, und er glaubte wirklich daran, dass für ihn bald ein Leben an ihrer Seite möglich sein würde. Es war alles nur eine Frage der Zeit. Seine Beziehung zu Valentí erfüllte ihn mit einer Zärtlichkeit, die es in seinem Leben früher nicht gegeben hatte, und daher hatte natürlich auch Laias Sohn einen Platz in seinen Plänen.

Auf etwas anderes war er allerdings noch viel stolzer, nämlich auf den Weg, den er in beruflicher Hinsicht eingeschlagen hatte. Seine Neuorientierung brachte ihn jenen Idealen näher, die er früher zwar nicht vergessen, bei der Erfüllung seiner Pflichten im Berufsalltag jedoch vernachlässigt hatte.

»Meine Frau und ich«, sagte Pau mit finsterer Stimme und anklagendem Blick, »sind da ganz einer Meinung. Und es hat niemand sonst das Recht, sich in unsere Angelegenheiten zu mischen.«

»Das ist doch völliger Unsinn, Junge, du hast wohl den Verstand verloren!«, rief sein Schwiegervater aus.

Die Veränderung, um die es ging und die das Sonntagsessen als einziges Thema dominierte, hatte ihren Ursprung in der Exposition internationale des Arts Décoratifs in Paris. Durch sie war in Pau etwas erwacht, was er zunächst eher schüchtern in seine Projekte mit eingebracht hatte. Jetzt aber konnte er diese neue Denkweise durch die Sprache des Rationalismus ungebremst zum Ausdruck bringen.

Nach und nach hatten seine neuen Interessen sich durchgesetzt, er tauschte sich mit jüngeren Architekten aus, manchmal sogar mit Studenten, die eine für ihn interessante kritische Haltung zeigten. Reisen ins Ausland halfen ihm dabei, das ganze Ausmaß der neuen rationalistischen Strömung zu erfassen. Der definitive Wendepunkt kam für ihn allerdings Mitte März 1928, als Le Corbusier in Barcelona eine Konferenz im Mozart-Saal abhielt. Da ging Pau ein Licht auf: Die neue, moderne Architektur, der Rationalismus, war ein dauerhaftes Phänomen, die Bewegung war aus den Bedürfnissen der Menschen geboren. Pau spürte, erkannte und akzeptierte, dass die neuen Tendenzen die Lebensbedingungen seiner Mitbürger verbesserten, und wollte selbst Teil dieser neuen Bewegung sein.

Bei der Weltausstellung in Barcelona, die ja selbst Novell kritisiert hatte, hatte in Bezug auf Architektur der Akademismus vorgeherrscht. Damals hatte Pau die Möglichkeit genutzt, um jene historisierenden und altmodischen Gebäude mit den neuen Tendenzen aus Europa zu vergleichen. Schon der Anblick des deutschen Pavillons reichte, um in ihm alle Alarmglocken schrillen zu lassen. Was da sein Gewissen berührte, ging allerdings weit über Kunst, Architektur und Ästhetik hinaus. Dieser Moment festigte seinen Entschluss, den eingeschlagenen Weg fortzusetzen.

Ein Jahr später wurde in Barcelona dann die Architektengruppe GATPAC gegründet, bei der sich Pau leidenschaftlich engagierte. So lernte er die Avantgarde des katalanischen Rationalismus kennen, unter anderem Josep Lluís Sert höchstpersönlich, aber auch Josep Torres i Clavé und Raimon Duran i Reynals.

Die engste Beziehung war er aber sowohl in beruflicher als auch in privater Hinsicht mit Pere Armengou eingegangen, einem Architekten aus Manresa. Beide lagen so völlig auf einer Wellenlänge, dass Pau sogar bei einigen Projekten mitarbeitete, die Armengou in seiner Heimatstadt geplant hatte. Dieses neue Abenteuer weckte in ihm längst vergessene Begeisterung, und ihm wurde schnell klar, dass er nicht zwischen zwei Stühlen sitzen wollte. Wenn es nach ihm ging, sollte seine berufliche Tätigkeit seinen Idealen dienen. Deshalb gab er seine Arbeit für die Stadt auf und beendete auch die Zusammenarbeit mit seinem bisherigen Partner. Genau das hielt ihm sein wütender Schwiegervater an diesem Sonntagmittag so heftig vor.

Pau sah Eduard Novell direkt in die Augen. »Ich habe Sie eigentlich immer für einen vernünftigen Menschen gehalten. Jetzt aber höre ich Ihnen zu und erkenne Sie gar nicht wieder. Was ist denn so schlimm an den Entscheidungen, die ich getroffen habe? Warum macht es Ihnen so große Angst, dass diese neue Architektur sich in den Dienst des Volkes und seiner Bedürfnisse stellt? Dass man Theorien in die Tat umsetzt? Welche Grenzen habe ich denn Ihrer Meinung nach überschritten? Welche Ideen verraten?«

Jetzt breitete sich im Salon Grabesstille aus, und das Essen auf den Tellern wurde kalt. Während Elena und Claudina ins Nichts starrten, schaute der alte Novell seinen Schwiegersohn mit eisigem Blick an.

»Es schmerzt mich, dass Sie mir nach all den Jahren so wenig Vertrauen entgegenbringen.«

Eduard Novell schwieg weiter beharrlich, und Pau, der vielleicht endlich die Nase voll davon hatte, mit seiner Meinung hinter dem Berg zu halten, redete sich immer weiter in Rage.

»Diese ganze Sache ist für Sie offensichtlich zu hoch. Wäre es nicht einfacher gewesen, wenn Sie gesagt hätten: ›Hör mal, mein Junge, ich verstehe das alles zwar nicht, aber tu, was du tun musst‹?«

Nun stand Elenas Vater abrupt auf, die Serviette auf seinem Schoß rutschte zu Boden und blieb dort wie eine weiße Pfütze liegen.

Seine Stimme zitterte, als er mit verzerrter Miene sagte: »Claudina, steh auf, wir gehen. Mir ist der Appetit vergangen.«

»Aber Papa, bitte ...«

Das Flehen seiner Tochter konnte Eduard Novell nicht zurückhalten, und er verließ den Salon und die Wohnung mit dem hochmütigen Gesichtsausdruck desjenigen, der sich im Besitz der einzigen Wahrheit glaubt.

Elena kehrte mit verzerrter Miene in den Salon zurück und atmete keuchend, so als würde sie jeden Moment in Tränen ausbrechen. Sie fühlte sich völlig verloren in dieser unangenehmen Situation, mit der sie niemals gerechnet hätte.

»Das war doch wirklich nicht nötig!«, hielt sie Pau vor, der immer noch am Tisch saß. »Warum musstest du nur so auf ihn losgehen? Das hat ihn schwer getroffen!«

»Mein Gott, Elena! Er ist eingeschnappt, weil ich *einmal* meine Meinung sage. Aber dass er versucht, über mein Leben, über unser Leben zu bestimmen, findet hier niemand verwerflich!«

Elena hob die Hand, um ihm Einhalt zu gebieten.

»Mein Vater hat doch immer alles nur für uns getan. Er war es, der dir diese Arbeit besorgt hatte, und er war so stolz auf dich.«

Pau schüttelte den Kopf.

»Mach dir doch nichts vor. Stolz ist er nur auf dich. Und die Stelle hat er mir bloß deshalb besorgt, damit du deinen bisherigen Lebensstandard nicht aufgeben musstest. So hat er mich zu einem Vorzeigeehemann gemacht, wie für dich geschaffen. Ich habe das lange ohne zu murren akzeptiert, wie ein braves Lämmchen. Und jetzt erträgt er einfach nicht, dass ich mein Leben leben will. Kannst du das denn nicht verstehen?«

In Elenas Augen stand eine Wut, die Pau so nicht von ihr kannte.

»Und das fragst du mich? Nein, natürlich kann ich das nicht verstehen. Ich verstehe hier gar nichts mehr!« Sie wandte sich ab, um den Salon zu verlassen.

»Wo willst du denn hin?«

»Zu meinen Eltern, da ist nämlich eine Entschuldigung fällig!«

Elena sah ihren Vater an diesem Tag jedoch nicht mehr. Als sie die weitläufige Wohnung an der Ronda Universitat erreichte, die einst ihr Zuhause gewesen war, bat ihre Mutter sie, ihn heute besser nicht mehr zu stören.

»Du weißt doch, wie dein Vater ist. Lass ihn das Ganze erst einmal verdauen. Wenn du ihn jetzt störst, dann sagt er doch nur Sachen zu dir, die er später bereut.«

Verdrossen schaute Elena sie an. Claudina nahm sie in den Salon mit und ließ Tee und Gebäck bringen.

»Da wir heute Mittag ja nichts gekriegt haben, wird uns etwas Süßes guttun.«

»Aber Mama, wie können Sie denn jetzt nur ans Essen denken?«

Claudina strahlte sie an. Ihr Lächeln war ihre schärfste Waffe und hatte früher selbst die Wutanfälle ihrer Kinder unterbinden können. Was Claudina schon alles allein mit ihrem Lächeln erreicht hatte!

Ruhig griff sie nach den Händen ihrer Tochter und fragte: »Und was ist mit dieser anderen Sache, von der du mir erzählt hast?«

»Mama, Sie haben Papa doch nichts gesagt, oder?«

»Himmel, nein! Dann würde hier erst recht ein Donnerwetter losgehen. Keine Sorge, meine Lippen sind versiegelt.«

Elena stieß ein Seufzen aus, ihr war ein Stein vom Herzen gefallen. Aber dann fühlte sie sich wieder von diesem dichten Nebel eingehüllt, in dem sie gefangen schien.

»Mama, ich hatte recht, das weiß ich jetzt ganz sicher«, sagte sie so leise, als befürchtete sie neugierige Lauscher.

Claudina presste sich eine Hand an die Brust und umklammerte mit der anderen Elenas Finger.

»Herr im Himmel!«

Erschrocken starrten Mutter und Tochter einander an.

»Und woher weißt du es?«

»Ich habe ihn beschatten lassen.«

»Mein Gott, Mädchen, wie grauenhaft!«

Beschämt senkte Elena den Blick.

»Was sollte ich denn sonst tun, Mama? Ich konnte nicht mehr und brauchte einfach Klarheit. Jetzt weiß ich Bescheid. Pau trifft sich mit einer anderen Frau, und zwar schon lange. Sie haben sich für ihr Stelldichein sogar eine Wohnung gemietet. Außerdem verbringt Pau oft Zeit mit einem etwa elf- oder zwölfjährigen Jungen, wohl dem Sohn von ihr, und …«

Mehr brachte Elena nicht hervor, sie sank auf die Knie und legte auf der Suche nach Trost den Kopf in den Schoß ihrer Mutter. Tränen brannten ihr in den Augen, und die Verzweiflung ließ ihren Körper beben. Innerlich war ihr eiskalt.

»Aber mein Kind …«

Zärtlich strich Claudina ihr über die dunkle Mähne, das glänzende, seidige Haar, das sie so oft gekämmt hatte. Ihr fuhr durch den Kopf, dass ihre Tochter doch eigentlich alles hatte, sie war schön und intelligent, auch an Geld fehlte es ihr nicht. Wer konnte solch eine Frau nur derart verschmähen? Eltern taten doch immer alles, um ihre Kinder glücklich zu machen, und sie würde Elenas Traurigkeit und Trostlosigkeit wohl auf ewig im Herzen tragen.

»Das ist alles nur meine Schuld, Mama …«, schluchzte Elena wie ein kleines Mädchen. Wie das kleine Mädchen, das sie jetzt am liebsten wieder gewesen wäre.

»Aber Liebes, was sagst du denn da?«

»Ich konnte ihm einfach keine Kinder schenken. Aber ich habe eben gedacht, dass er die gar nicht braucht. Dass wir zwei auch allein glücklich sind … Doch Sie sehen ja, wie es in Wirklichkeit aussieht, Mama. Er hat sich eine Familie gesucht, eine richtige Familie.«

Auch wenn Elena ihr Gesicht unbedingt im Rock ihrer Mutter verbergen wollte, schob Claudina es jetzt am Kinn hoch.

»Sieh mich an und hör mir jetzt mal gut zu: Du trägst für nichts die Schuld. *Er* ist hier derjenige, der dich betrügt. Hörst du?«

Dann zog sie ein Taschentuch aus ihrem Ärmel und wischte Elena die Tränen aus dem Gesicht. Ihrem kleinen Mädchen, das sie vergötterte.

»So, das ist schon besser. Und nun sag, was willst du denn jetzt tun?«

Elena schaute ihrer Mutter in die Augen und versuchte die Frage zu beantworten, die sie sich doch selbst die ganze Zeit stellte.

»Ich weiß es nicht, Mama, ich weiß es einfach nicht.«

»Eins sollst du wissen: Wofür du dich auch entscheidest, ich bin für dich da.«

Wieder brach ihre Tochter in Tränen aus. Sie stellte sich ihr Leben wie einen Koffer vor, der bisher doch immer randvoll mit den wunderbarsten Dingen gewesen war und auf einmal nur noch die Überreste einer gescheiterten Existenz enthielt.

Am nächsten Mittwoch erschien Pau zu dem Treffen mit Laia beunruhigt und bedrückt. Er wollte sie lieben, besitzen, spüren, dass sie ihm gehörte. Aber zunächst musste er ihr erzählen, was passiert war. Seit sich Pau beim letzten Sonntagsessen mit den Schwiegereltern die Maske heruntergerissen hatte, lebten Elena und er in einer Blase aus Schweigen, die jeden Moment zu platzen und ihre Beziehung zu zerstören drohte.

Pau wollte so gern mit Laia über die neuen Projekte in seinem Leben sprechen und ihre Augen anerkennend leuchten sehen. Ihre echte Hochachtung belebte ihn und machte ihn stolz. In Elenas Blick hatte diese Bewunderung mit der Zeit nachgelassen und war von einer kalten Herablassung ersetzt worden, die ihn von ihr forttrieb.

Er hatte alles in seiner Macht Stehende getan, um ruhig zu bleiben, nichts zu überstürzen. Aber in diesen letzten drei Tagen des Schweigens hatte er Entscheidungen getroffen, die er einfach nicht weiter hinauszögern konnte. Er hielt es nicht mehr aus und konnte schlichtweg nicht länger schweigen. Eine neue, machtvolle Kraft schien ihn völlig zu überwältigen. Bevor er eine unwiderrufliche Entscheidung traf, musste er jedoch erst mit Laia sprechen.

Deshalb kam er schon ein wenig früher in die kleine Wohnung an der Plaça Bonanova. Wie es ihn gefreut hätte, wenn Laia an diesem Abend von derselben Dringlichkeit hergetrieben worden wäre und schon ungeduldig auf ihn warten würde. Aber als er eintrat, waren die Fensterläden geschlossen, und es fiel nur wenig

Licht durch die Ritzen herein. Pau öffnete die Läden und schaute zum trüben Himmel hinauf. Seit Anfang Juni regnete es jeden Nachmittag, dieses Jahr hatte der Sommer es wirklich nicht eilig.

Der Gedanke daran, dass er bald mit Laia sprechen würde, versüßte ihm das Warten. Er wollte ihr von seiner Entscheidung erzählen, zum Wohle aller seine Ehe zu beenden und an ihrer Seite ein neues Leben anzufangen. Allerdings quälte ihn immer wieder die Angst, Laia könne heute nicht kommen, und so zogen sich die Augenblicke des Wartens endlos in die Länge.

Als er dann endlich den Schlüssel in der Tür hörte, ging ihm das Herz auf, er warf sich ungestüm wie ein junger Bursche auf Laia und presste seine Lippen auf ihren Mund. Gierig erwiderte sie den intensiven Kuss und gab sich ihm mit ganzem Körper hin. Als sich dann ihre Lippen wieder voneinander lösten, fanden sich ihre Blicke. Laias Augen glänzten glücklich, trotzdem verspürte Pau einen seltsamen Stich, so als ahne er schon, dass irgendetwas nicht stimmte. Ganz bewusst versuchte er diesen Gedanken zu verdrängen und wollte sich einfach nicht eingestehen, dass manchmal schon ein kleiner Funke einen Flächenbrand auslösen konnte.

»Ich habe schon auf dich gewartet, ich hab dir nämlich so viel zu erzählen.«

Berauscht lächelte Laia und legte ihm die Hand auf den Mund.

»Oh nein, ich habe nämlich auch Neuigkeiten, und du weißt ja: Die Damen zuerst!«

Hand in Hand traten sie ans Fenster. Es regnete schon wieder, und an den Scheiben liefen kleine Tropfen hinunter. Der Nachmittag war trotzdem mild und angenehm, deshalb öffnete Laia das Fenster und sog die regennasse Luft tief ein.

Schließlich setzten sich die beiden einander gegenüber hin.

»Also, dann fang mal an«, bat Pau, dem man seine Ungeduld anmerkte.

»Ich bin ja so glücklich ...«, schwärmte Laia.

Mit zitternden Fingern zündete sich Pau eine Zigarette an, und

Laia betrachtete fasziniert die Glut. Dann lehnte sie sich vor und legte Pau die Hände auf die Knie.

»Ich fahre im Juli nicht einfach nur nach Paris, um mir die Kollektionen für die Wintersaison anzusehen …«

Pau sah ihr lange in die Augen. »Ach, nicht?«

»Nein, dieses Mal bleibe ich länger, ich gehe für ganze drei Monate nach Paris. Molins will, dass ich mich dort fortbilde, weil die Arbeit im Atelier immer anspruchsvoller wird. Ich soll an meinem Französisch arbeiten und mir alle Modenschauen ansehen. Er gibt mir sogar ein Empfehlungsschreiben für Chez Rochas.« Die Worte waren ohne Punkt und Komma aus ihr herausgesprudelt, und jetzt musste sie erst einmal Luft holen. »Kannst du das fassen? Das wird so eine Art Stage … Bei Chez Rochas! Die haben gerade ganz neue Geschäftsräume in der Avenue Matignon eröffnet, mitten im Herzen des Pariser Modeviertels!«

Pau lehnte sich auf seinem Stuhl zurück und drückte die Zigarette im Aschenbecher aus. Als er aus dem Fenster schaute, machten ihn der jetzt heftigere Regen und der düstere Himmel nur noch trauriger. Er musste nachdenken, und zwar schnell.

»Du sagst ja gar nichts! Freust du dich denn gar nicht für mich?«

»Drei Monate? Ich bin einfach ein bisschen überrumpelt.«

Es war nicht das Ende der Welt, aber das Letzte, was er sich in seiner Situation wünschte.

»Das ist für mich wirklich eine tolle Chance …«

»Und dein Sohn?«

Laia schaute ihn mit gerunzelter Stirn an.

»Was soll das denn jetzt? Meinst du nicht, dass das meine Sache ist?«

Das Herz in Paus Brust drohte zu zerspringen, weil sich in nur wenigen Minuten alles völlig verändert hatte. Wut stieg in ihm auf, unendliche Wut. Ihm war natürlich klar, dass er sich eigentlich für Laia freuen sollte, weil sich ihr eine großartige Gelegenheit bot. Deshalb versuchte er, seine widersprüchlichen

Gefühle nicht zu zeigen, und zwang sich zu einem Lächeln. Aber die heuchlerische Geste war ihm unangenehm.

»Natürlich, entschuldige bitte. Ich bin einfach nur überrascht.«

Er schloss die Augen, als sich Laia nun leidenschaftlich auf ihn stürzte. Nachdem sie sich geliebt hatten, brach sie jedoch rasch auf, weil sie noch so viel erledigen musste, und Pau betrachtete die leere Stelle, die sie im Bett hinterlassen hatte.

23

Mit zittrigen Knien lief Pau Amat die Straßen des Pequín-Viertels entlang, die der Septemberregen aufgeweicht und in Schlamm verwandelt hatte. Er war sich nicht sicher, was ihn hier erwartete, aber etwas in seinem Inneren sagte ihm, dass seine Intuition ihn nicht trog. Keuchend blieb er stehen, nahm den Hut ab und strich sich mit der Hand durchs Haar. Er konnte sich nicht daran erinnern, je unter solcher Anspannung gestanden, solche Angst gehabt zu haben. Pau ließ den Blick über das wandern, was ihn umgab: das elendeste, schmutzigste und unhygienischste Barackenviertel von Barcelona.

Als eine Zwiebelverkäuferin an ihm vorbeikam und ihm ein zahnloses Lächeln schenkte, kam er sich vor wie in einer seiner Fotografien.

Sie stieß einige Worte in einer ihm unverständlichen Sprache aus, dann sagte sie: »Was macht denn so ein feiner Herr hier in unserem Viertel? Pass nur auf, nicht, dass sie dich noch beklauen!«

Mit weit aufgerissenen Augen starrte Pau dieses menschliche Wrack an und brachte nichts als ein Ächzen hervor.

»Na, bleib mal ruhig, du Kanaille!«, rief die Frau und zog schimpfend und fluchend weiter.

Auch Pau setzte seinen Weg durch die Gassen voller Schlamm fort, die ihn ebenso zu verschlingen drohten wie die Beklommenheit in seinem Herzen. Die Abenddämmerung setzte bereits ein, die Kneipen des Viertels waren voll und spuckten dichten Qualm aus, der eine Mischung übelster Gerüche mit sich brachte. Plötzlich blieb Pau stehen, weil ganz in seiner Nähe gekreischt und gerufen wurde. Genau diese Richtung schlug er ein. Hier gab es häufig Prügeleien, und in solchen Situationen musste man sehr vorsichtig sein. Dennoch zog ihn irgendetwas magisch an. Pau näherte sich dem Kreis aus Schatten rund um zwei Männer, die mit den Fäusten aufeinander losgingen. Der eine von ihnen war groß und dünn, mit fettigem Haar und vor Wut glühenden Augen, der andere war fülliger, mit Furcht einflößendem Blick.

Es war gar nicht so einfach, sich durch die Menge der schreienden, johlenden, pfeifenden und fluchenden Zuschauer zu schieben, die die Streithähne nur noch aufheizten. Pau fuhr zusammen, als er auf der anderen Seite des Ringes einen reglosen Schatten entdeckte. War er das wirklich? Er begann zu rufen, versuchte, den improvisierten Boxring zu durchqueren, und stolperte über einen der beiden Raufbolde, der am Boden lag. Dann durchlief ein Zucken seinen Körper wie ein elektrischer Schlag, Pau machte einen Satz nach hinten und verlor das Gleichgewicht. Er stürzte und rollte voran, bis er bäuchlings liegen blieb. Das schwache Abendlicht erlosch auf einen Schlag, und als er den Kopf zu heben versuchte, knallte er wieder zu Boden. Plötzlich hatte er das Gefühl, stark zu schwitzen. Und dann kam das Nichts.

Ein Septembermorgen in Paris. Laia schlug die Augen auf und ließ das kalte, graue Licht auf sich wirken, das im Hotel Mont Thabor durchs Fenster in ihr Zimmer fiel. Als sie sich reckte und streckte, die warme Decke zurückschlug, verwandelte sich ihr Gähnen umgehend in das glücklichste Lächeln der Welt. Langsam stand sie auf und ging zur Scheibe hinüber, zum Licht. Dann machte sie das Fenster auf und füllte ihre Lungen tief mit Luft.

Heute brauchte sie nicht zu arbeiten und musste sich deshalb nur darüber Gedanken machen, was sie für den Spaziergang mit Monique anziehen würde, ihrer neuen Freundin von Chez Rochas. Vielleicht war dies ja die Gelegenheit, ihr neues, efeugrünes Kostüm zu tragen, das ihre Haarfarbe so wunderbar zur

Geltung brachte. Es bereitete Laia großes Vergnügen, gut gekleidet durch die Straßen von Paris zu flanieren. Zwar zwangen ihre hohen, furchtbar unpraktischen Absätze sie dabei zu ganz kleinen Schritten, sie ließen ihre Beine aber schlank und ellenlang aussehen.

Während Laia sich wusch, malte sie sich aus, was Monique sich wohl für heute überlegt hatte. Ihrer Freundin gelang es nämlich jedes Mal, sie zu überraschen. Monique sagte immer, dass im Pariser Herbst die grauen, regnerischen Tage begannen und die Straßen langsam verwaisten, aber Laia sah das nicht so. Für sie war der September in Paris ein sanfter Übergang, die sommerliche Trägheit machte neuer Energie, neuen Versprechen und Projekten Platz.

Als sich Laia vor dem großen Spiegel im Bad frisierte und schminkte, beschloss sie, am Abend zu Hause anzurufen. Sie hatte sich schon seit zwei Tagen nicht mehr gemeldet, und es war wohl wieder einmal an der Zeit, sich Engràcias Gejammer anzuhören. Sie lächelte. Ehrlich gesagt, fehlten ihr deren ewige Klagen sogar! Die Entfernung zwischen ihnen erfüllte Laia mit Nostalgie, die süß, nicht bitter war.

Auch der Junge fehlte ihr. Jetzt war sie schon zwei Monate in Paris und hatte oft an ihn gedacht. Laia war sich dessen bewusst, dass sie viel falsch gemacht hatte. Sie war ihm gegenüber nicht konsequent genug gewesen, und Valentí hing noch immer an Engràcias Rockzipfel, die ihn völlig verhätschelte. Das musste wirklich ein Ende haben! Valentí war schließlich schon elf, beinahe ein junger Mann. Sobald Laia wieder in Barcelona war, wollte sie sich persönlich um seine Erziehung kümmern und klare Regeln festlegen. Die Sache durfte ihr nicht entgleiten, schließlich würde ihr Sohn bald in ein schwieriges Alter kommen, wenn man dem glauben durfte, was man so hörte. Sie überlegte sogar, Valentí vielleicht auf eine andere Schule zu schicken, eventuell auf ein Internat.

Laia trat zum Schrank und holte das grüne Kostüm hervor,

dann breitete sie es vorsichtig auf dem Bett aus und betrachtete es lächelnd. Sie begann sich anzuziehen.

Während der letzten Wochen hatte sie auch Zeit gehabt, sich ihre Beziehung zu Pau durch den Kopf gehen zu lassen. Wenn sie an ihn dachte, vermisste sie ihn zwar, sie verspürte jedoch auch eine gewisse Ernüchterung. Es war nicht so, als wäre sie nicht mehr in ihn verliebt, aber mit der Zeit hatte sich ihre Affäre gewissermaßen abgenutzt. Nach Ferran Clos war Laia lange Zeit fest entschlossen gewesen, sich an nichts und niemanden mehr zu binden. Bei ihrer Begegnung mit Pau war dieser gute Vorsatz jedoch schnell in Vergessenheit geraten. Sie hatte sich in einen Mann verliebt, den sie niemals haben konnte, und im Verborgenen eine verbotene Liebe erlebt.

Ihr Aufenthalt in Paris, so weit weg von allen und allem, hatte ihr die Augen für neue Möglichkeiten geöffnet. Während der letzten zwei Monate war sie nachts über leuchtende Boulevards geschlendert und hatte bei Chez Rochas in den weitläufigen, üppig ausgestatteten Ateliers gearbeitet. Und im Licht der glitzernden Kronleuchter hatte sie sich dort bei dem Gedanken ertappt, dass vielleicht auch für sie ein ganz anderes Leben möglich wäre. Ein Leben, in dem Pau nicht mehr so eine wichtige Rolle spielte. Im Lauf der Jahre war ihr nie in den Sinn gekommen, dass ihre Liebe einst vorbei sein konnte, aber schließlich endete doch alles irgendwann. Und jetzt musste sie sich auch eingestehen, dass sie eigentlich auf sehr wenig verzichtet hatten. Sie hatten sich in ihrer Beziehung gemütlich eingerichtet und versucht, ihr sonstiges Leben durch ihre Liebe zu ergänzen, vielleicht sogar zu vervollständigen, ohne dabei irgendwelche Risiken einzugehen. Sie hatten nie eine Möglichkeit gefunden, ein gemeinsames Leben anzufangen, vielleicht nicht einmal danach gesucht. Auf jeden Fall war sich Laia nun ganz sicher, dass diese Suche vorbei war. Sie hatte das Gefühl, dass in ihrem Leben ein neues Kapitel voll wunderbarer Gelegenheiten begann, und darin wollte sie sich keine einzige Möglichkeit verbauen. Schließlich hatte sie selbst am eigenen

Leib erfahren, wie blind man durch Leidenschaft werden konnte, und dafür einen hohen Preis bezahlt. Jetzt wollte sie mit offenen Augen in die Zukunft blicken.

Als sie fertig angekleidet war, warf Laia einen letzten Blick in den Ganzkörperspiegel und fand sich einfach umwerfend. Sie machte sich zum Frühstück auf den Weg nach unten.

Mit dem Aufzug fuhr Laia die drei Stockwerke hinunter und begab sich in den hübschen kleinen Speisesaal des Hotels. Kaum hatte sie sich gesetzt, kam ein Kellner und informierte sie darüber, dass an der Rezeption jemand für sie am Telefon sei, es handele sich um einen dringenden Anruf aus Barcelona.

Mit klopfendem Herzen ging Laia zum Empfang hinüber.

»Ja, hallo?«

Als sie hörte, was die stammelnde Engràcia am anderen Ende der Leitung zu sagen hatte, wurde ihre Miene immer finsterer.

An diesem Montag war Valentí nach dem Nachmittagsunterricht nicht von der Schule nach Hause gekommen. Besorgt wartete Engràcia ein, zwei Stunden auf einem Stuhl in der Küche. Sie kochte fürs Abendessen Kartoffeln und grüne Bohnen und backte dann widerwillig noch einen Kuchen, von dem sie wusste, wie gern der Junge ihn aß. Das alles tat sie vor allem, um sich abzulenken und die düstere Vorahnung zu verdrängen, die mit jeder verstreichenden Minute schlimmer wurde.

Schließlich holte sie den Kuchen aus den Ofen und stürzte ihn auf eine Platte auf dem Küchentisch. Er war einfach perfekt geworden, genau so, wie sie ihn gern mochte: locker und goldgelb. In Gedanken versunken, starrte sie das Backwerk an und konnte irgendwann gar nicht mehr sagen, wie lange sie bereits so dasaß. Sie reagierte erst wieder, als sie etwas Klebrig-Feuchtes auf der Wange spürte und feststellte, dass ihr Tränen übers Gesicht liefen. Dann endlich stand sie auf, holte Stift und Papier und verfasste in ihrer zittrigen, kindlichen Schrift mühsam eine Nachricht. Nach der Abreise ihrer Dienstherrin hatte Pau Engràcia versichert, dass sie sich keine Sorgen zu machen brauche, dass er für sie da sein würde, während Laia fort war. Deshalb nahm sie jetzt ein paar Münzen vom Haushaltsgeld und ging die Treppe hinunter. Sie rief Quimet herbei, den mittleren Sohn der Pförtnerin, drückte dem aufgeweckten Achtjährigen die Nachricht, das Geld und einen weiteres Stück Papier in die Hand, auf dem Paus Name und die Adresse eines Hotels standen.

»Bring das diesem Herrn, hier steht der Name. Wenn er nicht da ist, dann sagst du denen vom Hotel, dass sie ihm den Zettel so bald wie möglich geben sollen.«

Eineinhalb Stunden später stand Pau auch schon bei ihr vor der Tür. Bei seinem Anblick brach Engràcia in Tränen aus und vergrub das Gesicht an seiner Brust. Als sie sich endlich wieder beruhigt hatte, sagte Pau: »Sie müssen Laia anrufen.«

Die alte Frau nickte.

»Keine Sorge, Engràcia, Valentí ist sicher nichts passiert.«

»Dieser Junge wächst hier auf wie ein verlassenes Tier, Senyor Pau. Ich kann ihm einfach nicht die Mutter ersetzen, und er fühlt sich so einsam, so furchtbar einsam.«

Pau umarmte die Frau und überlegte, was als Nächstes zu tun war.

Engràcia hatte sich im Salon gesetzt, während Laia auf und ab marschierte wie ein Löwe in seinem Käfig. Am Dienstagmorgen hatte sie vom Verschwinden ihres Sohnes erfahren und war so schnell wie möglich zurück nach Barcelona gereist. Sie kam am Mittwoch in den frühen Morgenstunden an und machte sich sofort auf den Weg zur Polizeiwache. Dort erklärte man ihr, dass man sich um den Fall kümmerte, es im Moment aber nichts Neues gab. Kinder in diesem Alter verschwanden wohl ziemlich oft, am besten sollte sie zu Hause auf ihren Sohn warten.

Weil Laia nicht wusste, was sie sonst tun sollte, ging sie in Valentís Zimmer und durchwühlte dort alles. Dabei konnte sie selbst nicht einmal so genau sagen, was sie eigentlich suchte. Als sie aus dem Kinderzimmer zurückkam, stürzte sie sich in ihrer Verzweiflung auf Engràcia und löcherte die arme Frau mit Fragen, auf die sie keine Antwort wusste.

Die Stunden verstrichen.

Laia trat auf den Balkon hinaus. Nach der ersten regnerischen Septemberwoche schien sich der Sommer noch einmal zu Wort zu melden, und die Stadt lag in erdrückender Hitze da. Am Himmel zogen jedoch schon wieder finstere Wolken auf, und vor diesem Hintergrund leuchteten die weißen Dächer.

Engràcia hockte in der Ecke und stöhnte, die Hände wie tote Vögel reglos im Schoß. Mit einem tiefen Seufzer setzte sich Laia wieder in Bewegung. Sie würde noch einmal zur Polizei gehen, irgendwas musste sie einfach tun. Aber in diesem Moment klingelte es, und sie rannte blitzschnell zur Tür.

Als sie aufmachte, standen Pau und Valentí vor ihr.

Aus der Küche wehten köstliche Gerüche herüber und riefen ihr in Erinnerung, dass sie schon seit Stunden nichts mehr gegessen hatte.

Während Engràcia das Essen zubereitete, nahm Valentí erst einmal ein Bad. Man hatte ihm bei seiner Rückkehr nach Hause anmerken können, dass er in den letzten Tagen unter Kälte, Hunger und Angst gelitten hatte. Pau sah allerdings auch nicht viel besser aus. Man hatte ihm die Jacke gestohlen, und die Kleider, die er noch am Leib trug, waren schmutzig und zerrissen.

Laia goss ihm einen Drink ein, um etwas Leben in ihn zu bringen, und versorgte seine Wunden.

Dann saßen sie einander gegenüber da. Allein. Schweigend.

»Was hat das alles zu bedeuten?«

Bevor er etwas dazu sagen konnte, rieb sich Pau den schmerzenden Kiefer. Er zögerte, so als suche er nach den richtigen Worten.

»Als mich Engràcia über Valentís Verschwinden informiert hat, habe ich überlegt, wo er wohl stecken könnte. Vor nicht langer

Zeit habe ich ihn nach Pequín mitgenommen, um dort Fotos zu machen. Die Fotografie findet er toll, er hat auch selbst schon ein paar Bilder geschossen ...«

Laia kam das alles wie ein seltsamer Traum vor, oder vielmehr wie ein Albtraum.

Pau sprach weiter, jetzt gab es nichts mehr zu verbergen.

»Er hat mir erzählt, dass er später auch gerne die Stadt fotografieren will. Da habe ich ihm gesagt, dass er nach Pequín aber nur als Erwachsener zurückkehren darf, denn da muss man gut auf sich aufpassen können. Sonst ist man verloren und kehrt nie wieder zurück, das habe ich ihm eingebläut.«

Pau schaute zu Laia auf. Ihr Blick war hart und kalt wie ein Messer, das sich ihm ins Fleisch bohrte. Aber sie schwieg beharrlich, also fuhr er fort: »Als mir heute Abend klar geworden ist, dass die Polizei wohl nicht weiterkommt, bin ich noch mal zu den Baracken zurückgekehrt. Mein Herz hat mir gesagt, dass ich ihn da finden würde. Ohne es zu wollen, hatte ich ihm nämlich selbst das beste Versteck in ganz Barcelona gezeigt. Da habe ich ihn also gesucht und bin plötzlich mitten in eine Schlägerei geraten, mit der ich gar nichts zu tun hatte. Man hat mich ausgeraubt und dort einfach liegen lassen. Als ich wieder zu mir gekommen bin, hatte Valentí Hilfe geholt ... Wenn er nicht gewesen wäre ...«

Laia sprang auf und wandte ihm den Rücken zu. Angespannt stand sie da und verschränkte die Arme vor der Brust.

»Seit wann kennst du meinen Sohn?«

»Ich weiß nicht so genau ... Seit zwei Jahren ungefähr.«

»Ich fasse es nicht!«

»Laia, darüber können wir doch später noch reden. Jetzt sollten wir vielleicht erst einmal herausfinden, warum Valentí weggelaufen ist, was mit ihm los ist. Womöglich ist das ja so eine Art Protest gegen ...«

Laia erstarrte.

»Was soll das? Willst du hier etwa den Vater für ihn spielen?«

»Nein! Ich mache mir nur Sorgen um ihn, das ist alles!«

Wutentbrannt baute sich Laia vor Pau auf, man konnte ihr die Fassungslosigkeit ansehen.

»Und deshalb nimmst du ihn zum Fotografieren nach Pequín mit, in das übelste Viertel von ganz Barcelona, wo das Gesindel haust? Wohin hast du ihn denn noch mitgeschleppt? Und wie oft seht ihr euch überhaupt? Hast du ihn vielleicht auch zu Hause deiner Frau vorgestellt?«

Gequält verzog Pau das Gesicht und stand nun ebenfalls auf. Er ging zu Laia hinüber. Dabei tat ihm jeder Schritt weh, aber mehr noch als der Körper schmerzte seine Seele.

»Nein, nein, das verstehst du einfach nicht! Er hat mir so leidgetan, Laia, er fühlt sich nämlich allein.«

»Willst du mir jetzt auch noch Erziehungsratschläge geben? Du hast doch selbst keine Kinder!«

Den Schlag musste Pau jetzt einfach wegstecken, er sprach rasch weiter: »Ich hab Elena verlassen und wohne nicht mehr bei ihr. Bis ich etwas Neues finde, bin ich in einem Hotel untergekommen. Wenn du nur willst ...«

Einen Moment schloss Laia die Augen. Dann musterte sie Pau von oben bis unten und versetzte mit eiskalter Stimme: »Das alles hätte ich nie von dir erwartet. Du hast mich betrogen und hintergangen. Und deshalb verschwindest du jetzt besser von hier!«

Pau konnte es nicht fassen. Laias kalter Blick und ihre ebenso kalte Stimme schienen nach und nach in seinen Körper einzudringen und all seine Träume und Pläne gefrieren zu lassen.

»Laia, Laia ... Lass es mich doch erklären. Ich ...«

In diesem Moment hörten sie hinter sich einen Schrei. Als sie beide zugleich herumfuhren, sahen sie gerade noch, wie Engràcia sich die Hand an die Brust presste und mit schmerzerfüllter Miene zusammenbrach.

Es war eine schlichte Zeremonie. Rechts saßen die Frauen: Engràcias Nichte, die niemand kannte, ein paar Nachbarinnen, die Pförtnerin und Laia mit Valentí. Auf den Bänken der linken Seite hatten die Männer Platz genommen: die Nachbarn und zwei entfernte Verwandte. Eine komplette Sitzreihe füllten jene Frauen aus, die einfach gerne zu Trauerfeiern kamen und keine ausließen, und ganz hinten saß dann allein noch Pau.

Der Priester lobte die Güte und Einfachheit dieser treuen Christin, die er seit vielen Jahren gekannt hatte und die immer für andere da gewesen war.

Als dann der Sarg mit ihren sterblichen Überresten durch den langen Mittelgang getragen wurde, konnte Valentí das Schluchzen nicht länger unterdrücken. An seiner Seite schritt seine in Schwarz gekleidete Mutter hocherhobenen Hauptes voran, aber auch sie hatte hinter dem kleinen Schleier ganz feuchte Augen. Laia blieb nicht stehen, als sie Pau entdeckte, Valentí wurde jedoch langsamer und sah ihn an. Melancholisch schaute Pau zu ihm herüber und folgte dem Jungen mit Blicken, bis er im Türrahmen zu einer dunklen Silhouette wurde.

Als die Trauergemeinde gegangen war, ließ sich Pau wieder auf der Bank nieder und schloss die Lider. Umgehend sah er ein anderes Paar Augen vor sich, und er schwor sich, dass er sie niemals vergessen würde, ihre honiggoldene Farbe, in der sich ein Sturm anzukündigen schien, die wache Intelligenz darin.

Es waren dieselben Augen wie die von Valentí.

Die Augen eines Kindes.

Augen, in denen Sehnsucht und Traurigkeit glänzten.

24

Sonntag, der 5. November 1933. In der Presse war zu lesen, dass Senyor Francesc Cambó morgen im Musikpalast eine Konferenz abhalten würde, die auch im Radio übertragen werden würde. Thema waren die Lliga Catalana und die nächsten Wahlen. Im Poliorama-Theater wurde *Die heilige Flamme* von W. Somerset Maugham aufgeführt. Die Begegnungen in der spanischen Liga waren an diesem Tag Espanyol – Donostia, Oviedo – Barcelona und Arenas – Madrid. Die Zeitungen empfohlen Aspaime-Tabletten, um dem Husten ein Ende zu bereiten, und Cerebrino Mandri, den reinsten Balsam für den Körper.

Im Norden hatten sich unter dem stürmischen deutschen Himmel die nichtarischen Bürger zusammengetan, um den Staatsorganen gegenüber zu verlangen, dass man ihnen dieselben Rechte zugestünde wie dem Rest der deutschen Bürger.

Laia hatte an diesem Sonntag weder die Zeitung gelesen, noch interessierte sie, was unter deutschem Himmel oder im Bereich Sport oder Theater passierte. Sie war zum Abendessen mit Genís verabredet und machte sich vor dem Spiegel sorgfältig zurecht. Die beiden hatten schon viel zu lange keine Gelegenheit mehr zum Reden gehabt, deshalb wollte sie sich heute bei ihm ausheulen. In letzter Zeit schien einfach alles schiefzulaufen, die Probleme türmten sich in ihrem Leben auf. Seit Engràcias Tod war ihr Familienleben nämlich ziemlich chaotisch geworden. Zunächst hatte sie noch nach dem perfekten Ersatz für ihre alte Haushälterin gesucht, es irgendwann aber aufgegeben. So jemanden wie Engràcia fand man eben nicht zweimal. Die Frauen, die sie stattdessen einstellte, versuchten ohne Erfolg, es ihr recht zu machen.

Laias wahres Problem war jedoch Valentí.

Sie traf um fünf nach halb neun im Pingouin in der Carrer Escudellers ein, wo Genís bereits draußen auf sie wartete. Wie ein glückliches, verliebtes Paar betraten sie untergehakt das Restaurant. Da sie genau wussten, dass sich alle Blicke auf sie richten würden, spielten sie gern mit den Erwartungen. Und tatsächlich sahen sie aus wie das Traumpaar aus einem Film: sie mit ihrem schräg zugeschnittenen Cocktailkleid aus dunkelgrünem Samt, in dem sie Arme und Schultern zeigte, und dem gewellten braunen Haar, das ihr ins Gesicht fiel. Und Genís so schlank und blond, mit diesen Augen, die mal grau, mal grün wirkten und ihm ein germanisches Aussehen verliehen. Er trug eine hochmoderne Kombination aus Doppelreiher und weißer Fliege, die man nur nach der Cocktailstunde anlegen durfte und die für die männliche Lust am Verspielten in den Dreißigerjahren stand.

Die beiden setzten sich und bestellten für Laia Horsd'œuvre Pingouin sowie eine Minestrone für Genís. Um die Zeit bis zum Essen zu überbrücken, probierten sie den Willkommenscocktail, und Laia sprach ein Thema an, über das sie gerne Witze machten: »Hast du gesehen, wie uns alle anschauen? Findest du nicht, dass wir ein tolles Paar abgeben?«

Genís hob seinen Drink, einen Mary Pickford mit weißem Rum und Ananassaft, und warf Laia über das Glas hinweg einen verschmitzten Blick zu.

»Die halten uns bestimmt alle für ein Ehepaar, das sich besonders innig zugetan ist«, ließ er sich bereitwillig auf Laias Spielchen ein. »Nein, was sag ich denn da? Ein innig verbundenes Ehepaar? Was soll das denn sein? In Wirklichkeit sehen wir doch vielmehr aus wie ein Liebespaar!«

Den Blick unverwandt auf Laia gerichtet, nahm Genís mit verspieltem Lächeln noch einen Schluck. Er wusste, was jetzt kommen würde.

»Aber wenn du mein Liebhaber wärst, dann wäre ja alles ganz anders, meinst du nicht?«

Sein Lächeln wurde noch strahlender, und er senkte ein wenig die Lider, während er die letzten Tropfen seines Mary Pickford genoss.

»Du bist nämlich aus ganz anderem Holz geschnitzt, Genís. Du bist so loyal, du könntest nie jemanden hintergehen.«

Ihr Gegenüber stellte das leere Glas auf dem Tisch ab, und in diesem Moment erschien auch schon ein Kellner mit den Tellern. Während sie darauf warteten, dass er ihnen das Essen servierte und die Cocktailgläser einsammelte, spielten sie mit Lächeln und Blicken schweigend ihr kleines Spiel weiter. Als der Mann wieder ging, sagte Genís: »Und wie jedes Mal gelangen wir doch wieder zu demselben Schluss, liebe Freundin. Dass ich als dein Liebhaber nämlich nicht ich selbst wäre, sondern ein ganz anderer Mensch. Wenn eine unwiderstehliche sexuelle Anziehungskraft diesen anderen Genís zu dir geführt hätte, dann hätte er sich dir gegenüber auch ganz anders verhalten und dich anders geliebt als ich jetzt.«

Laia, die das Essen noch nicht probiert hatte, lehnte sich auf ihrem Stuhl zurück. Ihr Lächeln wurde provokant und vielsagend, weil das Spiel gerade Genís' von ihm so sorgsam beschützte Privatsphäre streifte.

»Wie liebst du mich denn jetzt? Na, sag schon… als guter Freund oder Bruder? Wie auch immer, deine Gefühle für mich sind sicher ganz anders als die für den ›Baron‹, was?«

Dunkle Wolken zogen in Genís' Augen auf, er senkte jedoch rasch den Blick und zwang sich zu einem kurzen Lächeln. Über seine Gefühle und Beziehungen sprach er einfach nicht gern. Das Leben hatte den eleganten Geschäftsführer gelehrt, dass er sein kompliziertes Privatleben besser unter Verschluss hielt.

Laia hatte mit dieser Welt nichts zu tun, aber sie war auch viel mehr als einfach nur eine Freundin. Sie war der sichere Hafen, in dem sein Schiff der Einsamkeit vor Anker gehen konnte.

Zum Sprechen bereit, schob er den Teller zur Seite und goss ihnen beiden Wein ein.

Abelard Mascarell i Mainat, Lalo für Freunde und Bekannte, gehörte nur einem einzigen Adel an, nämlich dem Geldadel. Das heißt, er hatte zwar keinen Titel, dafür aber Geld ohne Ende. Deshalb hatte irgendwer bei Santa Eulalia ihm den Spitznamen »Baron« verpasst, und der war hängen geblieben.

Als Genís ihn kennenlernte, war Lalo vierzig, hatte sich aber äußerst gut gehalten. Er war immer tadellos und nach der neuesten Mode gekleidet; um in seine maßgeschneiderten Anzüge und die seidenen Hemden zu passen, führte er allerdings einen ständigen Kampf gegen die Pfunde. Die Möglichkeit, tatsächlich dick zu werden, versetzte ihn in Angst und Schrecken, allerdings verzichtete er meist nur vorübergehend auf gutes Essen und Alkohol. Diese gemäßigteren Phasen brauchte der Bonvivant jedoch, um seinen Bauchumfang im Zaum zu halten. Seine Gesichtszüge waren noch immer die des jungen Großmauls und Luftikus, der er einst gewesen war, und er hatte kleine, glasige Augen, die mürrisch und hochmütig in die Welt hinausblickten. Auf seinen dünnen Lippen lag stets ein spöttisches Lächeln, und Bart und Haare wurden langsam grau. Obwohl Mascarell so sehr auf sich achtete und sich alle Mühe gab, elegant und vornehm zu wirken, hatte er dennoch etwas Abstoßendes an sich. Es mochte mit Äußerlichkeiten zu tun haben, mit der Haut, die sich wie ein Trommelfell über seine Wangen spannte. Oder vielleicht war es auch etwas weniger Offensichtliches, wie zum Beispiel die Tatsache, dass er immer wie ein selbstzufriedener Galan wirkte. Oder womöglich hatte es auch gar nichts mit seinem Aussehen zu tun, sondern vielmehr damit, dass er stolz war und ein wenig grausam.

Sein Vater, Facundo Mascarell, hatte die Ersparnisse eines halben Lebens in eine kleine Baumwollweberei gesteckt und dabei großes Glück gehabt. 1914 hatte der Krieg in Europa zum Erfolg von Mascarell senior in der Textilindustrie beigetragen, weil er in neue automatische Webstühle investiert hatte und dann dabei zusehen konnte, wie er nach und nach zu einem reichen Mann wurde.

Sein Vermögen verschaffte ihm unter anderem die Gelegenheit, seinen Sohn zum Studieren ins Ausland zu schicken. Als er im Jahr 1924 spürte, dass sein Ende gekommen war, rief er Abelard wieder zu sich. Vor seinem Übertritt ins Jenseits wollte er seinen Sohn in die Geheimnisse des Geschäfts einweihen und ihm außerdem einen guten Rat geben. Seiner Meinung nach sollte Abelard endlich heiraten und seinem zügellosen Leben ein Ende machen. Dabei ahnte der arme Mann nicht einmal, dass sein Sohn ein durchtriebener Wüstling war, der nichts anbrennen ließ und Dinge getan hatte, die man nicht laut aussprechen konnte.

Nach dem Tod seines Vaters übernahm Abelard die Firma und zeigte, dass er aus demselben Holz geschnitzt war. Unter seiner Führung wuchs die Weberei, sowohl was das Auftragsvolumen als auch die Zahl der Arbeiter anging. Er verbesserte die Fertigungsanlagen in der Fabrik in Les Corts und eröffnete in der Carrer Diputació ein zweckmäßig eingerichtetes Büro, von dem aus er die Geschicke des Unternehmens leitete.

In dieser Hinsicht hätte sein Vater also beruhigt sein können. Abelard wusste ganz genau, was er tat, die Firma war unter ihm nicht in Gefahr. Was die Sache mit der Hochzeit anging, ließ Lalo jedoch so viel Zeit wie möglich verstreichen und hätte sich womöglich vollständig davor gedrückt, wenn man ihn nicht zu einer Entscheidung gezwungen hätte.

Als er 1924 nach mehreren Jahren völliger Freiheit zurück nach Katalonien kam, hatte der junge Mascarell nicht die geringste Lust zu heiraten. Die jungen Damen seiner sozialen Schicht, mit denen er auf Feiern, bei Konzerten und im Liceu zusammentraf, waren für ihn nichts als Provinzlerinnen auf der verzweifelten Jagd nach einem Ehemann.

Aber auch die Diven, die sich in Barcelonas Vergnügungsviertel Paral·lel auf den Plakaten räkelten, sprachen ihn nicht im

Geringsten an. Die Objekte seiner amourösen Begierden waren ganz andere, und über so etwas durfte man nicht einmal im Flüsterton sprechen. Die Barceloner Gesellschaft konnte zwar bei so einigen Dingen wegschauen, andere wurden aber auf keinen Fall toleriert. Was Lalo suchte, fand er in gewissen Lokalen des Barri Xinés, in dem sich Aristokratie und Laster mischten.

Eine dieser Kaschemmen, La Criolla, war ein Paradies der Sittenlosigkeit, und hier fand Lalo seinen wahren Zufluchtsort. Der Besitzer hatte die schmierige Spelunke, in der sich Prostituierte und Homosexuelle tummelten, in einem alten Fabrikgebäude in der Carrer Cid eingerichtet. Und es waren die Homosexuellen, die La Criolla berühmt gemacht hatten – ordinär geschminkt und in Frauenkleidern boten sie sich inmitten von Verbrechern, Drogenhändlern und Zuhältern dem Höchstbietenden dar. Lalo Mascarell war nicht der einzige Mann in seiner Position, der die Spelunke frequentierte – die vulgäre, perverse Zügellosigkeit des Lokals lockte viele Söhne des katalanischen Bürgertums und sogar der Aristokratie an, die auf der Suche nach Nervenkitzel herkamen oder einfach nur ihr voyeuristisches Verlangen stillen wollten.

In diesem Lokal, in dem selbst die Musik schrill und schräg klang, wollten sich die Leute ihrer Leidenschaft hingeben, allerdings waren Pöbeleien und Tätlichkeiten an der Tagesordnung. Und es war gar nicht so einfach, sich aus allem rauszuhalten. Mascarell wusste jedoch, welcher Abgrund sich da zu seinen Füßen aufzutun drohte, und sah sich für gewöhnlich vor. Eines unseligen Abends wurde er dann aber doch in einen Streit mit hineingezogen. Hätte nicht Geschäftsführer Pep geschickt eingegriffen, hätte sich Lalo in einen Skandal sondergleichen verwickelt gesehen. Zwar kostete Mascarell der Spaß ein ordentliches Sümmchen, er war ihm aber tatsächlich eine Lehre. Der Baron hatte begriffen, was hier auf dem Spiel stand, und plötzlich kam ihm die Erinnerung an den zweiten Rat seines verstorbenen Vaters. Es fühlte sich an wie eine kalte Dusche, dennoch war es wirklich langsam an der Zeit, seinem Leben den Anschein von Anstand und Ehrbarkeit zu geben. Und dafür musste er heiraten.

Die Suche nach einer geeigneten Kandidatin gestaltete sich nicht schwierig. Lalo hatte eine Frau im Sinn, die viel jünger war als er mit seinen achtunddreißig Jahren, fügsam, ohne eigene Meinung oder Ideale und gemäß der Moral und den Gepflogenheiten des Bürgertums erzogen. Er brauchte eine zukünftige Vorzeigemutter, die an seiner Seite etwas hermachen würde. All diese Eigenschaften fand er in Maria Isabel Roura, die er an einem Frühlingstag im Jahre 1932 heiratete, einem Tag, der bewölkt anbrach und an dem nur schwach die Sonne schien.

Von da an kontrollierte Abelard jeden einzelnen Schritt, den Maria Isabel Roura de Mascarell machte. Genís lernte er ausgerecht dann kennen, als er seine im vierten Monat schwangere Frau zu Santa Eulalia begleitete, wo sie sich neu einkleiden sollte.

Als Hauptgang hatten Laia und Genís das Gleiche bestellt, gratinierte Buttfilets. Laia hob ihr Glas zum Mund und nahm einen Schluck. Sie genoss das Kitzeln des Weins auf der Zunge, stellte dann das Glas ab, stützte die Ellbogen auf und verschränkte die Finger.

»Ich weiß noch genau, wie er damals mit seiner Gattin ins Atelier kam. Es ist ja eher ungewöhnlich, dass ein Ehemann seine Frau beim Einkaufen begleitet.«

»An Lalo ist eben nichts gewöhnlich«, erwiderte Genís mit abwesendem Blick.

»Ja, vermutlich.«

Nun entfuhr Laia ein Kichern. »Und er hat überhaupt nicht mehr aufgehört zu reden. Er und niemand sonst hat über die Kleider für sie entschieden.« Sie imitierte Mascarell: »›Das da ist schön, aber die Farbe gefällt mir nicht. Und bei dem da müsste man den Saum auslassen … Und dieses hier kannst du in zwei Monaten schon nicht mehr tragen.‹«

Genís kaute schweigend.

»Sag mal, springt der mit dir auch so um?«

Ihr Freund ließ das Besteck sinken und wischte sich mit der Serviette über den Mund. Dann schaute er Laia an und seufzte laut.

»Na ja, sagen wir es mal so, Kleidung sucht er für mich nicht gerade aus.«

»Soso«, rief Laia, und plötzlich funkelte Zorn in ihren schönen Augen. »Du bist viel zu lieb, der macht mit dir doch bestimmt, was er will. Erst verschwendest du deine Liebe jahrelang an jemanden, der sie nicht erwidert, und jetzt gilt sie ausgerechnet diesem …«

Behutsam berührte Genís sie an der Hand. »Mach dir mal keine Sorgen, ich weiß schon, wie ich mein Leben zu leben habe. Außerdem wolltest du mit mir doch über Valentí reden, oder nicht? Also, dann erzähl mal.«

Laia senkte den Blick. Sie wusste, wie weit sie bei ihrem Freund gehen durfte, und wollte ihn auf keinen Fall verärgern.

»Ach, Genís, ich bin mit meiner Weisheit wirklich am Ende. Du hast ja mitbekommen, dass ich ihn wegen seiner schlechten Noten nicht für die Abiturklasse einschreiben konnte. Deshalb hat er eine Ausbildung zum Kaufmann angefangen, aber dieses Jahr hatte er schon zwei Verweise, und die haben mir gesagt, dass es keinen dritten mehr geben wird. Wenn er noch mal Ärger macht, fliegt er definitiv raus. Ich bin wirklich verzweifelt, der Junge tut einfach, was er will. Und ich …«

Ihr brach die Stimme, und jetzt war es an Genís, unangenehme Fragen zu stellen. »Trifft er sich denn nicht mehr mit Pau? Der hatte auf ihn doch so einen guten Einfluss.«

Laia antwortete nicht gleich. Zunächst schob sie sich ein Stück Fisch in den Mund und kaute langsam. Als sie dann endlich sprach, schwang in ihrer Stimme Bitterkeit mit.

»Ach, Pau! Valentí und er standen sich so nahe, aber dann ist Pau nach Manresa gezogen, um dort mit diesem Architekten zusammenzuarbeiten, mit dem er befreundet ist… Mir ist der Name entfallen.«

»Armengou. Die bauen zusammen wohl eine Schule namens La Renaixença, das soll wirklich ein beeindruckendes Projekt sein.«

Laia bedachte ihn mit einem spöttischen Blick.

»Woher weißt du bloß immer alles?«

»Ich will eben auf dem Laufenden sein, das ist bei meiner Arbeit ja auch nicht schwierig. Ich nehme im Geschäft die Kundinnen in Empfang, begleite sie …«

»Schmierst ihnen Honig ums Maul … Übrigens wüsste ich gern, wie du jeden einzelnen Kunden wiedererkennst, selbst wenn er nur ein, zwei Mal im Geschäft war.«

Mit übertriebener Geste winkte Genís ab.

»Hast du denn nie Angst, dass du dich mal vertust, wenn du ihnen ein Kompliment über die neue Frisur oder so machst?«

»Also, es ist der Gedanke, der zählt, verstehst du? Außerdem lässt ein freundliches Wort es so aussehen, als würdest du dich an Dinge erinnern, die du in Wirklichkeit längst vergessen hast. Und ihr Frauen lasst doch ständig irgendwas mit euren Haaren machen.«

Laia brach in Gelächter aus. »Ein warmes Lächeln, ein vielsagender Blick, der Handkuss …«

»… und mir darf dabei nichts entgehen. Deshalb wusste ich auch schon, dass Pau Amat nicht mehr in Barcelona wohnt.«

»Seit er nach Manresa gezogen ist, hat Valentí ihn nicht mehr gesehen, und er fehlt ihm«, musste Laia zugeben.

»Und dir, fehlt er dir auch?«

»Wir reden hier doch gerade über meinen Sohn, Senyor Camps. Aber wenn Sie es unbedingt wissen wollen …«

Laia holte tief Luft, so als wolle sie verhindern, an ihrem eigenen Scheitern zu ersticken. Dann sagte sie schließlich: »Ich würde lügen, wenn ich behauptete, dass ich nicht an ihn denke. Ehrlich gesagt, vermisse ich ihn ganz schön, mehr als ich gedacht hätte.« Sie sah auf und versuchte das Zittern in ihrer Stimme zu unterdrücken: »Aber ich bin ja offenbar ziemlich gut darin, Enttäuschungen wegzustecken.«

Nach dem Hauptgang brachte man ihnen einen aromatischen Kaffee.

»Aber ist schon seltsam, oder nicht?«, hakte Genís noch einmal nach. »Dass du ihn ausgerechnet in dem Moment verlassen hast, als er sich von seiner Frau getrennt hatte und ihr zusammen ein neues Leben anfangen konntet. Ich habe mich immer gefragt, was eigentlich deine Gründe dafür waren, Laia. Und komm mir jetzt bitte nicht damit, dass er dir seine Beziehung zu Valentí verheimlicht hat.«

Laia starrte ins Leere, als suche sie an irgendeinem fernen Horizont nach einer Antwort.

»Es gibt immer für alles einen Grund.«

Ein, zwei Minuten schwiegen beide.

»Am besten solltest du ihn arbeiten schicken«, sagte Genís plötzlich.

»Wie bitte?«

»Valentí, der sollte wirklich anfangen zu arbeiten.«

»Aber verstehst du denn nicht? In der Schule wollen sie ihn nicht mehr haben. Was soll er denn tun? Er kann doch nichts.«

»Rede vielleicht einfach mal mit Molins. Bei Santa Eulalia hättest du ihn wenigstens in deiner Nähe. Und mit seinen vierzehn Jahren ist er jetzt im perfekten Alter, um eine Lehre anzufangen.«

Laia starrte Genís aus großen Augen an.

»Bei Santa Eulalia? Ja, bist du denn verrückt geworden?«, stieß sie mit schriller Stimme aus.

Genís zuckte mit den Achseln. »Also, ich halte das für die perfekte Lösung, wenn du ihn im Auge behalten willst.«

Schweigend tranken sie aus. Genís' Vorschlag war völlig absurd, trotzdem ging er Laia nicht mehr aus dem Kopf. Das ging ja überhaupt nicht, am liebsten hätte sie laut zu lachen angefangen. Aber das Leben war schließlich oft lachhaft, klar, und wie.

25

Valentí trat seine Stelle als Lehrling bei Santa Eulalia im Januar 1934 an. Laia hatte sich die Sache reiflich überlegt und war zu dem Schluss gekommen, dass es wohl wirklich das Beste für ihren Sohn war. Sie sprach mit Andreu Molins. Der hatte die Existenz von Laias Sohn nie vergessen und stets aus der Ferne dafür gesorgt, dass es ihm an nichts fehlte. Valentí lebte in einem komfortablen Zuhause und hatte die Möglichkeit gehabt, eine gute Schulbildung zu genießen. Andreu hatte betrübt zur Kenntnis genommen, dass der Jugendliche inzwischen aufbegehrte, und erklärte sich bereit, ihm im Geschäft Arbeit zu geben.

Laia hatte Damià gebeten, sich persönlich um Valentís Ausbildung zu kümmern, und diesen Gefallen tat er ihr gern. Das war für ihn ohnehin kein Problem, er hatte es schon mit noch schwierigeren Auszubildenden zu tun gehabt. Als er Laia jedoch am ersten Tag mit ihrem Sohn hereinkommen sah, erfasste ihn ein Gefühl zwischen Überraschung und Rührung. Dieser junge Bursche mit dem langen, ein wenig rebellischen Haar, den großen und frechen Augen, mit dem lebhaftem Blick und dem edlem Antlitz, das sich hinter seiner Unruhe verbarg, erinnerte ihn an einen geliebten und schmerzlich vermissten Kameraden, den vierzehnjährigen Germán Santos, mit dem er zusammen aufgewachsen war.

Nachdem Santos getreu dem Motto »ein Musterbuch pro Kirchturm« jahrelang für Santa Eulalia die Dörfer abgeklappert hatte, arbeitete er inzwischen nicht mehr für das Modehaus. Nein, die Politik hatte ihn der Firma entrissen, und Damià sah ihn kaum noch, jedes Mal weniger. Er fehlte ihm wirklich!

Seit die katalanische Republik ausgerufen worden war, hatte sich Germán immer stärker politisch engagiert, während Damiàs Interesse mehr und mehr nachgelassen hatte. Inzwischen hatte Solsona einen Sohn und eine Tochter und konzentrierte sich deshalb lieber auf seine Arbeit und seine Familie. Germán hingegen brachte sich von ganzem Herzen in der Politik ein und war sogar Mitglied der sogenannten Escamots geworden, einer paramilitärischen Truppe, die den katalanischen Staat schützen sollte. Bei der Verwandlung der katalanischen Republik in die Generalitat würden sich die Escamots später neu organisieren und ihren großen Moment erleben.

Wenn Damià in letzter Zeit seinem Freund begegnete, hatte er jedes Mal das Gefühl, einem Fremden gegenüberzustehen. In der grünen Uniform mit Lederriemen erkannte er seinen Freund aus alten Zeiten nicht wieder.

Germán hatte sich verändert, und Damià spürte, dass sein Freund ihm im Prinzip vorhielt, diese Entwicklung nicht mitgemacht, der Politik nicht auch sein ganzes Leben gewidmet zu haben. Damià glaubte durchaus an die Sache, aber eben auf andere Art und Weise.

Weil Damià also seinen alten Freund vermisste, empfing er den neuen Lehrling mit offenen Armen. Er hatte den festen Vorsatz, aus ihm einen anständigen jungen Mann zu machen und ihm alles zu zeigen, was er selbst bei Santa Eulalia, der wahren Schule des Lebens, gelernt hatte.

Und Laia hoffte, dass sie dank Genís' Idee vielleicht doch die richtige Entscheidung getroffen hatte.

Am letzten Sonntag im September liefen Teresa und Blai die Rambla und dann die Carrer Ferran entlang und genossen das milde Wetter und den Geruch des Meeres. Es war früher Abend, und die Sonne ließ die Bäume golden leuchten. Ihre Stimmung hingegen war eher finster.

»Wir sollten wirklich Nägel mit Köpfen machen, Teresa, inzwischen sind wir ja schon fünf Jahre zusammen.«

»Aber warum denn die Eile? Wir sind doch jung, wir haben jede Menge Zeit«, entgegnete sie.

Obwohl sie dicht nebeneinander hergingen, schienen sie Welten voneinander zu trennen.

»Hör mal, ich will einfach nicht mehr so weiterleben.«

»Wie denn?«, fragte Teresa.

»Na, so eben! Weißt du wirklich nicht, was ich meine? Ich finde es überhaupt nicht toll, dass wir uns immer nur am Sonntag sehen können. Also, na, ich liebe dich schließlich, und ich möchte irgendwann eine Familie gründen …«

»Glaub mir, mir geht es genauso, aber ich bin doch erst zweiundzwanzig und du ja auch nur zwei Jahre älter.«

Blai schien sich wohl in den Kopf gesetzt zu haben, dass diese Angelegenheit heute entschieden werden musste.

»Hör mal, ich hab die ganze Nacht wach gelegen und mir die Sache durch den Kopf gehen lassen. Du weißt ja, dass ich in den letzten fünf Jahren so viel gespart habe wie nur möglich, genau wie du. Bettwäsche und so weiter wäre also kein Problem, und an Möbeln brauchen wir ja nicht viel.«

»Aber was sagst du denn da? Siehst du denn nicht, dass uns das Allerwichtigste fehlt – ein Ort zum Leben! Für Miete haben wir doch wirklich nicht genug Geld.«

Der Junge strich sich eine störende Strähne aus dem Gesicht und berührte Teresa am Arm, um sich ihrer ganzen Aufmerksamkeit zu versichern. Sie wich seinem Blick jedoch aus.

»Genau darüber wollte ich ja mit dir reden. Ich hab nämlich eine kleine Wohnung gefunden, die wie für uns gemacht ist.«

»Wo denn?«

»In Poblenou natürlich, ganz in der Nähe der Fabrik.«

Als Teresa abrupt anhielt, blieb auch Blai stehen, sodass die anderen Fußgänger ihnen ausweichen mussten und sich der eine oder andere wütend zu ihnen umdrehte.

»Also, mach mal langsam, was soll das denn jetzt? Bevor wir diesen Schritt wagen, müssen wir noch viel mehr sparen.«

Erst als Blai wegschaute, sah Teresa ihm ins Gesicht, sein Blick schien sich jedoch in weiter Ferne zu verlieren. Sie setzten sich wieder in Bewegung.

»Weißt du was? Wenn dich irgendwas stört, dann schiebst du es einfach in eine Ecke und hoffst, dass es von allein wieder verschwindet.« Blais Stimme zitterte seltsam, und plötzlich bekam Teresa ein furchtbar schlechtes Gewissen. Sie wollte ihren Freund nicht einmal anschauen, um seinem Blick nicht zu begegnen. Deshalb starrte sie lieber auf ihre Schuhe. »Und ich bin dieser Störfaktor.«

»Sag doch so was nicht, da wird mir ja ganz anders«, antwortete Teresa so laut, dass sie fast schon schrie, und hob das Kinn.

»Ach, das soll ich jetzt nicht sagen? Hör mal, du wirst dieses Haus wohl nie verlassen, oder? Weil du dich den Herrschaften verpflichtet fühlst, vor allem Senyoreta Roser. Warum denn nur? Denen bist du doch nichts schuldig!«

Die junge Frau zuckte mit den Achseln. Tränen schossen ihr in die Augen, und ihre Lippe zitterte.

»Jetzt weine nicht, Mädchen, das bringt doch nichts.«

Wieder hielten sie inne. Sie standen hier so nah zusammen und waren einander doch so fern. Blai berührte Teresa am Kinn und schob ihren Kopf hoch. Dann sah er ihr lange in die Augen und küsste sie schließlich zärtlich, bevor er sich abwandte, die Rambla entlangging und in der Menge verschwand.

Die junge Frau schaute ihm hinterher, bis er nur noch ein Punkt in der Ferne war, dann kaum noch ein Schatten. Ein Schatten, der die letzten fünf Jahre und die Gelegenheit mit sich nahm, ein neues Leben anzufangen. Ein Leben, das sie sich nicht zugestand, weil sie sich doch der Senyoreta und den Mädchen so eng verbunden fühlte. Wenn sie nämlich nur daran dachte, sie zu verlassen, zog sich ihr das Herz in der Brust zusammen, und sie wurde von tiefer, erdrückender Traurigkeit erfüllt.

Leise murmelnd nahm sie von Blai Abschied. Dennoch hatte sie das Gefühl, dass ihr Lebewohl auf der ganzen Rambla widerhallte und jeder sie vorwurfsvoll anschaute. Jetzt drehte auch sie sich um und machte sich auf den Heimweg, obwohl die Beine ihr den Dienst zu verweigern schienen.

Inzwischen hatte nicht nur der Oktober von Barcelona Besitz ergriffen, sondern auch ein Generalstreik. Die von der Aliança Obrera organisierte Arbeitsniederlegung, die stillschweigend von der Generalitat unterstützt wurde, legte am 5. des Monats die ganze Stadt lahm. Nachdem Alejandro Lerroux vor drei Tagen zusammen mit drei Ministern des CEDA eine Regierung gebildet hatte, war im ganzen spanischen Staat sofort der Generalstreik ausgerufen worden. In Katalonien schien ein Zusammenstoß zwischen den spanischen und katalanischen Institutionen unausweichlich.

An diesem Sonntag herrschte bei den Clos zu Hause eine seltsame Stimmung. Ferran und Roser waren heute noch nicht vor die Tür gegangen, und die Hausherrin hatte auch Teresa gebeten, sich mit den Mädchen lieber in der Wohnung zu beschäftigen. Um halb eins trafen dann Andreu Molins und seine Frau ein, allerdings ohne die Kinder. Teresa bekam mit, dass Roser in der Küche ein einfaches Mittagsmahl für die Gäste in Auftrag gab, das offensichtlich nicht geplant gewesen war. Es handelte sich nicht um eins der typischen Familienessen, bei denen im Hintergrund die Kinder laut lachten und kreischten. Deren Abwesenheit und die ernsten Mienen der Erwachsenen ließen keinen Zweifel daran, dass es sich hier um eine ganz andere, außergewöhnliche Situation handelte.

Auch Teresas Woche war nicht wie üblich verlaufen. Die letzten Tage waren für sie schwierig gewesen, sie hatte ihre Arbeit geistesabwesend erledigt und das Gefühl gehabt, von einer großen Leere regelrecht verschluckt zu werden. Selbst beim Tod ihrer Mutter hatte sie so etwas nicht verspürt. Sie kümmerte sich wie immer um die Mädchen und erfüllte all ihre Pflichten, aber die

Traurigkeit schien sie dabei zu erdrücken. Teresa wollte auf keinen Fall, dass Senyoreta Roser ihr etwas anmerkte, Sätze wie »Vielleicht ist es einfach das Beste« oder »Dann war dieser junge Mann eben nichts für dich« würde sie nämlich nicht ertragen können. Aber Roser Molins fiel ohnehin nichts Ungewöhnliches auf, diese Woche war nämlich auch sie abgelenkt und wirkte, als lebe sie in ihrer eigenen kleinen Welt.

Einer der schwierigsten Momente war für Teresa ein Morgen gewesen, an dem sie Aurora fertig gemacht hatte. Der Kleinen entging einfach nichts, sie war schlau wie ein Fuchs. Während Teresa sie schweigend anzog, suhlte sie sich in ihrem Leid, und da sagte das Mädchen irgendwann: »Tereseta, du bist ja so still.«

Die junge Frau musste lächeln.

»Ach, so ein Unsinn, mein Engel.«

»Hab ich mich vielleicht schlecht benommen?«

Teresa schloss sie zärtlich in die Arme.

»Wie kommst du denn darauf, Prinzessin?«

»Guck doch mal!« Das Mädchen berührte eine Träne mit dem Finger. »Sieh mal, du weinst ja. Dann hab ich bestimmt was Schlimmes angestellt. Hast du mich jetzt nicht mehr lieb?«

Teresa drückte Aurora an ihre Brust und küsste sie. Und zwar immer wieder, ganz fest, während sie vom Schluchzen durchgeschüttelt wurde.

»Ach, mein Herz, Tereseta hat dich unendlich lieb… Nein, ich bin nicht wütend auf mein Püppchen. Ich bin einfach nur ein bisschen traurig.«

»Aber warum denn?«

Auf diese Frage hatte sie keine Antwort. Teresa rückte von dem zarten Körper des Kindes ab und zwang sich zu einem Lächeln, während sie Auroreta mit den Fingern durch die blonden Locken fuhr.

»Siehst du? Es ist ja alles wieder gut. Tereseta ist wirklich albern, die macht manchmal vielleicht Sachen!«

Am schlimmsten war es nachts, sie fand einfach keinen Schlaf, und die Erinnerungen stürmten wie Schatten von allen Seiten auf sie ein. Dann fühlte sie sich so einsam. Weil sie nicht wusste, was sie sonst machen sollte, lauschte sie der Stille, die ihr kleines Dienstbotenzimmer erfüllte, ihr Zuhause. Denn das hier war doch ihr Zuhause, oder etwa nicht?

Natürlich hatte sie von dem Streik gehört, ehrlich gesagt, hatte sie ihm aber kaum Bedeutung beigemessen, weil ihre eigenen Probleme viel größer waren als die da draußen. Und Nachrichten vom Kampf der Arbeiter verstärkten ihre Sehnsucht nur noch, sie vermisste Blai so sehr, ihren Blai, der immer von Widerstand und Freiheit sprach. Wie er ihr damit manchmal auf die Nerven gefallen war! Sie verstand seinen Kampfgeist einfach nicht und hatte ihm oft gesagt, dass er sich irgendwann noch in echte Schwierigkeiten bringen würde. Und dann wäre es aus mit der Freiheit und diesen ganzen Geschichten.

Am Sonntag wurde allerdings selbst Teresa klar, dass die Situation draußen auf der Straße wirklich ernst war, und jetzt fehlte ihr Blai nicht einfach nur, sie bekam richtig Angst um ihn. Kurzerhand beschloss sie herauszufinden, was da vor sich ging.

»Bisher wurde die öffentliche Ordnung nicht gefährdet«, bemerkte Andreu Molins, während er im Salon auf das Mittagessen wartete. »Heute sind ganz früh Demonstranten zur Plaça Sant Jaume gezogen, die Kundgebung wurde aber wohl friedlich aufgelöst.«

Anna, seine Frau, schien nicht überzeugt: »Inzwischen ist jedoch alles zum Erliegen gekommen, da draußen fahren weder Straßenbahnen noch Taxis. Auf dem Weg hierher haben wir vom Auto aus Leute mit Maschinenpistolen auf der Plaça Catalunya gesehen.«

Ferran und Roser tauschten nervöse Blicke. »Mit Maschinenpistolen? Aber wer war denn das?«

»Ich glaube, die gehörten zur Guardia de Asalto«, erklärte Anna. »Deren Truppen sind offenbar ausgerückt… Das ist ja alles so ein Durcheinander! Ich weiß nicht recht, wie ich es ausdrücken soll, aber irgendwie sieht das ganz anders aus als frühere Streiks.«

Die anderen quittierten Annas Worte mit Schweigen.

»Was haben die von der Generalitat denn nur vor?«, fragte Ferran, der politische Konflikte immer äußert verwirrend fand.

Andreu versuchte, die Situation in wenigen Worten zusammenzufassen. »Nach der Lektüre der Zeitungen in den letzten Tagen kann man zu einem klaren Schluss kommen: Wenn die Regierung in Madrid diese Angelegenheit nicht klärt, dann versucht Katalonien vielleicht, sie selbst zu klären. Tatsächlich wird im Radio schon den ganzen Tag dazu aufgerufen, auf die Straße zu gehen und zu kämpfen. Das ist ein Volksaufstand.«

Wieder schwiegen alle. Nach und nach wuchs das Unbehagen, deshalb sprachen sie auch beim Essen über die Situation, die ihnen solche Sorgen machte. Danach kehrten sie in den Salon zurück und schalteten das Radio ein.

Draußen kochte unter den Menschen auf der Straße die Stimmung immer weiter hoch, auf der Rambla wurden Fahnen geschwenkt und Sprechchöre angestimmt.

Man gab die Parole aus, auf die Plaça de la República zu ziehen, nachdem sich tatsächlich eine Menschenmenge vor dem Palau de la Generalitat zusammengefunden hatte und in patriotischer Inbrunst nach der katalanischen Republik verlangte.

Die Molins und Clos klebten geradezu am Radio. Die Beständigkeit ihres Lebens, ihr Alltag schienen in Gefahr.

»Ich verstehe das einfach nicht!«, rief Ferran aus. »Für mich sieht das so aus, als wollte hier jeder gern das Sagen haben, in Wirklichkeit hat jedoch niemand das Kommando.«

»Und das könnte wirklich gefährlich werden«, befand sein Schwager.

»Aber wenn die Gemüter so erhitzt sind, dass man auf der Straße Bewaffnete sieht, dann kann man doch wohl von einer Revolution sprechen, oder nicht?«, fragte Roser. »Und die könnte dann in einen Krieg münden.« Damit verlieh sie der Angst Ausdruck, die bereits den ganzen Tag an ihr nagte.

Niemand erwiderte etwas, weil keiner die Antwort auf ihre Frage kannte. Das Radio spuckte weiterhin Reden und Parolen aus. Als draußen langsam die Dämmerung einsetzte, war um zehn nach acht endlich die klare, kräftige Stimme von Präsident Companys zu hören. Er richtete sich zehn Minuten lang an die Katalanen und rief dabei den katalanischen Staat innerhalb der iberischen Föderation aus.

Auf die Worte des Präsidenten folgte völlige Stille. Bei Familie Clos hatte man überhaupt nicht daran gedacht, das Licht einzuschalten, deshalb saßen alle im Halbdunkeln und versuchten zu verdauen, was sie soeben gehört hatten. Schließlich brach es aus dem entsetzten Andreu Molins heraus: »Habt ihr das gehört? Das bedeutet Krieg, Roser, davon bin ich überzeugt! Man zwingt die Regierung in Madrid zum Handeln.«

»Oh mein Gott!«, hauchte seine Schwester. »Das wird noch ein schlimmes Ende nehmen.«

Im Raum wurden die Schatten immer länger, und als Roser aufstand, um das Licht einzuschalten, bemerkte sie Teresa. Das Hausmädchen hatte ganz rote Augen und zitterte wie Espenlaub, sie trug einen Mantel und hatte einen kleinen Koffer in der Hand.

»Aber Tereseta, was hast du denn? Wo willst du bloß hin? Hast du nicht gehört, was da draußen los ist?«

»Doch, Senyoreta, ich weiß. Aber ich muss nach Poblenou, meinen Freund suchen. Ich muss zu Blai, mein Platz ist jetzt an seiner Seite.«

Roser sah Ferran und ihren Bruder an, dann nahm sie wieder die so unscheinbare, jedoch völlig selbstsichere Gestalt in den Blick, die da vor ihr stand.

»Aber, Kind …«

»Bitte, Senyoreta Roser, versuchen Sie mich nicht aufzuhalten. Ich muss einfach gehen.«

Nun griff Ferran ein: »Begreifst du denn nicht, dass du es vielleicht nicht einmal bis nach Poblenou schaffst und dir unterwegs etwas zustoßen kann? Warte doch wenigstens bis morgen, und dann …«

»Das krieg ich schon irgendwie hin.«

Teresa wollte schon gehen, dann wandte sie sich aber noch ein letztes Mal zur fassungslosen Roser um: »Vielen Dank, Senyoreta. Danke … für alles. Es tut mir so leid.«

Mit diesen Worten verschwand sie.

TEIL 3

26

Als exquisites Modegeschäft musste sich Santa Eulalia ständig weiterentwickeln, und so mauserte sich die Firma nach und nach zum Inbegriff der Haute Couture in Barcelona. Im Jahr 1934 wurden sowohl im Inneren des Gebäudes als auch an der Fassade wichtige Umbauarbeiten vorgenommen. Die Renovierung verlieh dem Geschäft neuen Flair und war der entscheidende Schritt in Richtung Modernität. Die Neuerungen betrafen sowohl die Ateliers als auch die Stoffabteilung, obwohl die Klientel beider Bereiche ganz unterschiedlich war und sich selten vermischte. Und so wie der Stoffverkauf nach dem Umbau zunahm, wuchs auch Santa Eulalias Bekanntheitsgrad.

In diesen neuen Zeiten reichte es längst nicht mehr, den Kunden einfach nur exzellenten Service und eine große Auswahl an Waren von hervorragender Qualität zu bieten. Mehr und mehr wurde Wert auf Details gelegt, die den Laden in einen Tempel des Luxus verwandelten. Dazu zählten Blumen und Informationstafeln, aber auch neue Konzepte bei der Gestaltung der Schaufenster und im Bereich Reklame. Inzwischen gab es sogar einen Concierge mit Uniform, der an der Pla de la Boqueria die Türen der luxuriösen Automobile öffnete und die Kunden in das Modehaus begleitete. Sein Name war Julià Recasens, und ihm fehlte nach einem Unfall bei seiner früheren Arbeit in einer Fabrik der rechte Arm. Das hinderte ihn jedoch nicht daran, seine Arbeit tadellos zu erledigen, und ehrlich gesagt, fiel den Leuten daher die Behinderung von Reca, wie er genannt wurde, bald gar nicht mehr auf.

An einem Montag Anfang Mai 1936 drapierte Ferran Clos bereits seit zwei Stunden Stoff um ein Mannequin. Er ließ ihn von der Schulter her den Körper der jungen Frau einhüllen und legte ihn dann mit geschickten Fingern in Falten, die er mit Stecknadeln fixierte. Wie aus dem Nichts schien er ein Kleid zu erschaffen. Wer ihn noch nie so hatte arbeiten sehen, musste es wohl für Magie halten, wie der Entwurf langsam Form annahm.

Ferran arbeitete schon seit einiger Zeit nicht mehr mit gezeichneten Skizzen, stattdessen hatte er in Paris die Moulage-Technik erlernt, bei der man den Stoff nach Augenmaß zuschnitt und ihn dann direkt am Körper des Modells bearbeitete. Für jemanden mit einer so guten Beobachtungsgabe war es einfach die perfekte Vorgehensweise, und er genoss es, die Möglichkeiten und Grenzen des jeweiligen Materials durch seinen Gebrauch zu entdecken.

Um spätere Abweichungen zu vermeiden, begann Ferran dabei normalweise mit einem Material, das dem des Endprodukts ähnlich, aber qualitativ nicht so hochwertig war. Aus dem ersten Stoff fertigte er den Grundschnitt an, der zunächst nur mit Stecknadeln markiert wurde. Nach diesem Schritt übernahm dann Lluïsa, öffnete das Kleidungsstück wieder und fertigte nach den Nadelmarkierungen einen Schnitt aus Papier und ein Probekleidungsstück aus grobem Stoff an.

Die beiden bildeten ein gutes Team – Ferran mit seiner Fülle an neuen, kreativen Ideen und Lluïsa mit ihrer technischen Perfektion, für die sie in ganz Barcelona bekannt war.

Inzwischen hatte Ferran auch eine Zeichnerin eingestellt, ein dünnes, unscheinbares Ding namens Natàlia Bonsoms. Mit ihrem Mäuschengesicht wurde die junge Frau schnell zur Zielscheibe des Spottes der frechsten Lehrjungen, die sich als würdige Nachfolger von Damià und Germán erwiesen. Aber sie erledigte ihre Aufgaben stets professionell und arbeitete in einem Raum im Zwischengeschoss, in dem man die neuesten Stoffe für die Kollektionen aufbewahrte. Sie wurden von Senyora Margarit bewacht und verteilt, wenn es an der Zeit dafür war. Dieser Bereich des Geschäfts wurde »Steinsalon« genannt, auch wenn niemand so recht wusste, warum eigentlich.

Wenn Ferran den Moulage-Prozess beendet hatte, fertigte Natàlia eine Zeichnung und später dann auch Kopien davon an. Diese schickte man zusammen mit Probekleidungsstücken den Schneidern, die ihre Modelle kaufen sollten. Allerdings beschränkten sich Natàlias Aufgaben nicht nur darauf. Wenn bei Santa Eulalia viel zu tun war, so wie in diesem Mai 1936 bei den Vorbereitungen der Winterkollektion, war sie eigentlich Mädchen für alles. Sie transportierte für Senyor Clos oder die Schneiderinnen Stoffe und erkannte nach all den langen Stunden inmitten der Ballen die unterschiedlichen Materialien bereits am Geruch. Sie brachte ihnen auch Schmuck und Pelze, mit denen die Entwürfe kombiniert wurden, half in der Hutabteilung aus, packte Kleider für den Versand ein… Ach, und sie kaufte für gewöhnlich auch das Gebäck fürs Frühstück. Wenn der Zeitpunkt dafür gekommen war, war Reca nämlich meistens auf geheimnisvolle Art und Weise verschwunden.

Laia leitete weiterhin das Damenatelier. Sie hatte für ihre Abteilung noch eine Kassiererin und einen Lehrjungen eingestellt, der Stoffe holte und wieder wegbrachte. Ihr wacher Verstand und Unternehmergeist produzierten ständig neue Ideen. So hatte sie zum Beispiel für die Angestellten in ihrem Bereich Uniformen angeschafft und neben dem Steinsalon Umkleideräume eingerichtet. Viele der einfacheren Aufgaben erledigte sie nicht mehr persönlich, sondern hatte sie an ihre Mitarbeiterinnen übertragen. So informierten diese zum Beispiel die Kundinnen, wenn es Zeit für die Anprobe war. Um die alltäglichen Abläufe so reibungslos wie nur möglich zu gestalten, erfand Laia ein System aus Kärtchen, auf denen man die Ergebnisse des Anpassungsprozesses notierte und die schließlich unentbehrlich wurden. Dass die Damenabteilung auf diese Art und Weise weitestgehend von allein funktionierte, erlaubte Laia, sich anderen Tätigkeiten zu widmen: Sie reiste häufig nach Paris und erwarb dort Kleider, die man zusammen mit Clos' Modellen bei den Modenschauen zeigte. Außerdem betreute sie die wichtigsten Kunden, von Adeligen bis hin zu Ministergattinnen, Neureichen oder berühmten Schauspielerinnen, für die sie private Vorführungen der Kollektionen organisierte. Die Kundinnen suchten sich den Entwurf und Stoff aus, dann schneiderte man ihnen die Kleidungsstücke auf den Leib. Bei diesem Prozess ließen sie sich von Laia Calvet beraten, die gelernt hatte, auf feinfühlige Art Vorschläge zu machen, die besten Farben zu empfehlen und den Kundinnen unvorteilhafte Schnitte auszureden.

Im Haus erzählte man sich gern die Anekdote über eine berühmte Sängerin, die sich in ein enges feuerrotes Abendkleid verliebte, das nicht so recht zu ihrem Körperumfang passte. Nur Laia gelang es, die Katastrophe abzuwenden, die solch eine Wahl für die füllige Künstlerin bedeutet hätte. Stattdessen empfahl Senyoreta Calvet ihr ein anderes Modell aus grauem Seidensatin, das viel eleganter und vor allem diskreter war.

Andreu Molins verließ sein Büro nur selten. So wie zuvor sein Vater war auch er der wahre Grundpfeiler des Modehauses, und wenn er ernst und elegant den Laden durchquerte, erhoben sich seine Angestellten respektvoll.

Für ihn waren die Menschen wichtig, die bei Santa Eulalia arbeiteten, und er führte immer wieder Verbesserungen für seine Mitarbeiter ein, weil sie für ihn wie eine große Familie waren. Deshalb bezahlte er auch einen Arzt für die medizinische Betreuung des Personals, und es gab sogar innerhalb des Geschäfts eine Krankenschwester. Wer wollte, konnte im Jahr zwei Wochen bezahlten Urlaub in El Brull machen, das galt sogar für die Lehrlinge. Außerdem hatte er vor einigen Jahren die Tradition begründet, am 29. September, dem Tag der Schneider, alle Angestellten zu einem feierlichen Festmahl einzuladen. Dann gab es leckeres Essen, es wurden Reden gehalten, und die Lehrlinge hatten einen Heidenspaß dabei, sich an den Tischen gegenseitig mit Weinkorken und Servietten zu bewerfen.

Andreu war inzwischen einundvierzig Jahre alt und hatte fünf Kinder, Antoni, Anna, Joaquim, Pere und Andreu. Als er mit nur zweiundzwanzig Jahren notgedrungen das Geschäft hatte übernehmen müssen, hatte man bei ihm bereits eine gewisse Souveränität erahnen können, und nach anfänglichen Ängsten traf Andreu seine Entscheidungen inzwischen beherzt und entschlossen. Mit der Zeit war er noch gläubiger geworden und hatte im Büro immer die Bibel zur Hand. Von seinen Mitarbeitern verlangte er Pünktlichkeit und Einsatz bei der Arbeit, und er hatte auch gewisse Ticks. So ließ er sich zum Beispiel jeden Tag von der Bank neue Geldscheine bringen, weil er die alten, abgenutzten nicht ertragen konnte. Der Direktor sprach leise und wenig, keiner seiner Angestellten hatte ihn jemals fluchen oder laut werden hören. Andreu Molins setzte sein Vertrauen in jene Angestellten, die ihm ihre Treue und Verlässlichkeit bewiesen hatten. Mit Ramon Martínez besprach er beispielsweise alles, was für einen reibungslosen Ablauf im Geschäft wichtig war.

Draußen ging es in der jungen Republik hoch her, zunächst wurden reformorientierte Regierungen von Gegenbewegungen abgelöst, dann reagierte die Linke, schloss sich zum Bündnis Frente Popular zusammen und gewann damit die Wahlen im Februar. Allerdings brachte das alles kaum Veränderungen für das Bürgertum mit sich, welches weiterhin in seinen Traditionen verankert lebte und sich elegante, maßgeschneiderte Kleidung leistete. Die Stoffe dafür wurden in den besten Läden erworben – wie bei Santa Eulalia.

Im Geschäft an der Pla de la Boqueria Nummer eins ging ein weiterer Arbeitstag zu Ende, während über den Blumenständen auf der Rambla bereits der Abend hereinbrach. Gleich würde man die Planen hervorholen, damit Viskose und Wolle genau wie Samt und Seide wohlbehütet ruhen konnten. Der sanfte Schimmer der Stoffe würde vor dem leisen nächtlichen Staub beschützt werden. Jetzt hörte man keine Scheren mehr klappern, keine eiligen

Schritte, kein Klingeln von Registrierkassen oder Klimpern von Münzen.

Der Laden ging schlafen, vielleicht bewacht von dem einen oder anderen Mitarbeiter, der mit seiner Arbeit noch nicht fertig war. Die meisten der Angestellten machten sich jedoch auf den Heimweg, Männer und Frauen aus dem Verkauf, Schneiderinnen und Lehrlinge. Sie traten hinaus in den rötlichen, flüchtigen Dunst, der sich über die funkelnde Stadt legte, und der eine oder andere wurde nach Feierabend auch abgeholt.

Auf Genís wartete ein Mercedes-Benz 290 Cabrio, das gegenüber neben den Straßenbahnschienen geparkt hatte. Es handelte sich um ein schwarz glänzendes, makelloses Modell aus dem Jahr 1935, in dem nur der Chauffeur saß – der Rücksitz war leer. Als Genís den Wagen sah, fuhr er sich mit der Hand übers Gesicht, so als wolle er den Anblick aus seiner Erinnerung löschen oder sich vielleicht sogar unsichtbar machen. Aber das war nur ein kurzer Moment, ein Augenblick voller Zweifel, Erinnerungen, Gefühle und Vorahnungen. Schließlich senkte er den Kopf, nahm den Hut ab und grüßte den Chauffeur, der ihn nicht einmal ansah. Als ihm seine Beine wieder gehorchten, näherte er sich dem Auto, öffnete die Tür und stieg ein.

Weil alles so schnell ging, hatte Genís die vor dem Modehaus wartende Gestalt überhaupt nicht bemerkt. Es war Germán Santos. Der ehemalige Angestellte von Santa Eulalia hatte sich verändert. Er war derart dünn geworden, dass sein Gesicht fast ausgemergelt wirkte, und das inzwischen lange Haar fiel ihm wirr in die Stirn. Der Bart ließ seine Züge noch härter wirken, und seine hellen, leuchtenden Augen glitzerten gefährlich wie zwei Seen voller Geheimnisse. Germán rauchte eine Zigarette und blies nachdenkliche Ringe aus Rauch in die Luft.

Als nun Valentí zusammen mit Damià herauskam, warf Genís die Kippe zu Boden und ging auf die beiden zu. Er umarmte seinen alten Freund, den er inzwischen ja kaum noch sah, und klopfte ihm freundlich auf die Schulter.

»Wie geht's dir?«

Damià machte sich von ihm los und versuchte, eine neutrale Miene aufzusetzen.

»Na, sieh mal einer an! Mit dir hätte ich nun wirklich nicht gerechnet.«

»Ich hole diesen jungen Mann hier ab«, sagte Germán, ging zu Valentí rüber und wuschelte ihm durchs Haar.

Damiàs Gesichtsausdruck wurde ernster, als er seinen Lehrling anschaute: »Was denn, so einem traust du? Pass bloß auf, sonst führt der dich noch auf Abwege!« Er lachte, als sei das nur ein Scherz gewesen, aber seine Stimme hatte dabei gezittert.

»Ich bin schon groß, ich kann meine Zeit verbringen, mit wem ich will.«

Um das Gespräch zu Ende zu bringen, legte Germán Damià zum Abschied die Hand auf den Arm.

»Also, dann mach's mal gut!«

Reglos blieb Damià vor dem Geschäft stehen und sah den beiden hinterher. Plötzlich kam es ihm so vor, als hätten all die Jahre enger Freundschaft mit Germán nie existiert. Er verfluchte den Tag, an dem er Germán Valentí vorgestellt hatte, Laias Sohn, den er doch eigentlich beschützen sollte. Beschützen? Wovor denn nur? Vor wem? Er schüttelte den Kopf. Vielleicht übertrieb er da ein wenig. Wahrscheinlich war Valentí von Germáns leidenschaftlichem Charakter einfach fasziniert und zog seine Gesellschaft der des langweiligen Verkäufers und Familienvaters vor, in den sich Damià verwandelt hatte. Vielleicht verspürte er diese Wut ja auch nur, weil er eifersüchtig war.

Damià hielt auf die Mitte der Rambla zu.

Hoffentlich werde ich niemals bedauern, dass ich die beiden miteinander bekannt gemacht habe, dachte er, von erdrückenden Vorahnungen gequält. *Hoffentlich …*

Germán und Valentí gingen die Rambla Santa Mònica entlang. Um diese Uhrzeit hallten hier die Stimmen von Fußgängern wider, die Autos hupten, und es ertönte das Klingeln der Straßenbahnen. Die beiden betraten ein Lokal des CADCI, das wie gewöhnlich gerammelt voll war. Die meist jungen Anhänger der Organisation eilten geschäftig hin und her. Hier und da grüßte Germán oder half bei Fragen weiter, während ihm Valentí mit großen Augen dicht auf den Fersen blieb. Nach etwa einer Stunde verließen sie das Lokal wieder und gingen zum Hafen hinunter, wo sie die Kolumbussäule umrundeten und den Straßenbahnschienen folgten.

Dann ließen sie den Passeig de Colom mit seinen luxuriösen Gebäuden hinter sich und erreichten die Pla de Palau. Dort bogen sie recht ab und betraten an der Plaça de les Olles eine überfüllte Spelunke, in der getrunken, geflucht und gebrüllt wurde.

Bei einem Glas Wein setzten sie die draußen begonnene Unterhaltung fort.

»Glaub nicht, dass die Escamots wirklich aufgelöst wurden, wie euch die Regierung weismachen will. Oh nein! Gut, nach der Sache mit der Zeitschrift *Be Negre* hat uns die scheinheilige Bande erst mal alle nach Hause geschickt. Aber Badia führt uns immer noch an, und ich bin weiter dabei und kämpfe. Es sind nämlich nicht die Politiker, die Katalonien in die Freiheit führen. Freiheit ist nicht verhandelbar, man kann sie nicht kaufen oder verkaufen! Man muss sie sich erobern, so sieht es aus!«

Germáns Blick war immer finsterer geworden, und jetzt sah er geradezu bedrohlich aus. Er war in seinem Kampf gefangen, in den Erinnerungen an die extremen, oft gewaltsamen Ereignisse, die er in den letzten Jahren miterlebt hatte. Diese Situation forderte nach und nach ihren Tribut, sowohl äußerlich als auch innerlich.

Der harte Kerl hier hatte nur noch wenig mit dem Lehrjungen von früher zu tun, der voller Lebenslust und stets zu Scherzen aufgelegt gewesen war.

Das sah Valentí jedoch nicht. Woher hätte er das alles auch wissen sollen? Er hatte Germán ja gerade erst kennengelernt und war von ihm wie geblendet. Für ihn war Germán der Held, sein großes Vorbild, die Vaterfigur, die er sein Leben lang in jedem Mann gesucht hatte.

»Die Jugend ist unsere Ablösung, junge Leute wie du. Eines Tages wirst auch du am Kampf teilnehmen, Valentí, das war mir gleich klar, als ich dich kennengelernt habe. Du willst doch nun wirklich nicht hinter der Ladentheke versauern, oder?«

Beide brachen in Gelächter aus. Dann holte Germán Zigaretten hervor und bot Valentí eine an. Als der ältere Mann seine angezündet hatte, rauchte er sie mit der Ruhe und Gelassenheit desjenigen, der daran gewöhnt war. Valentí hingegen zog an seiner mit der Hast und Gier eines Jungen, der noch nicht gelernt hatte, das Aroma des Tabaks zu genießen, und legte dabei dieselbe Ungeduld zutage, mit der er endlich sein Leben in die Hand nehmen wollte.

Durch den Rauch hindurch musterte Germán den Jungen. In der Kneipe war es laut und eng, das schienen die beiden jedoch gar nicht zu bemerken.

»Eins muss dir aber klar sein, mein Junge. Auch wenn ich dich unter meine Fittiche nehme, den Vater will ich nicht für dich spielen.«

Aufmerksam schaute Valentí ihn an, so als hätte das Wort »Vater« in ihm unterdrückte Gefühle wieder hervorgeholt. Der Satz mochte ihn getroffen haben, Germán nahm jedoch nie zurück, was er einmal gesagt hatte. Andererseits stand er auch zu seinem Wort.

»Weißt du eigentlich nicht, wer dein Vater ist?«

»Nein«, sagte der junge Mann und schüttelte den Kopf.

»Laia, also deine Mutter, hat mit dir nie über ihn gesprochen?«

»Nein.«

Valentí drückte die Zigarette an der Tischkante aus und warf die Kippe zu Boden.

»Als ich klein war, vielleicht so zehn Jahre alt, hat sie sich eine Zeit lang mit einem Mann getroffen. Der war ein guter Mensch, und ich hab damals irgendwie gehofft, dass er vielleicht mein

Vater sein könnte. Insgeheim wusste ich jedoch, dass er es nicht war.«

»Wie kannst du da so sicher sein? Hast du ihn mal gefragt?«

»Das war gar nicht nötig, solche Sachen weiß man einfach. Trotzdem hätte ich ihn mir wirklich als Vater gewünscht. Ich hab davon geträumt, dass er meine Mutter heiratet, bei uns zu Hause einzieht und diese Rolle übernimmt. Weißt du, der hat sich immer gut um mich gekümmert. Meinetwegen hätte das ruhig so weitergehen können.«

»Was ist denn passiert?«

»Sie hat ihm den Laufpass gegeben.«

»Tja ...«

»Meine Mutter weiß einfach nicht, wie man liebt. Die hat niemanden lieb.« Der junge Mann verstummte kurz. »Na ja, Genís vielleicht. Ein bisschen.«

»Genís kann ich mir aber kaum als Vaterfigur vorstellen.« Sie schauten sich an. »Du weißt schon ... der ist doch 'ne Schwuchtel.«

Damit war die Tiefsinnigkeit der Unterhaltung mit einem Mal wie weggewischt, und beide brachen in Gelächter aus. Sie konnten überhaupt nicht mehr aufhören zu grölen, es war, als ergötzten sie sich damit an ihrer Männlichkeit.

Die Stunden vergingen wie im Flug, und als sie aus der übel riechenden Kaschemme traten, bohrten sich bereits erste Sterne wie kleine Nadeln in den schwarzen Himmel. Aber die Nacht war noch jung, und sie hatten sich noch so viel zu erzählen.

Laia schreckte aus dem Schlaf hoch, als die Wohnungstür laut zugeschlagen wurde. Valentí war zurück, und erneut kam er erst im Morgengrauen nach Hause. Wo hatte er nur gesteckt? Mit wem war er unterwegs gewesen? Wenn sie ihn danach fragte, antwortete er ausweichend, patzig und sah ihr dabei nicht einmal in die Augen. Dabei war er doch fast noch ein Kind. Oder vielleicht doch nicht? War er womöglich längst zum Mann herangewachsen, und sie hatte es einfach nur nicht mitbekommen?

Laia schloss die Augen. Dann stand sie so lautlos wie möglich auf, ging zum Fenster hinüber und öffnete es, weil sie im Zimmer zu ersticken drohte. Am Himmel funkelten die Sterne wie immer. Wie in jenen Nächten, in denen *sie* so spät nach Hause gekommen war, den Geschmack von Ferrans Küssen noch immer auf den Lippen und seine Lügen in einem versteckten Winkel ihres Herzens, wo sie ihr nicht wehtun konnten. Damals hatte auch sie auf die Fragen ihrer Mutter ausweichend geantwortet und es nicht gewagt, ihr dabei in die Augen zu sehen. Nur ein paar Jahre älter als Valentí heute, war sie damals bereits durch und durch eine Frau gewesen. Vielleicht verhielt es sich hier ähnlich, wahrscheinlich traf sich ihr Sohn mit einem Mädchen. Er war bestimmt einfach nur verliebt, das war doch ganz normal.

Laia schloss das Fenster und ging zurück ins Bett. Sie hatte noch nie gewusst, wie sie mit ihrem Sohn umgehen sollte, jetzt genauso wenig wie früher.

Als Engràcia noch gelebt hatte, war es einfach gewesen, ihr die Schuld an jeglichen Problemen mit Valentí zu geben. Sie war für alles der Sündenbock gewesen. Arme Engràcia! Sie hatte den Jungen verwöhnt und ihm alles durchgehen lassen, zumindest hatte Laia es damals so gesehen.

Laia hatte der Witwe nie sagen können, wie weh es ihr getan hatte, dass selbst sie ihr Paus Beziehung zu Valentí verschwiegen hatte. Engràcia war ja so plötzlich gestorben. Inzwischen hegte Laia ihr gegenüber jedoch keinen Groll mehr. Sie konnte ihr dafür wirklich nicht die Schuld geben, und die alte Frau fehlte ihr so sehr! Sie war für Laia wie eine zweite Mutter gewesen.

Inzwischen war es spät geworden, und sie musste am nächsten Morgen früh raus. Bei der Arbeit durfte man ihr eine durchwachte Nacht nicht ansehen. Notfalls würde sie die Augenringe eben mit Make-up überdecken, genauso sorgfältig, wie sie die neuen Sorgen in ihrem Herzen verbarg. Im hintersten Winkel, zusammen mit allen anderen, damit es nicht allzu sehr wehtat.

Schlaf fand sie in dieser Nacht keinen mehr.

27

Schon seit Tagen schliefen Blai und Teresa wenig und schlecht. Das lag nicht allein an der erdrückenden Hitze in der kleinen Wohnung in Poblenou, die man nur durch einen engen, labyrinthartigen Gang zwischen anderen Gebäuden verlassen konnte. Es hatte auch nichts mit Teresas Schwangerschaft zu tun, die sich noch kaum bemerkbar machte und der jungen Frau bislang keine Probleme bereitete.

Nein, schlaflose Nächte hatten sie, weil sie mit Sorge auf etwas warteten und diese Warterei für sie nach und nach zum reinsten Albtraum wurde. Sowohl die Aktivisten der FAI als auch die von Blais Gewerkschaft CNT hatten nämlich die Anweisung bekommen, sich bereitzuhalten, weil ein Militärputsch mit Unterstützung vonseiten der Rechten erwartet wurde.

Blai hatte während der letzten fünf Jahre sein politisches Engagement im Lager der Revolutionäre immer weiter verstärkt und wusste ganz genau, was bei einer Machtergreifung der Faschisten zu erwarten war. Auch Teresa hatte es verstanden, daher lebten die beiden erfüllt von innerer Unruhe, voller Angst vor der großen Welle, die alles verschlingen würde. Sie kündigte sich bereits brausend an, ließ aber immer noch auf sich warten, und die beiden fragten sich verzweifelt, ob sie ihrem Druck standhalten oder sie womöglich sogar aufhalten konnten.

»Ich hab Angst, Blai. In was für einem Land soll denn das Kind aufwachsen, das ich in mir trage?«, stöhnte Teresa, während sie den Kopf auf seiner Brust ruhen ließ. Sie bekam kein Auge zu, weil sie um die zarte Bindung fürchtete, die sie beide unter so großen Schwierigkeiten aufgebaut hatten. Würde ihre Beziehung schon bald ein grausames Ende finden?

»Aber Mädchen, wir können jetzt keinen Rückzieher mehr machen. Bislang hatten wir es schwer, weil wir eben nicht mit dem goldenen Löffel im Mund geboren wurden, aber das ist bald vorbei. Wir erschaffen hier für unsere Kinder eine ganz neue Welt. Während der letzten fünf Jahre haben wir schon viel zu viel Zeit vergeudet! Jetzt ist der Moment gekommen, für unsere Ziele zu kämpfen!«

Blai redete sich beim Gedanken an diese bessere Zukunft in Rage, während er seiner Frau über das weiche Haar strich. Viele Nächte verbrachte er nicht bei Teresa, sondern zusammen mit seinen Kameraden. Mit dem Gewerkschaftsausweis in der Tasche und der Pistole im Hosenbund bewachten sie die Straßen des Viertels.

Als Blai am Samstag, dem 18. Juli, mittags aus der Fabrik kam, hörte er die hartnäckigen Gerüchte über Militärputschs in einigen Teilen des Landes. Das Wasser schwoll immer weiter an, bald würde die erwartete grausame Welle über sie hinwegschwappen. Blai ging nicht nach Hause, sondern machte sich direkt auf den Weg zur Gewerkschaft. Dort herrschte bereits rege Aktivität. Alle Arbeiterorganisationen am äußeren Rand von Barcelona standen miteinander in Kontakt, und es wurde gezählt, wie viele Waffen ihnen insgesamt zur Verfügung standen. Einige darunter stammten von den Somatents, die bei der Ausrufung der Republik entwaffnet worden waren. Wenn man bedachte, was ihnen vermutlich bevorstand, handelte es sich um ein äußerst spärliches Arsenal.

In der Nacht vom 18. auf den 19. Juli erhoben sich die Arbeiterklasse und die linken Kräfte, um die Republik zu verteidigen. In Poblenou waren die ersten Schüsse in der Ferne dafür das Startsignal. Als dann auch noch in den Fabriken die Sirenen losgingen, strömten alle hinaus auf die Straße. Die Schiffe im Hafen fielen in das Konzert mit ein und riefen ebenfalls zum Kampf um die Freiheit auf.

Auch Teresa hörte, worauf sie schon so lange gewartet hatte. Schluchzend legte sie sich beide Hände auf den Bauch, um das neue Leben in ihr zu beschützen. Sie hockte auf einem Stuhl in ihrer Stube und bedauerte es, die wenigen Gebete aus ihrer Kindheit vergessen zu haben. Das Herz tat ihr in der Brust weh, aber wenigstens bekam sie zu Hause nicht mit, was Blai da draußen erleben musste: wie sich ein politischer Konflikt in Blut und Tod verwandelte.

Auf der Plaça Catalunya sah Blai nämlich den Tod aus nächster Nähe. Der junge Mann rannte im Zickzack über den Platz, verbarg sich hinter Statuen und richtete sein Gewehr auf die Aufständischen. Hier bekam Blai seine ersten Leichen zu Gesicht. Sie lagen reglos in der Mitte des Platzes, so als überrasche sie die Tatsache, dass sie die ersten Opfer eines offiziell noch gar nicht ausgebrochenen Krieges waren. Zwischen den Denkmälern waberte das Schreckgespenst des Todes, dem Blai mit Angst und Ekel begegnete. Schon bald würde er sich jedoch an seine Anwesenheit gewöhnen und den Sensenmann als ständigen Begleiter akzeptieren.

Am 20. Juli 1936 stand Andreu Molins auf, zog sich an, ging ins Esszimmer hinüber und setzte sich an seinen üblichen Platz, um wie immer ein einfaches Frühstück zu sich zu nehmen. Er tat alles wie jeden Morgen, so als hätten sich an diesem Wochenende die Worte, Diskussionen, Abkommen und Zerwürfnisse nicht in Blut, Tod und Schweigen verwandelt. Denn in den vergangenen zwei Tagen hatten in Barcelona Gewehre und Pistolen gesprochen.

Das war Molins nicht entfallen, er wollte jedoch auch nicht, dass dieser Montag anders war als alle anderen. Das Leben musste weitergehen. Er würde sich nicht von seinem üblichen Tagesablauf abbringen lassen, nur weil in der Stadt noch Stunden zuvor Schüsse gehallt hatten. Schüsse auf der Rambla, Schüsse auf der Plaça Catalunya, auf dem Passeig de Gràcia und in den umliegenden Stadtvierteln. Überall hatte man Barrikaden errichtet. Es war Blut geflossen.

Anna und Andreu hatten den ganzen Sonntag vor dem Radio gesessen und waren nicht ein einziges Mal aus dem Haus gegangen. Schweigend und angespannt hatten sie den Parolen und Reden, den Bekanntmachungen gelauscht.

»Die wahren Diebe, die sich an unserer Arbeit bereichern, sind die Bürgerschweine«, geiferte Durruti, während die als La Pasionaria bekannte Dolores Ibárruri das Volk dazu aufrief, »sich bereitzuhalten, um bis zur letzten Kugel zu kämpfen«.

Sobald sie durchkamen, telefonierten die Molins mit Roser und Ferran, die ihnen erzählten, wie es im Zentrum der Stadt aussah: »Andreu, die Arbeiter scheinen Barcelona eingenommen zu haben. Die patrouillieren mit Gewehren, Pistolen und Knüppeln auf den Straßen.« Rosers Stimme zitterte. »An Autos und Lieferwagen flattern Fahnen der FAI und CNT. Wir können hier von zu Hause aus Schüsse hören und sehen draußen Bewaffnete. Ich habe Angst, Andreu, furchtbare Angst …«

Auch heute begleitete Andreu beim Frühstück die Sorge. Jetzt kam Anna ins Esszimmer, und auf ihrem sonst so besonnenen Gesicht waren die Spuren einer unruhigen Nacht zu erkennen. Sie war einfach nicht sie selbst und sah ihren Mann mit weit aufgerissenen Augen an. Der faltete jetzt in aller Ruhe die Serviette zusammen, so ordentlich wie jeden Tag.

»Was hast du denn vor, Andreu? Warum hast du dich fertig gemacht, du willst doch wohl nicht raus auf die Straße, oder?«

Das Lächeln, mit dem ihr Mann zu ihr aufschaute, sollte gelassen und gefasst wirken.

»Ich gehe ins Geschäft«, erklärte er mit seinem üblichen Gleichmut.

Anna machte einen großen Schritt auf ihn zu und baute sich vor ihm auf. Sie war außer sich vor Wut.

»Bist du verrückt geworden? Willst du etwa, dass die dich umbringen?

»Anna, bitte, nun bleib doch mal ruhig. Wir müssen wirklich nicht die Pferde scheu machen.«

Sie packte Andreu am Arm und schüttelte ihn heftig. So aufgebracht hatte ihr Mann sie noch nie erlebt.

»Andreu, da draußen herrscht Krieg, das weißt du ganz genau. Du kannst nicht einfach so ins Geschäft gehen, als wäre nichts passiert.« Eine Träne rann ihr über die rote Wange. »Geh bitte nicht, nicht heute«, flehte sie dann. Ihr war klar, dass man Andreu nur schwer von etwas abhalten konnte, wenn seine Entscheidung erst einmal gefallen war.

»Aber verstehst du denn nicht, dass ich einfach gehen muss? Ich bin der Kopf der Firma, heute mehr denn je. Vielleicht gilt es ja, Papiere oder Geld in Sicherheit zu bringen. Ich muss Entscheidungen treffen. Wie soll ich denn wissen, wie es um das Geschäft steht, wenn ich dort nicht erscheine? Das wäre ja, als würde ich Santa Eulalia im Stich lassen.«

»Aber wie willst du da überhaupt hinkommen? Mit dem Auto doch wohl nicht, oder? Die Straßenbahn fährt auch nicht, die wurde nämlich beschlagnahmt. Andreu, ich flehe dich an… Wenn du nicht meinetwegen bleiben willst, dann tu es wenigstens für deine Kinder.«

Sanft löste Andreu ihre Hand, die seinen Arm mit eisernem Griff umklammert hielt, und strich darüber, um seiner Frau eine Gelassenheit zu vermitteln, die er nicht einmal selbst verspürte.

»Mit passiert nichts, du wirst schon sehen. Jetzt müssen wir eben auf Gott vertrauen.«

In Annas Augen schien ein aufgewühltes Meer zu tosen. »Aber wie willst du jetzt ins Zentrum gelangen? Und wenn überhaupt, dann komme ich mit!«

»Anna…«

In diesem Moment wurde an die Tür geklopft, und das Ehepaar schaute sich schweigend an. Für einen Moment voller Unsicherheit schien die Zeit stillzustehen, während die Angst an ihnen nagte. Eines der Hausmädchen kam herein.

»Also, äh …«

Ihr blieb keine Zeit mehr, ihn anzukündigen, in diesem Moment stürmte nämlich auch schon Julià Recasens ins Esszimmer, den leeren rechten Ärmel in die Jackentasche gesteckt, das Gesicht verzerrt.

»Herr Molins, Sie müssen mich jetzt begleiten.«

Stille breitete sich im Raum aus und schien das Morgenlicht dieses Tages in Schatten zu verwandeln.

»Was soll denn das heißen?«

»Martínez übernimmt im Geschäft die Leitung. Die sind nämlich gekommen, Sie wissen schon, die von der FAI. Und die suchen Sie, deshalb kommen Sie jetzt besser mit.«

»Auf gar keinen Fall!«

»Hör doch auf ihn, Andreu!«, drängte Anna. »Ich bitte dich! Tu, was er sagt, Martínez weiß schon, was zu tun ist.«

»Senyor Clos hat alles unter Kontrolle. Sie müssen jetzt wirklich mitkommen.«

»Aber ich …«

»Verdammt, könnten Sie jetzt bitte endlich mal aufhören, so ein elender Sturkopf zu sein? Begreifen Sie denn nicht, dass es hier um Ihr Leben geht?«

Mit großen Augen starrte Andreu Reca durch seine Brille an. Dann sah er erschrocken zu Anna hinüber.

Irgendwie brachte er schließlich die Kraft für ein Lächeln auf und nickte einmal mit Nachdruck.

»Gut, dann los.«

»Nein, so angezogen dürfen Sie nicht auf die Straße! Mein Gott, da würden wir es nicht weit schaffen.«

Jetzt kam Leben in Anna, mit einem Mal leuchteten ihre Wangen, und sie war fast wieder die Alte.

»Na, dann will ich mal sehen, was ich für dich finde.«

Verkleidet, in fremde Sachen gesteckt, trat Andreu schließlich mit Recasens auf die Straße. Draußen herrschte die schwüle Hitze dieses tragischen Julis, sie war so drückend, dass man kaum Luft bekam. Als sie sich zu Fuß auf den Weg ins Zentrum machten, lag die Stadt nach den gewaltsamen letzten Tagen so still da, als würde sie schlafen.

Auf den Straßen waren kaum Leute unterwegs, und die wenigen Menschen verbargen sich in den Schatten. Für die beiden Männer war es ein langer und schweigsamer Marsch, sie sprachen unterwegs nicht ein Wort.

Als sie sich über die Carretera de Sarrià dem Stadtzentrum näherten, tauchten die ersten Plakate mit antifaschistischen Symbolen und Schriftzügen in roten Buchstaben auf. Von Zeit zu Zeit begegneten sie einem Auto oder Lieferwagen, in dem hemdsärmelige Männer mit Patronengürteln saßen.

Andreu Molins ging gedankenverloren weiter, hinter seiner Stirn ließ er sein Leben Revue passieren, das bis jetzt von Ordnung beherrscht gewesen war. Wie sollte er denn nur ohne diese Ordnung, ohne sein übliches methodisches Vorgehen weiterleben? Wie sollte er inmitten des Chaos, das er so sehr fürchtete, auch nur weiter atmen? Er blickte zum Himmel hinauf, an dem langsam die Sonne aufstieg, und ertappte sich bei dem Gedanken, dass er zu spät zur Arbeit kam.

Seine Arbeit.

Das Modehaus.

Santa Eulalia.

Dann kam ihm ein Satz in den Sinn, den er oft von seinem Vater gehört hatte: Angst raubt den Menschen ihre Würde. Er versuchte, sich zusammenzunehmen. Nein, er würde sich nicht der Angst ergeben. Das durfte er sich nicht erlauben, dafür hingen einfach zu viele Menschen von ihm ab.

Jetzt entdeckten sie die ersten Barrikaden, für deren Errichtung man im Zentrum einfach das Pflaster aufgerissen hatte. Überall lagen Glassplitter herum, und sie kamen an einem reglosen Mann vorbei, der in einer Lache aus getrocknetem Blut zu schlafen schien. Aber dann sahen sie seine aufgerissenen Augen, die von der Überraschung angesichts seines unerwarteten Todes zeugten. Andreu musste Beklemmung und Entsetzen verdrängen. *Es herrscht also wirklich Krieg*, dachte er und konnte nicht verhindern, dass vor seinem inneren Auge Bilder seines geliebten Geschäfts aufstiegen. Bleierne Stille hatte sich zwischen den Verkaufstheken ausgebreitet, die Modepuppen standen in den Werkstätten nackt und nutzlos herum. Die großen Zuschneidetische waren leer, die Garnrollen lagen vergessen herum. Dann dachte er an seine Kinder, an die Zukunft, die sie erwartete. Er hatte sich für sie doch etwas ganz anderes ausgemalt. Als er schließlich wieder Annas erschrockenen Blick von heute Morgen vor Augen hatte, zog sich in seiner Brust alles zusammen, und er spürte einen dicken Kloß im Hals.

Jetzt waren sie auch schon am Passeig de Gràcia angelangt, vor dem Haus, in dem seine Schwester lebte. Andreu war müde, seine innere Erschöpfung wurde von den verwaisten Straßen nur noch verstärkt. Wo waren denn nur all die Kinderfrauen, die ihre kleinen Schützlinge spazieren fuhren? Wo steckten bloß die jungen Mädchen, die aus der Messe in La Concepció kamen und sich vor der Kirche mit ihren Verehrern trafen? Was war mit dem Alltagsleben geschehen?

Die große Eingangstür des luxuriösen Gebäudes stand offen, und die beiden Männer liefen mit pochendem Herzen die breite Treppe hinauf. Recasens schaute sich dabei ständig um, als fürchtete er, man sei ihnen gefolgt.

Als sie anklopften, machte ihnen Remei die Tür auf, die Älteste von Rosers Hausmädchen. Sie war als Einzige geblieben und brachte die Neuankömmlinge jetzt in den Salon, wo Ferran Clos bereits auf sie wartete. Er trug einfache Straßenkleidung und keinen Hut. Nervös ging er im Zimmer auf und ab und stürzte sich geradezu auf seinen Schwager, als er ihn entdeckte. Während sie sich ergriffen umarmten, brachten die beiden Männer kein Wort heraus.

»Das alles sieht gar nicht gut aus, Andreu. Zum Glück habe ich Beziehungen und konnte Roser und die Mädchen hier rausschaffen. Ich wollte nur noch mit dir reden, bevor ich ihnen folge. Wir gehen nach Frankreich, vielleicht nach Paris. Da haben wir schließlich Freunde, oder nicht? Von dort aus wird es viel einfacher, euch rauszuholen. In der Zwischenzeit versteckst du dich hier bei uns in der Wohnung, zusammen mit Remei. Und dann …«

»Ich gehe nicht nach Frankreich, Ferran. Mein Platz ist so nah wie möglich bei Santa Eulalia. Das verstehst du doch sicher, oder? Ich weiß zwar noch nicht, wie ich das anstellen werde, aber ich muss über die Firma wachen.«

»Aber Senyor Molins …«, fiel ihm Recasens ins Wort.

Ferran kniff die Augen zusammen und funkelte seinen Schwager finster an. Wie sollte er ihm nur klarmachen, dass man die Sache nicht auf die leichte Schulter nehmen durfte? Er wurde schließlich gesucht!

»Jetzt hör mir mal zu, Andreu, heute Morgen sind ganz früh die von der FAI bei uns im Geschäft aufgetaucht und haben das Geschäft beschlagnahmt. Nur gut, dass sich Ramon so couragiert gezeigt hat. Der war nämlich noch früher als sonst im Laden, weil er das Schlimmste befürchtet hatte. So ist ihm noch Zeit geblieben, Geld und Dokumente in Sicherheit zu bringen. Er hat mir erklärt, dass er die Männer empfangen und im Namen der ganzen Belegschaft mit ihnen gesprochen hat. Denen war es nur recht, dass vorläufig er die Leitung des kollektivierten Betriebs übernimmt, weil er sich im Geschäft ja offensichtlich gut auskennt. Sie haben gesagt, dass er wie ein ›vertrauenswürdiger Kamerad‹ wirkt. Deshalb soll er das Gewerkschaftskomitee beraten, bis dann später die Versammlung der Arbeiter zusammentreten kann.«

»So machen sie es in allen Firmen und Fabriken mit mehr als hundert Angestellten, Senyor Molins«, unterbrach ihn Reca.

Ferran erläuterte weiter die Geschehnisse dieses Morgens, an dem ihre Welt auf den Kopf gestellt, die Rollen vertauscht worden waren.

»Dann haben sie ihn nach den Faschistenschweinen gefragt, die die Bourgeoisie von Barcelona einkleiden. Ramon hat so getan, als hätte er keine Ahnung, wo Sie stecken …«

»Ich war dabei«, meldete sich Reca wieder zu Wort. »Er hat gesagt: ›So wie ich die kenne, sind die längst über alle Berge!‹ Und dann hat er mit ihnen zusammen gelacht, als wäre er auf ihrer Seite. Damit hat er sie erst mal von Ihnen abgelenkt, aber die sind hinter Ihnen her, Senyor Molins. Geht das in Ihren Kopf denn nicht rein?«

Andreu starrte erst Ferran, dann Recasens und schließlich wieder Ferran an und traute seinen Ohren kaum. Hier ging gerade sein Leben, seine ganze Welt in Scherben. Recasens fuhr fort: »Sobald die Kerle weg waren, hat mich Martínez losgeschickt, damit ich Senyor Clos Bescheid sage.«

Ferran wandte den gequälten Blick nicht von seinem Schwager ab und flehte: »Andreu, bitte …«

»Gut, im Moment bleibe ich hier. Holt doch bitte Anna und die Kinder nach Paris nach, sobald es euch möglich ist.« Andreu schaute Ferran durch die kleinen Brillengläser hindurch an. Die Stimme drohte ihm zu stocken, seine Worte kamen müde und abgehackt hervor.

»Wir stehen das durch. Und jetzt geh schon!«

Bewegt schlossen sich die beiden Männer noch einmal in die Arme. Ferran machte den Mund auf, um etwas zu sagen, vielleicht »Lebewohl!« oder »Bis bald!«. Er brachte jedoch keinen Ton heraus und verließ einfach nur den Raum mit Tränen in den Augen.

Am Abend kehrte Recasens mit einer Nachricht von Andreu für seine Frau nach Sarrià zurück. Anna empfing ihn mit geschwollenen, rot geweinten Augen, aber als sie Reca und den Brief sah, legte sich ein Lächeln über ihre Züge und verlieh ihr ihre übliche Schönheit.

Die Hausherrin bestand darauf, dem Einarmigen etwas anzubieten, und während das Hausmädchen ihm im Esszimmer Brot und Aufschnitt servierte, stürzte sich Anna geradezu auf den Umschlag und musste beim Gedanken daran lächeln, dass Andreu sie für ihr kopfloses Verhalten gerügt hätte.

Sie erkannte die kleine, schräge Schrift ihres Mannes, es gelang ihr jedoch nicht, seine Worte zu entziffern. Von Emotionen überwältigt, rang sie nach Luft. Sie musste sich zusammenreißen und gut konzentrieren, um die Worte zu verstehen, die da vor ihren Augen tanzten.

Meine geliebte Anna, meine Gemahlin und Gefährtin,

wir haben doch bereits so viel gemeinsam durchgestanden und konnten trotzdem nicht ahnen, dass uns je so etwas zustoßen würde. Ich sehe Dich vor mir, während ich diese Zeilen schreibe. Deine Augen, die doch immer mein Leben und meinen Weg darin mit ihrem Blick erleuchtet haben, sind vom vielen Weinen ganz rot. Aber inmitten all der Unbill weiß ich auch, dass Du Dich den ganzen Tag um unsere Kinder gekümmert hast. Du hast ihnen unnötiges Leid erspart, und dieser Gedanke tröstet mich.

Die Buchstaben auf dem Papier schienen näher zu kommen und wieder von Anna abzurücken, als wollten sie sich über sie lustig machen.

Ich bin in Sicherheit vor jenen, die uns aus Hass und falsch verstandenem Streben nach Freiheit Böses wollen. Dir möchte ich nicht sagen, wo ich bin, um Dich mit diesem Geheimnis nicht in Gefahr zu bringen. Denn sie werden bestimmt bei uns zu Hause nach mir suchen und Fragen stellen, und ich will wirklich nicht, dass man euch immer wieder belästigt. Bald wird sich mein Schwager mit euch in Verbindung setzen und euch ins Ausland bringen. Du sollst wissen, dass ich keine ruhige Minute haben werde, bis ihr, die Kinder und Du, bei Ferran und Roser außer Gefahr seid. In der Zwischenzeit kannst Du mich über Recasens erreichen, er wird für uns den Boten spielen.

Inmitten dieses furchtbaren Unglücks gibt es doch Lichtblicke, und so kann ich mich an der Treue unserer großen Familie bei Santa Eulalia erfreuen. Das ist ein wahrer Segen.

Die Situation wird sicher nicht lange andauern, liebste Anna. Bald sind wir wieder vereint.

Gib gut auf die Kinder acht. Antoni kannst du sagen, dass er jetzt der Mann im Haus ist und sich entsprechend verhalten soll. Er ist ja schon bald groß, und das Blut der Molins und Balaschs fließt durch seine Adern. Sag Anna und Joaquim, dass sie nun ganz brav und tapfer sein müssen. Und Pere und Andreu natürlich auch, lass mich unsere Kleinen nicht vergessen.

Dein Dich liebender Ehemann
Andreu

Anna drückte zahlreiche Küsse auf das Papier mit der Nachricht ihres Mannes und machte sich dann daran, eine Antwort zu schreiben, die Recasens mit zurücknehmen konnte. Sichtbar müde hockte der Concierge vor seinem Teller und aß lustlos eine Kleinigkeit.

In ihren Brief goss Anna all die liebevollen Worte, die ihrem Herzen entsprangen. Sie erzählte Andreu, wie die Kinder den schrecklichen Tag verlebt hatten. Außerdem bat sie ihn auch, ihr doch sein Versteck zu verraten, weil sie nicht wusste, ob sie die nächste Zeit ohne ein Treffen mit ihm überstehen würde, so kurz der Konflikt auch sein mochte. Zum Schluss versicherte sie ihm noch, dass keine zehn Pferde sie aus dem Haus bekommen würden, sie würde im Heim der Familie ausharren, mit gedecktem Tisch und jedem Ding an seinem Platz, so wie Andreu es gern hatte. So würde sie auf ihn warten, bis dieser Albtraum endlich vorbei war und wieder die Sonne hinter den Wolken hervorkam.

Aber bis dahin würde noch viel Zeit verstreichen.

Wie ihr Mann es bereits befürchtet hatte, kündigte ein paar Tage später das Hausmädchen zittrig den Besuch einer Gruppe bewaffneter Männer an. Wie erwartet, waren die Milizionäre auf der Suche nach Andreu. Anna rief alle zusammen und empfing die Männer im Kreise ihrer Kinder, mit dem kleinen Andreu auf dem Arm. Die Angst schluckte sie herunter und blickte die Fremden hocherhobenen Hauptes an, während sie auf ihre Fragen antwortete. Auf die, die sie beantworten konnte.

»Selbst wenn ich es wollte, könnte ich Ihnen überhaupt nicht sagen, wo sich mein Mann befindet, weil er es mir nämlich nicht verraten wollte. Er wusste genau, was passieren würde, und wollte auf Nummer sicher gehen. Das ist die Wahrheit.«

Sie unterdrückte ihre Tränen und das Zittern in der Stimme, als sie fortfuhr: »Aber eines will ich Ihnen sagen. Fragen Sie doch die Angestellten bei Santa Eulalia nach ihm. Wenn dort auch nur ein Einziger etwas Schlechtes über ihn zu sagen hat, dann setze ich höchstpersönlich Himmel und Erde in Bewegung, um ihn ausfindig zu machen, und liefere ihn selbst aus. Na los, fragen Sie die Leute, und dann kommen Sie hierher zurück und erzählen mir, was Sie gehört haben.«

In der darauffolgenden Stille waren nur noch die schweren Stiefel der Männer zu hören, die das Haus verließen.

Anna war wie versteinert, dann aber schaute sie ihre Kinder an: Antoni blickte würdevoll drein, Annas Unterlippe zitterte, in Quims scheuem Blick stand die Angst geschrieben … Als Pere und der kleine Andreu zu wimmern anfingen, verliehen sie damit der Angst Ausdruck, die sie alle empfanden.

Anna entfuhr ein tiefes Seufzen, in dem so viele dunkle Vorahnungen mitschwangen. Ihre wichtigste Aufgabe war jetzt, die Kinder zu beschützen, das würde Andreu von ihr erwarten. Außerdem hatte sie begriffen, dass diese Männer ihr beim nächsten Besuch die Kleinen wegnehmen würden. Sie hatte es in ihren Augen gesehen. Daher mussten sie hier weg, und so bat sie das Hausmädchen, ihr beim Packen zu helfen. Sie würden nach Camprodon fahren.

28

Ein Jahr lang Krieg.

Die Zeit war stehen geblieben, der Tunnel wurde immer länger und dunkler.

Niemand hätte gedacht, dass er ein Jahr Krieg aushalten würde, und jetzt befürchteten alle, das zweite Jahr nicht zu überstehen.

Es hieß, dass die nationalen Kräfte in Brunete auf dem Vormarsch seien und dass vor allem auf republikanischer Seite die Zahl der Toten immer weiter ansteige.

Auf der Straße schien der Geruch von Pulver in der Luft zu liegen. Das Essen war rationiert, und die Bevölkerung erhielt Bezugsscheine für Brot, Fleisch, Kartoffeln und Eier sowie Kohle. Später kamen auch noch Öl und Reis dazu. Seife war nirgendwo aufzutreiben, und Milch gab es nur auf ärztliches Rezept. Der Mangel an Grundnahrungsmitteln und das lange Anstehen für alles zermürbten die Bevölkerung.

Laia war in ihrer Wohnung in der Carrer Margarit allein zurückgeblieben, da Valentí Germáns Beispiel gefolgt war und sich direkt nach Ausbruch des Krieges als Freiwilliger gemeldet hatte, wofür er sich als älter hatte ausgeben müssen. Das war inzwischen bereits ein Jahr her. Am Anfang hatte sich Valentí kaum bei seiner Mutter gemeldet, inzwischen schrieb er jedoch öfter, und aus seinen Briefen sprachen Einsamkeit, Verzweiflung und seine Angst. Was hätte Laia nicht alles gegeben, um ihn wieder an ihrer Seite zu haben, um ihn in die Arme zu schließen und zu trösten! Erst jetzt erkannte sie, wie es sie schmerzte, ihren Sohn nicht in ihrer Nähe zu haben, ihn nie zu sehen, seine Stimme nicht mehr zu hören. Der Gedanke an all die vergeudeten gemeinsamen Jahre quälte sie so sehr, dass sie nachts in ihrer leeren Wohnung vor sich hin weinte und sich die Haare raufte. Um zu überleben, hatte sie im Laufe der Zeit fast ihren gesamten Besitz verkauft, da sie seit Kriegsbeginn nicht mehr arbeitete. Nach der Kollektivierung hatte man bei Santa Eulalia angefangen, Uniformen für das republikanische Heer anzufertigen. Die Abteilungen für Zivilkleidung waren verschwunden, und Ramon Martínez hatte ihr nahegelegt, sich im Geschäft besser nicht blicken zu lassen.

»Ich befürchte das Schlimmste, Laia. Die haben nach dir gefragt, nach der Kollegin, die die reichen Gattinnen in Empfang genommen und eingekleidet hat. Für diese Typen, für die Gewerkschaft, bist du keine Arbeiterin wie alle anderen. Die wollen einfach nicht verstehen, was ein Modehaus in einem republikanischen Staat sollte, und sehen dich als Verbündete der Bourgeoisie.«

Laia wurde angst und bange, es kam ihr so vor, als würde die Welt, ihre Welt, in sich zusammenfallen, und so war es ja tatsächlich.

»Aber Ramon, was soll ich denn jetzt machen? Ich hab doch nichts gespart. Wenn sich das noch lange hinzieht …«

»Keine Sorge, so kommt es bestimmt nicht. Und Reca wird jede Woche nach dir schauen. Wir lassen dich nicht im Stich, das würde mir Andreu Molins nämlich nie verzeihen.«

Sie machten es wie besprochen: Laia blieb zu Hause, allein und verzweifelt, und Recasens brachte ihr, was er konnte: Essen, gelegentlich etwas Geld … Auch Lluïsa schaute vorbei und kam selten mit leeren Händen. Laia freute sich auf ihre Besuche aber vor allem deshalb, weil ihr die Gesellschaft der Kollegin wichtig war, der Moment, in dem sie schwatzend vor einer Tasse dampfendem Gebräu saßen, das eigentlich Kaffee sein sollte, an das Original aber nicht herankam.

Die ersten Monate des Konfliktes verbrachte Laia mit Anstehen. Sie reihte sich in ellenlange, endlose Schlangen ein und wartete stundenlang für eine Packung Kekse. Irgendwann hatte sie davon jedoch die Nase voll und verbrachte die Tage dann einfach nur noch im Bett, wo sie die Decke bis zur Nasenspitze hochzog, um sich vor Kälte und Einsamkeit zu schützen. Zum Glück hatte sie wenigstens Genís.

Er war ihr in diesen Tagen eine große Stütze. Zwar hatte ihn das republikanische Heer eingezogen, er machte jedoch nicht einmal die Grundausbildung zu Ende. So wie er schon vor Jahren wegen seiner epileptischen Anfälle dem Militärdienst entgangen war, wurde er auch hier bald für kampfunfähig erklärt. Oder vielleicht wollte man mit dieser Ausrede auch nur jemanden aus den Reihen der Republikaner entfernen, der für künftige Kampfeinsätze nicht männlich genug auftrat. Wenigstens waren sich in dieser Hinsicht beide Seiten einig. Der ausgemusterte Genís fing wieder bei Santa Eulalia an, auch wenn das Geschäft inzwischen in das etwas weltlichere Santeulalia umbenannt worden war, weil Heiligenverehrung verpönt war.

Der früher so attraktive Genís versuchte inzwischen nur noch, nicht weiter aufzufallen, und versteckte sich hinter einem unscheinbaren Äußeren. Nichts an ihm erinnerte an den schillernden Charmeur, der früher die Kundinnen in Empfang genommen hatte. Genís machte sich beinahe unsichtbar, erledigte die Aufgaben, die man ihm zuteilte, und schloss sich abends in der Wohnung im Clot-Viertel ein, die seine Eltern ihm hinterlassen hatten. Seine vier Wände verließ er eigentlich nur, um bei Laia vorbeizuschauen. Dann brachte er ihr mit, was er konnte, auch wenn er dafür selbst den Gürtel enger schnallen musste. Sie plauderten gern über alte Zeiten, sprachen aber kaum über das gegenwärtige Elend.

Ramon Martínez besuchte Andreu jede Woche, oder zumindest alle vierzehn Tage. Dafür traf er alle möglichen Vorsichtsmaßnahmen und achtete darauf, die Besuche auf unterschiedliche Tage und Uhrzeiten zu legen, damit niemand Verdacht schöpfte.

Molins versteckte sich noch immer in der Wohnung seiner Schwester am Passeig de Gràcia, wo sich Remei um ihn kümmerte. Aus Sicherheitsgründen hielt er sich tagsüber in einem der hinteren Zimmer auf und ging erst nach Einbruch der Nacht in den Salon oder das Arbeitszimmer. Dort saß er dann im Dunkeln und grübelte oder schmiedete Pläne für die Zukunft, um nicht der Verzweiflung anheimzufallen.

Er hatte mit Remei abgesprochen, was zu tun war, wenn jemand nach ihm fragte. Es war alles genau geplant, aber zum Glück wurde hier nicht nach ihm gesucht.

Inzwischen trug Remei die Dienstbotenuniform nicht mehr, die sie doch jeden Tag angelegt hatte, seit sie als junges Mädchen vom Dorf in die Stadt gekommen war, um für Andreus Eltern zu arbeiten. Sie kümmerte sich um die Wohnung und erledigte die Einkäufe. Da sie vor den Augen der Nachbarn im Haus ein und aus ging, wussten alle, dass die Wohnung nicht leer stand.

Ramon wartete üblicherweise, bis sich bei Sonnenuntergang ein purpurfarbener Schleier über die Stadt legte, und schlenderte dann den Passeig de Gràcia entlang, als wollte er bloß einen Abendspaziergang machen. Wenn er dabei sah, dass der Hauseingang unbeobachtet war, ging er hinein und stieg in den dritten Stock hinauf. Erst bei Andreus Anblick atmete er erleichtert auf.

An jenem Abend Ende 1937 hörte Andreu Ramon genau zu, während er ihn aufmerksam musterte. Martínez war ein passionierter Ringer und hatte einst Seidenkrawatten gesammelt, inzwischen kleidete er sich jedoch wie ein Arbeiter. Ein Arbeiter, der vor Molins die Mütze abnahm, weil er ihm immer noch denselben Respekt wie früher entgegenbrachte. Denn wie er sich auch kleiden mochte, Ramon Martínez Rosell war weiterhin Andreus treuer Helfer, sein Vertrauter und inzwischen seine einzige Verbindung zu Santa Eulalia, seinem geliebten Modehaus, das doch all seinen Angestellten gehörte. Ohne die Besuche von Martínez, ohne die langen Gespräche, durch die er wenigstens aus der Ferne noch ein kleines bisschen Einfluss auf das Tagesgeschäft in seinem alten Betrieb hatte, hätte Andreu Molins wohl längst den Verstand verloren.

Oft dachten die beiden Männer an den Tag zurück, an dem der Laden in ein Kollektiv überführt worden war. Seitdem war bereits ein ganzes Jahr verstrichen!

»Wissen Sie, Andreu, wir haben ja schon häufig darüber gesprochen, aber wir hatten wirklich großes Glück, weil wir im Geschäft genau wussten, wie die Posten am besten zu verteilen waren. Als die von der Gewerkschaft nach achtundvierzig Stunden wiedergekommen sind und gesehen haben, dass wir uns schon untereinander organisiert hatten, waren sie erleichtert und haben kaum noch Änderungen vorgenommen.«

»Trotzdem mache ich mir um Laia Calvet und die Angestellten der Salons Sorgen. Um die kümmern Sie sich doch, nicht wahr, Ramon? Und dann Bosch, der arme Bosch …«

»Seien Sie unbesorgt, Andreu. Sie wissen ja, dass ich am Anfang ein paar Kompromisse eingehen und mich nach der ersten Versammlung dazu bereit erklären musste, einige der Angestellten zu entlassen. Die Leute aus den Ateliers waren für diese Kerle nun mal Abgesandte des Teufels … Was Bosch angeht … Na ja, der war ja immer schon ziemlich rechts eingestellt.«

»Aber der Mann ist doch völlig harmlos!«

»Trotzdem konnten wir ihn in der Firma nicht halten.«

»In seinem Alter! Wie furchtbar, das ist wirklich eine Schande!«

Beide schwiegen, und Martínez drehte die Mütze in den Händen. Andreu hatte sich längst daran gewöhnt, nur noch mit Flüsterstimme zu sprechen, aber Ramon musste sich dazu zwingen.

»Von den Verkäufern und ihren Gehilfen sind so einige an der Front«, murmelte er nun und schien in Gedanken die Liste derer durchzugehen, die zu den Truppen dazugestoßen waren.

»Wie viele von ihnen wir wohl nie mehr wiedersehen werden …«

»Genís Camps wurde für kampfunfähig erklärt und kommt jetzt wieder zur Arbeit.«

»Das freut mich, für ihn und für das Haus. Der macht, was man ihm sagt, und wird Ihnen sicher eine große Stütze sein.«

Sein Gegenüber nickte.

»Und vergessen Sie bitte nicht, was ich Ihnen gesagt habe, Ramon: Kaufen Sie Stoff und verstecken Sie ihn. Kaufen und horten Sie, so viel Sie können.«

»So machen wir es auch, Andreu, keine Sorge.«

»Dieser Krieg wird eines Tages zu Ende sein, und dann müssen wir irgendetwas zum Verkauf anbieten können. Und zwar nicht nur Material für Uniformen, sondern Stoffe für einen Neuanfang, für ein neues Leben.«

»Genau, dann müssen wir ja auch irgendwie weitermachen. Eines Tages werden wir wieder dort anknüpfen, wo wir aufgehört haben, nicht wahr, Andreu?«

Ramon erhob sich. Es war spät geworden, und durch die offene Zimmertür fiel nur noch wenig Licht herein. Molins schaute zu seinem alten Mitarbeiter hoch und wurde von einer Welle der Gefühle erfasst, als er ihn dort stehen sah. Er stand auf, umarmte Martínez und klopfte ihm freundschaftlich auf die Schulter.

»Ich schaue bald wieder rein«, versprach Ramon.

»Viel Glück!«

Molins lauschte den festen Schritten, die sich den Flur entlang entfernten. Er seufzte, weil er überhaupt nicht müde war, seine Verbannung hier in die Wohnung raubte ihm den Schlaf und Appetit. Deshalb holte er sich erst einmal Stift und Papier, um Anna zu schreiben. Niemals würde er sich von Panik und Verzweiflung besiegen lassen, oh nein.

Auf keinen Fall.

Wie für viele andere auch war Weihnachten 1937 für Laia so traurig wie nie zuvor. In ihrem eisigen Salon ohne Möbel hockte sie im Licht einer trüben Kerze, deren Schein sich funkelnd in ihren Augen spiegelte, und löffelte mutterseelenallein ein Schälchen Maisbrei. Lluïsa hatte ihr eine Orange mitgebracht, davon aß sie die Hälfte und sparte sich den Rest auf. Über Essen versuchte sie nicht allzu viel nachzudenken. Wenn sie sich die Zitrusfrucht wenigstens mit Valentí teilen könnte! Was ihr Sohn wohl gerade machte? In seinem letzten Brief hatte er ihr erzählt, dass er in Teruel an der Front kämpfte. Er sprach von furchtbarer Kälte und Schlachtenlärm, fügte aber auch hinzu, dass die Republikaner die Oberhand zu gewinnen schienen. In Teruel verloren die Aufständischen.

Laia hatte sich noch nie für Politik interessiert, für sie war nur ihre eigene Welt von Bedeutung gewesen: mit ihrer Arbeit, den großen und kleinen beruflichen Erfolgen, ihren Reisen und Kleidern, den Kundinnen … Wenn sie die Augen schloss, sah sie noch immer deren behandschuhte Finger und die Hüte mit dem kleinen Schleier vor sich, sie hörte das leise Summen der Unterhaltungen und meinte, noch das Aroma der Zigaretten zu riechen. Laia empfand sich als Republikanerin, wusste aber eigentlich gar nicht, was das bedeutete. Nein, es lag daran, dass Barcelona unter republikanischer Herrschaft stand und dass Valentí auf dieser Seite kämpfte. Genís hatte ihr erläutert, was passieren konnte, wenn die Nationalen den Krieg gewannen, was sie in diesem Fall alles verlieren würde. Das hatte Laia verstanden, weil er es ihr wie einem Kind mit ganz einfachen Worten erklärt hatte. Und die Grausamkeit des Faschismus konnte sie ja mit eigenen Augen sehen.

Aber im Januar 1938 tobte der Krieg bereits seit eineinhalb Jahren, und inzwischen wollte Laia nur noch, dass er endlich aufhörte, egal, wer gewann. Ohne Krieg würde alles wieder in Ordnung kommen, und an eine neue Regierung würden sich die Menschen schnell gewöhnen. Darüber sprach sie allerdings mit niemandem, diese Gedanken verwahrte sie in ihrem Inneren und ließ sie sich in den zähen Stunden der Einsamkeit immer wieder durch den Kopf gehen. Sie vermutete jedoch, dass sie nicht als Einzige dieser Meinung war.

Am 19. Januar zog Laia ganz früh ihren besten Mantel an und

verließ noch vor Morgengrauen das Haus. Bislang hatte sie es nicht übers Herz gebracht, sich von allen eleganten Kleidungsstücken in ihrem Schrank zu trennen. Den Großteil hatte sie verkauft, aber einige hatte sie aufbewahrt, um nicht völlig zu vergessen, wer sie vor dem Krieg gewesen war. Für ihren abgemagerten Körper war der Mantel inzwischen zu groß, aber wenigstens verbarg er das Elend darunter. Laia hatte einen kleinen Korb dabei, wusste jedoch genau, dass sie ihn nicht füllen würde, es gab nämlich einfach nichts mehr. Damit sich die Kälte nicht unter ihren Mantel schlich, verschränkte sie die Arme vor dem Körper, während sie sich auf den Weg zur Markthalle machte. Obwohl es draußen noch dunkel war, konnte sie schon aus der Ferne die Menschenmenge erkennen, die sich im Gleichtakt bewegte und darauf wartete, dass sich die Türen öffneten. Hier und da wurde gebrüllt und gerempelt, weil sich die Anstehenden den Platz in der Schlange gegenseitig streitig machten. Manche wurden sogar handgreiflich, und dann dauerte es jedes Mal seine Zeit, bis wieder ein wenig Ruhe einkehrte. Man konnte fast meinen, dass auch in diesem Winkel des Poble Sec der Krieg Einzug gehalten hatte. Laia hasste das Anstehen und blickte ihm jedes Mal voller Angst entgegen, noch mehr fürchtete sie sich jedoch vor dem Hunger.

Es wurde langsam hell, und nun näherten sich junge Burschen, um die großen Türen aufzuschließen. Jetzt brach in der Menge der Wartenden Chaos aus, und die jungen Männer blieben stehen, um nicht von der wogenden Masse verschluckt zu werden. Als sich alle wieder halbwegs beruhigt hatten, öffneten sich endlich die Tore, und die Menschen stürmten schreiend und kreischend in die Halle. Draußen blieben als stumme Zeugen nur die jetzt leere Straße und die wenigen Menschen zurück, die im Handgemenge den Kürzeren gezogen hatten: ein paar Verletzte, eine Frau, die zu Boden gerissen worden war, und ein verloren gegangenes Kind, das verzweifelt seine Mutter suchte.

Laia hatte alles völlig sprachlos beobachtet und musste beim

Betreten der Markthalle feststellen, dass kaum noch Ware angeboten wurde. Sie hatte soeben eine Schlacht ohne Beute mit angesehen. Mit dem leeren Korb ging sie wieder hinaus und ließ sich durch die Straßen treiben. Sie hätte selbst kaum sagen können, wie lange sie so herumlief, inzwischen hatte die Zeit für sie die Bedeutung verloren. Ihre Füße trugen sie zur Pla de la Boqueria, und wie so oft lief sie an Santa Eulalia vorbei. Sie näherte sich dem Geschäft, als wolle sie die verlorenen Augenblicke wieder einfangen, die zwischen den Wänden im Innern schwebten und in den Schaufenstern zu erahnen waren, obwohl diese nicht mehr die fröhlichen Farben der Vergangenheit zeigten. Es war kalt, bitterkalt. Inzwischen spürte Laia die Hände nicht mehr …

Es ertönte eine Sirene, und Laia blickte zum immer bedrohlicheren Himmel hinauf. Es war ein grauer Himmel, an dem sich nur die eine oder andere zerfranste Wolke zeigte, die Laia an weiße Vögel denken ließ.

Flugzeuge.

Und dann regnete es Bomben von Barcelonas wohlwollendem Himmel, diesem schützenden Himmel, der die Bewohner der Stadt nicht länger vor dem Tod von oben bewahren konnte.

Panisch rannte Laia los, ohne ein Ziel.

Mit jeder Sekunde wurde der Lärm der Explosionen lauter, die Maschinen flogen über die Stadt hinweg und warfen mit unmenschlichem Zorn Bombe um Bombe ab. Mit ratternden Maschinenpistolen wurde auf die verängstigten Menschen geschossen, die sich in Schutzräume zu flüchten versuchten.

Es handelte sich um italienische Flugzeuge.

Und sie flogen tief.

Laia stolperte über etwas und fiel auf eine Frau, die am Boden lag. Das Blut, das aus deren Brust quoll, beschmutzte ihren Mantel. Sie hatte nicht mehr die Kraft zum Aufstehen, deshalb schob sie sich ganz nah an die Leiche heran und legte schluchzend die

Hände über den Kopf. Sie wurde Zeuge, wie die Welt um sie herum unterging, wie der Tod seine Arbeit machte.

Plötzlich ertönte eine Explosion, die viel lauter war als alle anderen.

Ein kurzer, durchdringender Laut.

Dann hörte man Glas klirren.

Laia wurde durchgeschüttelt.

Danach kam nichts mehr.

Und schließlich Heulen, Pfeifen, Zischen …

Sie konnte nichts erkennen, weil die Straße verschwunden war, alles war in Rauch und Staub versunken. Das Atmen fiel ihr schwer. In der glühenden Luft hatte Laia das Gefühl, gleich zu ersticken, als wolle die Hitze sie erdrücken.

Dann hörte sie Kreischen.

Wände stürzten ein und rissen Menschen mit in den Tod.

Eine weiße Wolke.

Ziegel.

Stuck.

Gips.

Glut.

Ersticken.

Irgendwann war alles vorbei. Die Wolke zog weiter, und Laia begriff, dass sie am Leben war. Sie lebte und war plötzlich von einer Stille umgeben, die ebenso ohrenbetäubend war wie zuvor das Dröhnen der Flugzeuge.

Langsam stand sie auf, noch konnte sie nichts hören. Die Augen brannten, aber die Sehkraft hatte sie bereits zurückerlangt. Und was sie da vor sich sah, erfüllte sie mit Entsetzen. Zerstörung. Eine einsame Straße. Rauch. Das Gebäude, vor dem sie eben noch gestanden hatte, war von den Bomben getroffen worden; einer der Balkone war jedoch unversehrt geblieben, und Blumentöpfe zeugten von dem Leben, das hier gewaltsam beendet worden war.

Noch konnte Laia das alles nicht begreifen, was sie vor sich sah. Aus dem Rauch heraus tauchte lautlos ein Mann neben ihr auf, der kein Wort sagte, dann eine Frau und Kinder. Alle schauten einander an, Nebel und Fragen standen in ihrem Blick.

Ganz langsam erwachte die Stadt wieder zum Leben und begann ihre Toten zu zählen.

Das war nur der erste von zahlreichen Bombenangriffen, welche die katalanische Metropole im Januar 1938 heimsuchen würden. Barcelona zahlte den Preis für die Eroberung von Teruel.

Seit zwei Tagen klopfte Genís immer mal wieder bei Laia an, sie öffnete jedoch nicht. Ihr Freund machte sich Sorgen: Wo steckte sie nur? An einem ungemütlichen und kalten Morgen im Februar beschloss er daher, vor ihrer Wohnung Stellung zu beziehen, bis er wusste, was los war. Er brüllte Laias Namen. Er hämmerte gegen die Tür, bis ihm die Fäuste wehtaten. Er machte auf dem Flur so ein Theater, dass schließlich eine Nachbarin herauskam, um zu gucken, was er wollte.

»Die hab ich schon seit Tagen nicht mehr gesehen. Keine Ahnung, was da passiert ist.«

Hinter der Frau erschien jetzt ein etwa vierzehnjähriger Junge mit einem Kopf voller Locken. Er war groß und dünn, mit klugem, offenem Blick.

Als er Genís' verzweifelte Miene sah, fragte er: »Was ist denn, Mutter?«

»Laia macht nicht auf.«

Nachdem der Junge mit energischen Schritten zur Tür gegangen war und angeklopft hatte, erklärte er: »Dann steige ich eben über den Balkon ein.«

Beunruhigt und überrascht sahen seine Mutter und Genís ihn an.

»Das hab ich schon mal gemacht, als Senyoreta Laia ihren Schlüssel vergessen hatte, es geht ganz einfach.«

»Ich möchte jetzt wirklich nicht…«, protestierte Genís, aber der Nachbarsjunge war bereits wieder in seiner Wohnung verschwunden.

Ein paar Minuten später machte er Laias Tür von innen auf.

»Ich musste ein Fenster einschlagen.«

»Gut gemacht, vielen Dank«, sagte Genís. Aber ihm blieb in seiner Sorge keine Zeit, dem Jungen ausführlich zu danken, stattdessen eilte er auf direktem Weg ins Schlafzimmer. In sich zusammengesunken und merkwürdig verdreht entdeckte er seine Freundin dort auf dem Bett, und Genís befürchtete schon das Schlimmste. Laia lag ungewaschen und mit geschlossenen Augen da, sie roch nach Urin. Das Herz zog sich Genís in der Brust zusammen, als er sie zu schütteln begann.

»Laia! Laia, sag doch was!«

Er legte ein Ohr auf ihre Brust – sie atmete noch. Als Genís die Arme unter die reglose Frau schob und sie hochhob, segelte ein Blatt Papier zu Boden, das sie wohl in der Hand gehabt hatte. Vorsichtig legte er Laia wieder aufs Bett, um den Brief zu lesen.

Die Welt war ein wenig dunkler geworden.

Valentí war in Teruel gefallen.

Genís bat die Nachbarin, Wasser heiß zu machen, und wusch Laia dann von Kopf bis Fuß. Er trocknete sie ab und kämmte ihr das lange, lockige Haar. Als er den Schrank öffnete, fand er ihn halb leer vor. Ein trauriges, bitteres Lächeln legte sich über seine Züge, denn er erkannte unter den wenigen Dingen darin das Cocktailkleid, das Laia so sehr liebte. Er suchte ein paar Sachen heraus, zog seine Freundin an und ging dann in die Küche hinüber, die er jedoch völlig leer vorfand. In seiner Wohnung hatte er einige Vorräte, dort würde er Laia viel besser versorgen können. Weil ein Freund von ihm in einer Molkerei arbeitete, konnte er sogar an Milch kommen. Die würde ihn zwar drei Peseten den Liter kosten, also ein kleines Vermögen, aber Laia konnte die jetzt gut gebrauchen. Genís wickelte seine Freundin in einen Mantel und zerrte sie wie eine Puppe ohne Eigenleben mit.

In der Straßenbahn legte ihm Laia den Kopf auf die Schulter, ihre Augen waren offen, sie starrte jedoch ins Leere.

Trotzdem schenkte ihr niemand Beachtung, in jener Zeit hatte in Barcelona jeder genug mit seinem eigenen Elend zu tun. Für Neugier oder gar Mitleid blieb da keine Zeit.

Genís atmete auf, als sie endlich bei ihm zu Hause waren. Hier konnte er sich um Laia kümmern und alles in seiner Macht Stehende tun, um sie wieder in die Welt der Lebenden zurückzuholen, der sie den Rücken gekehrt zu haben schien. Morgens ging er zur Arbeit und ließ Laia warm eingemummelt im Bett zurück. Wenn er abends zurückkehrte, fütterte er sie und gab ihr löffelweise Milch. Er kämmte sie und zog ihr saubere Kleider an. Genís flüsterte ihr tröstende Worte ins Ohr, während er ihr über die eingefallenen Wangen strich. Nachts legte er sich neben sie, um über ihren Schlaf zu wachen.

Am dritten Tag ertrug er es jedoch nicht länger. Laias Qual war einfach zu groß, und sie wollte diese auch gar nicht mit ihm teilen. Und als würde ein Schmerz den anderen rufen, ließ nun Laias bester Freund, der ja auch das Seine mitgemacht hatte, dem bitteren Gift in seinem Herzen freien Lauf. Er musste sich auf die Lippe beißen, um nicht in Tränen auszubrechen.

»Laia, ich kann wirklich nichts tun, um dich von dieser furchtbaren Qual zu befreien, die dich erdrückt. Die kann dir niemand nehmen. Du musst damit leben, mit all diesen Gedanken, die sich jetzt in deinen Kopf drängen und dir die Luft abschnüren. Wenn du nur noch alles hinter dir lassen und nicht einmal mehr mit mir reden willst, wie soll ich dich denn trösten? Ich weiß ja nicht, wie es ist, ein Kind zu verlieren. Ich kann nur für dich da sein und verhindern, dass du an deinem Schmerz stirbst. Oh ja, das werde ich!«

Seite an Seite lagen sie im Dunkeln im Bett, das einst Genís' Eltern gehört hatte. Draußen war die Nacht finster und bitter, so bitter wie diese beiden tief getroffenen Herzen.

»Was ich dir jetzt erzählen werde, habe ich noch nie jemandem anvertraut. Manches bleibt eben besser unausgesprochen. Und dir wollte ich es damals vor allem nicht sagen, um dich nicht damit zu belasten. Ich wollte dich nicht in so eine üble Geschichte mit hineinziehen, damit dieser Dreck nicht ein Leben lang an dir haften würde, so wie an mir.« Genís verstummte kurz, so als müsse er sich erst einmal sammeln. Laia lag reglos neben ihm wie eine Tote. Es sah nicht so aus, als würden seine Worte sie erreichen, er wusste jedoch, dass sie ihm zuhörte. »Als ich Abelard bei Santa Eulalia kennengelernt habe, hatte ich das Gefühl, das Leben würde mir nach all den Jahren unerfüllbarer Träume endlich ein Geschenk machen. Ich hatte lauter fremde Betten gewärmt und dabei eigentlich immer nur an Ferran gedacht. Plötzlich schien es mir, als würde ich nach der ganzen Frustration und den Zurückweisungen doch noch mein Glück finden. Lalo war so wie ich und hat mich geliebt, wir waren zusammen glücklich. Er hat mir gesagt, dass er noch nie jemanden wie mich getroffen habe, dass er mich immer lieben werde und seine Ehe nur dazu da sei, Skandale zu vermeiden und dem Gerede Einhalt zu gebieten. Er hat beteuert, dass er niemals für eine Frau empfinden könne, was er für mich fühle, und so etwas auch noch nie für einen anderen Mann empfunden habe. Nicht auf diese Art und Weise, nicht mit solcher Innigkeit. Das hat er gesagt.«

Um sich ein wenig von der Anspannung zu befreien, stieß Genís langsam die Luft aus. Dann wischte er sich über die feuchte Wange. Mit jeder Träne drängte sich ihm eine neue Erinnerung auf.

»Das war wohl so Mitte '33, und ein paar Monate lang waren wir zusammen glücklich. Die wunderbare Zeit an seiner Seite ließ mich ein ganzes Leben voller Angst vergessen. Auf einmal war mir ganz egal, was ich alles erlitten hatte, um so zu werden, wie ich bin. Es scherte mich nicht mehr, dass ich meine Vorlieben und Gefühle nie hatte zeigen dürfen. Im Hinblick auf das, was danach passiert ist, möchte ich es eigentlich kaum aussprechen. Aber ich muss wirklich sagen, dass ich während dieser Monate einfach nur glücklich war. Vielleicht war es das also wert. Oder vielleicht auch nicht, das kann ich nicht sagen.«

Genís spürte eine kleine Bewegung, so als wäre Laia ein wenig näher gerückt und hätte ihm das Gesicht zugewandt. Sie hörte ihm zu, mit zusammengepressten Lippen und Tränen in den Augen lauschte sie seinen Worten.

Genís sprach weiter: »Doch dann kamen diese Feste. Das erste, auf das er mich mitnahm … Ich weiß auch nicht, es hat mich einfach überrascht. In so einer Situation hatte ich mich vorher noch nie wiedergefunden. Meine Beziehungen waren bis dahin immer ganz privat und intim gewesen. Und dort, weißt du, dort teilten alle alles und jeden miteinander. Ich wollte gern glauben, dass sie für Lalo, einen Mann von Welt, keinerlei Bedeutung hatten. Dass sie ihn lediglich amüsierten, er so etwas von Zeit zu Zeit eben als kleine Abwechslung brauchte. Ja, ich habe mir sogar eingeredet, dass vielleicht *ich* einfach keine Ahnung hätte, wo ich doch nie aus meiner kleinen Ecke rausgekommen war. Weil ich Lalos große, weite Welt nicht kannte. Gefallen hat mir das nicht, dieses Fest war nichts anderes als eine vulgäre Orgie, Sex als Spektakel. Damals habe ich an diesen … Spielen weder teilgenommen, noch habe ich ihnen allzu große Bedeutung beigemessen. Wenn mich Lalo wieder zu so einer Veranstaltung einladen würde, wollte ich mit ihm darüber reden und ihm klarmachen, dass ich da lieber nicht mitgehen wollte. Das würde er doch sicher verstehen.«

Es war schwer, die Erinnerungen in Worte zu fassen, die noch so furchtbar wehtaten. Manchmal wurde Genís Stimme dabei rauer, manchmal drohte sie zu versagen. Doch jetzt, wo er einmal damit begonnen hatte, sich das alles von der Seele zu reden, konnte er nicht mehr aufhören.

»Aber dann ging es immer weiter mit diesen Festen. Na ja, ›Fest‹ ist nicht einmal das richtige Wort, selbst ›Orgie‹ trifft es nicht …« Er verstummte kurz. »Lalo warnte mich nicht vor, er schickte mir einfach den Wagen mit seinem Chauffeur. Ich stieg in das leere Auto, und man brachte mich jedes Mal an einen anderen Ort, meist in Privathäusern… Laia, allein die Erinnerung daran tut so weh!«

Jetzt spürte er, wie jemand ihn berührte – Laia griff nach seiner Hand.

»Er hat mich in die tiefsten Abgründe heruntergezogen, die du dir nur ausmalen kannst. Es gibt keine Worte, die diese Schamlosigkeit und Verwerflichkeit beschreiben könnten, die zügellose Liederlichkeit dieser Menschen. Man hat mich zu einem Tauschobjekt gemacht, das Lalo zur Schau gestellt und besessen hat, und er hat mich…«

Laia verhakte die Finger mit den seinen, Genís vergrub das Gesicht an ihrer Schulter und schluchzte so lange, bis endlich reine Tränen flossen.

Gemeinsam weinten sie und führten ihren so unterschiedlichen Schmerz zusammen. Nach einer ganzen Weile hatte Genís sich dann so weit beruhigt, dass er mit einer gewissen Gefasstheit seine Geschichte zu Ende erzählen konnte.

»Ich war wie gefangen inmitten dieses Abschaums. Als ich aus meinem Traum aufgewacht bin, musste ich plötzlich feststellen, dass er in Wirklichkeit mein größter Albtraum war. In meinen Augen war ich nicht einmal mehr derselbe Mensch wie zuvor. Eigentlich wollte ich nur noch sterben, weil ich keine Ahnung hatte, wie ich mich aus diesem Netz befreien sollte. Wenn du Lalo so gesehen hättest wie ich, würdest du seine Macht über andere verstehen. Ich habe in schrecklicher Angst gelebt, bis ich eines Tages aus dem Laden kam, das Auto dort stehen sah und einfach die Beine in die Hand genommen habe. Der Wagen ist mir noch eine Weile gefolgt, ich bin jedoch weiter und weiter gelaufen und muss ihn irgendwann abgehängt haben. Dann hatte ich jedoch das Gefühl, hinter mir Schritte zu hören. Ich habe es nicht gewagt, nach Hause zu gehen, und bin die ganze Nacht durch die Straßen geirrt. Endlich hatte ich den ersten Schritt gewagt, es blieb allerdings noch das Schwerste: mich Lalo zu stellen und ein für alle Mal zu widersetzen. Mir war schon klar, dass es nicht leicht werden, er mich nicht einfach so gehen lassen würde. Aber dann habe ich fast drei Monate lang nichts von ihm gehört. Ich konnte es kaum fassen, das war viel leichter gewesen als erwartet. Vielleicht hatte er ja einfach ein anderes Stück Fleisch gefunden, das er verderben konnte. Allerdings brachte mir die Pförtnerin dann eines Tages ein Paket hoch, darin lag ein toter Vogel – du weißt ja, wie gern ich Vögel habe, und das wusste Lalo auch ganz genau. Dann waren da noch ein paar Fotos und eine Nachricht. Die Aufnahmen waren von mir, und mir werden diese Bilder nie wieder aus dem Kopf gehen. Auf dem Zettel stand, was mit den Fotos passieren würde, wenn ich am nächsten Abend nicht in das wartende Auto steigen würde. Du kannst es dir wahrscheinlich vorstellen, nicht wahr?« Genís richtete sich auf. »Von diesem Moment an bin ich wieder jedes Mal in Lalos schwarzen Wagen gestiegen, wenn er irgendwo auf mich gewartet hat. Zum Glück war das nicht oft, der Baron hatte für mich wohl nicht mehr viel übrig. Ich war ein kaputtes Spielzeug, das er eigentlich längst vergessen hatte, aber er quälte mich eben gerne. Und jetzt lernte ich den wahren Lalo kennen: zynisch, lasterhaft, bissig, grausam. Um mich zu schützen, habe ich mich in einen Panzer gehüllt und mir einfach vorgestellt, dass ich gar nicht derjenige war, der da auf Lalos Feste ging. Ich habe versucht, nichts zu empfinden, nicht nachzudenken und mich vor allem nicht selbst zu verurteilen, aber es ist mir nicht immer gelungen. Als im Juni 1936 dann der Krieg ausgebrochen ist, ist Lalo geflohen. Wohin, hat mich nie interessiert. Hoffentlich hat ihn die Erde verschluckt, oder vielleicht hat ihn ja auch eine Bombe entzweigerissen. Aber weißt du was, Laia? Falls er eines Tages doch zurückkommt, bringe ich ihn eher mit meinen eigenen Händen um, als mich von ihm wieder da mit reinziehen zu lassen.«

Laia umarmte ihren Freund. »Es tut mir so leid, Genís, du Armer«, hauchte sie mit schwacher Stimme, die so klang, als stamme sie aus dem Jenseits.

Die ganze Nacht lagen sie Arm in Arm da und dachten wohl

über ihr erbärmliches Leben nach. Erst im Morgengrauen überwältigte sie nach all den durchlebten Emotionen dann die Erschöpfung, und Genís fiel endlich in einen ruhigen Schlaf.

Als schüchtern die ersten Strahlen des Wintersonnenscheins ins Zimmer fielen, stand Laia auf. In dem Raum, der die traurige Geschichte ihres Freundes mit angehört hatte, lag dumpfe Stille. Laia setzte sich ganz vorsichtig neben Genís aufs Bett, um ihn nicht zu wecken. Als sie die Lider schloss, schienen vor ihrem inneren Auge Szenen ihres bisherigen Lebens vorbeizuziehen, Bilder all dessen, was sie verloren hatte.

Laia wachte an diesem Morgen über Genís' Schlaf und blieb auch danach bei ihm, zog in seine Wohnung in Clot. Gemeinsam erlebten sie das Ende des Krieges, der ihnen so viele Dinge entrissen hatte. Die Wohnung verließen sie nicht einmal bei Bombenalarm. Sie beobachteten die dunklen Flecken am Himmel, die immer größer wurden, wenn sie mit ihrer tödlichen Fracht näher rückten. Mit klopfendem Herzen hörten sie, wie die Bomben explodierten und kurz darauf die Sirenen von Krankenwagen ertönten, sie sahen Rauchsäulen über der Stadt aufsteigen. Jedes Mal dachten sie, dass sie diesen Angriff zwar überstanden hatten, beim nächsten aber sicher dran glauben mussten. Und gegen das Unvermeidliche konnten sie ja ohnehin nichts ausrichten. Es hatte keinen Sinn, dem Schicksal zu trotzen, darin waren sich die beiden einig, weil sich ihr Leben in eine Geschichte ohne Zukunft verwandelt hatte.

29

Draußen auf der Straße wurden Rufe laut: Die Nationalen marschierten in Barcelona ein! Genís' graue Augen wurden kalt und starr wie Eis, Laia hingegen empfand gar nichts, dazu war sie überhaupt nicht mehr fähig.

Am 26. Januar 1939 wurde Barcelona von einer republikanischen Stadt in einem autonomen Katalonien zu einer faschistischen Stadt in einem besetzten Katalonien.

Nach Wochen der Bombardierung strömten die Menschen erleichtert auf die Straße, und viele umarmten einander, weil sie so sehr hofften, dass der Hunger jetzt endlich ein Ende haben würde. Die Dunkelheit, der Krieg. Die meisten von ihnen feierten keinen Sieg, sondern einfach nur das Ende des Konfliktes.

Trotzdem konnte niemand verleugnen, dass die Verräter der Demokratie gewonnen hatten. Die arroganten Sieger marschierten über die Diagonal, die damals noch Avinguda del 14 d'abril hieß, um ihre Stärke zu demonstrieren. Ihr Triumph rief begeisterten Jubel hervor, die Niederlage der Republikaner hingegen bedeutete Flucht, Scham und Angst. Über dem Ministerium für Straßenbau, dem Hotel Colón sowie dem Sitz der CNT-FAI und PSUC stieg Rauch auf.

Anders als in den Arbeitervierteln erschienen auf den Balkonen im Zentrum von Barcelona bald spanische Flaggen, während die katalanischen und republikanischen Fahnen zusammen mit denen der Parteien und Gewerkschaften verschwanden. Überall skandierten die Menschen »Fran-co, Fran-co!«, und diejenigen, die noch die Republik im Herzen trugen, wollten diese

Rufe ebenso erfolglos ignorieren, wie sie die bitteren Tränen der Niederlage herunterzuschlucken versuchten. Wer sich nie auf die Seite einer politischen Partei oder Gesinnung geschlagen hatte, träumte einfach nur davon, endlich zum normalen Leben zurückzukehren: ein geregelter Alltag, offene Geschäfte und täglich etwas zu essen. Sie wollten einfach nur leben.

Am Abend verwandelte sich die Plaça Catalunya in den Schauplatz einer großen Siegesfeier. Die Faschisten, die sich während des Krieges versteckt und versucht hatten, bloß keine Aufmerksamkeit zu erregen, hatten ihre elegantesten Roben angelegt und traten hinaus auf die Straße. Nach Monaten oder sogar Jahren ohne Sonne waren sie ganz blass.

Draußen war es dunkel, so dunkel, dass man nicht sehen konnte, ob die Statuen auf dem Platz weinten.

Ein neues Spanien erwachte, angeblich das Spanien der Ordnung. Aber im Grunde war es ein brutales Land, das sich erhob. Und sobald die erste Freude über das Ende des Krieges nachließ, begann eine Zeit großer Unsicherheit, eine neue Etappe für eine Gesellschaft, die zweigeteilt und voller Hass war. In diesem neuen Staat regierte ein Herrscher, der sich von Gott ausersehen glaubte. Und er war von einer mittelmäßigen Oligarchie umgeben, die sich ihrer Rachsucht hingab.

Laia und Genís gingen jeden Abend zusammen spazieren. Vom schillernden Barcelona, das sie vor dem Krieg gekannt hatten, war nicht mehr viel übrig. Jetzt gab es hier nur Schwarzbrot, minderwertigen Reis, Stromausfälle und Bezugsscheine. Und den Schwarzmarkt. In dieser Metropole mit einer Million Einwohnern lebte die Hälfte der Menschen in Angst und Hunger. In Armut. Mit ihren Straßen voller Bombenkrater, eingestürzter Mauern und den von Kugeln durchlöcherten Hauswänden bot die Stadt einen jämmerlichen Anblick. Viele Fenster hatten keine Scheiben mehr, die wenigen verbliebenen waren mit Papier abgeklebt. Mancherorts waren nur noch Ruinen übrig, insgesamt waren eintausendfünfhundert der sechzigtausend Gebäude Barcelonas den Bomben zum Opfer gefallen. Über allem hatte sich ein Gefühl der Leere ausgebreitet.

Für Laia und Genís waren die geliebten Straßen, die bislang die Bühne ihres Lebens gewesen waren, manchmal kaum noch wiederzuerkennen. Barcelona war eine zerbrochene Stadt. Vom Passeig de Colom etwa war fast nichts mehr übrig. Auch auf dem Montjuïc sah es übel aus, und viele der Gebäude dort wurden als Gefängnisse oder Kasernen genutzt. Der Palau Nacional, das Poble Espanyol, das Restaurant Miramar und der Font Màgica waren in Mitleidenschaft gezogen worden.

Auf den Straßen von Barcelona war kaum Verkehr, die meisten Autos und Lieferwagen gehörten dem Militär, und es waren weitaus mehr Kutschen als Personenkraftwagen unterwegs.

Der Hunger, den der Konflikt mit sich gebracht hatte, sollte in der Nachkriegszeit nur noch schlimmer werden. In den ersten Tagen der Besetzung zeichnete sich das noch nicht klar ab, weil republikanische Lebensmittellager gestürmt wurden und die Faschisten Lkw mit Essen aus Madrid schickten. Aber sobald diese Quellen erschöpft waren, hing das Schreckgespenst des Hungers wieder über Barcelona und legte seine schwarze, tödliche Hand über die Stadt.

Trotzdem fühlten sich die Menschen lebendig, weil sie endlich wieder ohne Furcht auf die Straße gehen konnten und bei einem Blick in den Himmel keine Angst mehr zu haben brauchten, dort oben den Tod zu entdecken. Genís und Laia gaben sich gegenseitig Kraft, versuchten, den Krieg mit all seinem Kampfeslärm und dem Elend zu vergessen, den er ihnen beschert hatte. Laia lebte bereits seit fast einem Jahr mit Genís zusammen und hatte es geschafft, das schwarze Loch hinter sich zu lassen, in das sie nach dem Tod ihres Sohnes gefallen war. Allerdings verging kein Tag, an dem sie nicht weinte und an Valentí dachte. Es quälte sie der Gedanke daran, wie sie als Mutter gescheitert war, und auch Genís hatte keine Antwort auf all die Fragen, die sie sich stellte.

»Mir hat es Angst gemacht, ihn zu lieben, Genís. Und ich habe auch befürchtet, dass er mich vielleicht nicht liebt. Wenn ich ihn zusammen mit Engràcia gesehen habe, war ich so furchtbar eifersüchtig. Ich habe immer gedacht, dass die beiden mir nie Einlass in die Welt gewähren würden, die sie sich ohne mich aufgebaut hatten. Weil sie auf mich nämlich nicht zählen konnten. Und dann kam irgendwann Pau…«

Mit hängendem Kopf ging Laia weiter. Die Erinnerungen quälten sie so sehr, dass ihr Tränen über die Wangen liefen: »Selbst er hat Valentí geliebt, dabei war der doch gar nicht sein Sohn. Ich hingegen…«

»Quäl dich doch nicht länger.«

»Ich habe in seinem Leben eigentlich gar keine Rolle gespielt. Ehrlich gesagt, konnte ich ihn ja nicht einmal ansehen, weil mir seine Augen Angst gemacht haben. Die waren nämlich wie die von seinem Vater…«

Es tat Laia gut, all das auszusprechen, was sie schon so lange in sich hineingefressen hatte. Und Genís ging es genauso, endlich konnte er jemandem von der Beziehung erzählen, die sein Leben zerstört hatte. Und so fühlte sich keiner mit seinem Leid allein – dass sie einander hatten, war das Beste, was ihnen passieren konnte. Ihnen war durchaus bewusst, dass sie andernfalls wohl in der Verzweiflung versunken wären.

Wenn nachts das Scheitern sie wie eine Decke einhüllte, schliefen sie im selben Bett und hielten dabei die Hand des anderen fest. Sie leisteten einander voller Güte und Mitgefühl ganz uneigennützig Gesellschaft, und ihre Liebe war die reinste, die es geben konnte: die Zuneigung echter Freundschaft.

Den Alltag verbrachten sie wie ein Ehepaar: Genís ging zur Arbeit, und Laia machte sich mit den Bezugsscheinen auf den Weg zu endlosen Schlangen. Mit dem, was sie an Lebensmitteln ergattern konnte, bereitete sie eine Mahlzeit zu und erwartete dann ungeduldig die Heimkehr ihres Freundes. Die Nachbarn hielten sie für genau das: ein Paar, ein Ehepaar. Und trotz ihrer persönlichen Tragödien wurde ihr Leben mit der Zeit fast normal. Irgendwann schienen sie zu glauben, dass es jetzt ewig so weitergehen würde, denn etwas Schlimmeres als die Ereignisse ihrer Vergangenheit konnte ihnen wohl nicht mehr zustoßen.

So lebten sie noch Monate zusammen, aber nicht mehr lange.

Andreu machte sich in Begleitung des treuen Ramon Martínez auf den Weg zum Geschäft, an dessen Eingang immer noch ein Schild darüber Aufschluss gab, dass es sich um einen kollektivierten Betrieb handelte.

Neben den einst so geschmackvoll dekorierten Schaufenstern zeigten Schmierereien an der Wand die Entwicklungen der furchtbaren letzten Jahre.

TOD DEN FASCHISTEN! CNT-FAI

STELLT DIE ROTEN AN DIE WAND!
ES LEBE SPANIEN!

Ramon eilte voraus, um Molins die Tür aufzumachen, und dann betraten die Männer das Geschäft, obwohl sie dazu eigentlich keine Erlaubnis hatten. Sofort stieg Andreu wieder der Geruch in die Nase, den er in den letzten Jahren so vermisst hatte, und er musste sich zusammenreißen, um seine Gefühle unter Kontrolle zu halten. Doch ihm zitterten die Knie, als die beiden jetzt ihren Weg durch die Räumlichkeiten begannen. Unheimliche Stille hatte sich über die Verkaufsräume, die breite Treppe, die Balustrade im ersten Stock gelegt. Die Verkaufstheken schienen Andreu anzustarren, als wären sie in dieser Einsamkeit zum Leben erwacht.

Die Schäden im Geschäft waren reparabel. Im ersten Stock stellten Molins und Martínez fest, dass die Werkstätten noch ganz gut aussahen, allerdings herrschte weiter oben in Andreus Arbeitsraum und den anderen Büros Chaos. Möbel waren umgestürzt und Papiere auf dem Fußboden zerstreut. Es fehlten auch

Bilder und einiges vom Mobiliar. Die alten Familienfotos der Molins hatten den Krieg nicht überlebt.

Als Ramon die Beklemmung auf Andreus Miene bemerkte, nahm er ihn schnell wieder mit hinaus und brachte ihn zu dem Versteck, in dem er während der letzten drei Jahre Meter um Meter Stoff angesammelt hatte. Hinter dem groben Gewebe für Uniformen verbargen sich glänzende und bunte Materialien, sogar Satin und Seide, über deren vermutlich unorthodoxe Beschaffung Andreu lieber gar nichts wissen wollte. Er musste seine Bedenken jetzt beiseiteschieben und nach vorne blicken. Sie würden wieder auf die Beine kommen! Nachdem er furchtbare drei Jahre im Verborgenen gelebt hatte, war er begeistert, sich endlich wieder frei bewegen zu können und seine Familie wiederzusehen. Trotz seines Optimismus wusste er, dass es nicht leicht werden würde. Die neue Führung passte ihm überhaupt nicht, eine Diktatur hatte noch nie etwas Gutes mit sich gebracht. Und der Hass und die Rachsucht, denen er auf der Straße begegnete, dass Menschen verraten und hingerichtet wurden, dies alles stand im Gegensatz zu seinen Prinzipien. Trotzdem hatte er nach der durchgestandenen Pein begriffen, dass Menschen wie er unter allen Umständen weitermachen mussten, unter Flaggen »jeglicher Couleur«, wie sein Vater gesagt hätte. Jetzt war der Moment gekommen, die Toten zu beweinen, jene, die niemals zurückkehren würden, und dann für die Lebenden das Geschäft wieder zu eröffnen. Er würde sie als Kunden umwerben, ganz egal, auf welcher Seite sie im Krieg gekämpft hatten. Santa Eulalia würde wieder so werden wie früher, koste es, was es wolle.

Zunächst galt es jedoch, noch einige Hürden zu überwinden.

»Wir brauchen Belege dafür, dass wir die Gewerbesteuer bezahlt haben, Ramon. Wenn wir die nötigen Unterlagen vorlegen können, bekommen wir die Erlaubnis zur Wiedereröffnung.«

»Vermutlich müssen wir darüber hinaus auch noch beweisen, dass wir der ruhmreichen Bewegung treu ergeben sind«, meinte Ramon.

Andreu nickte kaum merklich.

»Bestimmt wird dafür so einiges Klinkenputzen notwendig sein.« Er schaute nachdenklich drein. »Es würde sicher helfen, wenn jemand ein gutes Wort für uns einlegen könnte. Lass mich mal überlegen …«

Dann sah er mit lebhaftem Blick auf und sagte sanft, aber mit Nachdruck: »Das Wichtigste ist jedoch das Personal, Ramon. Stell die wieder ein, die …«

»Einige werden nie mehr zurückkehren, Senyor Molins. Bosch ist bei einem Bombenangriff ums Leben gekommen, genau wie zwei Schneiderinnen aus Lluïsas Werkstatt. Damià Solsona ist in Aragón gefallen, und dieser Freund von ihm, der schon länger nicht mehr für uns gearbeitet hat …«

»Germán Santos?«

»Genau, der ist in Teruel umgekommen, so wie Valentí Calvet.«

»Valentí? Der Sohn von …«

Andreu konnte den Satz nicht zu Ende führen, seine Stimme zitterte, und es legte sich ein Schleier aus Tränen über seinen Blick.

»Valentí …«, wiederholte er im Flüsterton, während ihm die grauenhaften, furchtbaren Neuigkeiten die Brust zuschnürten. So viele Tote! Ganz überwältigt, schwieg er einen Moment. *Warum denn nur?*, fragte er sich selbst. Er nahm die Brille ab, rieb sich über den Nasenrücken und versuchte, sich zusammenzureißen.

»Es gibt Wichtigeres als den Papierkram, Ramon. Wir müssen uns um die Familien kümmern. Vielleicht können wir etwas für sie tun oder ihnen doch zumindest Arbeit verschaffen.«

»Und dann steht auch noch das Thema Säuberungen unter dem Personal an«, rief Ramon ihm in Erinnerung.

Molins schüttelte den Kopf. Nein, das wollte er nun wirklich nicht, allein der Gedanke war ihm zuwider.

»Das kann man doch sicher irgendwie umgehen, oder?«

»Meiner Erfahrung nach ist das nicht immer möglich. Obwohl der Druck jetzt natürlich von anderer Seite kommt.«

Gedankenverloren schwiegen die beiden Männer.

»Recasens hat mich angefleht, niemandem zu sagen, dass er mit der Esquerra Republicana sympathisiert hat.«

»Natürlich werden wir ihn nicht verraten! Wenn er nicht gewesen wäre … Recasens ist ein guter Mensch.«

Sie kommentierten die Situation weiter, während sie auf die Pla de la Boqueria hinaustraten. An diesem Februarmorgen füllte der Wind die Stille aus, die sonst aus den Ruinen aufstieg.

»Wir müssen noch ein Porträt des Diktators besorgen, das wir im Geschäft aufhängen können.«

»Sie sollten sich angewöhnen, ihn von jetzt an *Caudillo* zu nennen, Senyor Molins.«

Die beiden Männer gingen die Rambla in Richtung Plaça Catalunya entlang. Es war eine stumme Rambla, ohne Blumen, ohne sich küssende Pärchen, ohne Licht.

Im Jahr 1939 ließ sich der Frühling in Barcelona auch Ende März immer noch nicht blicken. Es herrschte beißende Kälte, und der Winter schien nicht vorzuhaben, diese traurige Ruinenlandschaft freizugeben. Wie jeden Tag wollten Laia und Genís einen Spaziergang machen und waren schon unten auf der Straße, als Laia sich plötzlich an den Hals griff. Sie hatte ihren Schal oben in der Wohnung vergessen.

»Genís, wartest du einen Moment, während ich mein Tuch hole? Ich bin gleich wieder da.«

Keiner von beiden hatte die zwei Männer bemerkt, die sie von der anderen Straßenseite aus ganz unverhohlen beobachteten.

Und dann hörte Laia die Schüsse genau in dem Moment, in dem sie die Wohnungstür aufmachte. Sie fuhr zusammen und war mit einem Mal von einer furchtbaren Ahnung erfüllt. Während im Treppenhaus überall Türen aufgingen und sich neugierige Gesichter zeigten, rannte sie die Stufen wieder hinunter.

Ein Schrei entfuhr ihr, als sie Genís sah. In sich zusammengesunken und seltsam verdreht lag er am Boden. Dort, wo noch vor Augenblicken sein zartes Herz geschlagen hatte, erblühte ein roter Fleck.

Fassungslos warf sich Laia auf den leblosen Körper und begann, ihren toten Freund zu küssen, aufs Gesicht, die Augen, die Lippen.

Die Straße war fast leer, und die wenigen Passanten scherten sich nicht um sie. In diesen Tagen war der Tod in Barcelona nichts Ungewöhnliches, aber man ging ihm besser aus dem Weg. Irgendwann wagten sich dann einige Nachbarn auf die Straße, es gelang jedoch keinem von ihnen, Laia von Genís wegzuziehen, und es verstand auch niemand die Worte, die sie vor sich hin stammelte: »Das war er … Dieser Mörder … Dieses widerliche Schwein … Den muss man dingfest machen … Das war Mascarell …«

Abelard Mascarell hatte im Jahr 1936 seine Ferien genutzt, um Spanien hinter sich zu lassen. Seine apathische Frau und die Kinder hatte er in Paris untergebracht und sich selbst auf den Weg nach Marseille gemacht. Ihm war klar, auf welche Seite er sich in politischer Hinsicht am besten schlug, und auch, dass er nun auf seine Zukunft hinarbeiten musste. Er wollte sich zurückholen, was die Republik ihm genommen hatte, und seinen Reichtum möglichst noch vergrößern.

In Marseille bot er sich deshalb dem franquistischen Regime als Spion an, und da war er nicht der Einzige. Viele bekannte Namen des katalanischen Bürgertums stellten sich in Marseille und Barcelona in den Dienst der Faschisten. Es wurden nicht nur Schiffe mit Waffen für die republikanische Armee abgefangen, man empfahl dem Regime auch strategische Punkte für Bombardierungen – Orte voller Zivilisten, die bei diesen Bombenangriffen ihr Leben lassen würden. Sie waren nicht mehr als Kollateralschaden.

Später hatte es Lalo dann eilig, nach Barcelona zurückzukehren, sobald die Stadt den Nationalen in die Hände fiel. Nicht, dass er Heimweh gehabt hätte, es ging ihm vielmehr darum, seinen Besitz zurückzuerlangen: die in ganz Barcelona verteilten Gebäude und die Firma. Außerdem war ihm ein Posten in der neuen Regierung sicher. Eins musste man den Faschisten lassen, sie bezahlten ihre Schulden. Von der sicheren Position seiner neuen Stelle aus verlangte Mascarell von den Bewohnern seiner Häuser die Miete der letzten drei Jahre und konnte sie tatsächlich eintreiben. Allerdings waren seine Methoden dabei nicht gerade orthodox, und eigentlich verboten die Gesetze unter Franco derartigen Missbrauch.

Lalos Stofffirma funktionierte schon bald wieder ohne Probleme, und er schloss einige vorteilhafte Verträge ab, die ihm die Expansion im ganzen Land ermöglichten. Das Leben schien Mascarell, dem alten Fuchs, wohlgesonnen. So einige Kilo zu viel auf den Rippen und immer eine Zigarette im Mundwinkel, machte sich der Baron über die armen Teufel lustig, die doch tatsächlich an die Republik und die Freiheit geglaubt hatten. Wie einfältig! Er selbst wusste ganz genau, dass es Freiheit nur für die Herrschenden gab. So lautete seine Maxime, und er war damit bisher gar nicht schlecht gefahren.

Ihm bereitete nur eines Sorgen: Das neue Regime, mit dem er sich ja so wunderbar arrangiert hatte, verabscheute Homosexualität und sah sie sogar als Verbrechen an. Man erachtete Schwule als verabscheuenswerte Wesen und misshandelte sie gar. Diese Regierung, die ihm doch alle Türen öffnete, führte nun wieder Obskurantismus und Unterdrückung ein, die sie mit strengem Katholizismus rechtfertigte. Das entging Mascarell natürlich nicht. Seine Zweckehe vermochte wohl so einige fürs Erste zu täuschen. Aber was würde geschehen, wenn diejenigen, die seine abartigsten Vorlieben und Perversionen kannten, am Ende noch den Mund aufmachten? Er fürchtete vor allem jene, die er zum Spielzeug seiner Lust gemacht hatte, wie Genís. Dieser arme loyale Naivling, der doch tatsächlich an Liebe geglaubt hatte!

Aber ein Bündel Scheine würde auch dieses Problem beseitigen, dachte Mascarell. Mit Geld konnte man Pistolen und Schweigen kaufen, so war es immer schon gewesen. Und Genís sowie einige andere, die er auch nicht vergessen durfte, waren doch nur ein paar kleine Schwuchteln, die von den Faschisten so sehr gehasst wurden.

Es war eine einfache Aufgabe.

Ein Homosexueller, der vor seinem Haus niedergeschossen wurde.

So etwas war ja nicht verwunderlich, das passierte im neuen Land der Sieger doch ständig.

Ja, es gab Dinge, die man besser mit Stumpf und Stiel ausrottete.

30

Ein neues Jahrzehnt begann, und nach und nach erwachte das Geschäft, das sich wie früher nun wieder Santa Eulalia nannte, zum Leben. Der Neuanfang war natürlich kein Zuckerschlecken, aber Andreu Molins' Unternehmergeist und die guten Ratschläge, die er Ramon Martínez während des Krieges gegeben hatte, halfen dabei. Als Santa Eulalia seine Türen wieder öffnete, verfügte das Geschäft über etwas, was den anderen Firmen des Sektors fehlte, nämlich Ware. Denn zurzeit wurden weder in Spanien noch in Frankreich Stoffe hergestellt, die für die Haute Couture angemessen waren.

Während des Krieges hatte sich beim Thema Kleidung der Materialmangel bemerkbar gemacht, weil sich die spanische Textilindustrie vor allem auf Katalonien konzentrierte, das in der republikanischen Zone gelegen hatte. Und dort waren auch nach Ende des Konfliktes nur qualitativ minderwertige Stoffe auf dem Markt. Es hatten nur wenige so wie Molins Stoff zurücklegen können, und diese Tatsache trug nun zum neuen Aufschwung von Santa Eulalia bei.

Die Kundschaft hatte sich allerdings verändert. Frauen, die Stoffe kauften, um ihn dann ihrer Schneiderin zu bringen, gab es nicht mehr. Tatsächlich hatten Schneider inzwischen kaum noch Arbeit, weil der durch den Krieg geschwächte Mittelstand froh war, wenn er über die Runden kam.

Stattdessen wurden nun die Ehefrauen der Bürokraten, die das neue Regime nach Barcelona geschickt hatte, zu treuen Kundinnen von Santa Eulalia, das als eins der prestigeträchtigsten Modehäuser im ganzen Land galt. Man empfing also die Gattinnen von hohen Militärs und franquistischen Führungsfiguren zusammen mit bekannten Namen aus dem katalanischen Bürgertum, das sich auf die Seite der Sieger geschlagen hatte oder sogar immer schon auf deren Seite gewesen war. Und wie vor dem Krieg galt die Bewunderung aller Kundinnen der Mode von Ferran Clos.

Ferran und Roser waren sofort nach Kriegsende aus Paris zurückgekehrt. Und obwohl Andreu so seine Bedenken hatte, hatte Clos sofort damit beginnen wollen, eine neue Kollektion zu entwerfen.

»Aber jetzt ist doch nicht die Zeit für Kollektionen, Ferran. Es gibt so viele Dinge, an die wir zuerst denken müssen.«

»Du willst doch das Modehaus so wiederauferstehen lassen, wie es in seinen besten Zeiten war, oder, Andreu?«

»Natürlich, aber das gelingt uns nicht, wenn wir die Dinge überstürzen.«

»Da liegst du falsch. Wenn wir wieder so sein wollen wie früher, müssen wir auch so arbeiten. Sonst kehren wir zu dem Stofflager von anno dazumal zurück.«

Andreu ließ sich die Einwände durch den Kopf gehen und beschloss dann, seinem Schwager freie Hand zu lassen. Ferrans Gespür fürs Geschäft, seiner Intuition, hatte er schließlich immer vertraut. Außerdem konnte er nicht verleugnen, dass Clos sich in Paris verändert hatte. Er hatte im Exil zwar nicht so gelitten wie Andreu, aber offenbar Zeit zum Nachdenken gehabt. Jedenfalls wirkte er mit seinen vierundvierzig Jahren jetzt viel ernsthafter als vor dem Krieg, und auch seiner Familie schien er mehr zugetan. Er liebte seine Töchter über alles und ging auf den ersten Blick als vorbildlicher Ehemann durch. Ob er das wohl wirklich war? Es stimmte natürlich – seit Andreu vor Jahren die Karten auf den Tisch gelegt und mit Ferran Klartext geredet hatte, hatte der Designer keinen Anlass mehr zu Gerede gegeben. Allerdings hatte Andreu in den Augen seiner Schwester lesen können, dass er ihr nicht treu war, und auch der teure Schmuck sprach

Bände, den Ferran ihr nach jedem Fehltritt als Wiedergutmachung schenkte.

Dem Ferran Clos, der nach drei Jahren aus dem Exil zurückgekehrt war, fehlte das verspielte Leuchten im Blick, und er lächelte auch nicht mehr kokett jede Verkäuferin an, die ihm unter die Augen kam. Roser wirkte ruhig und glücklich, aber Andreu konnte nicht sagen, ob ihre Zufriedenheit tatsächlich mit einer Läuterung ihres Mannes zu tun hatte oder ob sie sich an das Auf und Ab in ihrer Beziehung einfach gewöhnt hatte.

Im Geschäft hatte es etliche Veränderungen gegeben, das war ja auch normal. Und es fehlten viele der alten Angestellten, auch wenn zur großen Freude von Andreu Molins nach und nach einige in den Schoß der Firma zurückkehrten. So konnte Ferran bald auch wieder Natàlia Bonsoms als Zeichnerin und Assistentin einstellen. Sie wirkte immer noch genauso zerbrechlich wie vor dem Krieg und sprach weiterhin wenig, das kindliche Äußere hatte sie während der letzten Jahre allerdings verloren.

Andreu Molins drückte Ramon Martínez seinen Dank dafür, was er im Krieg alles für die Firma getan hatte, durch eine Ernennung zum Personalchef aus und machte ihn damit sozusagen zu seiner rechten Hand. Irgendwann sah Ramon dann auch wieder so aus wie vor dieser schweren Prüfung, die ihnen allen auferlegt worden war. Er legte sich eine neue Sammlung von Seidenkrawatten zu und war für seine Eroberungen in der Damenwelt weithin bekannt, obwohl man sonst wenig über sein Privatleben wusste. Der Einzige, der dazu etwas hätte sagen können, war wohl Reca, aber der hielt den Mund.

Die immer noch ledige Lluïsa war in den Schneiderwerkstätten zur Leiterin aufgestiegen. Sie gehörte zu den Menschen, die ihr Leben anderen widmeten. Vor dem Krieg war sie ganz für ihre inzwischen verstorbene Mutter da gewesen, jetzt kümmerte sie sich um ihre kleine Schwester, die kurz nach der Hochzeit ihren Mann im Krieg verloren hatte und von der Trauer krank geworden war.

Andreu hatte Recasens einen Posten als Leiter im Warenlager angeboten, der Einarmige hatte jedoch dankend abgelehnt: »Also, wenn es Ihnen nichts ausmacht, Senyor Molins, dann würde ich gerne weiter als Concierge arbeiten. Das ist nämlich eine ziemlich unterhaltsame Aufgabe, und da hab ich den Dreh auch raus«, erklärte er und hob die linke Hand – die einzige, die ihm noch blieb. »In meinem Alter hab ich ehrlich gesagt keine Lust, noch mal was Neues anzufangen. Das verstehen Sie doch, oder?«

Natürlich respektierte man seinen Wunsch, und Recasens stand noch lange Jahre bei Santa Eulalia an der Tür.

Es gab auch viele neue Gesichter, weil natürlich die Mitarbeiter ersetzt werden mussten, die nicht mehr zurückkommen würden. Molins hatte Ramon gebeten, den Familien der Toten im Rahmen ihrer Möglichkeiten zu helfen. Unter den neuen Angestellten befand sich deshalb auch Marina Roca, die Witwe von Damià. Diese Arbeit schickte für sie der Himmel, weil sie damit ihre Familie durchbringen konnte. Auch Laura, der Tochter von Senyor Bosch, wurde eine Stelle angeboten. Sie war nämlich ganz allein und stand so gut wie mittellos da, nachdem eine Bombe ihr nicht nur den Vater, sondern auch ihr Zuhause und ihr ganzes Hab und Gut genommen hatte.

Dem Atelier sollte Laia vorstehen, aber erst einmal musste sich der Direktor ordentlich ins Zeug legen, um sie zurück in den Laden zu locken.

Gut, dass Molins so ein Dickkopf war.

Sobald er das Geschäft wieder aufmachen konnte, begab sich Andreu Molins auf die Suche nach Laia. Vielleicht redete er sich das ja auch nur ein, doch seiner Meinung nach konnte niemand die Damenabteilung, die Ferran unbedingt mit seinen brandneuen Kreationen füllen wollte, so gut organisieren wie sie. Er hatte schon lange nichts mehr von Senyoreta Calvet gehört und war traurig gewesen, als er von Valentís Tod erfahren hatte. Irgendwie machte es ihm Sorgen, dass Laia wie vom Erdboden verschluckt blieb. Er hatte mehrmals Nachrichten in die Wohnung in der Carrer Margarit geschickt, letztlich aber herausgefunden, dass sie dort gar nicht mehr lebte.

Ihr Viertel war häufig das Ziel von Bombenangriffen mit vielen Toten gewesen. Und wenn Laia nun unter den Opfern war? Andreu bekam noch immer eine Gänsehaut, wenn er an das Brummen der Flugzeuge über Barcelona dachte. In seinem Versteck am Passeig de Gràcia hatte er sich schützend die Hände über den Kopf gelegt und gebetet. Er hatte für seine Familie gebetet und gehofft, dass es ihnen nicht so erging wie ihm. Und für all die Familien, die durch die Bomben an diesem Tag geliebte Menschen verlieren würden. Er betete und bat Gott, dies alles möge so schnell wie möglich vorübergehen, da diese Strafe viel zu hart war und schon viel zu lange andauerte.

Nun schickte er Recasens los, um Erkundigungen einzuholen. Reca war ein netter und umgänglicher Typ, dem die Menschen schnell vertrauten. Ihm erzählten sie alles, was er wissen wollte.

»Senyor Molins, es sieht wohl so aus, als hätte Senyoreta Calvet die Wohnung in Poble Sec verlassen, als ihr Sohn gestorben war. Eine Nachbarin hat mir erzählt, dass ein großer blonder, sehr eleganter Mann sie oft besucht habe, der wie ein Ausländer aussah, allerdings keinen Akzent hatte. Der hat sie eines Tages mitgenommen, und sie ist dann nicht mehr zurückgekehrt. Wissen Sie, ich alter Fuchs hab dann natürlich gleich an Senyor Camps gedacht. Die beiden waren vor dem Krieg ja eng befreundet.«

»Genís Camps?«

»Genau. Armer Kerl, den haben sie vor ein paar Monaten vor seinem Haus einfach so erschossen.«

Bewegt schwiegen die beiden. Ja, es hatte in letzter Zeit so unendlich viele Tote gegeben, bei Genís konnten sie sich die Umstände aber wirklich nicht erklären.

»Also, ich war auf der richtigen Fährte. Wissen Sie, ich hab die Adresse von Genís Camps rausgesucht und da mal vorbeigeschaut.«

»Und, haben Sie Laia Calvet gefunden?«

»Ja und nein. Ich hab mich nämlich nicht getraut zu klingeln, aber ich hab ein bisschen … na ja …«

»Rumgeschnüffelt?«

»Ich würde eher sagen, ich hab mich etwas umgesehen.«

»Wie Sie meinen. Und?«

»Sie ist kurz auf den Balkon rausgekommen, aber ich hätte sie beinahe nicht wiedererkannt. Die arme Frau, was die alles durchgemacht hat.«

Andreu beschloss, Laia persönlich aufzusuchen. Wenn er glaubte, sie damit von einer Rückkehr in die Firma überzeugen zu können, lag er allerdings falsch.

Zunächst einmal stand er im Gebäude in Clot lange vor der Wohnungstür und klingelte vergeblich. Ein anderer hätte es bald gut sein lassen, aber nicht er. Sein Herz sagte ihm nämlich, dass Laia zu Hause sein musste. Deshalb ließ er nicht locker, bis er schließlich schlurfende Schritte hörte und innen die Sicherungskette geöffnet wurde.

Durch den Türspalt sah er aufgequollene Augen mit dunklen Rändern über einem Gesicht, so blass wie der Mond. Der Anblick dämpfte seine Freude darüber, dass wirklich jemand zu Hause war, denn das war nicht die Senyoreta Calvet, die er kannte.

»Darf ich hereinkommen, Laia?«

Ohne ein Wort öffnete sie die Tür weiter und trat beiseite.

Sie war von Kopf bis Fuß schwarz gekleidet und trug das Haar in einem unordentlichen Knoten tief im Nacken. Früher hatte ihre braune Mähne einen honigblonden Schimmer gehabt, jetzt war sie von einer breiten grauen Strähne durchzogen. Senyoreta Calvet war so dünn, dass man unter den abgewetzten Kleidern die Knochen erkennen konnte. Andreu überlegte, dass sie wohl höchstens vierzig sein konnte, trotzdem sah sie aus wie eine alte Frau. Er folgte ihr in das kleine Esszimmer, wo Laia die Tage auf einem Stuhl vor dem Balkon verbrachte, ihrem Ausguck auf die Welt. Diese Welt, die sich da draußen ohne sie weiterdrehte, war ihr fremd geworden. Von ihrem Aussichtspunkt hier oben kam es ihr allerdings manchmal vor, als hörte sie draußen das Lachen und die fröhlichen Rufe ihres Sohnes. Aber nur für einen kurzen Augenblick, dann stiegen die Laute zur Decke hin auf und verschwanden wieder. Deshalb versuchte sie lieber, an nichts zu denken, jeder Gedanke wurde ihr nämlich zur Qual.

Jetzt zog Laia einen weiteren Stuhl heran, stellte ihn Andreu gegenüber hin und setzte sich. Die beiden sahen einander eine Weile schweigend an und betrachteten sich gegenseitig, jede einzelne Falte, die die Jahre und das Leid hinterlassen hatten.

Allerdings kam Andreu dabei zu dem Schluss, dass Probleme und Schmerz auf dieser Welt niemals gerecht verteilt wurden. »Sind Sie überrascht, mich hier zu sehen, Laia?«

Laia ließ sich mit der Antwort Zeit, und als sie dann endlich sprach, klang ihre eigene Stimme in ihren Ohren seltsam, als käme sie aus weiter Ferne. Sie hatte einfach so lange nichts mehr gesagt …

»Was wollen Sie, Andreu?«, fragte sie schließlich und schaute mit gerunzelter Stirn zu ihm hoch.

»Es tut mir so leid, was Sie alles durchmachen mussten, Laia. Das können Sie mir wirklich glauben.«

Sie schloss die Augen, dann machte sie sie wieder auf und richtete den Blick auf Andreu.

»Aber wissen Sie«, sagte er, »das Geschäft hat wieder geöffnet, und bald öffnen wir auch Ihr Atelier für das Publikum. Ich möchte, dass Santa Eulalia genauso wird wie früher, und dafür brauche ich Sie, Laia.«

Laias Züge veränderten sich kaum merklich. Sollte das etwa ein Lächeln sein? Da tauchte Molins einfach so aus der Vergangenheit auf und redete über das Geschäft und Damenbekleidung. Das waren fast vergessene Erinnerungen, die nun wieder an die Oberfläche stiegen, um die Stille hier zu stören. Und Stille bedeutete doch Frieden.

»Geht es Ihrer Familie gut, Andreu? Ihrer Frau? Den Kindern? Roser und Ferran? Sind alle am Leben?«

»Ja, Gott sei Dank! Wir hatten es im Krieg nicht leicht, haben ihn aber gut überstanden«, antwortete Andreu mit melancholischem Lächeln.

»Aber wenn sie nun gestorben wären, wenn Sie das verloren hätten, was Sie auf dieser Welt am meisten lieben, würden Sie dann noch hier sitzen und über Läden und Abteilungen sprechen?«, fragte Laia mit eisigem Blick.

Andreu nahm seine Brille ab und rieb sich über den Nasenrücken. Hinter dieser Geste verbarg er üblicherweise seine Emotionen. Als er wieder sprach, zitterte seine Stimme: »Vermutlich nicht, da haben Sie recht, Laia.«

Einen Moment schwiegen beide, bis Andreu wieder den Mund aufmachte: »Unseren Weg im Leben kann niemand vorhersehen, Laia. Erinnern Sie sich noch an jenen Tag vor so vielen Jahren, als Sie im Büro an meine Tür geklopft haben, um mich um Hilfe zu bitten?«

Mit ausdrucksloser Miene und kaltem Blick starrte Laia ihn an. Sie schien seine Worte gar nicht zu hören, als sei sie innerlich ganz weit weg. Das Leid hatte sich so dick und schwer auf ihre Seele gelegt, dass es sie von der Außenwelt abschnitt. Nichts konnte den Panzer aus Schmerz und Gleichgültigkeit durchdringen, und nur durch diese Abgestumpftheit konnte sie überhaupt weiterleben.

»Sie hatten damals gerade ihre Mutter verloren und haben ein Kind erwartet. Das Leben hatte Ihnen übel mitgespielt.«

Andreu war üblicherweise kein Mensch, der sich aufs Bitten und Betteln verlegte. Aber an diesem Tag tat er es in der kleinen Wohnung in Clot dann doch. Er beugte sich ein wenig vor und berührte Laias Hand. Dann füllte er langsam die Lungen mit Luft, bevor er fortfuhr: »Jetzt, Laia, bin *ich* derjenige, der Sie um Hilfe bittet. Kehren Sie in die Firma zurück, wir brauchen Sie dort. Nur Sie können das Atelier wieder zum Laufen bringen.«

Laia schüttelte den Kopf, aber inzwischen spiegelten sich auf ihren Zügen alle möglichen schwer zu interpretierenden Gefühle wider. Ein Fünkchen Hoffnung bewegte Andreu dazu, weiterzusprechen: »Ich weiß, wie schwierig es ist, wieder auf die Beine zu kommen, wenn man alles verloren hat.«

Jetzt stiegen Tränen in Laias Augen auf.

»Aber Sie, Laia, Sie müssen ins Leben zurückkehren. Denn Sie leben ja noch, wissen Sie? Unter all dieser Traurigkeit, die sich gegen jede Reaktion sträubt, steckt immer noch die alte Laia. Wenn Sie jetzt zulassen, dass Sie hier auf diesem Stuhl vor dem Balkon ganz langsam sterben, dann werden Ihre Mutter und Ihr Sohn von Ihnen Rechenschaft verlangen. Denn die hätten gerne weitergelebt, die zwei wollten nicht sterben, sie wollten Sie hier nicht allein zurücklassen. Und ich bin mir ganz sicher, dass sich die beiden für Sie das Leben wünschen, das ihnen selbst versagt blieb.«

Andreu griff nach den tauben Händen, die in Laias Schoß ruhten wie zwei tote Vögelchen.

»Leben Sie, Laia. Ich bitte Sie, kehren Sie ins Leben zurück! Wenn ich die Meinen verloren hätte … dann schwöre ich, dass ich mich früher oder später auf das Einzige gestürzt hätte, was mich in solch einer Situation noch hätte retten können. Unsere zweite Familie, Laia. Unser Zuhause.«

Er erhob sich und setzte den Hut auf. Bevor er die kleine Wohnstube verließ, drehte er sich noch einmal um und sagte: »Wir warten auf Sie, Laia, Sie werden erwartet.«

Und an einem Morgen im Juni, an dem die Temperaturen angenehm waren und der Himmel klar, trat dann eine Frau an der Pla de la Boqueria ins Gebäude mit der Hausnummer eins. Sie war dünn, nur Haut und Knochen, und nicht besonders groß. Gekleidet war sie in ein abgenutztes, unmodernes Kostüm, das ihr zu groß war. Sie trug einen altmodischen Hut, Handschuhe und eine kleine Tasche. Als die Frau wie erstarrt im Eingangsbereich stehen blieb, musterten einige der Angestellten sie von oben bis unten. Wenn das eine Kundin war, dann hatten sie sie hier noch nie gesehen, und sie kam ihnen auch nicht so vor, als könne Sie sich einen Einkauf hier wirklich leisten. Vielleicht gehörte sie ja zu denen, die nur herkamen, um zu gucken. In diesem Moment lief Lluïsa vorbei und blieb stehen, als sie den unerwarteten Gast entdeckte. Ihr Freudenschrei war in ganz Santa Eulalia zu hören.

»Laia!«

Die Schneiderin rannte auf ihre alte Kollegin zu und umarmte sie so stürmisch, dass Laias Hut durch die Luft flog und die graue Strähne in ihrem matten Haar zeigte. Eine Träne, so dick wie eine Perle, rollte über Laia Calvets eingefallene Wange.

Sie kehrte nach Hause zurück.

Zurückkehren.

Die zerfaserten Fäden eines Lebens wieder zusammenführen.

Sie dort wieder aufnehmen, wo man sie fallen gelassen hatte.

Einen Schritt zurück machen.

Das junge Hausmädchen, das Roser gerade eingestellt hatte, kam in den Salon gerannt, als stünde das Haus in Flammen. Roser saß am Sekretär des neu dekorierten Raumes mit der hellgrauen Tapete und hob den Kopf, als sie ihre Angestellte so aufgewühlt sah.

»Was ist denn nur los, Carmeta? Wie oft muss ich dich noch bitten, Haltung zu bewahren?«

»Senyora, da steht eine Frau vor der Tür, die nach Ihnen fragt. Sie will ihren Namen nicht sagen, lässt sich aber auch nicht abwimmeln.«

»Das ist sicher eine von diesen armen Gestalten, die von Haus zu Haus ziehen und betteln. Hier, gib ihr ein paar Münzen und etwas zu essen.«

»Senyoreta Roser …«

Als Roser Molins die Stimme hörte, drohte ihr Herz einen Moment auszusetzen. Sie sprang auf und betrachtete die junge

Frau, die einfach so ohne Einladung ins Zimmer getreten war. Tränen schossen ihr in die Augen.

»Tereseta!« Dann rannte sie auf die junge Frau zu und schloss sie in die Arme.

»Ich dachte doch, du wärst… Wieso konnte ich dich denn nirgendwo finden? Warum hast du mich bloß nie besucht?«

Teresa stand reglos da, den Blick zu Boden gerichtet und die Lippen störrisch aufeinandergepresst. Roser hatte das Gefühl, das Mädchen vor sich zu sehen, das sie 1926 aus Camprodon mit nach Barcelona genommen hatte.

Die Dienstbotin beobachtete die Szene mit weit offen stehendem Mund.

»Jetzt halt mal keine Maulaffen feil, Carmeta, siehst du denn nicht, dass wir Besuch haben? Na los, mach Milch warm und bereite uns eine Kleinigkeit zu essen zu«, rügte Roser.

Als Roser und Teresa endlich allein waren, musterten sie sich erst einmal schweigend. Für Teresa sah die Senyoreta, an die sie während der letzten Jahre so oft gedacht hatte, aus wie immer. Für Roser hingegen war nur zu offensichtlich, wie gnadenlos das Leben mit ihrer ehemaligen Angestellten umgesprungen sein musste. Das verrieten ihr der traurige Blick, die abgetragenen Kleider und selbst ihr Geruch.

»Na los, Mädchen, setz dich doch.«

Sie ließen sich einander gegenüber nieder.

»Geht es den Kindern gut, Senyoreta?«

»Ja, wunderbar. Carlota ist jetzt schon zwölf und Auroreta zehn. Die kleine Andrea wird bald sechs. Sie sind gerade leider nicht da, aber wenn du vielleicht ein andermal wiederkommst…«

Teresa fiel ihr ins Wort: »Senyoreta Roser, ich bin hier, weil ich Sie um einen Gefallen bitten möchte.«

»Na, rede schon.«

»Wie Sie ja wissen, hab ich mir die Sache damals lange durch den Kopf gehen lassen und bin dann hier weggegangen, um mit Blai zusammen zu sein. Wenn ich das nicht gemacht hätte, hätte ich ihn nämlich verloren. Sie müssen ja denken … Ich weiß, ehrlich gesagt, gar nicht, was Sie jetzt wohl von mir halten. Ich hab Sie schließlich einfach so hängen lassen, und das war wirklich nicht in Ordnung.«

Tröstend griff Roser nach ihrer Hand.

»Das ist doch alles Schnee von gestern. Mit der Zeit habe ich das immer besser verstanden. Ich hatte schließlich viel Zeit zum Nachdenken und habe besser schätzen gelernt, was wir haben und was wir so schnell verlieren können. Was passiert ist, ist passiert, und ich bin dir deshalb wirklich nicht böse.«

Traurig und müde lächelte Teresa sie an.

»Blai wollte so gern eine Familie gründen, wahrscheinlich war ihm das sogar wichtiger als mir. Ich weiß auch nicht. Na ja, jedenfalls bin ich dann schwanger geworden.«

»Du hast ein Kind?«

In Teresas feuchten, traurigen Augen lag ein dumpfer Blick.

»Blai musste an die Front, und ich bin allein zurückgeblieben. Na ja, ganz allein nicht, eben mit dem Kind im Bauch. Sie wissen doch, wie es hier im Krieg war, was der für die armen Leute bedeutet hat. Ich hab gehungert, ganz furchtbar gehungert. In meinen Briefen hab ich Blai erzählt, dass hier alles in Ordnung war, aber das stimmte gar nicht. Der Junge wurde tot geboren. Es war nämlich ein Junge, wissen Sie? Er ist Ende ’36 zur Welt gekommen, aber so klein, dass er nicht einmal die Kraft zum Atmen hatte. Der Arme!«

Mit zitternden Händen und vernebeltem Blick beugte sich Roser etwas weiter zu ihr vor. »Oh mein Gott!«

»Blai war verzweifelt, das konnte ich in seinen Briefen spüren. Erinnern Sie sich noch daran, wie Sie mir beigebracht haben, ihm zu schreiben, Senyoreta? Als ich mir diese Geschichte ausgedacht habe, habe ich oft an Sie gedacht. Denn wissen Sie, ich hab nämlich einfach alles erfunden. Blai habe ich erzählt, dass unser Junge gesund und kräftig ist, dass er seine blauen Augen hat und wir hier auf ihn warten …«

Teresa schlug sich die Hand vors Gesicht und brach in Tränen aus. Zunächst wirkte es so, als könne sie kein weiteres Wort hervorbringen, aber bald riss sie sich wieder zusammen: »Ich … ich konnte ihm einfach nicht sagen, dass sein Sohn tot war. Das wollte ich ihm nach seiner Rückkehr dann irgendwie beibringen. Und wenn alles vorbei wäre, würden wir nach dem Krieg doch noch mehr Kinder kriegen können. Glauben Sie, das war falsch, Senyoreta Roser?«

»Du hast ihm geholfen zu überleben, Tereseta.«

Wie feiner Regen legten sich die Tränen auf Teresas Wangen.

»Aber wir haben den Krieg nicht gewonnen, und er ist auch nicht zurückgekommen. Und ich habe nichts mehr, Senyoreta Roser, rein gar nichts. Man hat mich aus der Wohnung rausgeworfen, weil ich zu den Roten gehöre. Das war ja auch nur ein Drecksloch, aber es war die Wohnung, wo Blai und ich uns geliebt haben. Ich musste aus Poblenou weg, da haben mich die Leute von oben herab angeguckt … Wenn es nach denen gehen würde, dann sollte ich vor ihnen wohl auf die Knie gehen und um Vergebung für meine Sünden bitten. Ich habe solche Angst, dabei hab ich doch gar nichts Schlimmes getan. Und Blai auch nicht, oder, Senyoreta Roser?«

Ergriffen schüttelte Roser den Kopf und brachte kein Wort hervor.

»Ich weiß einfach nicht, wo ich hinsoll. Wenn Sie vielleicht …«

Roser starrte auf die zitternden Hände ihres Gegenübers. Sie hatte das Gefühl, als würden Teresas Verzweiflung und Angst zum Leben erwachen und auf sie einstürmen. Deshalb versuchte sie, die junge Frau erst einmal zu beruhigen.

»Glaube mir, ich habe nie wieder jemanden gefunden, der sich so gut um meine Mädchen gekümmert hat wie du. Und die kleine Andrea braucht in ihrem Alter noch jemanden, der ganz für sie da ist. Außerdem ist Carlota ziemlich aufmüpfig, es wäre gar nicht schlecht, wenn jemand ein Auge auf sie hat. Und Auroreta … Ach, wie du mir gefehlt hast! Du kommst nach Hause zurück, Tereseta, hierher, nach Hause!«

Als Teresa nun in Schluchzen ausbrach, umschlang Roser ihre bebenden Schultern und hielt sie ganz fest. Roser dachte, dass Teresa vor Dankbarkeit weinte, während diese in Wirklichkeit der Familie hinterhertrauerte, die sie niemals haben würde.

31

Nach dem Grauen des Krieges schien alles wieder zu einer strengen Ordnung zurückzukehren, die aus weiter Ferne auferlegt wurde und unumstößlich wirkte. Alles erschien weniger exquisit und elegant. Die Farbe des neuen Spaniens war schwarz, ein »spanisches Schwarz«, das nur gelegentlich von Grau- oder Brauntönen durchbrochen wurde. Schwarz waren die Wollstoffe für Kleidung, für Trauerkleidung – denn damals schien in einer endlosen Reihe eine Trauer von der nächsten abgelöst zu werden –, und schwarz waren auch die Mantillas, die Spitzentücher für die religiösen Zeremonien, die das neue Regime einführte.

Angesichts dieser deprimierenden Aussichten war es für Santa Eulalia ein Leichtes, sich schnell von der Masse abzuheben. Die einzelnen Abteilungen erwachten zu neuem Leben. Die Firma hatte einen jungen Designer namens Carlos Comas eingestellt, der bald zu Ferran Clos' rechter Hand wurde und frischen Wind mit sich brachte.

Außerdem schloss sich Santa Eulalia im Jahr 1941 der Genossenschaft für Haute Couture an, die nach jenem erzwungenen Winterschlaf nun die spanische Mode neu beleben wollte. Trotz aller Anstrengungen herrschten für die Bekleidungsindustrie noch immer schwierige Zeiten, und durch den Zweiten Weltkrieg, der die Modeindustrie komplett verändern würde, konnte man sich auch nicht mehr wie früher einfach Paris zum Vorbild nehmen. Selbst die Designer, die während des Krieges in der französischen Hauptstadt geblieben waren und dort weiterhin kleine Kollektionen vorstellten, konnten sich dabei nicht mehr frei entfalten. Es war ihnen unmöglich, an teure Stoffe wie Seide oder Spitze zu kommen, und es fehlte Personal. Im Jahr 1941 gaben die USA in der Mode den Ton an, und man beneidete die Amerikanerinnen um ihre Kleider mit den weit ausladenden Röcken und der engen Taille. In Europa musste Kleidung nämlich vor allem praktisch sein, daher trugen die Frauen schlichte Kostüme mit geraden Jacken und Röcken, die bis unters Knie reichten. Es handelte sich definitiv um eine maskuline, an Militäruniformen angelehnte Mode.

Und mitten in dieser grauen Welt bot Santa Eulalia nun bunte, schillernde Tages- und Abendkleider. Auf den Laufstegen waren elegante Roben mit Trägern und tiefen Ausschnitten zu sehen, viele von ihnen aus Georgette, mit Ärmeln oder Schleifen aus Samt, oder aus fein plissierter Seide in makellosem Weiß oder leuchtendem Rot. Die strengeren Wollkostüme für den Tag hatten hier sanftere Farben, waren leicht tailliert und wiesen dekorative Elemente wie Knöpfe und aufgesetzte Taschen auf. Kleider mit Schulterpolstern zeigten eine kantige Silhouette. Das Gesamtbild wurde von Hüten mit Federn vervollständigt oder von Turbanen, die bereits zu Kriegszeiten in Mode gekommen waren.

Auch wenn sie nun wieder arbeitete und sich in ihrem Leben alles um die damit einhergehenden Verpflichtungen drehte, waren die letzten zwei Jahre für Laia äußerst schleppend vergangen. Ihre langjährige Erfahrung half ihr bei der Organisation neuer Modenschauen unter dem großen Kuppeldach des Coliseum-Theaters im Rahmen einer gemeinsamen Veranstaltung der Genossenschaft. Da sie zu der schlichten Eleganz zurückgefunden hatte, die bei Santa Eulalia stets alle bewundert hatten, war sie äußerlich wieder fast die Alte. Inzwischen legte sie erneut Wert auf ihre Kleidung und aß endlich wieder vernünftig, deshalb kehrten die Farbe auf ihre Wangen und der Glanz in ihr Haar zurück, das sie wie amerikanische Filmstars lang und gewellt trug. Die weiße Strähne, die von der Stirn aus ihre Mähne wie ein eisiger

Fluss durchzog, verlieh ihr das gewisse Etwas. Trotzdem gab es Dinge, die der Krieg Laia für immer entrissen hatte. Sie würde nie wieder die Kilos auf die Rippen bekommen, die der Hunger ihr genommen hatte, und bis an ihr Lebensende fragil und zerbrechlich, viel zu dünn bleiben. Auch der Lebensmut kehrte nicht zurück, sie lächelte nie und hatte den Schmerz tief in sich eingeschlossen. Laia war schweigsam geworden, der Kontakt zu ihren Kollegen fiel ihr schwer, und sie besprach mit ihnen nur das Allernötigste. Abgesehen von Lluïsa hatte sie bei der Arbeit keine Freunde. Und ohne es auch nur zu ahnen, mischte ausgerechnet Lluïsa Laias ruhiges Leben auf und zwang ihre Kollegin zu einem Blick in die Vergangenheit.

Es war ein Abend Anfang März 1941, an dem die Einwohner Barcelonas endlich den langen, beinahe grausamen Winter zu vergessen begannen. In Laias Abteilung erwartete man den Besuch einer engen Angehörigen des Zivilgouverneurs von Barcelona, Antonio de Correa y Veglison. Die Dame wollte während eines kurzen Besuchs in der Stadt gern die Kollektion in einer privaten Modenschau sehen, und an diesem Nachmittag liefen die Vorbereitungen dafür auf Hochtouren. In einem der Umkleideräume stellte Lluïsa noch am Körper eines Modells ein Kleid fertig, weil ihnen wie üblich die Zeit davonzulaufen schien. Plötzlich steckte Laia den Kopf zur Tür herein und fragte nervös: »Lluïsa, hast du irgendwo Senyor Clos gesehen? Er soll sich nämlich noch kurz die Liste mit den Entwürfen ansehen, ich kann ihn aber nirgendwo finden.«

Lluïsa löste den Blick von dem Kleid, an dem sie auf Knien arbeitete, und ließ sich auf die Fersen sinken. Sie wischte sich den Schweiß von der Stirn und schaute zerknirscht zu ihr hoch.

»Mensch, das hab ich ja total vergessen, Laia. Clos hat mir gesagt, dass du dich um die Präsentation kümmern musst, er selbst ist nicht im Haus. Tut mir leid.«

»Was sagst du da?«

Das war nun bei Weitem nicht die erste Vorführung, die Laia

allein stemmen musste, aber sie wunderte sich schon, weil Clos bei Privatpräsentationen mit wichtigen Kundinnen sonst gern dabei war.

Als sie ihren fragenden Blick sah, erklärte Lluïsa: »Er musste schnell weg, Senyora Roser hätte ihm nämlich den Kopf abgerissen, wenn er nicht zur Gedenkmesse für die Novells gekommen wäre.«

»Die Novells?«

»Ja, erinnerst du dich nicht mehr an die? Claudina Novell war doch eine Kundin von uns, die Frau vom Juwelier. Das weißt du doch bestimmt noch, sie war oft zum Einkaufen mit ihrer Tochter hier …«

»Elena …«, hauchte Laia nun.

»Na ja, die alten Novells sind jedenfalls 1938 bei Bombenangriffen ums Leben gekommen.«

»Das wusste ich nicht.«

»Der Juwelier war angeblich schwer krank und lag schon auf dem Sterbebett, und seine Frau wollte wohl nicht von seiner Seite weichen. Die Kinder hatten das Land längst verlassen. Tja, umgekommen sind sie dann nicht durch die Milizen, sondern durch die Bombe, die das Haus Nummer neun an der Ronda-Universitàt getroffen hat. Davon stehen nicht einmal mehr die Grundfesten.« Lluïsa bedeutete dem Modell mit einer Geste, das Kleid auszuziehen, an dem sie gerade arbeiteten. Die junge Frau ging hinaus, und Laia blieb mit Lluïsa allein zurück.

»Dass die Tochter so weit weg war und sich nicht einmal mehr verabschieden konnte … das ist schon schlimm, oder? Jede Familie macht eben ihr eigenes Drama durch, nicht wahr?«

»Allerdings.«

Gemeinsam verließen sie den Umkleideraum.

»Die Tochter lebt inzwischen wohl in Paris, und dank ihr ist ihr Ehemann dem sicheren Tod entronnen. Und das, obwohl die beiden angeblich schon seit Jahren getrennt gelebt hatten.«

Lluïsa fiel überhaupt nicht auf, dass ihre Freundin mit jedem Wort immer blasser wurde.

»Na, der Ehemann von Elena Novell stand im Krieg jedenfalls aufseiten der Republikaner und hat wohl versucht, im ganzen Land Denkmäler zu retten oder irgend so was in der Art… Ich gebe nur wieder, was ich gehört habe. Aber so, wie die Nationalen hinter dem her waren, muss er für diese Denkmäler ja schon einiges getan haben.«

»Was willst du damit sagen?«

»Was weiß ich… Also, vielleicht sollte ich ja lieber den Mund halten.« Jetzt wurde Lluïsas Stimme zu einem Flüstern. »Aber er soll angeblich als Spion gearbeitet haben, und dabei hätten sie ihn wohl beinahe erwischt. Aber Elena Novell hat dann Himmel und Hölle in Bewegung gesetzt, um ihn aus dem Land zu bringen.«

Laia hatte ihrer Freundin den Rücken zugewandt und tat so, als würde sie Ware ordnen. In Wirklichkeit erfüllte sie jedoch ein dumpfer, heftiger Schmerz. Rasch wischte sie sich die Tränen weg. Als sie das beklemmende Gefühl endlich besser unter Kontrolle hatte, fragte sie: »Und, hat er es geschafft? Konnte er das Land verlassen?«

»Soweit ich gehört habe, ja.«

»Und sind die beiden jetzt wieder zusammen?«

»Also, das weiß ich nun wirklich nicht. Sie ist in Paris offenbar sehr erfolgreich. Aber ob er wieder bei ihr lebt…« Die Schneiderin verstummte kurz. »Wenn man es sich recht überlegt, wäre das doch wirklich ein romantisches Ende für so eine Geschichte, nicht wahr? Das Paar, das nach all dem Leid wieder zueinander findet und gemeinsam ein neues Leben anfängt…«

Laia schloss die Augen und seufzte.

»Ja, wirklich schön.«

Nachdem Laia wieder zu arbeiten angefangen hatte, zeigte sich das Leben ihr gegenüber gnädiger. Wenigstens hatte sie jetzt alles, was sie brauchte: Essen, Kleidung und ein Dach über dem Kopf. Was die Wohnung anging, so waren nach dem Krieg all ihre Sorgen rasch zerstreut worden. Zu ihrer Überraschung hatte sie nämlich erfahren, dass Genís sie zu seiner Erbin eingesetzt und ihr sein komplettes Hab und Gut vermacht hatte: die Wohnung in Clot mit ihrem ganzen Inhalt. Im Testament bat er sie darum, im Falle seines Todes nicht nur zur Hüterin des Familienbesitzes zu werden, sondern auch die Erinnerungen und die Geschichte seiner Eltern und seiner mit sechzehn Jahren verstorbenen Schwester Montserrat am Leben zu erhalten. Falls er vor ihr gehen sollte, wünschte er sich von Laia, dass er neben den einzigen Menschen seine letzte Ruhe finden durfte, die ihn so geliebt und akzeptiert hatten, wie er war.

Laia erfüllte ihrem Freund diesen Wunsch. Am Anfang kam es ihr seltsam vor, dass die Wohnung jetzt wirklich ihr gehören sollte. Sie war klein, und die meisten Zimmer gingen auf einen dunklen Flur hinaus, aber die Stube hatte einen Balkon auf der Sonnenseite.

Dort lebte sie nun zwischen den Erinnerungsstücken an unbekannte Menschen, inmitten fremder Leben. Aber nach und nach gewöhnte sie sich daran, und der Gedanke, dass Genís hier geboren und aufgewachsen war, tröstete sie. Sie lebte hier als Witwe des einzigen Mannes, den sie wirklich geliebt hatte, obwohl sie nicht ein einziges Mal mit ihm geschlafen hatte.

Am Sonntag war Laia, die bei Santa Eulalia doch so elegant der Damenabteilung vorstand, kaum wiederzuerkennen. Sie trug einfache Kleidung, steckte sich das Haar zu einem Dutt hoch und machte sich auf den Weg zum Montjuïc, um dort ihre Toten zu besuchen: ihre Eltern, Genís in seiner Grabnische neben seiner Familie und die arme Engràcia, die neben ihrem vor Jahren verstorbenen Ehemann ruhte. Von ihrem Sohn waren ihr nicht einmal sterbliche Überreste geblieben. Trotzdem hatte sie ihm zu Ehren zwei Zeilen in die Grabplatte vor der Nische ihrer Eltern gravieren lassen:

IM GEDENKEN AN VALENTÍ CALVET
1920–1938

War ihr früher das Wochenende zur Qual geworden, so verhielt es sich jetzt genau umgekehrt: Die Woche zog sich endlos hin, und am Sonntag schien Laia dann endlich neu zu erwachen. In ihrem Umfeld gingen alle davon aus, dass sie sich in die Arbeit rettete und dank ihr nach vorn schaute. Wie wenig die Leute sie doch kannten! Keiner von ihnen hatte begriffen, dass Laia ungeduldig darauf wartete, endlich wieder diejenigen besuchen zu können, die von ihr gegangen waren. Eigentlich wollte sie im Leben nur noch die Zeit herumkriegen, bis für sie selbst der Moment des Abschieds gekommen war. Sie interessierte sich nicht mehr für Mode, elegante Kleider und alles, was sonst um sie herum vor sich ging. Nur in der Stille des Friedhofs wurde sie wieder sie selbst. Sie legte Blumen vor die Grabnischen der Ihren, setzte sich dann hin und sprach mit ihren geliebten Menschen. Manchmal lächelte sie, wenn ihr einer von Valentís Streichen in den Sinn kam, die sie damals so furchtbar aufgeregt hatten. Immer wieder bewegte sie stumm die Lippen und erzählte den Toten Geschichten, die sie vielleicht interessieren könnten.

So verstrich der Sonntagmorgen. Gegen Mittag kehrte sie dann nach Hause zurück, den Kopf voller Bilder aus der Vergangenheit, die sie in ihrem leeren Dasein trösteten. Wenn sie wieder in Clot war, setzte sie sich und aß eine Kleinigkeit, bekam jedoch kaum mit, was sie da zum Mund führte. Dann hoffte sie, dass die folgende Woche rasch vorbeigehen würde und sie bald zu dem wunderschönen Friedhof mit Blick aufs Meer zurückkehren konnte.

Denn dort ruhten die Ihren.

Eines Tages zu Beginn des Sommers merkte Laia auf ihrem Weg zum Friedhof, dass am Himmel schwarze Wolken aufzogen, und es wurde am helllichten Tag dunkel. Die Sonne war plötzlich verschwunden, und ein heftiger Wind rüttelte die Baumkronen durch. In der Ferne ertönte leises Donnergrollen. Laia hatte gerade noch Zeit, das Friedhofsgelände zu betreten, da begann es auch schon zu regnen. Die zunächst winzigen, harmlosen Tropfen, die im Gesicht fast erfrischend wirkten, verwandelten sich schnell in einen heftigen Wolkenbruch. Die wunderbare Aussicht aufs Meer war plötzlich verschwunden, verschluckt vom bleigrauen Himmel. In der ansonsten vollkommenen Stille war nur das Prasseln des Regens zu hören.

Laia war von einem Augenblick auf den anderen nass bis auf die Knochen. Die unschuldigen frischen Blumen, die sie für die Gräber dabeihatte, fielen wie Märtyrer dem Regen zum Opfer. Sie sah sich nach einem Unterschlupf um, fand die Kapellen und Tempel über den Familiengruften aber unheimlich, weil sie im flackernden Schein des Blitzes jedes Mal zum Leben zu erwachen schienen.

Während Laia durch Pfützen lief, kam ihr die riesige Familiengruft in der Nähe von Genís' Grabnische in den Sinn, bei der es sich wohl um das größte Bauwerk hier auf dem Friedhof handelte. Mit gesenktem Kopf schlug sie dessen Richtung ein und erkannte schon bald durch den Regenschleier hindurch den mit griechischen Säulen eingefassten Eingang. Eine Treppe führte zu der ergreifenden Statue eines weinenden Engels auf einem Sarg hinauf. Mit durchnässten Kleidern und tropfendem Haar rannte Laia die Stufen hoch und rettete sich unter das von den Säulen getragene Dach. Ihre Zähne klapperten vor Kälte. Als sie sich gerade die Schuhe auszog, um das Wasser herauszukippen, ließ eine Stimme sie zusammenfahren: »Die Urrutia-Gruft ist wirklich ein schönes Plätzchen, um vor dem Regen Schutz zu suchen, nicht wahr?«

Mit weit aufgerissenen Augen drehte sich zu dem Fremden um, die Schuhe in einer Hand und feuchte Strähnen im Gesicht.

»Entschuldigen Sie bitte, ich wollte Sie nicht erschrecken. Ich hatte nur den gleichen Gedanken wie Sie und habe mich hier untergestellt.«

Außer seinem Lächeln konnte Laia vom Gesicht des ebenso durchweichten Fremden in diesem Licht nicht viel erkennen.

»Mein Name ist Octavi Morer.«

Der Mann streckte die Hand aus, Laia griff allerdings nicht danach. Sie stand einfach nur vor Kälte zitternd da. Morer zog kurzerhand seine Jacke aus und legte sie ihr um die Schultern.

»Keine Ahnung, ob das etwas bringt, die ist leider genauso nass wie alles andere.«

»Danke«, murmelte Laia.

»Wissen Sie, wer da liegt?«, fragte der Mann und deutete auf die Gruft unter ihren Füßen.

Laia schüttelte den Kopf, das interessierte sie auch nicht besonders.

»Augusto Urrutia, ein Kakaohändler aus dem Baskenland, der mit einer Cousine des Malers Joan Miró verheiratet war. Der ruht hier zusammen mit seiner Familie.«

»Kennen Sie etwa die Geschichte von jedem Familiengrab hier auf dem Friedhof?«

Der Mann lächelte. Ihn brachte offenbar nichts so schnell aus der Ruhe, und er hatte eine tiefe Stimme, die Laia sehr angenehm fand.

»Nein, wirklich nicht! Aber da ich jeden Sonntag herkomme und ein neugieriger Mensch bin, sehe ich mir eben die eine oder andere Kapelle mal genauer an. So als Zeitvertreib.«

Laia betrachtete Octavi aus dem Augenwinkel. Er war groß und trug schwarz. Jetzt, wo sie genauer hinschaute, entdeckte sie ein Gesicht, das gut zu seiner Stimme passte. Seine Züge waren eher streng – er hatte eine breite Stirn, eine Adlernase und schmale Lippen –, sie wirkten jedoch durch seinen gelassenen Blick und das freundliche Lächeln sanfter.

»Wen besuchen Sie denn hier?«, fragte er nun.

Laia antwortete lange nicht, sie sprach ungern mit Fremden, vor allem über ihre Toten nicht. Schließlich sagte sie dann: »Meine Eltern. Und meinen Sohn, der im Krieg gefallen ist.« Dabei vergaß sie ganz, dass Valentí ja in Wirklichkeit nicht hinter der Grabplatte mit seinem Namen ruhte, das ging ihr oft so.

Octavi nickte, als sei das eine altbekannte Geschichte. Seine war ganz ähnlich, das verband die beiden miteinander.

»Ich komme wegen meiner Frau und meines Sohnes. Sie sind 1938 bei einer Bombardierung ums Leben gekommen. Ich war damals an der Front.«

Laia betrachtete den Mann, der traurig und melancholisch ins Leere blickte.

»Gucken Sie mal, es klart schon wieder auf«, sagte er nach einer Weile.

Laia streifte die Jacke von ihren Schultern und gab sie ihm zurück.

»Danke noch mal.«

»Keine Ursache.« Er zögerte und hätte die unbekannte Frau, mit der er sich den Unterschlupf geteilt hatte, wohl gern nach ihrem Namen gefragt.

Sie stellte sich von allein vor: »Laia. Ich heiße Laia.«

»Soll ich Sie vielleicht irgendwohin begleiten?«

»Nein, das ist wirklich nicht nötig.«

»Na, dann auf Wiedersehen!«

Als sich der Mann entfernte, war die Situation für Laia wie ein Déjà-vu. Sie schüttelte den Kopf, um Erinnerungen loszuwerden, die ihr einfach zu viel waren. Der Regen. Die Blumen. Der Eingang des Victoria-Theaters. Pau.

In wie weiter Ferne diese Geschichte bereits lag!

Am nächsten Morgen kehrte Laia zur Arbeit zurück, und durch die Geschäftigkeit des Alltags geriet die Begegnung vom Friedhof fast in Vergessenheit. Wie hieß der Fremde noch mal? Octavi?

Aber dann traf sie ihn am darauffolgenden Sonntag wieder.

Es war ein völlig anderer Tag, warme Sonnenstrahlen erhellten einen Morgen, der fast schon sommerlich wirkte. Laia stand vor Genís' Grab, als sich der Mann näherte.

»Guten Morgen, Laia.«

»Guten Morgen.«

»Ruht hier Ihr Sohn?«

Sie schüttelte den Kopf.

»Ein Freund, ein guter Freund.«

»So viele Tote, so viele Verluste.«

Eine Weile verharrten sie schweigend, und Laia musste feststellen, dass Octavis stille Anwesenheit sie gar nicht störte. Es überraschte sie selbst, als sie sich plötzlich fragen hörte: »Wie alt war denn Ihr Sohn?«

»Zehn. Er hieß Pere.«

»Valentí war achtzehn. Er ist in Teruel gefallen.«

Sie schauten einander an, suchten die Traurigkeit in den Augen des anderen und fanden sie auch.

An diesem Sonntag im Juni verließen Octavi und Laia den Friedhof gemeinsam, und sie trafen sich dort während der nächsten sechs Monate einmal in der Woche. Die beiden leisteten einander Gesellschaft, redeten über die Vergangenheit und ihre Toten. Zu solchen Gesprächen hatte Laia seit Genís' Ermordung keine Gelegenheit mehr gehabt.

An einem schönen Sonntag im Dezember, als nur wenige Wolken über den strahlend blauen Himmel huschten, fragte Octavi Laia beim Verlassen des Friedhofs, ob sie vielleicht mit ihm essen gehen würde. Und sie nahm die Einladung an.

32

Inzwischen war Ende Februar 1941, und alles war für die große Eröffnung des Abends bereit. Am frühen Morgen trafen sich Andreu Molins, Ferran Clos und Laia Calvet in den Räumen am Passeig de Gràcia Nummer 60, um die letzten Einzelheiten zu besprechen.

Seit Monaten hatte man bei Santa Eulalia bereits darüber gemutmaßt, das Gerücht war von Verkaufstresen zu Verkaufstresen und durch die Umkleideräume gewandert, um sich bis in jede Ecke des Geschäfts an der Pla de la Boqueria auszubreiten. Santa Eulalia wuchs, es waren neue Zeiten angebrochen, und Andreu Molins setzte sich immer ehrgeizigere Ziele. Nun festigte die Firma ihre Rolle als Vorreiter und Wegweiser der katalanischen Haute Couture dadurch, dass neue Geschäftsräume an einem der emblematischsten Orte der Stadt eröffnet wurden: am Passeig de Gràcia. Schon seit geraumer Zeit wurden Handzettel verteilt, um die Kundschaft auf den unmittelbar bevorstehenden Umzug vorzubereiten. Das neue Modehaus war riesig und geschmackvoll eingerichtet. Nur Stunden vor der Eröffnung waren auf den großen Ladentischen Stoffe jeglicher Art, Farbe und Textur zauberhaft arrangiert. Um die freundlichen, hellen Räume einzurichten, hatte man vor allem Edelhölzer verwendet, der Fußboden war aus Marmor. So waren alle neuen Bereiche des Geschäfts gestaltet worden, die viel größeren Ankleideräume, in der der manchmal so lange und ermüdende Anpassungsprozess viel bequemer vonstattengehen würde, der Ausstellungsraum für die fertigen Kleidungsstücke und auch die Werkstätten mit Blick auf den Passeig de Gràcia. Und natürlich Laias Atelier, das mit seinen hellen Farben sowohl funktionell als auch elegant wirkte.

Im weitläufigen Eingangsbereich lud ein runder Brunnen mit zwei Engelchen zum Verweilen ein und versüßte den Kundinnen eventuelle Wartezeiten.

An diesem Morgen waren alle äußerst beschäftigt. Es wurden Blumen geliefert, mit denen man jede Ecke des Geschäfts dekorieren würde, und die jungen Mannequins trafen ein. Hier und da war noch das Lärmen von Handwerkern zu hören, und es roch an manchen Stellen nach Farbe. Nervosität lag in der Luft, aber auch Begeisterung. Von der Firmenleitung über die Verkäuferinnen und Designer bis hin zum neuesten Lehrjungen war bei Santa Eulalia jeder mit dem Wettlauf gegen die Zeit vertraut. In dieser Hinsicht waren durch die Modenschauen alle gut geschult, jeder war schon einmal auf den letzten Drücker ins Schwitzen geraten und wusste daher, was ihn an diesem Tag erwartete.

Andreu schloss sich in seinem Büro ein, wo jedes Ding an seinem Platz stand. Der Raum war nach seinen Wünschen eingerichtet worden und stellte eine beinahe perfekte Kopie seines alten Arbeitszimmers an der Pla de la Boqueria dar, das schon seinem Vater gehört und in dem er so viel erlebt hatte. Wie üblich zog sich Molins vom Trubel der Vorbereitungen zurück und machte mit seiner üblichen Arbeit weiter, im Moment verlangten nämlich gleich mehrere Projekte seine Aufmerksamkeit.

Vor allem hatte er die Eröffnung der neuen Geschäftsräume als den perfekten Zeitpunkt erachtet, um eine Idee in die Tat umzusetzen, die ihm schon lange im Kopf herumging. Er wollte gern für Santa Eulalia ein Mitarbeiterzentrum einrichten. Das müsste so nah wie möglich beim Geschäft liegen und sollte den Angestellten generell das Leben erleichtern. Andreu war aufgefallen, dass die meisten von ihnen in weit entfernten Stadtteilen wohnten, einige stammten sogar aus Orten im Umkreis von Barcelona. In diesem Zentrum würden sie über eine Küche verfügen und so in der Nähe der Arbeit essen können. Damit würden sie weniger Zeit und Geld verlieren, und es könnten auch unverheiratete Mitarbeiter zusammenkommen, die an Sonn- und Feiertagen sonst vielleicht allein blieben. Die Einrichtung sollte über eine Bibliothek und vielleicht auch über Tische verfügen, an denen man Spiele veranstalten konnte.

Molins schaute sich noch nach passenden Räumlichkeiten um, bevorzugte im Moment jedoch ein großes Lokal in der Carrer de Valencia. Während er sich all das durch den Kopf gehen ließ, klopfte jemand bei ihm an, und ein besorgt wirkender Martínez steckte den Kopf zur Tür herein.

»Was ist denn los, Ramon?«

»Andreu, wir müssen die Eröffnung absagen.«

Beunruhigt starrte Molins ihn an. Was konnte so schwerwiegend sein, dass es die Veranstaltung jetzt noch aufhalten konnte?

»Der König ist in Rom an Angina Pectoris gestorben.«

An diesem Tag machte Laia früher als sonst Feierabend, da die Eröffnung auf Sonntag, den 3. März verschoben worden war. Als sie zur Straßenbahn ging, war sie nicht besonders gut gelaunt. Wenn nicht der Tod des Königs dazwischengekommen wäre, dann wäre jetzt alles vorbei gewesen. Und sie wünschte sich so sehr, es endlich hinter sich zu haben.

In letzter Zeit fiel ihr alles unsagbar schwer, was über ihre gewöhnlichen Aufgaben hinausging. Zu viele Leute. Zu viel Arbeit. Zu viele Feiern.

Sie lief durch die grauen Straßen von Barcelona und war sich dessen nicht bewusst, dass die Leute sie anstarrten – ihre teuren Kleider und der elegante Hut erregten überall Aufmerksamkeit. Dabei interessierte Mode sie längst nicht mehr so wie früher, war ihr eigentlich ganz egal. Diese Sachen waren reine Arbeitskleidung, die sie im Geschäft tragen musste.

Zu Hause schlüpfte sie in etwas Bequemeres und bereitete sich ein wie üblich äußerst einfaches Abendessen zu. Sie hatte nie viele Vorräte daheim, weil sie oft gar keine Zeit hatte, für die immer noch rationierten Lebensmittel Schlange zu stehen. Während andere sich nach dem Hunger der Kriegsjahre auf alles stürzten, was sie so lange entbehrt hatten, schien sie ganz im Gegenteil den Appetit verloren zu haben. Nur manchmal gönnte sie sich eine Leckerei vom Schwarzmarkt.

An diesem Abend war sie müde und hatte einfach auf nichts Lust, deshalb legte sie bloß ein Stück trockenes Brot auf den Tisch und machte sich eine Tasse Milch warm. Sie hatte sich gerade hingesetzt, da klingelte es. Überrascht sah sie auf. Wer konnte das nur sein? Sie bekam doch nie Besuch. Niemals hätte sie geahnt, wer da draußen vor der Tür stand.

»Darf ich hereinkommen?«

Im ersten Moment erkannte sie ihn nicht einmal, und trotzdem begann ihr Herz heftig zu schlagen, als sie das eingefallene, runzelige Gesicht sah, in dem jede Falte von Leid und Qual zeugte. Irgendwann kam dann durch seine Augen, in denen stets ein Unwetter gebrodelt hatte, die Erinnerung zurück.

»Germán!«

Denn das war der Mann, der da unrasiert und zerlumpt vor ihr stand, der aus dem Reich der Toten zurückgekehrt schien und sich an einem Lächeln versuchte, das aber zu einer Grimasse gefror.

»Ah, Sie erkennen mich also doch.«

»Aber … man hat mir doch gesagt … Ich dachte, du wärst …«

»Wenn Sie mich erst mal reinlassen würden …«

Laia machte die Tür weiter auf, und Germán folgte ihr bis in die Wohnstube, wo auf dem Tisch Brot und Milch warteten. Als sie seinen hungrigen Blick bemerkte, bot Laia ihm spontan ihr karges Abendessen an.

»Aber was ist denn dann mit Ihnen?«, entgegnete er.

»Ich hab ja noch mehr. Aber jetzt erzähl schon … Ich kann einfach nicht fassen, dass du hier bist.«

Hastig tauchte Germán das Stück Brot in die Milch und verschlang es dann eher, als dass er es aß. Laia musste sich in Geduld üben und ging deshalb erst einmal in die Küche hinüber. Sie machte für sich und ihren Gast eine Tasse Zichorienkaffee und brachte noch mehr zu essen mit.

»Danke«, sagte Germán und wischte sich ein paar Tropfen Milch vom Kinn. »Ich hatte wirklich Hunger.«

Ungeduldig schaute Laia ihn an, und in diesem kurzen Moment überkamen sie tausend Gefühle. »Die haben mir gesagt, du wärst tot, dass du in Teruel an der Front gefallen bist. So wie …«

»Es gab so viele Opfer, dass auch Vermisste einfach für tot erklärt wurden.«

»Und Valentí? Weißt du, ob er wirklich …?«

Mit hängendem Kopf nickte Germán. Er musste gar nichts sagen, hier wäre jedes Wort zu viel gewesen. Laia ließ sich auf dem Stuhl nach hinten sinken. Eine Sekunde lang hatte sie gedacht … hatte zu träumen gewagt … Aber jetzt unterdrückte sie die Unruhe, die in ihr aufzusteigen drohte. Valentí war bereits einmal gestorben, das musste sie nicht noch ein zweites Mal durchmachen. Oh nein.

»Ich bin gekommen, um Ihnen zu erzählen, was damals passiert ist. Das bin ich Ihnen und Valentí schuldig. Schließlich habe ich ihn in einen Tod mitgerissen, der ihm nicht vorherbestimmt war. All die Ideale … Wir haben uns für auserwählt gehalten und dachten, der Krieg wäre schnell wieder vorbei. Und natürlich sind wir davon ausgegangen, dass wir siegen würden, schließlich standen wir auf der Seite des Rechts. Wir waren die Guten«, er lächelte traurig, »aber damit haben wir uns kopfüber in die Hölle gestürzt.«

Er stützte das Gesicht in der Hand auf. Jetzt schien seine Stimme wie aus weiter Ferne zu kommen, aus einer Vergangenheit, an die er sich lieber nicht mehr erinnern wollte, die er jedoch heraufbeschwören musste, und wenn es nur dieses eine Mal war.

»Das alles war es nicht wert.«

Sie saßen schweigend da, und Laia begann mit ein paar Brotkrumen herumzuspielen, nur um etwas zu tun zu haben. Nach einer Weile sprach Germán weiter, aber ohne sie dabei anzusehen. Es war eher so, als würde er mit sich selbst reden.

»Ich, ja, ich ganz allein war dafür verantwortlich, dass sich Valentí als Freiwilliger gemeldet hat. Ich hab ihm eingeredet, der Krieg sei nichts weiter als ein Spiel und würde uns zu einem besseren Land verhelfen. Und er hat in mir einen Helden gesehen, für mich hätte er einfach alles getan. Aber ich hatte ja keine Ahnung, wohin ich ihn da mitnehme, ich wusste nicht, wovon ich geredet habe. Ich …«

Laia stand auf und holte eine Schachtel Zigaretten aus einer Schublade. Sie gehörten zu den kleinen Lastern vom Schwarzmarkt, die sie sich ab und an gönnte. Sie zog eine Zigarette für sich und eine für ihren Gast hervor, zündete beide an und setzte sich wieder. Germán nahm sich eine, und dann rauchten beide schweigend. Langsam hüllten sie sich in weißen Rauch, bis Germán endlich weitersprechen konnte. »Sein Alter zu fälschen, war überhaupt kein Problem, ein Freund von mir aus dem Rekrutierungsbüro hat uns dabei geholfen. Alles war ganz einfach, oder so kam es uns zumindest vor.«

Gierig zog er an der Zigarette, auf dieselbe Art und Weise, wie er sich auch den Erinnerungen stellte: wütend und schmerzerfüllt.

»Für die Grundausbildung haben sie uns in ein Dorf in der Gegend von Ciudad Real gebracht. Da waren wir bis Dezember 1937. Selbst im Rückblick würde ich immer noch sagen, dass wir dort glücklich waren. Wir haben Krieg gespielt, tatsächlich lag die Front aber noch in weiter Ferne. Valentí war ganz begeistert, er hat sich hungrig und leidenschaftlich ins Leben gestürzt und auch hier und da ein paar Herzen gebrochen.«

Laia lächelte durch den Rauch hindurch, weil sie jetzt vor ihrem inneren Auge diesen Valentí heraufbeschwören konnte, den sie nie so erlebt hatte.

»Damals bereitete man eine dritte Offensive vor, um den Marsch der Faschisten auf Madrid zu stoppen, und die sollte in

Teruel stattfinden. Dorthin hat man uns schließlich geschickt, auch wenn wir das in dem Moment noch nicht wussten. Wir haben den ersten Teil des Weges zu Fuß zurückgelegt, sind immer den Schienen gefolgt und dabei auf andere Brigaden getroffen. Dann sind wir mit dem Zug nach Sagunto gefahren und von dort weiter nach Aragón, wo man uns auf Lastwagen verteilt hat, die uns an die Front bringen sollten. Die Landschaft draußen war weiß, ich kann den Schnee jetzt noch vor mir sehen, und die Kälte steckt mir noch immer in den Knochen. Wir saßen unterwegs zusammengekauert da und haben uns aneinandergeschmiegt, um uns ein bisschen zu wärmen. In Cubla hat man dann die ersten Anzeichen des Kampfes gesehen, den echten Krieg. Man hat uns erklärt, dass unsere Aufgabe in der Eroberung von Teruel bestünde und dass der Angriff um zehn Uhr abends beginnen würde. Bis dahin haben wir Stunden voller Angst und Beklemmung durchlebt, das konnte man vor allem auf den Gesichtern der Jüngsten sehen, so auch bei Ihrem Sohn. Er hat zwar versucht, es sich nicht anmerken zu lassen, aber schließlich ging es jetzt aufs Ganze, nun gab es kein Zurück mehr.«

Germán seufzte, drückte ein wenig zu heftig den Zigarettenstummel im Aschenbecher aus, schob den Stuhl zurück und stand auf.

»Nach dem Abendessen holte sich jeder die ihm zugeteilten Handgranaten und schnürte sein Bündel … Valentí und ich hatten nicht einmal Zeit, uns ein bisschen auszuruhen. Bis zum Moment des Aufbruchs haben wir noch über alles Mögliche geredet, und dann mussten wir um zehn Uhr das Dorf durchqueren. Man hatte den Ort evakuiert, deshalb war niemand mehr da, wir hatten eine völlige Geisterstadt vor uns. Nachdem wir unsere Positionen auf einem Hügel eingenommen hatten, konnten wir von dort aus die feindlichen Soldaten sehen. Als wir an diesem 15. September die Flugzeuge der Republik über uns hinwegfliegen sahen und dann am Mittag Verwundete an uns vorbeizogen, gehörten wir noch der Reserve an. Am 16. hat dann unsere Kompanie ins Kriegsgeschehen eingegriffen, da wurde Teruel immer noch belagert. Es schneite, wir waren bis auf die Haut durchnässt und konnten vor Kälte unsere Füße nicht mehr spüren. Die meisten von uns hatten ja nur Espadrilles an und dünne Uniformen, die uns kaum vor dem eisigen Wetter geschützt haben.«

Germán setzte sich wieder, stützte die Ellbogen auf dem Tisch ab und vergrub das Gesicht in den Händen. Eine Weile schwieg er und durchlebte wohl in Gedanken noch einmal jene Momente, ließ vor seinem inneren Auge Bilder Revue passieren, die ihn schmerzten. Laia beschwor dieselben Bilder herauf und begleitete so Valentí bei einer Reise, die er in Wirklichkeit allein hatte zurücklegen müssen. Es tat ihr gut zu erfahren, wie ihr Sohn die letzten Tage seines Lebens verbracht hatte. Deshalb war sie Germán für diese so offensichtlich quälenden Enthüllungen unendlich dankbar.

»Zwei Tage später ist unser Bataillon auf einem kleinen Damm ausgeschwärmt. Valentí und ich waren ganz vorne und sind zusammengeblieben, wir sind schnell vorgerückt und haben nichts anderes mehr gesehen als das Feuer der Gegner. Irgendwann habe ich eine laute Explosion gehört, es kam mir vor, als würde der Himmel auf uns herabstürzen. Schemenhaft hab ich gesehen, wie Valentí durch die Luft flog, die Waffe losließ und dann tot zu Boden sank. Ich habe seinen Namen gebrüllt und bin auf ihn zugelaufen, aber da habe ich plötzlich gespürt, wie an meinem Bein etwas heiß explodierte, und konnte nicht weiter. Valentí lag leblos da, mit offenen Augen. Ich hatte ihn fast erreicht, aber dann habe ich es doch nicht bis zu ihm geschafft.«

Germán schlug sich die Hände vors Gesicht und stöhnte. Laia stand auf und schlang von hinten die Arme um ihn. Sie schloss die Augen und ließ das Kinn auf dem Kopf des Mannes ruhen, der hergekommen war, um ihr vom Tod ihres Sohnes zu erzählen. Denn er trug diesen Moment mit sich herum und musste ihn einfach mit jemandem teilen.

Danach sagten sie nicht mehr viel, und Germán verabschiedete sich bald. Laia machte ihm ein Päckchen mit all dem zurecht, was sie an Essbarem noch im Haus hatte. Sie legte auch Zigaretten und etwas Geld mit dazu.

»Nein, nein … Deshalb bin ich nun wirklich nicht gekommen.«

»Schon klar, das musst du mir doch nicht sagen. Aber ich möchte dir dafür danken, dass du hergekommen bist und mir erzählt hast, wie mein Sohn gestorben ist. Ich weiß doch, wie schwer dir das gefallen sein muss. Danke, Germán.«

Bewegt umarmten sie einander.

»Und jetzt, was hast du jetzt vor?«

Germán zuckte mit den Achseln.

»Ich muss das Land verlassen, hier kann ich auf keinen Fall bleiben. Ich werde mich dem Maquis anschließen und weiter kämpfen. Leider bin ich ja für nichts anderes gut.«

Damit war alles gesagt, oder vielleicht doch noch nicht. Bevor Germán sich endgültig verabschiedete, drehte er sich auf dem Treppenabsatz noch einmal zu Laia um und fügte hinzu: »Valentí hat Sie von ganzem Herzen geliebt, daran dürfen Sie niemals zweifeln.«

Dann ging er, und Laia wusste, dass sie ihn nie wiedersehen würde. Diese Gewissheit und seine letzten Worte rührten sie so sehr, dass sie Tränen voller Melancholie vergoss, obwohl Germáns Erzählung für sie gar nicht schmerzhaft gewesen war. Endlich wusste sie nun, wo ihr Sohn seine letzte Ruhe gefunden hatte. Sie stellte sich vor, wie sie in Teruel die gefrorenen Felder entlanglief und Valentí entdeckte, der mit offenen Augen in den Himmel starrte.

Dann schloss sie ihm die Lider.

33

Modehaus Santa Eulalia eröffnet neues Lokal

Mit der Pracht eines Weltereignisses wurde gestern der neue Hauptsitz des Modehauses Santa Eulalia in den Räumlichkeiten am Passeig de Gràcia eröffnet, nachdem das Gebäude durch wichtige Umbauarbeiten modernisiert und umdekoriert worden war.

Der Bischof der Diözese, Dr. Díaz Gómara, segnete mit feierlichen Worten das Geschäft und zog sich dann sofort wieder zurück. An der Einweihung nahmen Führungspersönlichkeiten aus der Branche sowie ein erlesenes Publikum teil, vor allem elegante Damen und Fräulein aus Barcelonas besten Kreisen.

Die neuen Säle des Modehauses strotzen nur so vor geschmackvollem Luxus. Barcelona kann sowohl auf die weitläufigen Verkaufssäle als auch auf die Vorführungsräume, die Ankleidekabinen und die Terrasse, auf der den Geladenen eine Erfrischung gereicht wurde, mit Recht stolz sein. Es handelt sich dabei nämlich um ein zauberhaftes Beispiel für die Möglichkeiten, die die Stadt im Bereich Haute Couture ausschöpfen kann.

Als Höhepunkt der Veranstaltung gab es eine Modenschau, in der völlig neue Entwürfe gezeigt wurden.

La Vanguardia, Mittwoch, der 5. März 1941

Laia hatte sich in die Räume für die Angestellten zurückgezogen und massierte sich die Füße. In letzter Zeit ertrug sie Schuhe mit hohen Absätzen einfach nicht mehr. Sie dachte daran, wie sie vor ihrem Aufbruch nach Hause gleich in ein flaches Paar schlüpfen würde, das sie in ihrem Schrank aufbewahrte, auch wenn es nicht zu ihrem schlichten und eleganten Kostüm aus marineblauem Flanell mit plissiertem Rock und einer mit Samtbändern eingefassten Jacke passte.

Laia blickte in den Spiegel und strich sich das Haar glatt. Offenbar wollten die Gäste heute einfach nicht aufbrechen, dabei ging doch bereits die Sonne unter, und draußen am Passeig de Gràcia begannen die Straßenlaternen zu leuchten. Sie war einfach so furchtbar müde!

Jetzt wurde von draußen zweimal sanft angeklopft. Laia rechnete eigentlich mit einer der Verkäuferinnen, vielleicht Mari oder Tilda, und rief matt: »Herein!«, ohne die Hand vom Haar zu lösen. Als die Tür aufging, fuhr sie jedoch herum, weil sie im Spiegel die elegante Silhouette von Roser Molins erkannt hatte.

»Darf ich hereinkommen?«

Nach einigen Sekunden, die sich endlos in die Länge zogen, atmete Laia aus und sagte: »Natürlich.«

In ihrem Tageskleid aus gelbem Wollstoff, das Schulterklappen und einen farblich passenden Gürtel hatte, wirkte Roser unglaublich vornehm. Ein abnehmbarer Kragen aus Leopardenfell durchbrach die sonst übermäßige Schlichtheit des Modells. Roser sah sich nach einem Stuhl um, nahm darauf Platz und überkreuzte die Beine.

»Überrascht dich mein Besuch?«, fragte sie vertraulich.

»Ehrlich gesagt, ja.«

Laia musterte Roser aufmerksam. Sie waren etwa gleich alt, die Jahre hatten Senyora Molins jedoch mit Wohlwollen behandelt. Ihre körperlichen Mängel – dass sie etwas zu groß und inzwischen auch ein wenig rundlich war – fielen kaum auf, weil sie gelernt hatte, das Beste aus sich zu machen. Sie betonte gern das blonde Haar und ihre dunklen, tiefsinnigen Augen, deren Blick mit den Jahren scharfsinniger geworden war, ihre makellose Haut, auf der sich nicht eine einzige Falte zu zeigen schien, und diese langen, wohlgeformten Beine, die sie jetzt elegant übereinandergeschlagen hatte. Es lag Anmut in allem, was sie tat, in jeder Geste, jedem Schritt oder Wort.

Verschämt zog Laia ihre Schuhe an und setzte sich ebenfalls.

»Wir haben uns im Geschäft ja oft gesehen, früher an der Pla de la Boqueria und jetzt hier. Aber geredet, so richtig miteinander geredet, haben wir schon seit Jahren nicht mehr, oder, Laia?«

Die Angesprochene senkte ein wenig die Lider. Sie hatte wirklich keine Kraft mehr, um noch mehr Geister der Vergangenheit wieder aufzuwecken.

»Vielleicht hatten wir uns einfach nichts zu sagen.«

Roser reagierte mit einem gelassenen Lächeln. Es war offensichtlich, dass sie hergekommen war, um mit Laia über irgendetwas Bestimmtes zu reden. Aber worüber denn nur?

»Ich habe dir aber schon etwas zu sagen, Laia. Zunächst einmal möchte ich mich gerne bei dir entschuldigen.«

»Ich wüsste nicht, wofür.«

»Bis heute bin ich nicht in der Lage gewesen, dir wegen Valentí mein Beileid auszusprechen. Das ist wirklich unverzeihlich.«

Als sie den Namen ihres Sohnes hörte, zog sich in Laia alles zusammen, und mit den Erinnerungen kehrte die Traurigkeit in ihren Blick zurück.

»Wenn wir allen unser Beileid aussprechen wollten, die im Krieg jemanden verloren haben, dann hätten wir ja für nichts anderes mehr Zeit.«

Die Worte klangen scharf, weil Schmerz sie zu überkommen drohte.

»Aber Valentí war doch nicht einfach irgendjemand. Er war dein Sohn … der Sohn von Ferran.«

Laias Wangen brannten, und ihr Herz begann zu rasen.

»Du hast es also immer gewusst?«

»Das war nicht schwer zu erraten.«

»Und er?«

»Ferran? Er auch, natürlich hat er es gewusst, auch wenn er mit mir nie darüber gesprochen hat.«

Roser hatte den Blick ins Leere gerichtet, sie schien wie aus weiter Ferne, wie aus einer anderen Dimension mit Laia zu sprechen. Wie aus der Vergangenheit.

»Wenn eine Frau Untreue befürchtet, bekommt sie so einiges mit, Laia, ich musste ja nur eins und eins zusammenzählen. Zuerst habe ich deine Freundschaft verloren. Du konntest mir nicht mehr in die Augen sehen, und an dir haben all die Dinge genagt, die du mir nicht sagen konntest, das habe ich dir angesehen. Und dann habe ich auch noch ihn verloren. Als Andreu ihn für mich zurückgeholt hat, hat er ihn in das reinste Lämmchen verwandelt, so sah es zumindest aus. Und dann ... war es ziemlich offensichtlich, dass Andreu seine schützende Hand über dich gehalten hat, über dich und deinen Sohn. Da brauchte ich überhaupt keine Fragen zu stellen. Stattdessen habe ich einfach nur versucht, die trüben Wasser nicht noch mehr aufzuwühlen, in denen wir da geschwommen sind. Weißt du, so habe ich die Dinge einfach immer geregelt. Ich ... nun ja, ich bin eben nicht sehr mutig.« Sie lachte bitter auf. »Am Anfang hat es mich am meisten geschmerzt, dass du Ferran ein Kind schenken konntest ... und ich nicht. Aber dann sind ja meine Mädchen zur Welt gekommen, und ich habe die Sache vergessen. Oder es zumindest versucht.«

Laia stand auf und wandte Roser den Rücken zu. Sie ging zu ihrem Spind hinüber und holte die flachen Schuhe heraus, die sie schweigend anzog. Dabei hielt sie den Kopf gesenkt, damit Roser nicht erkennen konnte, wie verletzlich sie sich in diesem Moment fühlte.

»Eigentlich bin *ich* hier doch diejenige, die um Verzeihung bitten muss, oder nicht? Ich bin in dieser Geschichte die Böse. Diejenige, die sich genommen hat, was ihr gar nicht zustand.«

Laia fuhr herum, als sie Rosers Hand auf ihrer Schulter spürte, und die beiden Frauen sahen einander in die Augen.

»Nein! Ich bin nicht gekommen, um von dir Rechenschaft zu verlangen, hier gibt es weder Schuld noch Schuldige. Es ist eben so passiert, wie es passiert ist. Ferran … ist, wie er ist. Treue hatte für ihn noch nie einen hohen Stellenwert, und ich habe mich eben daran gewöhnt, mit dem zu leben, was er zu geben bereit ist. Ich habe unsere Töchter großgezogen und keine Fragen gestellt, die Augen vor dem verschlossen, was ich nicht sehen wollte.«

Roser berührte Laia sanft am Ellbogen.

»Aber in Paris hat sich vieles geändert.«

»In Paris? Während des Krieges?«

Roser ließ sie los und setzte sich wieder. Jetzt sprach sie, ohne Laia dabei anzusehen.

»Dort haben wir unsere Jugend hinter uns gelassen, Laia, aber ich will mich überhaupt nicht beschweren. Was du und andere hier im Krieg durchgemacht haben, war schließlich viel schlimmer. Für uns war es, ich weiß auch nicht … Wir befanden uns in einem erzwungenen Exil und hatten Angst, einfach alles zu verlieren … Und deshalb haben wir uns von unserem alten Leben und seinen vielen kleinen Schäbigkeiten losgesagt. Wir haben einfach die Vergangenheit hinter uns gelassen, alles, was wir bis dahin getan hatten. Das Wichtigste waren in diesem Moment für uns schlicht die Menschen an unserer Seite und die Zukunft unserer Töchter. Kannst du das verstehen?«

Sie fixierte ihr Gegenüber aus glänzenden Augen, in denen jetzt Tränen standen. Laia bekam es jedoch nicht mit, weil sie immer noch den Blick gesenkt hielt.

»Wir sind einfach nicht mehr dieselben. Das wurde mir nach unserer Rückkehr hierher klar, als wir von Valentís Tod erfahren haben. Andreu hat dich überall gesucht und nicht gefunden. Er war völlig verzweifelt. Und Ferran …«

Roser presste sich die Hand gegen die Brust. Ihr zitterte das Kinn, und es schien so, als würde sie mit den Worten ringen.

»Er hat die Existenz des Jungen doch immer ignoriert«, sagte Laia, und ihr Tonfall ließ keinen Zweifel an ihrem Zorn.

»Nein, so war das nicht. Aber ihr hattet ja Andreu, der sich um euch gekümmert hat, deshalb hat Ferran sich eben zurückgehalten und einfach nur die Rolle gespielt, die man ihm zugewiesen hatte. Aber wenn Andreu nicht über euch gewacht hätte, dann hätte er das übernommen.« Sie hielt inne und fügte noch hinzu: »Daran habe ich nicht den geringsten Zweifel. Mein Mann ist ein guter Mensch.«

Laia kam eine Situation in den Sinn, an die sie schon seit Jahren nicht mehr gedacht hatte, nämlich der Abend, an dem Mila von Ferran entlassen worden war. Sie sah wieder seine Augen vor sich, in denen zunächst blanke Wut stand, bevor sie sich mit Lust füllten. Das hatte sie irgendwann völlig verdrängt. Ja, auch sie hatte den ihr zugewiesenen Platz eingenommen und brav ihre Rolle gespielt.

»Jetzt ist es längst zu spät, um unsere alte Freundschaft wieder aufleben zu lassen, Laia. Aber eins sollst du wissen: Wenn du mich irgendwann brauchst, bin ich für dich da.«

Mit einem Mal war Laia ganz warm ums Herz, und als sie Roser in die Arme schloss, vermischten sich die Tränen der beiden Frauen mit ihren Erinnerungen. Laia musste an all das denken, was sie im Laufe der Jahre verloren hatte, wie zum Beispiel die aufrichtige Freundschaft, die sie beide in ihrer Jugend miteinander verbunden hatte. Das Leben hatte ihr so viel entrissen.

Als Roser schließlich ging, wartete Laia noch so lange ab, bis man ihr die Spuren des bewegten Gesprächs nicht mehr ansah. Im Atelier war nur noch wenig los, und Laia wollte bereits gehen, da entdeckte sie ein vertrautes Grüppchen, das mit einigen Gästen ins Gespräch vertieft war. Es war die gesamte Familie Clos, Ferran, Roser und die Mädchen. Liebevoll hatte Ferran den Arm um die Schultern der Kleinsten geschlungen. Laias Herz machte einen Satz, als die Große, Carlota, sie lächelnd anschaute, denn ihre Augen waren genauso dunkel und frech wie die von Valentí.

Als Laia auf den Passeig de Gràcia hinaustrat, wehte ein eisiger Wind. Auf dem Weg zur Straßenbahn rückte sie sich den Mantel zurecht, um sich vor der bitteren Kälte zu schützen, die ihr unter die Haut zu kriechen schien. Es war kaum zu glauben, dass an zwei aufeinanderfolgenden Tagen ihre Vergangenheit auf diese Art und Weise an ihre Tür geklopft hatte, erst in der Gestalt von Germán und dann in der von Roser. Wie war das nur möglich? Schließlich lebten sie hier doch in einem Land, in dem niemand über die Vergangenheit sprach. Und auch nicht über den Krieg, der war das größte Tabu von allen. Jeder schien nur nach vorn zu blicken, alle wollten bloß in Ruhe leben. Mehr gab es da nicht. Sie hingegen schien hier in den unergründlichen Abgrund der Vergangenheit zu stürzen, als würde sie allein dafür existieren, offene Türen zu schließen.

Es lief ihr kalt den Rücken herunter, als sie im hochgestellten Kragen ihres Mantels den eigenen Atem spürte. Ihr war nicht danach zumute, in ihre verwaiste Wohnung zurückzukehren. Sie wollte sich den neuen Entwicklungen in ihrem Leben nicht ganz allein stellen, aber zum Reden hatte sie ja nur Octavi. Er war der Einzige, bei dem sie es wagte, die Türen der Vergangenheit wieder zu öffnen.

Laia war noch nie bei Octavi zu Hause gewesen, wusste aber, wo er wohnte, weil er es gelegentlich im Zusammenhang mit anderen Dingen erwähnt hatte: »Mit Maria und dem Kleinen habe ich in einer ganz einfachen Wohnung gelebt, aber sie war sauber und fröhlich … weil die beiden die Zimmer mit ihrer Lebensfreude erhellt haben. Glaub mir, ich habe da nichts vermisst. Und jetzt hocke ich ganz allein in dieser Bruchbude in der Carrer dels Arcs, in einem übel riechenden Gebäude direkt neben einem Bombenkrater. Das ist wirklich ein übles Loch, Laia, und ein bisschen frische Luft kriege ich da nur, weil die Wohnung hinten auf einen Laubengang hinausgeht, von dem aus man auf die mitgenommenen Dächer anderer Häuser hinunterguckt.«

Laia lief bis zur Plaça Catalunya weiter und bog dann nach

Portal de l'Angel ab. Dort, wo die Carrer dels Arcs von der Plaça Nova abzweigte, stand neben dem Krater einer Bombe der Nationalen unverkennbar das Gebäude, das Octavi beschrieben hatte.

Es hatte tatsächlich ein enges Treppenhaus mit abblätternden Wänden und Spinnweben, und die Stufen waren in der Mitte ausgetreten. Pro Stockwerk gab es nur eine einzige Tür ohne Namensschild, deshalb klingelte Laia überall an. Bei den ersten beiden Wohnungen machte niemand auf, die Tür der dritten öffnete sich jedoch, und ein verblüffter Octavi sah sie an.

»Laia!«

»Darf ich vielleicht reinkommen?«

Octavi Morer war am 21. Januar 1902 in Vic zur Welt gekommen. Sein Vater Rossend und sein Onkel Narcís führten eine Bäckerei weiter, die schon ihren Eltern gehört hatte. Während die beiden Brüder in der Backstube standen, bedienten Octavis Mutter Esther und seine Tante Clara die Kunden im Laden.

Jahrelang lebten sie glücklich und zufrieden. Octavi hatte keine Geschwister, und sein Onkel war kinderlos geblieben, deshalb bildeten eben die fünf eine kleine Familie. Eines Tages musste zwischen den beiden Brüdern jedoch etwas Furchtbares vorgefallen sein, Rossend verließ nämlich mit seiner Frau und seinem Sohn den Heimatort und kehrte niemals wieder zurück.

Octavi hatte nie den Grund für diese Flucht erfahren, die sie nach Barcelona führte. Er war damals erst zehn Jahre alt gewesen, würde sich aber immer voller Beklemmung an die harte erste Zeit in der großen Stadt erinnern. Nach einigen Monaten zog die Familie in die Carrer Remei im Les-Corts-Viertel. Rossend Morer mietete dort in der Nähe der Plaça Concordia ein Lokal mit dazugehörigen Wohnräumen und fing mit einer neuen Bäckerei wieder ganz von vorn an. Aus irgendeinem Grund waren sowohl der Laden und die Wohnung der Familie als auch die Augen des Bäckerehepaars stets von Melancholie erfüllt, und es lagen auch Schuldgefühle und stille Vorwürfe darin.

Octavi hatte sich immer schon für Zahlen interessiert und führte jahrelang die Bücher für mehrere Geschäfte in der Nachbarschaft, bis er die Bäckerei übernehmen musste, als sein Vater mit achtundfünfzig Jahren starb. Damals war Octavi bereits mit Maria verheiratet, einer in Les Corts gebürtigen jungen Frau, die so zerbrechlich wirkte wie eine Porzellanpuppe. In Wirklichkeit war sie aber stark genug, um nicht nur die Bäckerei zu führen, sondern auch noch für ihre Schwiegermutter und den neuesten Familienzuwachs da zu sein, den kleinen Pere. Darüber hinaus hatte sie ein Herz für benachteiligte Menschen und half den Armen im Viertel, so gut sie konnte. Sie war die rechte Hand von Pater Bernat, der sie gern als Engel in Menschengestalt bezeichnete, weil sie so viel für seine Gemeinde tat.

Aber dann kam der Krieg, und Octavi wurde mit seinen vierunddreißig Jahren von den Republikanern eingezogen. Seine Mutter war gerade gestorben, und es brach ihm das Herz, seine Frau und seinen Sohn allein im unsicheren Barcelona zurückzulassen.

Bis Briefe an die Front geliefert wurden, dauerte es manchmal ewig, und Octavi konnte es kaum erwarten, wieder ein paar Zeilen von Maria in den Händen zu halten. Wenn seine Frau schrieb, dass es ihr gut ging und der Junge gesund und kräftig war, war Octavi glücklich. Aber dann trafen auf einmal keine neuen Nachrichten mehr von ihr ein. Zunächst ging Octavi davon aus, dass es mit der Niederlage der Republikaner in Aragón zu tun hatte, wo sie nach drei Monaten erbitterter Schlachten Ende 1938 nach und nach zurückfielen. Octavi würde niemals vergessen, wie sie sich über den Ebro zurückgezogen hatten, geschlagen, hungrig, vor Kälte halb tot. Damals bekamen sie das Pfeifen der Kugeln kaum noch mit, weil sie viel größere Angst vor den Flugzeugen hatten, die während des blutigen Rückzugs über ihnen kreisten und von oben den Tod säten.

Octavi überlebte jedoch und fragte sich oft, warum inmitten all der Toten ausgerechnet er noch da war. Das ging ihm durch den Kopf, während er sich mit seinen Kameraden die Landstraße nach Zaragoza entlangschleppte. Warum fiel ein Soldat im Maschinengewehrfeuer, und ein anderer direkt neben ihm blieb unversehrt. War das Glück? Oder Schicksal? Er wusste es nicht, aber eigentlich wollte er es auch gar nicht wissen. Während des endlosen Heimwegs quälte Octavi nämlich vor allem die Frage, wie es wohl den Seinen ergangen war, von denen er schon so lange keine Nachricht mehr bekommen hatte.

Als sie Zaragoza erreichten, trieben die Sieger am Bahnhof alle republikanischen Soldaten zusammen, die doch in der Hoffnung hergekommen waren, in ihre Heimatorte in Katalonien zurückkehren zu können.

Man sagte den eingepferchten Männern nicht, was sie erwartete, daher fürchteten wohl so einige, das Schicksal würde jetzt seine Schulden eintreiben. Dann aber wurden die Gefangenen eines Tages einer nach dem anderen namentlich aufgerufen, weil sich das neue Spanien – einig, groß und frei – erhob und mit der Säuberung begann. Man notierte den militärischen Rang jedes Einzelnen, zusammen mit Namen, Alter, Beruf, Herkunftsort, dem Namen der Eltern, wo sich die Person am 19. Juli befunden hatte, dem Datum, an dem der Soldat seinen Dienst angetreten hatte, und ob er sich freiwillig dazu gemeldet hatte oder eingezogen worden war. Man fragte auch nach der Zugehörigkeit zu linken Parteien und nach Referenzen. Konnte jemand bescheinigen, dass man ein guter Spanier und Christ war? Viele der Soldaten, für die niemand bürgen konnte, die bereits als Rote bekannt waren oder im Verdacht standen, sich freiwillig für die republikanische Armee gemeldet zu haben, wurden ins Gefängnis gesteckt und würden es wohl nicht mehr lebend verlassen. Anderen gelang die Flucht. Aber wer über jeden Verdacht erhaben war und außerdem Fürsprecher hatte, wurde an seinen Heimatort zurückgeschickt. So war es bei Octavi, der ohne zu zögern den Namen eines früheren Warenhausdirektors und den von Pater Bernat nannte, dem seine Frau so oft geholfen hatte. Diese Männer würden sich mit Sicherheit für ihn einsetzen.

Ende April 1939 kehrte Octavi Morer dann nach Barcelona, nach Les Corts, zurück und musste feststellen, dass von seiner Wohnung, der Bäckerei und seiner Familie nichts mehr übrig war.

Pater Bernat holte ihn aus dem schwarzen Loch der Verzweiflung heraus, in das er nach seiner Ankunft fiel. Er besorgte ihm auch eine Arbeit in einem Lebensmittelgeschäft in der Nähe der Plaça Nova und einen Platz zum Leben, obwohl er dort eigentlich nicht viel mehr tat als nur überleben.

Und so reihte sich Octavi Morer in die Masse der Menschen ein, die sich von Erinnerungen umfangen dem Alltagstrott ergaben und dann am Sonntag auf dem Friedhof ihre Toten besuchten.

34

1944. Mit Unterstützung von Militär und Kirche festigte Franco seine Herrschaft, und die Entwicklung des Nationalsyndikalismus machte es der Arbeiteropposition noch schwerer. Der Maquis fiel mit Tausenden von Untergrundkämpfern im Arán-Tal ein, um eine Diktatur zu beenden, über die von den Vereinigten Staaten und England beim Petroleumhandel ein Embargo verhängt worden war, weil Spanien mitten im Zweiten Weltkrieg Wolfram an das Dritte Reich verkauft hatte.

Andreu Molins betrat weiterhin jeden Morgen das Geschäft am Passeig de Gràcia mit schnellen, leichten Schritten. Einmal im Laden, nahm er seinen Hut ab und betrachtete das Porträt des Diktators. Er mochte den Caudillo nicht, für Gewaltherrschaften hatte er nämlich nichts übrig, die brachten nichts Gutes mit sich. Aber der Fortbestand seiner Firma sicherte auch seinen Angestellten und deren Familien das Überleben. Die Molins hatten es immer schon genossen, gegen den Strom zu schwimmen und auftretende Hindernisse mit Leichtigkeit zu umgehen. Jetzt war es auf jeden Fall eine Herausforderung, in Zeiten der Knappheit die Haute Couture wiederaufleben zu lassen.

Das Leben von Molins und seiner Familie verlief inzwischen wieder in geordneten Bahnen, und darüber war Andreu froh, weil er diese Ordnung brauchte wie die Luft zum Atmen. Nach dem Krieg war es ihm gelungen, das Haus in Sarrià zurückzubekommen, wenn auch in bedauernswertem Zustand. Im Innern gab es keinen einzigen Hinweis mehr auf ihr Leben dort vor dem Krieg: Möbel, Bilder, Bücher und Familienandenken waren einfach verschwunden. Die Behörden hatten zwar große Lagerhallen für aufgefundenen Privatbesitz eingerichtet, den man zurückfordern konnte. Die verlorenen Gegenstände dort überhaupt aufzufinden, erforderte jedoch Beharrlichkeit und detektivisches Gespür. Und wenn man seine Sachen dann erst einmal entdeckt hatte, konnte man oft nicht beweisen, dass man der rechtmäßige Besitzer war.

Als gläubige Christen konnten Andreu und Anna Gott gar nicht oft genug dafür danken, dass sie die furchtbare Katastrophe überlebt und dabei nur materielle Verluste zu beklagen hatten. Ihren Kindern ging es gut, sie wuchsen in einer liebevollen Umgebung auf und hatten eine Erfolg versprechende Zukunft vor sich, was nun wirklich nicht jeder von sich behaupten konnte.

Das Geschäft erholte sich nach und nach, und das Bewusstsein ihrer privilegierten Situation richtete den Blick der Molins auf diejenigen, mit denen es das Schicksal nicht so gut gemeint hatte. Deshalb widmete sich Anna mit ganzer Kraft ihrer wohltätigen Arbeit, durch die sie Kindern, die in Armut aufwuchsen, das Leben erträglicher machen wollte – und von denen gab es in der Stadt etliche. Über Andreu erzählte man sich bei Santa Eulalia, dass er am Ende jedes Monats geheimnisvolle Briefumschläge mit Geld fertig machte. Für wen sie bestimmt waren, wusste niemand so genau. Allen waren jedoch die früheren Mitarbeiter nur zu gegenwärtig, die nach der Niederlage der Republikaner hatten fliehen müssen.

Santa Eulalia wuchs, und inzwischen trugen der Ehrgeiz und die Weitsicht von Ferran Clos Früchte. Nicht nur die Stoffabteilung kehrte wieder zu altem Glanz zurück, auch die Modeateliers waren die elegantesten und vornehmsten in ganz Spanien. Daher kam oft Kundschaft in das Modehaus, die zur Führungsspitze des Landes gehörte, das sich aus der Asche erhoben hatte. So hatte sich im Atelier auch ein Besuch angekündigt, der von allen mit Spannung erwartet wurde, nämlich die Ehefrau des Diktators.

Doña Carmen Polo de Franco hatte allerdings den Ruf, bei

ihren Einkaufstouren nie zu bezahlen. Als Andreu Molins von der bevorstehenden Ankunft jener dünnen Frau mit dem Gesicht eines Feldwebels hörte, wies er das Personal deshalb an, die teuersten Stücke des Sortiments zu verstecken. Dann schloss er sich in seinem Büro ein und kam tagelang nicht mehr heraus. Er war nicht der einzige Deserteur. Reca, der in den langen Jahren als Concierge bei Santa Eulalia nicht ein einziges Mal aus Krankheitsgründen gefehlt hatte, bekam plötzlich eine merkwürdige Grippe. Man konnte wohl sagen, dass angesichts des angekündigten Ereignisses seine republikanischen Ideale die Abwehrkräfte geschwächt hatten.

Ferran Clos und Ramon Martínez begriffen, dass nun ihnen die Ehre zuteilwurde, den berühmten Gast in Empfang zu nehmen. Ferran bereitete für die Diktatorengattin eine kleine Modenschau vor, und Martínez wählte für den Besuch Laia als Repräsentantin der Firma aus.

Es war alles vorbereitet, als vor dem Haus Nummer 60 am Passeig de Gràcia dann schließlich ein teures Auto mit verdunkelten Scheiben hielt und Leibwächter ausschwärmten. Vor dem Eingang zu Santa Eulalia wartete nervös Ramon Martínez, der nicht sicher war, ob er sich dem Wagen ohne Gefahr für sein Leben nähern konnte. Aber nun öffnete auch schon der Chauffeur die Tür, und es erschien ganz in Schwarz Carmen Polo, gefolgt von einer Frau, die mit ihren kurzen Beinen und der rundlichen Figur so gar nicht zu ihr zu passen schien. Das war Gräfin de Huétor, ihre enge Freundin. Von Fotografen umgeben, betraten die beiden das Geschäft, grüßten das Personal und hörten sich dann zufrieden die Erklärungen von Martínez an. Der sah inzwischen wieder ebenso perfekt und geschniegelt aus wie vor dem Krieg und machte deshalb bei solchen Veranstaltungen immer eine gute Figur. Vielleicht lag es daran, dass er sich durch Sport fit hielt, oder vielleicht auch an den sorgfältig ausgewählten Seidenkrawatten.

Mit einem riesigen Blumenstrauß in der Hand stand Laia im

Atelier. Während sie von Verkäuferinnen und Schneiderinnen umgeben vor dem Aufzug wartete, aus dem Carmen Polo gleich treten würde, unterdrückte sie ihren Unmut über die ihr zugeteilte Rolle.

Dem Anlass entsprechend hatte sie ihre Kleidung heute von Kopf bis Fuß aufeinander abgestimmt. Sie trug hohe Schuhe, die ein wenig scheuerten, und hatte das sonst so widerspenstige Haar streng frisiert. Laia konnte die Diktatorengattin unten mit ihrem Gefolge hören, dann öffnete sich die Tür des Aufzugs, und den Geräuschen nach trat Doña Carmen wohl hinein. Als Nächstes … ertönte ein Klick, plötzlich war Geschrei zu hören, alles hastete und rannte. Mit bleichem, schweißglänzendem Gesicht kam Martínez die Treppe herauf und keuchte: »Scheiße, jetzt ruf mal einer den Elektriker! Der Lift mit der *Franca* ist stecken geblieben!«

Laia starrte ihn mit weit aufgerissenen Augen an und umklammerte ihren Strauß wie einen Rettungsring.

»Bei Gott und allen Heiligen, Laia! Jetzt vergessen Sie mal Ihre Blumen und rufen einen Elektriker, sonst geht's hier gleich noch zu wie bei der Schlacht von Brunete!«

Laia zu begegnen, war für Octavi Morer wie ein Licht in einem dunklen Tunnel gewesen. Vielleicht war er sich dessen gar nicht bewusst, zumindest nicht am Anfang, aber ihretwegen fand er nach seinem persönlichen Schiffbruch den Weg zurück in den Hafen.

Beide lebten mit Blick in die Vergangenheit, im Gedenken an ihre Toten, aber jetzt vermochten sie wenigstens darüber zu sprechen, ihren Schmerz zu teilen. Dass Octavi Laia ihre Qual ein wenig erträglicher machen konnte, ließ auch ihn aufatmen, als ströme auf einmal saubere Luft in seine Lungen. Natürlich bedeutete die Erinnerung an den Krieg und ihre Verluste eine Last in ihrem Leben, schmerzte wie ein Dorn in ihrem Fleisch. Aber Octavi glaubte ganz fest daran, dass ein Neuanfang möglich war, solange er nur Laia an seiner Seite hatte. Dazu wollte er ihr aber zunächst etwas bieten können. Und er hatte auch keine Ahnung, ob Laia seine Gefühle erwiderte. Da sie solch ein zartes Band miteinander verband, hatte er es nie gewagt, sich ihr anders als auf rein freundschaftliche Art und Weise zu nähern. Schließlich würde er damit riskieren, die Verbindung völlig zu kappen.

An diesem Nachmittag im Jahr 1944 lächelte er jedoch beinahe glücklich vor sich hin. Draußen wurde es bereits dunkel, und es kreischten die letzten Möwen am Himmel. Octavi war nämlich davon überzeugt, dass er heute vielleicht endlich die Chance bekam, einen entscheidenden Schritt zu tun. Der Grund dafür war der Brief in seiner Hand, der ihm eine Tür zu öffnen schien. Beeindruckt starrte Octavi auf den Namen des fernen Onkels, von dem er seit seiner Kindheit nichts mehr gehört hatte: Narcís Morer. Diesen Verwandten hatte man bei ihm zu Hause totgeschwiegen. Sein Name war verboten gewesen und hatte sich in den Wirren eines ihm unbekannten Familiendramas mit schweren Folgen verloren. Was wollte sein Onkel nach all den Jahren denn nur?

Bald wusste er es: Onkel Narcís hatte dieses Schreiben während einer schweren Krankheit verfasst und die Anweisung hinterlassen, dass man ihn im Falle seines Ablebens an seinen Neffen schicken solle. Im Brief erzählte er davon, wie einsam er in den letzten Jahren nach dem Tod seiner Frau gewesen war, krank, ohne Kinder und ohne den Bruder, an den er so oft denken musste.

In meinem Bett, aus dem ich nicht einmal mehr aufstehen kann, um einen Blick hinunter auf die sicher geschäftige Straße zu werfen, denke ich ständig an Rossend und an das, was ich getan habe. Mir ist klar, dass er längst tot ist und dass er mir nie verziehen hat. Ich kann nur hoffen, dass mir bei unserem baldigen Wiedersehen seine Vergebung zuteilwird und dass mir auch Deine Mutter, Esther, verzeihen wird. Sie wird mir immer in Erinnerung bleiben …

Was konnte denn nur so schlimm sein, dass es die beiden Brüder entzweit hatte? Was hatte sein Vater dem Onkel sein Lebtag lang vorgehalten und nicht verzeihen können? Und warum würde die Mutter Narcís immer in Erinnerung bleiben?

Statt noch mehr zu spekulieren, las Octavi lieber weiter die Worte, die ihm sein Onkel aus dem Jenseits zu schicken schien:

Bald werde ich diese Welt verlassen. Ich habe so viele Menschen sterben sehen, dass ich zu dem Schluss gekommen bin, der Sensenmann muss mich wohl vergessen haben. Ich weiß, dass Du an der Front warst und Deine Familie verloren hast. Vergib diesem alten Mann sein Schweigen und die fehlende Unterstützung. So kurz vor meinem Tod möchte ich das alles gern wiedergutmachen. Was ich im Leben besessen habe, gehört jetzt Dir, Octavi. Es steht Dir von Gesetzes wegen ohnehin zu, weil Du mein einziger Angehöriger bist, aber vor allem möchte ich damit die Ordnung wiederherstellen. So wie alle, die vor Dir unseren Familiennamen getragen haben, hättest auch Du in Vic aufwachsen sollen. Hier warten das Haus der Familie und das schon seit Langem leer stehende Geschäft auf Dich. Mach damit, was Du willst, sie sind Dein. Die Ersparnisse meines Lebens werden in meinen Augen gut genutzt, wenn sie Dir dabei helfen, die Bäckerei wiederzueröffnen oder ein ganz neues Vorhaben in Angriff zu nehmen.

Octavi hatte nur noch dunkle Erinnerungen an seine ersten zehn Lebensjahre in Vic, an die Bäckerei und das große Haus, das einst den Großeltern gehört hatte.

Da seine Eltern nie über jene Zeit gesprochen hatten, war es ihm irgendwann fast so vorgekommen, als hätte es sie nie gegeben. Und jetzt ging der Besitz der Familie in seine Hände über, weil damit eine unbekannte alte Schuld getilgt werden sollte. Nachdenklich las er den Brief noch einmal. Es war auch ein Zettel beigelegt, auf dem man ihn bat, doch in Vic beim Notar vorstellig zu werden. Octavi konnte sein Glück kaum fassen.

Narcís, jener unbekannte Onkel, schickte ihm aus dem Jenseits die Lösung für seine Probleme.

Mit dem Schreiben in den Händen sank Octavi auf einen Stuhl und ließ den Blick wandern. Er lebte in einer heruntergekommenen Wohnung, die ja kaum mehr war als ein Kämmerchen mit einer armseligen Kochecke. Mal abgesehen von dem Foto von Maria, das Pater Bernat aus den Ruinen seines Hauses gerettet hatte, gehörte nichts davon ihm. Es lag nichts herum, weil Octavi ja gar nichts besaß, weder hier noch sonst irgendwo. Selbst sein Tagewerk sah er nicht als »seine Arbeit« an, es interessierte ihn genauso wenig wie alles andere um ihn herum. Natürlich abgesehen von Laia.

Während der letzten fünf Jahre hatte ihn allein Laias Freundschaft am Leben erhalten. Er konnte sich nicht vorstellen, wie es ihm ohne sie ergangen wäre. Aber er hatte eben immer geglaubt, dass er ihr einfach nichts bieten könnte. Und deshalb hatte er sie nie darum gebeten, für sie mehr sein zu dürfen als nur ein Freund, an dessen Schulter sie sich ausweinte. Schließlich hatte sie einen wichtigen Posten im Modehaus, wo sie schon ihr Leben lang gearbeitet hatte.

Aber jetzt… Jetzt hatte er ebenfalls eine Zukunft. Wenn sie es nur wollte, dann könnten sie beide zusammen noch einmal neu anfangen. Er würde Laia fragen, was für ein Geschäft sie gern leiten würde, und dann mit ihr zusammen die Räumlichkeiten in Vic entsprechend einrichten. Sie würden nach vorn schauen, auch wenn sie dabei niemals vergessen würden, was sie hinter sich gelassen hatten.

Als Octavi an diesem Abend schlafen ging, konnte er an nichts anderes mehr denken als an das Wiedersehen mit Laia am nächsten Tag. Während der Nacht träumte er dann davon, dass sich zwei Brüder die Hand gaben und eine alte Schuld beglichen. Lächelnd schauten ihnen dabei zwei gesichtslose Frauen zu.

Am Sonntagmorgen wachte Laia übel gelaunt auf. Während der Nacht hatte sie schlecht geträumt und stand deshalb mit einem seltsamen Gefühl im Bauch auf. Sie betrachtete sich im Spiegel des Schlafzimmers, das einst den Eltern von Genís gehört hatte. Wie viele Nächte hatten ihr Freund und sie hier Hand in Hand voller Beklemmung nebeneinandergelegen! Laia war längst keine junge Frau mehr, im August würde sie vierundvierzig werden, und jede einzelne Falte um ihre Augen, die sie jetzt mit dem Finger berührte, zeugte von den harten Zeiten. Trotz allem prägte immer noch Schönheit ihre Züge, die sie selbst nicht erkennen konnte, obwohl sie für andere offensichtlich war. Wenn sie sich sorgfältig kleidete und zurechtmachte, zog sie bei der Arbeit mit ihrem schlanken Körper und den grazilen Schritten immer noch alle Blicke auf sich. Auch ihr trauriger, geheimnisvoller Blick aus honiggoldenen Augen faszinierte die anderen.

Statt sie alt aussehen zu lassen, verlieh ihr die weiße Strähne dabei etwas Distinguiertes. Aber Laia erkannte das alles nicht, weil sie sich nie wirklich ansah, und wenn sie es so wie jetzt doch einmal tat, dann mit lieblosem Blick. Octavi hatte ihr versprochen, dass er heute aus dem Laden etwas zu essen mitbringen würde. Nach dem Besuch auf dem Friedhof würden sie einen langen Spaziergang machen und im Freien essen. Am Nachmittag stand schließlich ein Kinofilm auf dem Programm, in jenen Tagen die einzige erlaubte Unterhaltung. So sahen ihre Pläne aus, wenn das Wetter gut war, und tatsächlich lachte die Sonne am Himmel. In Laia drohte hingegen ein Gewitter aufzuziehen. Vielleicht sollte sie Octavi lieber bitten, den Spaziergang auf ein andermal zu verschieben. Sie wollte ihm mit ihrer schlechten Laune nun wirklich nicht den Sonntag verderben. Das war das Gute an ihrer Freundschaft zu Octavi: Ihm gegenüber konnte sie völlig ehrlich sein, sie brauchte sich nicht zu verstecken.

Ohne große Lust machte sich Laia fertig, nur aus Respekt vor den Ihren, die sie in ihren ruhigen, stillen Gräbern erwarteten. Sie steckte sich das Haar zu einem hohen Dutt hoch und zog ein tailliertes Kostüm in Dunkelbraun an. Inzwischen gab es in ihrem Schrank überhaupt keine fröhlichen Farben oder Muster mehr, sie bevorzugte Grau- und Brauntöne. Schwarz war dort allerdings nicht mehr zu finden, in ihren Augen trug man Trauer innerlich, nicht nach außen hin.

Bevor sie das Haus verließ, setzte sich Laia noch ein flaches rundes Hütchen in Braun schräg aufs Haar, von dem aus ein kleiner Schleier über ihre Augen fiel.

Auf dem Friedhof besuchte sie zunächst die Grabnische ihrer Eltern, in der auch Valentí symbolisch ruhte. Danach ging sie stille Wege entlang, bis sie die Nische der Familie Camps erreichte, vor der wie immer Octavi auf sie wartete. Sie begrüßten sich mit einem keuschen Kuss auf die Wange. Ihr fiel nicht auf, welch neuer Glanz in seinen Augen lag. Er bemerkte die dunklen Wolken in den ihren nicht.

Octavi war an diesem Tag so glücklich und zufrieden, dass sich irgendwann doch ein Lächeln auf Laias Lippen schlich. Es gelang ihm, sie mit seiner Begeisterung anzustecken, und sie begleitete ihn schließlich sogar bis zum Font del Gat. Es war aber auch ein wunderschöner Tag, der Himmel war klar und leuchtend, nur hier und da zeigte sich ein weißes Wölkchen gleich einem Wattebausch.

Auf dem Montjuïc war viel los, die Wege, Terrassen und stillen Ecken von Barcelonas Hausberg waren geradezu überlaufen, auch wenn über allem noch die Traurigkeit des besiegten und unterdrückten Landes zu schweben schien. Laia und Octavi aßen zusammen und redeten über dies und jenes. Irgendwann richtete sich Octavi jedoch auf und wirkte ganz aufgeregt.

»Laia, ich habe dir ja mal erzählt, dass meine Familie aus Vic stammt, oder? Das weißt du doch sicher noch. Wir hatten dort früher ein Haus und eine Bäckerei.«

Laia nickte, Octavi griff nach ihrer Hand und ratterte in einem Rutsch die Worte herunter, die er die ganze Nacht im Kopf immer wieder durchgegangen war.

Als er fertig war, fragte Laia, die ihn nicht einmal unterbrochen hatte: »Dein Onkel hat dir also alles vermacht?«

»Das Haus und sein Geld, die Möglichkeit, dort ein Geschäft zu eröffnen …«

Verblüfft riss Laia die Augen auf. »Was für eine wunderbare Neuigkeit, Octavi!«

»Das ist doch die perfekte Gelegenheit für einen Neuanfang, findest du nicht?«

»Aber natürlich!«

»Wenn du magst, könnten wir uns dort zusammen etwas aufbauen, was auch immer du willst. Wir würden das hinkriegen, da bin ich mir ganz sicher.«

Mit erwartungsvollem Blick strahlte Octavi sie an. Laia ließ seine Hand los. »Aber was sagst du denn da? Ich verstehe dich nicht.«

»Ich habe eben gedacht … Das wollte ich dir schon lange sagen, Laia. Ach, ich bin so aufgeregt und habe mich ziemlich ungeschickt ausgedrückt. Ich hatte dir ja nichts zu bieten, wie sollte ich dich denn je darum bitten, mit mir mein Elend zu teilen? Aber jetzt ist alles anders, das Leben gibt uns eine zweite Chance.«

Nervös sprang Laia auf. Die Sonne glänzte auf ihrem braunen Haar, und sie schob sich eine widerspenstige Strähne aus dem Gesicht. Dann griff sie nach ihrem Hut und der Jacke, die sie ausgezogen hatte.

»Das begreife ich einfach nicht. Wir haben nie darüber gesprochen, zusammen ein neues Leben anzufangen. Du und ich, wir sind doch Freunde … Mein ganzes Leben spielt sich hier in Barcelona ab … Was soll das denn auf einmal?«

Als nun auch Octavi aufstand, schien die Erde unter seinen Füßen zu schwanken. Er begann, die Reste ihres Picknicks einzusammeln. Plötzlich kam es ihm so vor, als würden die Wattewölkchen sich schwarz verfärben und den ganzen Himmel ausfüllen.

»Dein ganzes Leben, Laia? Du hast mir doch selbst oft erzählt, wie leid du den ständigen Druck und das ganze Theater der Modenschauen bist. Sag schon, was bleibt dir sonst noch in Barcelona?«

»Meine Familie ist hier.«

»Unsere Toten tragen wir in uns!«, rief Octavi und schlug sich auf die Brust. »Mach dir doch nichts vor, Laia, such jetzt nicht nach Ausreden!«

Sie standen einander gegenüber und starrten sich an, er mit traurigem, verzweifeltem Blick, sie voller Angst.

»Dann sag mir, dass du mich nicht liebst. Oder zumindest, dass du mich nicht auf die Art liebst, die ich mir wünsche. Sag mir, dass ich mir etwas vorgemacht habe. Das könnte ich noch verstehen. Aber ansonsten will ich keine Ausreden hören.«

Er hob das Kinn und atmete tief durch. Die laue Luft schien seine innere Unruhe ein wenig zu lindern. Wie gern hätte Laia Worte des Trostes gesprochen, aber das brachte sie einfach nicht über sich. Sie hatte Angst, war verunsichert.

Als Octavi die Furcht in ihrem Blick erkannte, versuchte er, sie zu beschwichtigen: »Verzeih mir, Laia, ich hätte das alles nicht sagen sollen. Es war mein Fehler.«

Sie sah ihn mit feuchten Augen an. »Ich dachte, es wäre alles gut, so wie es ist. Dass wir immer so weiterleben könnten.«

Bedauernd lächelte Octavi. »Ein Mann und eine Frau … Ich weiß nicht … Vielleicht schon.«

Sie machten sich auf den Rückweg und gingen durch eine traurige Stadt, in der die Stille beklemmend wirkte. In Octavi machte sich eine Leere breit, und Laia kam es vor, als würde die Last ihrer Ängste sie erdrücken.

Vielleicht würde am nächsten Tag wenigstens eine Woche wie jede andere anfangen. Oder vielleicht auch nicht. Vielleicht würde ja nichts mehr wie früher sein.

35

Am nächsten Sonntag wartete Laia auf dem Friedhof zum ersten Mal seit fünf Jahren vergeblich auf Octavi. Das war nach ihrer Zurückweisung auch nicht verwunderlich, er hatte jeden Grund, verletzt zu sein. Vielleicht war ihm die Sache auch peinlich.

Aber seine merkwürdige Liebeserklärung hatte Laia derart überrascht! Sie hätte niemals mit so etwas gerechnet, und vor allem nicht mit seinem Vorschlag, Barcelona hinter sich zu lassen und mit ihm ein neues Leben in Vic anzufangen.

Laia hatte sich seine Worte die ganze Woche durch den Kopf gehen lassen. Sie war sich ziemlich sicher, dass sie Octavi nie Anlass dazu gegeben hatte, in ihr mehr als nur eine Freundin zu sehen. Sie schätzten einander und leisteten sich Gesellschaft, gut, vielleicht konnte man sogar sagen, dass sie einander brauchten. Aber sie waren doch beide nicht mehr die Jüngsten und obendrein noch immer an ihre Vergangenheit gebunden. Sie waren doch viel zu tief getroffen, um an die Zukunft, vor allem an eine gemeinsame Zukunft zu denken.

Als Octavi dann aber auch am nächsten Sonntag nicht erschien, kam es Laia so vor, als würde ihr jemand den Boden unter den Füßen wegziehen. Wahrscheinlich war er mit den Vorbereitungen für seine Abreise nach Vic beschäftigt, oder vielleicht war er auch einfach schon fort. Ganz offenbar bezog er sie nicht mehr in seine Planung mit ein.

Und das schmerzte Laia. Aber war es denn nicht das, was sie wollte?

Im Junisonnenschein verließ sie den Friedhof. Wie immer hatte sie die Grabnischen gesäubert und frische Blumen davor gestellt. Aber dieses Mal war sie inmitten der hohen Wände, in denen man die Toten zu archivieren schien, nicht bei der Sache gewesen. Schmerzlich wurde sie sich der immer größer werdenden Leere um sie herum bewusst, die Octavi hinterlassen hatte. Niemals hätte sie erwartet, dass es so wehtun würde, ihn nicht mehr in ihrer Nähe zu wissen.

Als sie nach Hause kam, zog sie sich um und bereitete etwas zu essen zu, das sie dann aber auf dem Teller liegen ließ. Wie hatte das alles nur so enden können?

Was war es überhaupt, das da zu Ende gegangen war?

Und seit wann hatte sie so sehr den Kontakt zur Realität verloren?

In welchem Moment ihres Lebens hatte sie sich auf der Flucht vor allem, was ihr wehtun konnte, in ihr Schneckenhaus zurückgezogen?

Sie hatte sich lieben lassen, ohne diese Liebe zu erwidern. Hatte in Begleitung jener gelebt, die längst gegangen waren und die sie deshalb nicht noch einmal verlassen und ihr dabei ein Stück aus dem Herzen reißen konnten.

Jetzt musste sie daran denken, wie Octavi sie an jenem Tag angesehen und »Ein Mann und eine Frau ...« gesagt hatte.

Er hatte den Satz nicht zu Ende geführt, aber das war auch gar nicht nötig gewesen. Vielleicht hatte er ja recht, und sie war hier diejenige, die falsch lag. Sie hatte die ganze Zeit geglaubt, dass ihre Beziehung zu Octavi so sein konnte wie die zu Genís. Eine Freundschaft ohne die Forderungen und Pflichten, die Sex mit sich brachte.

Laia ging früh zu Bett, weil sie so unglaublich müde war. Das Fenster im Schlafzimmer ließ sie offen, weil sie gern dem Mond bei seinem Tanz zwischen den Wolken zusah, und den still funkelnden Sternen am Himmel. Deren Gesellschaft half ihr beim Einschlafen. Bevor sie die Augen zumachte, fuhr ihr der Gedanke durch den Kopf, wie unerträglich lang sich die nächste Woche vor ihr erstreckte. Die Sehnsucht würde sie innerlich zerfressen, aber auch das würde sie überstehen. Obgleich sie Octavi vermisste, war sie nämlich davon überzeugt, das Richtige getan zu haben. Ihr Platz war hier, in Barcelona, wo sie immer schon gelebt hatte und auch bleiben würde. Denn ihr Schicksal war doch längst entschieden, im Buch ihres Lebens blieben keine leeren Seiten mehr.

Im Laufe der Woche erledigte Laia ihre Arbeit so perfekt wie immer. Sie nahm Kundinnen in Empfang und bediente sie höflich und freundlich. Sie organisierte die Arbeitsabläufe in den Ateliers. Sie zog sich hübsch an, schminkte und frisierte sich. Alles an ihr war professionell und überzeugend. In ihrem Inneren jedoch spürte sie jede einzelne Minute schmerzlich die Leere nach dem Bruch mit Octavi, die Abwesenheit dieses einfachen und freundlichen Menschen.

Arbeitsalltag und Nostalgie nahmen sie so sehr in Anspruch, dass sie die immer lauter werdenden Gerüchte im Haus überhaupt nicht mitbekommen hatte. Eines Tages aber konnte selbst sie die Ohren nicht mehr davor verschließen: Santa Eulalia würde die Filiale an der Pla de la Boqueria schließen und eine zweite am Passeig de Gràcia eröffnen, nämlich in Haus Nummer 93.

Es fiel ihr schwer, das zu verdauen. Wie konnten sie denn nur das Geschäft an der Pla de la Boqueria zumachen? Das war doch die Wiege des Unternehmens, sein Ursprung. Ihr aller Zuhause. Das durfte nicht sein!

Vielleicht konnte Ramon Martínez hier Klarheit schaffen. Und so machte sie sich auf den Weg zu seinem Büro. Dort klopfte sie zwar an, stürmte dann jedoch wie ein Wirbelwind in den Raum, ohne eine Antwort abzuwarten. Verblüfft sah Martínez sie an. Von seinen Angestellten erwartete er eigentlich ein anderes Benehmen, und das war auch gar nicht typisch für die Senyoreta. Es musste wohl etwas vorgefallen sein.

»Ach, Laia, nehmen Sie doch Platz.«

Aber Senyoreta Calvet schien ihn überhaupt nicht zu hören,

und so heftig wie eine Ohrfeige platzte es aus ihr heraus: »Stimmt das, was über die Pla de la Boqueria gesagt wird? Das Geschäft soll geschlossen werden?«

Martínez schob die Papiere zur Seite, an denen er gerade gearbeitet hatte, und musterte Laia.

»Ach, darum geht es. Aber nun setzen Sie sich doch erst mal.«

Misstrauisch starrte sie ihn an, als wäre er als Einziger für diese Schandtat verantwortlich. Sie hatte eigentlich mit Protest gerechnet, mit einer eindeutigen Verneinung, die Worte des Personalchefs bestätigten jedoch ihre schlimmsten Befürchtungen.

Störrisch blieb sie deshalb mitten im Büro stehen.

»Also, äh, ja, die Gerüchte stimmen«, bestätigte Ramon. »Wir eröffnen bald ein Bekleidungsgeschäft für Herren ganz in der Nähe von diesem hier, am Passeig de Gràcia 93.«

Jetzt ließ sich Laia dann doch auf einen der Stühle fallen, als würden ihre Kräfte sie verlassen. »Ein neues Geschäft für Herrenbekleidung? Das verstehe ich nicht, den meisten Umsatz machen wir doch mit Damenmode. Und dann gibt es da ja immer noch die Filiale an der Pla de la Boqueria, ist ein neues Modehaus da wirklich nötig?«

»Nein, nein, Laia, Sie haben mich falsch verstanden, oder besser gesagt haben Sie mich gar nicht ausreden lassen. Das neue Geschäft wird das an der Pla de la Boqueria ersetzen. Eine Filiale am Passeig de Gràcia zu eröffnen, war die beste Entscheidung, die wir je getroffen haben. Hier können wir die Arbeit aus einer völlig neuen Perspektive angehen. An der Pla de la Boqueria liegt unsere Vergangenheit, der Passeig de Gràcia aber wird nun unsere Zukunft. Und glauben Sie mir, es ist wirklich am besten, wenn die beiden Filialen so nah wie möglich beieinanderliegen. Die Räumlichkeiten, die wir gefunden haben, sind für die Herrenabteilung einfach perfekt.«

Laia blickte Martínez an, ohne ihn dabei zu sehen. Noch hegte sie die Hoffnung, dass alles nur ein Missverständnis war oder vielleicht ein böser Scherz.

»Aber was bleibt dann an der Pla de la Boqueria?«

Martínez räusperte sich. Er konnte einfach nicht verstehen, warum Laia, so eine intelligente Frau, die simplen Fakten nicht verstand.

»Das Geschäft dort schließen wir natürlich, drei Modehäuser können wir nicht parallel führen. Und wir brauchen ja auch Kapital für die Neueröffnung …«

Seine letzten Worte hörte Laia schon gar nicht mehr. Sie saß kreidebleich auf dem Stuhl, versuchte, die Tränen herunterzuschlucken und zermarterte sich das Hirn. *Denk nach, Laia, denk nach!* Während um sie herum ihre Welt in Scherben zu gehen schien, kam sie sich vor wie ein dahindriftendes Blatt im Wind.

Sie bemerkte, dass Martínez wohl wieder irgendetwas zu ihr sagte. Er war aufgestanden und besorgt an sie herangetreten: »Ich verstehe ja, dass Ihnen das nahegeht, Laia, ich schließe den Laden auch nicht gern, aber Geschäft ist Geschäft …«

Laia hob den Kopf und fixierte Ramon einen Moment. Dann stand sie auf und schlurfte ohne ein Wort ganz, ganz langsam aus seinem Büro, so als habe ihr diese Neuigkeit jegliche Energie geraubt.

Als sie später Feierabend hatte, machten sich Laias Füße fast wie von selbst auf den Weg zur Pla de la Boqueria. Dort war längst Ladenschluss, im Inneren herrschte jedoch noch geschäftiges Treiben. Laia trat ans Schaufenster und betrachtete mit offenem Mund die ausgestellte Ware, ohne sie wirklich zu sehen. Sie schloss die Augen und glaubte plötzlich, aus weiter Ferne eine Stimme zu hören: »Na, dann freu dich doch, das ist die Frau mit dem Dutt. Wenn die kommt, müssen wir langsam die Planen rausholen.«

Abrupt fuhr Laia herum und suchte in der Menge der vorbeieilenden Menschen nach Mila, die sie natürlich nirgendwo entdeckte. Unwillkürlich lächelte sie. In diesem Moment ging die Tür des Modegeschäfts auf, und eine Traube junger Lehrlinge kam heraus. Laia folgte ihnen mit Blicken, versuchte vielleicht, irgendwo die frech funkelnden Augen von Damià und Germán auszumachen. Wie traurig, das mit den beiden. Damià war im Krieg gefallen, und Germán … Vielleicht leistete er seinem geliebten Freund inzwischen auch längst Gesellschaft.

Einer der jungen Männer, die gerade herausgekommen waren, zündete sich eine Zigarette an. Laia war wie betäubt, als sie dem roten Punkt hinterherschaute und sich an jene Szene vor so vielen, vielen Jahren erinnerte: »Na, fantastisch, du willst uns also erpressen?«

Die Erinnerung an jenen Moment zauberte ihr ein zaghaftes Lächeln aufs Gesicht. Damià und Germán wollte sie genau so in Erinnerung behalten, wie sie damals gewesen waren, für immer quicklebendig, jung und unzertrennlich.

Jetzt verließ einer der älteren Schneider das Gebäude und riss sie aus ihren Gedanken. »Senyoreta Calvet! Sie habe ich ja schon ewig nicht mehr gesehen. Na klar, Sie wollten schließlich nicht bei uns armen Boqueria-Leuten hier zurückbleiben.«

»Guten Abend, Senyor Macip.«

»Warten Sie vielleicht auf den Direktor?«

»Ist Molins denn hier?«

»Na klar, in seinem Büro. Weil es hier wegen des Umzugs jetzt so viel Arbeit gibt, kommt er wieder öfter her. Der will wohl den ganzen Papierkram durchgehen und ein bisschen Ordnung schaffen. Aber wissen Sie was, Senyoreta? Ich denke fast, dass er wegen des Ladens auch ein bisschen nostalgisch wird …« Der Mann deutete auf das Gebäude und schaute daran hoch. Dann lächelte er und sah wieder Laia an. »Na, dann gehen Sie mal lieber rein, Sie wissen doch, dass man Senyor Molins besser nicht warten lässt.«

Als Laia nun tatsächlich das Geschäft betrat, hallten ihre Schritte in den leeren Räumen wider, in denen alle Verkaufsgespräche verstummt waren und die Ware vor Staub geschützt in den Auslagen ruhte.

Laia ging zu den Büroräumen hoch, blieb jedoch kurz vor

Werkstatt Nummer drei stehen. Mit Blicken durchforstete sie alle Winkel, die in ihren Erinnerungen stets so präsent waren. Es kam ihr vor, als hieße sie ein Chor vertrauter Stimmen willkommen. Sanft fuhr sie mit den Fingern über die Scheiben des Raumes, in dem Carmen so lange gearbeitet hatte. Sie hatte den Eindruck, als könnte sie ihre Mutter dort zwischen Schatten erkennen, das schwarze Nadelkissen um den Hals, auf die Arbeit konzentriert.

So wie immer.

Als wäre sie noch am Leben.

Mutter …

Laia stieg die Treppe hinauf und blieb vor dem Büro von Molins stehen, so wie sie es schon einmal vor vielen, vielen Jahren getan hatte. Und wie an jenem Nachmittag auch fragte sie sich jetzt, ob sie es wirklich betreten sollte. Wenn sie es tat, dann würde sich vielleicht, genau wie damals, alles verändern. Traurig lächelte sie. Was sollte sich denn jetzt noch ändern?

Sie klopfte an.

»Herein!«

Sichtlich überrascht stand Andreu Molins auf, als er sie hereinkommen sah.

»Laia!«

»Senyor Molins … Andreu …«

»Wie ich sehe, hatten Sie wohl auch das Bedürfnis, noch einmal hier vorbeizuschauen, bevor das alles … bevor dieses Geschäft verschwindet, in dem wir gemeinsam so viel erlebt haben.«

Er lächelte, dabei trug er sonst fast immer eine unbewegte Miene zur Schau. Molins nahm das Leben eben sehr ernst, zu ernst, wie Ferran Clos oft sagte. Aber das musste man ihm schon lassen: Wenn Andreu einmal lächelte, dann verwandelte er sich vollkommen, seine Augen begannen gütig zu leuchten, und er wirkte plötzlich wie ein ganz anderer Mensch. Diesen Andreu Molins kannten nur wenige, Laia gehörte allerdings zu diesem erlesenen Kreis.

Jetzt nahmen die beiden einander gegenüber Platz, und Laia saß wieder auf demselben Stuhl, auf dem sie Andreu damals ihre Geschichte mit Ferran erzählt hatte. Es kam ihr so vor, als sei die Zeit stehen geblieben.

Die Zeit …

»Wie viel wir doch zwischen diesen Wänden erlebt haben, nicht wahr, Laia?«

Sie nickte, und ein bitteres Lächeln legte sich über ihre Lippen. Unwillkürlich begann sie zu zittern, während Tränen ihr in die Augen schossen. Es war der Moment des Gedenkens.

»Erinnern Sie sich noch an Senyora Dalmau, Andreu?«

»Natürlich, so jemanden kann man nur schwer vergessen.«

»›Senyoreta Calvet, Sie sind heute in Gedanken ja ganz woanders‹«, imitierte Laia Senyora Dalmaus eiskalte Stimme. »›Tun Sie mir doch den Gefallen, und sammeln Sie die Stecknadeln vom Boden auf. Das möchte ich Ihnen nicht noch einmal sagen …‹«

Beide brachen in Gelächter aus.

»Und dann der arme Senyor Bosch, der sich mit den Lehrjungen herumschlagen musste«, sagte nun Molins. »Vor allem mit diesen beiden Lausbuben … Damià und sein Freund Germán. Was für eine Schande …«

Mit einem Mal breitete sich Schweigen über ihre Erinnerungen, die sich plötzlich blutig verfärbten.

»Was haben die zwei nicht alles ausgeheckt …«

»Und eins können Sie mir glauben, Andreu, Sie haben davon ja kaum die Hälfte mitgekriegt.«

Einen Moment lang starrte er sie über die Gläser seiner Brille hinweg ernst an, aber dann erhellte ein neues Lächeln seine Züge.

»Ich habe wirklich großes Glück gehabt, Laia, ich war immer von Menschen umgeben, die unsere Firma geliebt und für sie stets ihr Bestes gegeben haben. Was hätten wir nur ohne Senyor Clos gemacht?«

Laia nickte.

»Und ohne Genís Camps«, fuhr er fort, »stets so elegant und

vornehm. Er hat immer das rechte Wort zur rechten Zeit gefunden.«

»Die Kundinnen haben ihn vergöttert.«

»Und ohne Sie, Laia, wären unsere Ateliers niemals das geworden, was sie heute sind.«

Laia zwang sich zu einem Lächeln.

»Und jetzt sitzen wir hier, und eine Ära geht zu Ende. Aber damit beginnt ja auch etwas Neues. Und die Erinnerungen leben in uns weiter, genau wie die Menschen, die nicht mehr unter uns sind. Jetzt heißt es, nach vorne zu sehen, wir haben noch so viel vor uns.«

Bis zu diesem Augenblick hatte Laia den Blick zu Boden gerichtet, jetzt aber sprang sie vom Stuhl auf und konnte die Tränen nicht länger unterdrücken.

Andreu umrundete seinen Tisch und trat an sie heran, wagte es aber nicht, sie zu berühren. Er erstarrte und wusste nicht, was er tun sollte, als Laia sich ihm schluchzend in die Arme warf. Aber dann drückte er sie liebevoll, so wie er es immer bei seinen Kindern getan hatte.

»Andreu, glauben Sie daran, dass man im Leben immer die Möglichkeit hat, seine Fehler wiedergutzumachen?«

»Ja, davon bin ich überzeugt.«

»Es war alles so mühsam, so unsagbar schwer.«

Jetzt löste sich Andreu von Laia, sah ihr in die Augen und zog ein Taschentuch hervor. Es war ordentlich gefaltet und trug seine Initialen.

»Ich glaube, dass Gott uns immer noch eine Chance gibt.«

»Ich bin aber nicht gläubig.«

»Nennen Sie es, wie Sie wollen: Gott, das Leben, Schicksal… Der Name ändert nichts an den Tatsachen.«

»Andreu, dann muss ich wohl gehen, ich möchte nicht noch einmal eine Gelegenheit verpassen.«

»Gehen?«

»Ja, und zwar jetzt sofort. Wissen Sie, ich will versuchen…

noch einmal ganz neu anzufangen. Es gibt da jemanden … jemanden, der vielleicht … Wenn es bloß noch nicht zu spät ist …«

Schweigend schaute Andreu Laia an. Er gehörte nicht zu den Menschen, die ihre Gefühle nach außen trugen. Aber in diesem Moment konnte er gar nicht anders. Ein verräterisches Lächeln schlich sich nicht nur auf seine Lippen, sondern brachte auch seine Augen zum Strahlen.

»Na, dann los, Laia, beeilen Sie sich. Wenn Sie möchten, kann ich Sie mit meinem Wagen begleiten. Kommen Sie, lassen Sie uns nicht noch mehr Zeit verlieren.«

Das Auto blieb an der Plaça Nova stehen, und Laia berührte Andreu Molins' Hand. Nur ein einziges Wort blieb noch zu sagen: »Danke.«

»Viel Glück, Laia.«

Sie wollte eigentlich schon aussteigen, hielt dann aber noch einen Moment inne: »Ihr Taschentuch!«

Argwöhnisch blickte Molins auf das zerknüllte, tränenfeuchte Stück Stoff: »Ach, behalten Sie es ruhig.«

Von der Stelle aus, an der der Wagen gehalten hatte, konnte Laia das alte, heruntergekommene Gebäude sehen, in dem Octavi lebte. Ihr kam wieder in den Sinn, wie gerührt sie bei ihrem ersten Besuch gewesen war, als sie das Foto von Maria und Pere gesehen hatte. Maria war eine dunkelhaarige Frau mit engelsgleichem Gesicht gewesen, und auf dem Bild hatte sie hinter ihrem achtjährigen Sohn gesessen und ihn von hinten umarmt. Lächelnd hatten beide den Kopf zur Mitte geneigt, sodass sie einander beinahe berührten.

Laia riss die Haustür auf und rannte atemlos die ausgetretenen Stufen bis in den zweiten Stock hinauf. Octavi musste einfach zu Hause sein, es konnte doch nicht sein, dass er schon gefahren war!

Bitte, Octavi.

Noch nicht.

Als Laia an die Tür klopfte, einmal, zweimal, dreimal, schien das Herz in ihrer Brust zu zerspringen. Aber auf der anderen Seite der Tür war nichts zu hören.

Octavi.

War es denn möglich? War es etwa wieder zu spät? Hatte sie sich erneut die Chance auf ein neues Leben entgehen lassen?

Als sie sich schließlich zur Treppe wandte, tat sie es ganz langsam, weil sie sich einfach nicht von der geschlossenen Tür losreißen konnte. Noch wollte sie nicht in ihre ewige Einsamkeit zurückkehren. Und da hörte sie auf einmal ein Geräusch, ein Riegel wurde zurückgeschoben. Und dann begegnete sie im Türspalt dem lieben Blick von Octavi, der sie von der anderen Seite her anlächelte.

Sie warf sich ihm in die Arme, und die Lippen der beiden verschmolzen in einem tiefen, lang ersehnten Kuss. Als sie sich wieder voneinander lösten, fragte Laia: »Ist es schon zu spät?«

»Es ist nie zu spät, Laia, niemals.«

Andreu Molins wartete noch eine Weile draußen im Auto. Dabei leisteten ihm die Erinnerungen Gesellschaft: an seinen Vater, seine erste Zeit als Direktor des Modehauses, an den Krieg … An jene verzweifelte junge Verkäuferin, die ihn einst um Hilfe angefleht und später die Firma in ihren erfolgreichsten Jahren begleitet hatte – und an die am Leben zerbrochene Frau, die er später in Clot vorgefundenen hatte, wo sie sich selbst lebendig begraben hatte.

Laia würde nicht zurückkehren, und er war davon überzeugt, dass sie nun endlich gefunden hatte, wonach sie immer gesucht hatte. Dass sie sich mit sich selbst und dem Leben ausgesöhnt hatte.

Mit sanfter, aber entschlossener Stimme sagte er zum Fahrer: »Esteve, zurück zu Santa Eulalia. Nach Hause.«